U0120395

国家社科基金
GUOJIA SHEKE JIJIN HOUQI ZIZHU XIANGMU
后期资助项目

明代文学与
科举文化生态

The Literature and Cultural Ecology
of Imperial Examinations in the Ming Dynasty

陈文新 主撰

高等教育出版社·北京

图书在版编目（ＣＩＰ）数据

明代文学与科举文化生态 / 陈文新主撰. -- 北京：
高等教育出版社，2016.7
ISBN 978-7-04-044840-5

Ⅰ．①明… Ⅱ．①陈… Ⅲ．①中国文学－古典文学
研究－明代②科举制度－研究－中国－明代 Ⅳ．①I206.2
②D691.3

中国版本图书馆CIP数据核字(2016)第028676号

明代文学与科举文化生态
Mingdai Wenxue yu Keju Wenhua Shengtai

| 策划编辑 | 孙 璐 | 责任编辑 | 孙 璐 张 岩 | 封面设计 | 王 洋 |
| 版式设计 | 王 洋 | 责任校对 | 刘春萍 | 责任印制 | 耿 轩 |

出版发行	高等教育出版社	网　　址	http://www.hep.edu.cn
社　　址	北京市西城区德外大街4号		http://www.hep.com.cn
邮政编码	100120	网上订购	http://www.hepmall.com.cn
印　　刷	北京市大天乐投资管理有限公司		http://www.hepmall.com
开　　本	787mm×1092mm 1/16		http://www.hepmall.cn
印　　张	18.25		
字　　数	310千字	版　　次	2016 年 7 月第 1 版
购书热线	010-58581118	印　　次	2016 年 7 月第 1 次印刷
咨询电话	400-810-0598	定　　价	56.00 元

本书如有缺页、倒页、脱页等质量问题，请到所购图书销售部门联系调换
版权所有　侵权必究
物 料 号　44840-00

国家社科基金后期资助项目
出版说明

　　后期资助项目是国家社科基金项目主要类别之一，旨在鼓励广大人文社会科学工作者潜心治学，扎实研究，多出优秀成果，进一步发挥国家社科基金在繁荣发展哲学社会科学中的示范引导作用。后期资助项目主要资助已基本完成且尚未出版的人文社会科学基础研究的优秀学术成果，以资助学术专著为主，也资助少量学术价值较高的资料汇编和学术含量较高的工具书。为扩大后期资助项目的学术影响，促进成果转化，全国哲学社会科学规划办公室按照"统一设计、统一标识、统一版式、形成系列"的总体要求，组织出版国家社科基金后期资助项目成果。

全国哲学社会科学规划办公室

目　　录

引　言

1905 年以来关于明代文学与科举关系的研究，可大体分为三个阶段：1905 年至 1949 年是该研究的初兴期，研究成果较为零散，不成规模；1949 年至 1979 年是该研究的沉寂期，以否定性的价值评判为主；1979 年至今是该研究的逐渐兴盛期，"同情之了解"成为主流，产生了一批有分量的学术成果。之所以以 1905 年为起点，是因为科举制度在这一年被正式废止。

1951 年，钱穆在《中国历史上之考试制度》一文中忧心忡忡地指出，我们应该客观评价作为一种考试文体的八股文，指责八股文迫害文人的罪名是过于偏激的。他还强调，科举制度是一项对社会、对政治有着重要意义的制度，虽然它有很多缺点，但清末时对其连根拔去也造成了"种种病象"，"铸成大错"①。钱穆所说的"过于偏激"，不幸成了 1949 年至 1979 年间的主调。"在一般人的印象中，科举只是一堆陈年历史垃圾，即使要去拨弄，主要也是为了肃清其流毒。"② 在民国后期开始热闹起来的相关研究，这一时期基本中断。对明代文学与科举关系做探讨的，只有极少的几本著作和几篇论文，其中绝大部分著述，还受到意识形态的影响，集中在对八股文和科举制度的严厉批判上。作家刘绍棠曾说："在我的印象里，八股文是和缠足、辫子、鸦片烟枪归于一类的，想起来就令人恶心。但是，若问我八股文究竟何物，却不甚了然。"③ 不了解八股文而又对之深恶痛绝，这样一种状态正是各路媒体反复批判并不断提高批判语调所造成的，虽然极不正常，却又是 1949 年至 1979 年间的常态。

1979 年以来，明代文学与科举关系研究逐渐走向兴盛和繁荣。刘海峰提出了"科举学"和"科举文学"两个概念。2005 年，他在《科举学导论》④ 的第十章"科举文学论"中，介绍了科举与文学关系研究的几个热

---

① 钱穆：《国史新论》，北京，生活·读书·新知三联书店，2001，第 273～297 页。
② 刘海峰：《二十世纪科举学论文选编》，武汉，武汉大学出版社，2009，第 4 页。
③ 王凯符：《八股文概说》卷首刘绍棠序，北京，中华书局，2006，第 1 页。
④ 刘海峰：《科举学导论》，武汉，华中师范大学出版社，2005。

点问题。他还先后发表了《科举文学与"科举学"》《科举学与科举文学的关联互动》等数篇论文，其核心理念是："科举与中国古代文学息息相关，当今科举研究也与古代文学研究密切相关，两者关联互动。从科举学进入文学，主要是为科举制平反的大环境，为重新认识科举文学的价值提供了舆论与理论支撑；由文学进入科举学，则是从文学领域为科举学开拓一个广阔的学术空间，使科举学更为繁荣。"①

黄强的《八股文与明清文学论稿》②是一部论述八股文对明清文学影响的专著③，2005 年正式出版。作者分类讨论了八股文与明清戏曲、小说、诗文的关系，得出了一些重要结论：拿戏曲、小说与八股类比，抬高了戏曲、小说的地位；批判八股文是明清小说的重要内容之一；"以古文为时文、以时文为古文"的主张深刻影响了明清散文理论。黄强还反驳了前人"八股文盛而诗衰"的说法。郭皓政的《明代状元与文学》④是已经出版的博士学位论文，在个案考察的基础上，试图从总体上把握明代状元文学的发展趋势。郑礼炬的《明代洪武至正德年间的翰林院与文学》2011 年由中国社会科学出版社出版，叶晔的《明代中央文官制度与文学》2011 年由浙江大学出版社出版，这两部同年出版的著作不约而同地探讨了明代科举制度与主流文学之间的意识形态契合与交叉。李子广的《科举文学论》⑤出版于 2012 年，其主旨是在科举文化的大背景下，以时代为线索，对科举与文人及其文学创作的密切关联做具体探究。

明代科举与文学关系研究视野下的文献整理也取得了丰硕成果。陈文新主编的"历代科举文献整理与研究丛刊"，第一辑凡 22 种 27 卷，约 2 700 万字，其中数种涉及明代文学与科举关系研究，如《明代科举与文学编年》⑥《钦定四书文校注》⑦《八股文总论八种》⑧《游戏八股文集成》⑨，

① 刘海峰：《科举学与科举文学的关联互动》，《厦门大学学报（哲学社会科学版）》2012 年第 6 期。
② 黄强：《八股文与明清文学论稿》，上海，上海古籍出版社，2005。
③ 这部著作也可视为作者多年研究成果的集成，作者曾先后在《文学遗产》等刊物上发表《八股文与明清戏曲》《明清"西厢热"持续的一个重要原因》《批判与攀比——明清小说与八股文关系一瞥》等论文。
④ 郭皓政：《明代状元与文学》，济南，齐鲁书社，2010。
⑤ 李子广：《科举文学论》，北京，中国社会科学出版社，2012。
⑥ 陈文新、何坤翁、赵伯陶主撰：《明代科举与文学编年》，武汉，武汉大学出版社，2009。
⑦ 〔清〕方苞编，王同舟、李澜校注：《钦定四书文校注》，武汉，武汉大学出版社，2009。
⑧ 张思齐整理：《八股文总论八种》，武汉，武汉大学出版社，2009。
⑨ 黄强、王颖：《游戏八股文集成》，武汉，武汉大学出版社，2009。

"以浩瀚的史料"凸显了"科举和文学的联系"①。该丛刊第一辑 2009 年由武汉大学出版社出版，第二辑拟于 2016 年出版。

除了研究专著和文学史著作外，还有数篇论文从总体上涉及了明代文学与明代科举关系研究。其中高明扬《文体学视野下的科举八股文研究》②、蒋寅《科举阴影中的明清文学生态》③、王建《试论以选文为中心的明代科举与文学的关系》④ 等论文从不同角度讨论了明代文学与科举之关系。关于科举文化影响明代诸文体的论述多见于硕士、博士学位论文和期刊论文，也有为数不多的专著对明代科举与小说的关系做了较为系统的研究，如 2009 年出版的叶楚炎《明代科举与明中期至清初通俗小说研究》⑤、胡海义的博士学位论文《科举文化与明清小说研究》⑥、王玉超的博士学位论文《明清科举与小说》⑦ 等。

从上面的缕述可以看出，20 世纪 80 年代以来，明代文学与科举关系研究已渐入佳境，成果颇丰。但毋庸讳言，这些研究也存在显而易见的不足，即研究中较少着眼于"明代的科举文化生态"对明代文学的复杂而多元的影响，往往过多关注直线的因果联系，有时不免把问题简单化，或者忽略了一些不该忽略的问题。我们认为，在厘清作家生活环境、作品创作年代以及文学发展基本事实的前提下，关注科举体制下知识精英的经学素养、文章素养及其职业取向，关注科举考试所建构的各种社会层级、人际关系以及这种社会层级、人际关系对作者文学活动的影响，关注中试者与落榜者的不同境遇以及这种境遇对不同个体文学生涯的影响，关注科举体制下作家的经济状况、物质生活条件对其文学活动的影响，无疑可以有更加丰富多彩的发现。

比如科举功名与作家的文体选择，二者之间的联系就耐人寻味。大体说来，明代的戏曲作者，尤其是重要的戏曲家，通常拥有进士、举人等科名，而话本小说的作者或编著者中，却少有举人、进士。如杂剧《中山狼》作者康海，是弘治十五年（1502）壬戌科殿试状元；传奇《宝剑记》

① 汤克勤:《科举研究史上的重大贡献——读陈文新主编〈历代科举文献整理与研究丛刊〉》,《社会科学论坛》2010 年第 6 期。
② 高明扬:《文体学视野下的科举八股文研究》, 昆明, 云南人民出版社, 2012。
③ 蒋寅:《科举阴影中的明清文学生态》,《文学遗产》2004 年第 1 期。
④ 王建:《试论以选文为中心的明代科举与文学的关系》,《中国文学研究》2003 年第 4 期。
⑤ 叶楚炎:《明代科举与明中期至清初通俗小说研究》, 南昌, 百花洲文艺出版社, 2009。
⑥ 胡海义:《科举文化与明清小说研究》, 暨南大学, 2009 年度博士学位论文。
⑦ 王玉超:《明清科举与小说》, 扬州大学, 2010 年度博士学位论文。

作者李开先，是嘉靖八年（1529）己丑科进士；传奇《红蕖记》作者沈璟，是万历二年（1574）甲戌科进士；传奇《修文记》《彩毫记》和《昙花记》作者屠隆，是万历五年（1577）丁丑科进士；传奇《郁轮袍》作者王衡，是万历二十九年（1601）辛丑科榜眼；传奇《燕子笺》作者阮大铖，是万历四十四年（1616）丙辰科进士；传奇《绿牡丹》《疗妒羹》作者吴炳，是万历四十七年（1619）己未科进士。相形之下，明代最负盛名的话本小说代表作是"三言""二拍"，前者的编撰者是冯梦龙，后者的著者是凌濛初，二人都只是生员，俗称秀才。话本小说和戏曲这两种文体，一向被视为俗文学中的姊妹文体，何以其作者身份有如此显著的差异？

答案其实就存在于戏曲与话本小说两种文体的不同消费方式之中。明代戏曲创作尽管有案头化的趋向，但仍主要是一种舞台艺术。与话本小说相比，其消费成本要高出许多，原因在于，话本小说只需要有文本可读就行了，而戏曲则必须搬演到舞台上，才能进入消费过程（少数典型的案头剧除外）。明代的诸多戏曲名家，如康海、王九思、李开先等，皆蓄有家班，李开先的剧作通常由其家班演出，原因在此。倘无雄厚的经费支持，康海、王九思、李开先等的戏曲创作是难以持续的。那么，他们的经费来自何处？科举时代，文人之间的交游主要以"科举"或"宦游"为平台，科场得意不仅意味着社会阶层的提升，也意味着经济收入的增加。明人因科场同年等纽带而在经济上获得资助，这类情形不时见诸记载，表明并非偶然。由此可见，那些科场得意者，一旦宦途失意，不仅有精力投身于戏曲创作，也有经济实力提供支撑；而那些科场失意之人，即使有创作戏曲的热情，也没有排演的实力。对于这种影响了作家文体选择的科举文化生态，以往的研究未予关注，不免造成了若干阐释盲区。

讨论科举功名与作家文体选择之间的联系，当然属于举例性质，而目的是探讨明代文学与明代的科举文化生态之间的联系，这一题目的内容远比已经注意到的要丰富得多；《明代文学与科举文化生态》的写作，就是为了在现有的研究基础上继续探索，为推进学术聊尽绵薄之力。本书的内容包括五个相互独立而又相互支持的部分：其一，明代馆阁文人的生存样态与文学事业，侧重考察明代文学侍从的生存样态及其在国家意识形态建设中的职能、馆阁文人的职业写作与非职业写作等；其二，明代文人的科举背景与流派意识，侧重考察明初文化格局中的地方儒学与台阁文风、明代南北取士之争与前七子的崛起、嘉靖七子的科举背景与流派意识；其三，明代状元与明代文学，侧重考察文学对状元选拔及其仕途的功用，状元文风折射出的明代台阁体兴衰演变的历程，明代状元别集的文体分布情形及其文学史意义；其四，明代的科举文体与明代社会，侧重考察明代殿试策论所关联的明代社会问题及决策导向、明代八股文所关联的明代思想文化进程；其五，政治与文学视野下的明代科场案，侧重考察明代科场案如何受明代政治的制约又反过来影响明代政治，明代科场案在何种程度上改变了明代作家的文学生涯。这五个部分都体现了一个共同特点，即突出与集部相关的内容。之所以如此，不仅是为了呼应近年来兴起的杂文学研究，也是为了显示传统集部与科举文化生态的密切关联，弥补明代文学研究中的一个较为薄弱的环节。这些成果凝聚了我们多年的研究心得，期待学界同仁惠予关注，不吝赐教。

第一章 明代馆阁文人的
生存样态与文学事业

　　明代的馆阁文人，他们或长期生活在帝王身边，或某一阶段生活在帝王身边，其写作生涯不可避免地曾与朝廷大政相伴随，与此相关，他们的生存状态、他们的文学事业，也就与其他阶层的文人有较大区别。本章选取了三个侧面加以讨论：一是明代馆阁文人的文学活动与身份意识，侧重考察明代文学侍从的生存样态及其身份意识在文学活动中的呈现；二是明代会元别集所见"馆阁写作"，所谓"馆阁写作"，指明代馆阁文人职务范围之内的写作；三是明代会元别集所见馆阁文学，所谓"馆阁文学"，指他们职务写作之外的诗、古文一类作品。第一节带有总论性质，第二节以明代会元别集为例具体考察馆阁文人的职务写作，第三节以明代会元别集为例具体考察馆阁文人的非职务写作。总体概括与具体分析结合，旨在相互照应，相互补充，以期获得对明代馆阁文人较为完整的了解。

第一节 明代馆阁文人的文学活动与身份意识

　　在明代科举鼎盛的背景之下，馆阁文人的整体生存样态、写作生涯具有怎样的特质？其身份意识如何影响其具体写作？其文学活动意义何在？这些问题较为复杂，只有深入当时科举与文学互动的具体历史情景，悉心考索相关文献资料，才有可能从纷繁复杂的历史进程中找到较为切题的答案。

一、明代馆阁文人的生存样态

　　明代馆阁文人，这是怎样的一个群体？他们从哪里来？又往何处去？从科举背景下明代馆阁文人的主要来源与职业取向这两个层面入手，对明代馆阁文人的整体生存样态加以考察，也许可以获得较为清晰的印象。

　　提及明代馆阁文人，很难绕开杨士奇这个名字。杨士奇（1365—

1444）名寓，以字行，号谷轩，江西泰和人，与杨荣、杨溥合称"三杨"。建文元年（1399）正月以布衣征召入朝，授教授，旋入翰林充编纂官。试吏部，授吴府审理副，仍供馆职；永乐元年（1403）入值文渊阁，历侍读、左中允、左谕德学士。改左春坊大学士，仍兼翰林学士。明仁宗继位后，士奇以东宫旧臣擢任华盖殿大学士，进少傅，兼兵部尚书。正统初，进少师。卒，赠太师，谥文贞。有《东里集》。士奇历仕四十六载，在仁宗、宣宗两朝和英宗初年，担任首辅长达三十年之久。由一介布衣跃升为馆阁文人，最终入阁主政、位极人臣，堪称明代馆阁文人之最。关于他成为馆阁文人之前的经历，《明代科举与文学编年》做了如下梳理：明太祖洪武十年丁巳（1377）之"杨士奇始从陈谟习举子业"条，引《太师杨文贞公年谱》载录他十三岁习举子业的情况；明太祖洪武十二年己未（1379）之"杨士奇出教里塾"条，引《太师杨文贞公年谱》《东里续集》卷十七《史略释文》等记述他十五岁因家贫而弃学、出教里塾，为村落"童子师"的情况；明太祖洪武十三年庚申（1380）之"杨士奇馆于山东"条，引《东里续集》载述他在山东"坐馆"的情况。由《明代科举与文学编年》所列上述三条可知：与当时大多数读书人一样，杨士奇曾接受较为系统的科举教育，即所谓"习举子业"；他早年谋生的主要手段也是从事科举教育，即"为童子师""坐馆"。杨士奇由一介布衣跃升为"馆阁文人"的过程，在《明代科举与文学编年》中也有迹可循：明太祖洪武三十一年戊寅（1398）"八月"之"征江西处士杨士奇"条、明惠帝建文元年己卯（1399）"正月"之"修《太祖实录》"条，记载其"以布衣被荐，征为教授"[1]，又授翰林一职的情形；明惠帝建文二年庚辰（1400）"三月"之"纂修官齐府审理副杨士奇为翰林院侍讲"条、明惠帝建文四年壬午（1402）"七月"之"翰林院人事变动"条，载述他擢升编修的情况。需要注意的是：杨士奇由"处士"直接征聘为官，并进而担任翰林编修之类具有"馆阁文人"性质的职务，这种经历在明代具有相当的特殊性，一如王世贞《弇州续稿》卷四十九《科举考序》所云：

> 洪武三年取畿内诸贡士，寻未及会试而官之。明年始复试，得进士吴伯宗等。以为诸儒生多未脱呫哔，无益天下大计，罢之。又

---

[1] 陈文新、何坤翁、赵伯陶主撰：《明代科举与文学编年》，武汉，武汉大学出版社，2009，第197页。《明代科举与文学编年》是我们这个团队的学术成果，旨在用丰富的史料展示科举与文学之间的互动关系，为这一节的研究提供了许多方便，故多所参考。特此说明，敬请读者谅察。

十三年，而始更布条式，载在甲令。二百年来，公卿大夫之业皆出于此，易代之际灼然名臣至孤卿者，当有杨士奇之担簦，刘中敷、杨善之版筑，夏原吉、郭进、胡俨、吴中、吕震之应乡书，而其后遂寥寥矣。①

确实，"二百年来，公卿大夫之业皆出于此"，不论是馆阁文人还是其他高官显宦，通常由进士起家，也就是明人所习称的"正途"。作为明代馆阁文人中的一员，杨士奇的晋升之途是明朝前期才有的一个特例，但仍以接受过系统科举教育为前提，如果没有儒生身份，他就不可能获得遴选资格。换言之，即使作为一个特例，杨士奇的学历及晋升途径仍旧不能缺少系统的科举教育这一环节。此后，当所谓"非进士不入翰林"的定制得以确立，拥有进士科名便成为明代馆阁文人的必备条件了。嘉靖前期的馆阁文人廖道南，便是其中较为典型的一例个案。

廖道南（1494—1547），字鸣吾，号洞野，湖广蒲圻人。正德十六年（1521）辛巳科进士，改翰林院庶吉士，散馆授翰林院编修，历官至翰林侍讲学士。道南于世宗朝前期颇蒙优眷，但终其一生主要担任翰林馆职。而翰林院，又恰是明代馆阁文人栖身的主要官署。关于廖道南的科名情形，《明代科举与文学编年》有如下记述：明武宗正德十六年（1521）辛巳"五月"之"补庚辰廷试，赐杨维聪、陆钶、费懋中等三百三十人进士及第、出身有差。改廖道南、江汝璧等二十四人为翰林院庶吉士"条，述其以二甲第一名（俗称"传胪"）进士及第并被选为庶吉士。明世宗嘉靖元年壬午（1522）"十一月"之"翰林院庶吉士廖道南、江如璧、童承叙、黄佐、王相、王同祖为编修"条、明世宗嘉靖十一年壬辰（1532）"正月"之"右中允廖道南，右赞善蔡昂并为翰林侍读学士"条，则记录其出任翰林编修、翰林侍读学士等职的情形。大体而言，似廖道南这样在科举考试中取得进士科名并选为庶吉士者，才是明代馆阁文人的主要来源。有明一代可确指为"馆阁文人"或曾一度扮演"馆阁文人"角色者大多出身进士，如曾任翰林编修、翰林学士等职的杨溥，是建文二年庚辰（1400）二甲进士；曾任翰林编修的杨荣，是建文二年庚辰（1400）进士（二甲第三名）；号称"青词宰相"的严嵩，则是弘治十八年乙丑（1505）二甲进士（二甲第二名）、翰林院庶吉士。在科举鼎盛的时代背景下，科场得意、中进士第甚至取得较高名次、被选为庶吉士者，才有望进入"玉堂清署"；

---

① 〔明〕王世贞：《弇州续稿》卷四十九，影印文渊阁四库全书第 1282 册，第 646 页。

唯有担任这类职务，才有望成为馆阁文人，也就是明人所谓"简儒臣充文学侍从之官"①。在科举考试成为明代大多数读书人别无选择的进身之阶以后，如西汉司马相如那般仅凭文学才能而被皇帝直接遴选为文学侍从的情况十分罕见；即使像文徵明这样大名鼎鼎、成就有目共睹的人，因系以岁贡生荐送吏部，也只能屈居"翰林院待诏"等较低职位，鲜有入侍君侧的机会，无从置身严格意义上的馆阁文人行列。

明代馆阁文人中，既有廖道南这样"止于宫僚"、终身主要以文学侍从为职的人物，也不乏杨士奇这类由翰林而入主内阁的人物，如夏言、严嵩等人莫不如是。杨士奇的仕宦经历，提供了一个由单纯意义上的馆阁文人顺利转型为朝政主持者的典型案例。对于这一过程，《明代科举与文学编年》亦做了梳理：明惠帝建文四年壬午（1402）"八月"之"命解缙（1369—1415）、黄淮（1367—1449）、胡广、杨荣、杨士奇、金幼孜（1368—1431）、胡俨等七人同入内阁，预机务"条、明成祖永乐元年癸未（1403）"八月"之"解缙、黄淮、胡广等入直文渊阁，预机务"条，载述杨士奇由翰林馆职入直文渊阁、参与机务等情形，这意味着他实现了由文学侍从之臣到朝政主持之臣的华丽转身。此时，其身份已不是单纯的馆阁文人。由单纯的馆阁文人最终入阁主政，杨士奇的仕宦之路正是馆阁文人群体相当普遍的理想与追求。换言之，许多明代读书人理想中的仕途，固然是从馆阁文人起家，却通常不愿就此止步，他们共同的目标是台阁重臣。

明代馆阁文人的这种职业取向，与科举制度密切相关。对这一情形，可以从培养机制、选拔机制及升迁机制等三方面加以考量。就培养机制而言，明代馆阁文人接受的是以"四书""五经"等儒家经典为主的科举教育。科举教育不是以培养专业的文学人才为目的，而是以培养各个层级的文官为旨归。丰富的常识、健全的理解力和良好的涵养是文官选拔的三个必要条件，而科举考试以"四书""五经"为基本教材，就是为了满足文官选拔的这些基本要求。就选拔机制而言，随着科举制度成为明代占绝对主体地位的选官制度，馆阁文人的选拔路径与台阁重臣的选拔路径基本并轨。既然科举考试以选拔各级行政官员为主要目的，又以"代圣人立言"的八股文、"观士子经世之学"的"策论"等为主要考试文体，这就决定了明代馆阁文人的选拔机制并非单纯以辞章一较短长。就升迁机制而言，

---

① 〔明〕陈懿典：《陈学士先生初集》卷二，四库禁毁书丛刊集部第78册，第661页。

明代自英宗朝后，形成了"非进士不入翰林，非翰林不入内阁"[1] 的定制，明代馆阁文人的重要来源——"庶吉士"，更有"储相"之誉。这种受科举考试名次影响的升迁机制，使明代馆阁文人转型为首辅重臣成为一条有现实可能的升迁路径，也成为当时馆阁文人共同的职业取向。而且，不只馆阁文人本人的职业期许如是，皇帝陛下对于这些"天子门生"的职业期许，也往往并不满足于"粉饰太平、歌功颂德"的层面；同时不少明代人确信，来自于翰林院的内阁首辅，其素养总体上较其他阶层更高一些。朝廷和社会都认可馆阁文人的这一职业取向，并为这种职业取向的实施创造条件，馆阁文人做这样的人生规划也就不足为奇了。甚至可以说，一个馆阁文人如不这样规划人生，反倒是令人感到奇怪的。

二、明代馆阁文人的写作生涯

侍奉君侧并主要以文学侍从为皇帝服务的馆阁文人，其写作生涯如何展开？对这一问题，拟分"典型馆阁写作"与"非典型馆阁写作"两个方面加以说明。

所谓"典型馆阁写作"，指无论在哪个朝代，只要有类似馆阁文人群体或个体存在的境况下都会发生的写作活动。这类馆阁写作活动与馆阁文人身为皇家文学侍从这一职业定位直接相关，是其日常职责中必须完成的内容。其中尤为典型的，如应制、唱和、献诗献颂等。表 1-1 与表 1-2 仍引《明代科举与文学编年》所涉史料为例，前者以明宣宗一朝之馆阁写作活动为时段截面，后者以廖道南一生之馆阁写作活动为文人个案，致力于展示明代馆阁写作活动的一些具体细节：

表 1-1 《明代科举与文学编年》所见宣宗朝馆阁写作活动

时间	馆阁写作情况	所见条目	征引文献
宣宗宣德四年（1429）	大学士杨士奇、杨荣、金幼孜蒙宣宗赐鲥鱼醇酒及御制诗，有"乐有嘉鱼"之句；士奇等沾醉献和章	"宣宗特赐杨士奇、杨荣、金幼孜鲥鱼醇酒"条	《馆阁漫录》卷二
四年	南京守臣襄城伯李隆献驺虞，夏原吉因之献颂	"夏原吉献颂鸣瑞"条	《忠靖集》卷一《瑞应驺虞》序
四年四月二十四日	当日早朝，夏原吉应制赋诗二首	"夏原吉应制赋诗"条	《忠靖集》卷五

---

[1] 〔清〕张廷玉等：《明史》卷七十，北京，中华书局，1974，第 1702 页。

续表

时间	馆阁写作情况	所见条目	征引文献
五年十二月二十一日	当夜,瑞星含誉见于九游,杨士奇赋四言诗一篇颂瑞	"杨士奇赋诗颂瑞"条	《东里续集》卷五四《瑞星诗》序
六年二月	宣宗在文华后殿召见少师蹇义、少傅杨士奇、杨荣、尚书胡濙等人,赐御制诗,并赐宴	"宣宗赐诗蹇义、杨士奇、杨荣等"条	《馆阁漫录》卷二
八年正月	杨士奇献《太平圣德诗》十章	"杨士奇作《太平圣德诗》"条	《东里续集》卷六一《太平圣德诗》序

表1-2 《明代科举与文学编年》所见廖道南馆阁写作活动

时间	馆阁写作情况	所见条目	征引文献
嘉靖七年（1528）	进《灵雪赋》	"廖道南（1494—1547）卒"条	《国朝献征录》卷十九《廖中允道南传》
八年正月	应制撰灯诗十五首	"翰林院侍讲学士廖道南（1494—1547）应制撰灯诗十五首以进"条	《殿阁词林记》卷十三《应制》;《明诗纪事》
九年	进《大祀圜丘赋》	"廖道南（1494—1547）卒"条	《国朝献征录》卷十九《廖中允道南传》
十年	进《宝露颂》《方泽颂》《帝苑农蚕赋》	"廖道南（1494—1547）卒"条	《国朝献征录》卷十九《廖中允道南传》
十年十一月	上《泰神殿礼成感雪赋》《员丘庆成诗》	"右春坊右中允廖道南上《泰神殿礼成感雪赋》《员丘庆成诗》"条	《国榷》卷五十五
十一年八月	上《景德崇圣颂》	"翰林侍讲学士廖道南上《景德崇圣颂》,且请复史职,设起居注,储史官,荐备馆员。上是之"条	《国榷》卷五十五
十二年三月	上《临雍崇教颂》	"翰林院侍讲学士廖道南上《临雍崇教颂》"条	《国榷》卷五十五
十二年	和圣制《钟粹宫步虚词》;进《九五齐恭默室颂》	"廖道南（1494—1547）卒"条	《国朝献征录》卷十九《廖中允道南传》
十四年六月	上颂	"启祥宫成,翰林侍读学士廖道南上颂"条	据《国榷》卷五十六
十五年	纪祀典,有颂	"廖道南（1494—1547）卒"条	《国朝献征录》卷十九《廖中允道南传》

续表

时间	馆阁写作情况	所见条目	征引文献
十八年三月	上《南巡赋》《瑞应颂》	"守制学士廖道南上《南巡赋》《瑞应颂》，衣绯入朝，褫秩"条	《国榷》卷五十七
二十年十二月	上《显亲达考颂》《清北八箴》《平南九歌》	"前翰林院侍讲学士廖道南上《显亲达考颂》《清北八箴》《平南九歌》。报闻"条	《国榷》卷五十七

　　表1-1和表1-2大体反映了馆阁写作活动的一些主要方式，如君臣唱和、应制、献颂献诗等。由此不仅可略见当时馆阁写作活动的具体状况，还可藉以对馆阁文人生存的历史情景做一二合理揣测。值得关注的至少有三个方面。其一，皇帝本人的辞章水平与好恶对馆阁写作活动的兴衰具有决定性的作用。以表1-2所举廖道南生活的嘉靖年间为例，当时的明世宗嘉靖皇帝"喜为诗文"[①]，经常作诗赐予臣下，并给予那些应制诗较为出色的臣下以恩赏。皇帝本人的这一爱好对馆阁文人的写作热情无疑有着显著的激励作用。仅以《明代科举与文学编年》所见廖道南一人的馆阁写作来看，从嘉靖七年至二十年，除去守制几年不算，几乎每年皆有馆阁写作。在此背景之下，嘉靖年间涌现出一批如严嵩、顾鼎臣、夏言、严讷及李春芳这样被称为"青词宰相"的文臣，也就不足为怪了。其二，馆阁写作活动相对频繁的时段，皇帝与馆阁文人之间良性互动，关系较为融洽，如表1-1所列明宣宗以御制诗、鲥鱼、醇酒、盛宴赏赐馆阁文人的情况便是实证。有明一代，像宣宗这样给予馆阁文人较高礼遇的情形并非特例。如明成祖朱棣曾"赐六部尚书、侍郎金织文绮衣各一袭，特赐翰林院学士解缙、侍读黄淮、胡广、侍讲杨荣、杨士奇、金幼孜衣，与尚书同"，并寄语"君使臣以礼，臣事君以忠"，"君臣各尽其道"[②]。可以这样说：在皇权高度凌驾于士大夫阶层之上的明代，部分皇帝与馆阁文人的关系也有温情脉脉的一面。而这恰是馆阁写作活动得以繁盛的重要环境因素。其三，馆阁文人的荣誉感对馆阁写作活动的影响亦不容忽视。从表1-2所示廖道南的馆阁写作活动来看，其馆阁写作只在丁忧离阙期间才暂时中断，甚至在离职后仍旧保持着某种惯性的延续。这是一种持续不已的使命感，还是受

---

① 《明实录·明世宗实录》卷七十二，台北，"中央研究院"历史语言研究所，1962，第1632页。

② 〔明〕张元忭：《馆阁漫录》卷一，余来明、潘金英校点：《翰林掌故五种》，武汉，武汉大学出版社，2009，第345页。

某些现实利益的驱使？廖道南本人的一段话，为我们理解这种心理提供了一些信息：

> 臣道南自弱冠登第，首被简注，纤琚入馆，荐荷宠渥，编摩史垣，献纳讲幄，几二十年。显陵甘露降则锡以宝罍，泰时卿云见则贶以瑶篇，徽士召还、平台祇谒则赉以金绮，内殿捧主、禁掖修书则劳以珍馔。圣心渊衷，御札咨询，有同馆诸儒所不获与而特眷焉者。[①]

秦汉以降常有所谓"皇恩浩荡"之说，这当然是奉承皇帝的套话，但也不排除，在一些臣民的套话中，确乎包含了几分真实情感：那些有幸成为皇帝近侍的馆阁文人，往往将"同馆诸儒所不获与而特眷焉者"视为毕生的荣耀。由于这种荣誉感与中国传统文人所特别珍视的"得一知己足矣"的感情有相同和相通之处，而与世俗意义上的趋炎附势明显不同，所以，当一个馆阁文人因感戴于帝王的青目而从事这种写作时，无疑具有较高程度的自发性。

所谓"非典型馆阁写作"，是相对于"典型馆阁写作"而言的，指并非历朝历代馆阁文人群体或个体都必须承担的职责。具体到科举盛行、"简儒臣充文学侍从之官"的明代，除应制、唱和、献诗献颂等馆阁写作活动及奉旨拟诏等公务外，馆阁文人的职业生涯还可以延伸到其他领域。曾任翰林学士等职的丘濬，关于馆阁文人经常担任的翰林馆职有一段概述，其中包含了较为丰富的内容："翰林居禁密地焉，天子亲臣，其职务之大者曰进讲，曰编纂，曰校文。"[②]所谓"进讲"，即为皇帝研读经史而特设的御前讲席。这种以引导皇帝成为"明君"为宗旨的御前讲学活动，其范围以儒家经典著述为主，如《明代科举与文学编年》明成祖永乐二年甲申（1404）"学士解缙等进呈《大学·正心》章讲义"条、明世宗嘉靖十二年癸巳（1533）"廖道南以进讲《论语》《大学衍义》开罪张孚敬"条等，为我们了解明代馆阁文人进讲的情形提供了线索。所谓"编纂"，指主持或参与编纂带有"盛世修典"性质、有助于营造盛世文化景观或构筑国家意识形态的大型官修典籍。如《明代科举与文学编年》明成祖永乐九

---

① 〔明〕廖道南：《殿阁词林记》，见余来明、潘金英校点：《翰林掌故五种》，武汉，武汉大学出版社，2009，第85页。

② 〔明〕丘濬：《琼台诗文会稿》卷十四，丛书集成三编第38册，台北，新文丰出版公司，1997，第259页。

年辛卯（1411）"诏重修《太祖实录》"条、明世宗嘉靖六年丁亥（1527）"敕纂修《大礼全书》"条、明世宗嘉靖八年己丑（1529）"敕修《会典》，增近来条例"条，对杨士奇、廖道南等人参与编修《实录》《会典》之类官修典籍的情形有所载述。所谓"校文"，即负责主持各级科举考试。如《明代科举与文学编年》明世宗嘉靖十一年壬辰（1532）之"辛卯，翰林院侍讲学士廖道南、修撰王用宾主武闱，得周乾等六十人"条，记载廖道南以翰林侍讲学士身份主持武闱、顺天乡试的情形。对于馆阁文人或承担一部分馆阁文人职能的文臣来说，一旦获得主持科举考试的机会，不仅掌握了对广大考生的黜陟之权，更可凭借国家体制的力量主导文坛风气。北宋名臣欧阳修曾利用主持科举考试的机会革除"太学体"之弊，推动古文复兴，便是成功的范例。而一部分明代馆阁文人，也试图在这一领域有所作为。如杨士奇曾借出任会试考官的机会，大力推行自己的文学主张，"务先典实之作，以洗浮腐之弊"①。又如明世宗嘉靖十一年壬辰（1532）正月，曾任翰林学士的礼部尚书夏言，以岁当会试，条奏科场三事，即"变文体以正士习；责主司以定程式；简考官以重文衡"②，其中第一条"变文体以正士习"，从"醇正典雅，明白通畅、温柔敦厚"等不同角度对八股文写作提出了明确要求③。

综上所述，馆阁文人以进讲向皇帝宣讲与朝政相关的儒家经典教义，以编纂参与建构国家意识形态，以科举校文主导一朝文风走向，其职业生涯包含丰富多彩的内容。尽管馆阁文人的这些活动始终是在皇权的笼罩之下进行的，但士大夫献身于天下国家的情怀也常常伴随着这一过程，有时也确有几分崇高和神圣感。杨士奇《宣德二年进士题名记》云："仰惟国家取士非一途，而士必以科第为荣者，天子亲擢之也。今朝廷宠科第，廷试有录以示中外，题名有碑以示永远，夫岂徒显其名哉？固将推所学，见诸功业及诸天下也。名之所在，使后人睹之，而思其所立，歆艳爱慕之无已，荣莫大焉。不然，碌碌无称，或所行非所学，后将有指其名而疵议之者矣。此系其立志与否。呜呼！可不勉欤？"④杨士奇这些话，当然是说给所有进士听的，而那些进士中有幸成为馆阁文人的，志向无疑应更为远

---

① 〔明〕黄佐：《翰林记》卷十四《试录程式文字》，丛书集成初编，北京，中华书局，1985，第 183 页。
② 〔明〕夏言：《南宫奏稿》卷一《正文体重程序简考官以收真才疏》，影印文渊阁四库全书第 429 册，第 420 页。
③ 〔明〕夏言：《南宫奏稿》卷一《正文体重程序简考官以收真才疏》，影印文渊阁四库全书第 429 册，第 422 页。
④ 〔明〕杨士奇：《东里文集》，北京，中华书局，1998，第 11 页。

大。这种志向的核心内容，即经世济民，建功立业，造福于国家和百姓。儒家的"三不朽"大业，是历代读书人人生规划的核心内容，明代读书人也不例外。

三、明代馆阁文人的身份意识与"富贵福泽之气"

台阁与山林是传统社会中对比分明的两极。就其宽泛的意义而言，台阁是指有较高社会地位的在朝的阶层，山林是指未居要津的在野的阶层。台阁与山林，一方面是作者身份的差异，另一方面是由作者身份差异而导致的人生态度和艺术趣味的差异。宋代吴处厚《青箱杂记》卷五曾说：

> 文章虽皆出于心术，而实有两等：有山林草野之文，有朝廷台阁之文。山林草野之文，则其气枯槁憔悴，乃道不得行，著书立言者之所尚也。朝廷台阁之文，则其气温润丰缛，乃得位于时，演纶视草者之所尚也。故本朝杨大年、宋宣献、宋莒公、胡武平所撰制诏，皆婉美淳厚，过于前世燕、许、常、杨远甚，而其为人，亦各类其文章。王安国常语余曰："文章格调，须是官样。"岂安国言官样，亦谓有馆阁气耶？又今世乐艺，亦有两般格调：若教坊格调，则婉媚风流；外道格调，则粗野嘲哳。至于村歌社舞，则又甚焉，兹亦与文章相类。晏元献公虽起田里，而文章富贵，出于天然。尝览李庆孙《富贵曲》云："轴装曲谱金书字，树记花名玉篆牌。"公曰："此乃乞儿相，未尝谙富贵者。"故公每吟咏富贵，不言金玉锦绣，而惟说其气象。若"楼台侧畔杨花过，帘幕中间燕子飞"，"梨花院落溶溶月，柳絮池塘淡淡风"之类是也。故公自以此句语人曰："穷家儿有这等景致也无？"①

吴处厚用来对比"山林草野之文"与"朝廷台阁之文"风格异同的例子，宋代葛立方《韵语阳秋》卷一亦有记载：

> 人言居富贵之中者，则能道富贵语，亦犹居贫贱者工于说饥寒也。王岐公被遇四朝，目濡耳染，莫非富贵，则其诗章虽欲不富贵得乎？故岐公之诗，当时有至宝丹之喻。如"宝藏发函金作界，仙醪传羽玉为台"，"梦回金殿风光别，吟到银河月影低"等句甚多。

① 〔宋〕吴处厚：《青箱杂记》，北京，中华书局，1985，第46页。

李庆孙《富贵曲》云："轴装曲谱金书字，树记花名玉篆牌。"晏元献云："太乞儿相。若谙富贵者，不尔道也。"元献诗云："梨花院落溶溶月，柳絮池塘淡淡风。"此自然有富贵气。吾曾伯祖侍郎讳官，虽起于寒微，而论富贵若固有之。尝有诗云："翩翩燕子朱门静，狼藉梨花小院闲。"又云："西楼月上帘帘静，后苑花开院院香。"其视晏公真不愧矣。若孟郊"借车载家具，家具少于车"。陶潜"敝襟不掩肘，藜羹常乏斟"。杜甫"天吴与紫凤，颠倒在短褐"。皆巧于说贫者也。[①]

说风格，说气象，其核心是由生活境遇的区别所导致的人生态度、人生感受、人生情调等方面的差异。对这一差异，明初宋濂、张以宁等也给予了关注。宋濂在《宋学士文集》銮坡前集卷七《汪右丞诗集序》中说："昔人之论文者曰：有山林之文，有台阁之文。山林之文，其气枯以槁；台阁之文，其气丽以雄。岂惟天之降才尔殊也，亦以所居之地不同，故其发于言辞之或异耳。濂尝以此而求诸家之诗，其见于山林者无非风云月露之形、花木虫鱼之玩、山川原隰之胜而已。然其情也曲以畅，故其音也眇以幽。若夫处台阁则不然。览乎城观宫阙之壮，典章文物之懿，甲兵卒乘之雄，华夷会同之盛，所以恢廓其心胸，踔厉其志气者，无不厚也，无不硕也，故不发则已，发则其音淳庞而雍容，铿訇而镗鞳，甚矣哉！所居之移人乎？"宋濂《蒋录事诗集后序》亦云："昔人论文，有山林、台阁之异。山林之文，其气瑟缩而枯槁；台阁之文，其体绚丽而丰腴。此无他，所处之地不同而所托之兴有异也。"[②]张以宁《草堂诗集序》的思路与宋濂相近，只是将"山林"二字换成了"草泽"："缙绅于台阁而诗者，其神腴，其气缛，布韦于草泽而诗者，其神槁，其气凉。"[③]台阁之文和山林之文构成唐以降主流文学的两翼。

一般意义上的台阁之文和山林之文还不能算流派。台阁和山林成为严格意义上的流派乃是明代文学进程中具有划时代意义的文学现象。不仅台阁文学与山林文学在明人的意念中构成两个文学世界，而且台阁作家和山林作家的身份意识也异常明确，二者的消长在很大程度上是国家体制和文化风尚共同发挥作用的结果。大体说来，永乐至天顺年间是台阁文学兴盛而山林文学处于被压抑状态的阶段；弘治至嘉靖中期是郎署文学和山林文

① 〔宋〕葛立方：《韵语阳秋》，上海，上海古籍出版社，1984，第16页。
② 〔明〕宋濂：《文宪集》卷六，影印文渊阁四库全书第1223册，第400~401页。
③ 〔明〕张以宁：《翠屏集》卷三，影印文渊阁四库全书第1226册，第610页。

学兴盛而台阁文学衰降的阶段；嘉靖以后，典型的台阁体和山林体已不存在。这里以永乐至天顺年间台阁体的"富贵福泽之气"为核心，对相关侧面加以考察，以进一步了解身份意识与典型台阁文风之间的内在关联。

先看陈懿典的《皇明馆阁文抄序》：

> 语云：三代无文人，人尽能文也。故《诗》《书》所记，王公大人与田畯红女之言并载，何至以文章单属馆阁。自三代而降，人主或起于民间，或生于深宫，将相大臣，多木彊不娴于辞，必选天下能文之士，使典文章。两汉制诏尔雅，意其时在帝左右必有其人。唐宋始有翰林，而直院学士知制诰最号华选，往往由兹入相。顾唐宋入相之途甚杂，节镇任子间参平章，而毕竟从北扉两制者居多，故狄梁公有云："论文章则有李峤、苏味道。"高琼挽真宗车驾过河，云："此处可唤宰相作诗。"此虽轻视相臣文弱之语，足徵词臣作相之盛矣。故宋太祖曰："宰相须用读书人。"韩魏公曰："某为相，欧阳永叔在翰林，天下文章莫大于是。"则文之总萃于馆阁，可睹矣。晚近登坛自命狎主齐盟者，每卑馆阁为应制体，合诸草泽以争胜。文称西京，诗拟初盛，而谓非此即不及格。独不思两司马、刘向、杨（扬）雄、班固皆身在承明、天禄、石渠之间，摩诘、青莲俱列供奉之班，乌得谓应制为降格，而文人不在金马门也。我明中天启运，右文兴理，二百年来，官重馆阁之选，文重馆阁之体，国家有大典制、大述作，俱由兹以出。而天下才俊聪明之士，有鼎甲庶常所不及收者，则冠带绅弁之伦，能者甚众。又有科目方内所不能尽者，则山林羽释之中，能者不少。合此两者以与词垣竞，则众寡之形分，而和平典重与纵横牢骚者又异，何怪世之贬周而尊汉也。虽然，庙堂之上，纶綍之重，必不可以莽亢之气、悲壮之音用者。藉令击剑弄刃之技而陈于干羽之舞，则不典；山龙黼黻之章而杂以肇悦之文，则失裁。何也？才不尽于馆阁之人，文不尽于馆阁之体，而在馆阁则才不可逞，体不可越也。不见相如谕蜀之檄、子美明堂之赋，乃不与《子虚》曼衍、《曲江》之哭、《秋兴》之哀同调也？由斯以谭，则文章之变虽不可胜穷，才人之致虽无所不有，而要之合馆阁则八骏之绝尘应于和鸾，离馆阁则千里之长风不免蹄啮，其地使然也。①

---

① 〔明〕陈懿典：《陈学士先生初集》卷二，四库禁毁书丛刊集部第 78 册，第 656 页。

文章之变不可胜穷，才人之致无所不有，故文章的风格是多种多样的。但是，对馆阁文，必须有其特殊要求，即不能"不典"、不能"失裁"，"在馆阁则才不可逞，体不可越"。陈懿典所描述的这种风格特征，当然是就馆阁各种用于朝政的应用文体而言的，但在永乐至天顺年间，这种描述也可用来泛指台阁体的流派风格。金克木《八股新论》一文曾说："中国作品中大多是对话中的'应'，而且多半是'应试'或'应世'即'应酬''应景'，很少自发说自己独有的话如《老子》的，尤其是'代笔'为他人说话更是如此。《文心雕龙》中论的《章表》《奏启》《议对》《书记》都是对话的一方说话，着重文辞和作法，必须考虑对方的地位和关系，而且常是代笔。越到后来，套话越多，力不从心，辞不达意，往往半吞半吐，半真半假，要言藏于废话之中。"[1] 就馆阁各种用于朝政的应用文体而言，陈懿典强调不能"不典"、不能"失裁"，确有其合理性，因为这是其职能所在，是"'代笔'为他人说话"。但在职业写作之外也依然遵从这种习惯，就不能用这种合理性来加以解释了。台阁体作家何以会将职业写作的习惯贯彻到非职业写作中去呢？其背后的原因何在？或者换一种提问方式：台阁体流派风格是如何形成的？

台阁体流派风格的形成，与台阁体作家明确的身份意识有关。陈衍《石遗室诗话》卷三十二云："语言文字，各人有各人身份，惟其称而已，所以寻常妇人难得伟词，穷老书生耻言抱负，至于身厕戎行，躬擐甲胄，则辛稼轩之金戈铁马，岳武穆之收拾山河，固不能绳以京兆之推敲、饭颗之苦吟矣。"[2] 一个作者的身份，无论其自觉意识强烈与否，总会在作品中有所显现。而一个作者如果有明确的身份意识，无疑会显现得更为清晰。永乐至天顺年间的台阁体作家属于后一种情况。其身份意识有两方面尤为重要：其一，台阁文臣作为"文学侍从"，同时承担了主导国家意识形态的职能；其二，台阁文臣由"文学侍从"起家，其职业取向是入主内阁即成为实际上的宰相。

台阁体作家以未来的台阁大臣自期和自许，这种身份意识极大地影响了他们的心态。他们不满足于仅仅做一名文人，在涉及文学时，他们更愿

---

[1] 启功、张中行、金克木：《说八股》，北京，中华书局，2000，第144～145页。

[2] 陈衍：《石遗室诗话》，沈阳，辽宁教育出版社，1998，第458页。"推"，原文误作"摧"。

意从政治家的视角来看问题。[①] 杨士奇《圣谕录》载：

> 殿下监国视朝之暇，专意文事，因览《文章正宗》。一日，谕臣士奇曰："真德秀学识甚正，选辑此书，有益学者。"臣对曰："德秀是道学之儒，所以志识端正，其所著《大学衍义》一书，大有益学者及朝廷，为君不可不知，为臣不可不知……"
>
> 一日，殿下顾臣士奇曰："古人主为诗歌者，其高下优劣如何？"对曰："诗以言志，明良喜起之歌，南薰之诗，是唐、虞之君之志，最为尚矣。后来如汉高《大风歌》、唐太宗'雪耻酬百王，除凶报千古'之作，则所尚者霸力，皆非王道。汉武帝《秋风辞》气志已衰。如隋炀帝、陈后主所为，则万世之鉴戒也。如殿下于明道玩经之馀，欲娱意于文事，则两汉诏令亦可观，非独文词高简近古，其间亦有可裨益治道。如诗人无益之词，不足为也。"殿下曰："太祖高皇帝有诗集甚多，何谓诗不足为？"对曰："帝王之学，所重者不在作诗。太祖皇帝圣学之大者，在《尚书注》诸书，作诗特其馀事。于今殿下之学，当致力于重且大者，其馀事可姑缓。"殿下又曰："世之儒者，亦作诗否？"对曰："儒者鲜不作诗，然儒之品有高下，高者道德之儒，若记诵词章，前辈君子谓之俗儒。为人主尤当致辨于此。"[②]

杨士奇与明仁宗之间的对话，其核心之一是身份意识。明仁宗对诗产生了兴趣，杨士奇委婉而严肃地告诫他：作为帝王，关注的对象应与身份协调，比如，读《大学衍义》、两汉诏令之类，才是得体的选择。至于诗，则属可"缓"之"馀事"，如能不作更好。杨士奇提醒明仁宗注意其帝王身份，他本人则对台阁大臣的身份保持着持续不已的自觉意识。作为"儒者"，他不可避免地要作诗、文，但是，其作品情调是否与其台阁大臣的身份协调一事始终在其警觉的范围之内。这种协调主要表现为两个方面：一是与国家意识形态吻合，二是有助于显示国家的升平气象。由第一点出

---

① 参见李维桢《宗伯集序》："明兴，罢丞相，置内阁，简文学臣侍从备顾问，论道沃心于广厦细旃之上，向后委寄益隆，秩位益尊，于是内阁无相名，有相实，而沿袭迄今，拜相率由翰苑，几成天子私人矣。往余承乏史局，万安朱司空先生尝教之曰，翰苑所贵在经济，不在诗文，犹武臣所贵在谋勇，不在骑射。"朱司空之立论是以政治家的立场为出发点的。见〔明〕冯琦：《宗伯集》卷首，四库禁毁书丛刊集部第15册，第10页。

② 〔明〕杨士奇：《东里集·别集》卷二《圣谕录·中》，影印文渊阁四库全书第1239册，第627～628页。

发，他们在确定古文统系时主要以旨在"发明圣人之道"的宋文为榜样，对欧阳修尤其推崇，杨士奇《颐庵文选序》云：

> 古之圣人以道为体，故出言为经……周衰，圣人之教不行，文学之士各离经立说以为高。汉兴，文辞如司马子长、相如、班孟坚之徒，虽其雄才宏议，驰骋变化，往往不当于经。当是时，独董仲舒治经术，其言庶几发明圣人之道。至唐韩退之、宋欧阳永叔、曾子固力于文词，能反求诸经，概得圣人之旨，遂为学者所宗。周子、二程子，以及朱子，笃志圣人之道，沉潜六经，超然有得于千载之上，故见诸其文，精粹醇深，皆有以羽翼夫经，而文莫盛于斯矣。①

在台阁体的古文统系中，受尊崇的是"其言庶几发明圣人之道"的一系列作家，而并非欧阳修一人。欧阳修不过因其文风"质直温厚"，更多为台阁体作家所仿效而已。②"又历来以为，杨士奇等尊崇欧阳氏是出于文风上的原因，据上可知，显然还与更深层的义理上的投契有关。"③这种"义理上的投契"，实即与国家意识形态吻合。由第二点出发，台阁体作家"鸣国家之盛"的意图非常明确。杨士奇《东里文集》卷五《玉雪斋诗集序》说：

> 诗以理性情而约诸正，而推之可以考见王政之得失，治道之盛衰。三百十一篇自公卿大夫，下至匹夫匹妇，皆有作。小而《兔罝》《羔羊》之咏，大而《行苇》《既醉》之赋，皆足以见王道之极盛。至于《葛藟》《硕鼠》之兴，则有可为世道慨者矣，汉以来，代各有诗，嗟叹咏歌之间，而安乐哀思之音，各因其时。盖古今无异焉。若天下无事，生民乂安，以其和平易直之心，发而为治世之音，则未有加于唐贞观开元之际也。杜少陵浑涵博厚，追踪风雅，卓乎不可尚矣。一时高材逸韵，如李白之天纵，与杜齐驱。王、孟、高、岑、韦应物诸君子，清粹典则，天趣自然。读其诗者有以见唐之治盛于此。而后之言诗道者，亦曰莫盛于此也。④

---

① 〔明〕胡俨《颐庵文选》卷首，影印文渊阁四库全书第 1237 册，第 550 页。
② 关于台阁派的古文系统，章太炎另有说法，他以为："权德舆年辈高于昌黎，文亦不恶，惟少林下风度耳，明台阁体即此出。"章太炎：《国学略说》，上海，上海文艺出版社，2001，第 214 页。
③ 黄卓越：《明永乐至嘉靖初诗文观研究》，北京，北京师范大学出版社，2001，第 32 页。
④ 〔明〕杨士奇：《东里文集》卷五，北京，中华书局，1998，第 63 页。

永乐至天顺年间，社会经济状况和士大夫的人生境遇总体较好，其结果，台阁体诗人点缀升平、"润饰鸿业"的廊庙意识风靡天下，其占主导地位的艺术追求是表现"富贵福泽之气"。"富贵福泽之气"，既是台阁体的核心内容，也是台阁体的风格特征。

关于台阁体的"富贵福泽之气"，有一点不能忽略，即：台阁文臣也有遭到贬谪、被逐出台阁的时候。但即使在这种情况下，他们也坚持认为，不能感时愤俗，不能啼饥号寒，而应保持和平温厚的心态和风格。所以，杨荣在《省愆集序》中表彰黄淮："公以高才懿学，凤膺遭遇，黼黻皇猷，铺张至化，与世之君子颉颃，振奋于词翰之场者多矣。此盖特一时幽寓之作，而爱亲忠君之念、咎己自悼之怀蔼然溢于言表，真和而平、温而厚、怨而不伤而得夫性情之正者也。"① 台阁文臣的这种身份意识，使其各种体裁和题材的创作均以"平正纡徐""雍容雅步"为风格特征。永乐至天顺年间的台阁文臣总是小心翼翼地避免寒士口吻，以免有失身份。

四、明代馆阁文学活动之意义

作为一个特殊的文人群体，馆阁文人的文学活动具有怎样的意义？这样提问，实际上是要回答以下问题：馆阁文人的人文素养总体水准如何？如何评判那些"歌功颂德、点缀升平"的作品？如何评价那些"朝廷大制作"？

明代馆阁文人或兼事馆阁文学创作的台阁重臣，是一群主要由科举制度选拔出的儒生。这种特殊的教育背景与出身情况，是考察其人文素养的首选角度。

明代有一项重要规定：科举以"四书""五经"为基本考试内容。这一规定的宗旨，是以国家体制的力量来强化儒家经典在国民教育中的功能。之所以偏重儒家经典，乃是基于一个基本事实：《论语》《孟子》等儒家经典是秦汉以来中国传统社会维系人心、培育道德感的主要读物，并一再被证明成效显著。我们经常表彰"中国的脊梁"，一个毋庸置疑的情形是，秦汉以降，"中国的脊梁"大都是在儒家经典的教育下成长起来的。

就明代的情形而言，"四书""五经"对士人阶层的品行所产生的整体影响也是巨大的："当变故之秋，率多仗义死节之士；值权奸之际，不乏敢言直谏之臣。贤士大夫之公评，士庶之清议，是非井然，一有不当于人

---

① 〔明〕杨荣：《文敏集》卷十一，影印文渊阁四库全书第 1240 册，第 169 页。

心，群起而议。"①对明代士大夫所具有的道德感，不宜评价过低。这些风标不俗的明代士大夫中，自然也包括了一部分馆阁文人或馆阁文人出身的台阁重臣。至于台阁重臣中最有人望的"三杨"，其人品尤常为后人所称道，赵翼《廿二史劄记》卷三十三《大臣荐举》云："盖洪宣以来，大臣荐士之风如此。其时荐贤者，皆采人望，核才品而后上闻。苏州一郡，逋粮八百万石，孝宗思得才力重臣往厘之，杨荣荐周忱，遂以工部侍郎巡抚江南，果兴利除弊，为名臣。杨士奇初不识陈继，夏原吉治水苏、松，得其文，归示士奇，士奇才之，即荐为博士，改翰林。而于谦之为河南、山西巡抚也，三杨在政府，皆重谦，所奏请无不允。谦每议事至京，空橐以入，诸权贵不能无望，及三杨卒，谦遂左迁大理少卿。可见三杨等之荐人，皆出于至公，非如后世市恩植党之为也。"②这可以说是盖棺定论。

馆阁文人及其作品，往往被概之以"歌功颂德，粉饰太平"等评论，那种不屑一顾的口气足以引发一部分读者的鄙薄。然而事实上，事情还有另外一面。在特定的时空背景下，雍容大度的气象，高华典重的辞藻，其实也是不可少的。我们常说"开国气象""汉唐盛世"，与"开国气象""汉唐盛世"联系在一起的那些作品，与杜甫《秋兴》一类的作品一定是风貌迥异的。人生需要仪式感，群体需要仪式感，王朝也需要仪式感。至于馆阁文人的创作，更不仅与时代相关，还与特定的空间有关，帝王是它最重要的读者。当他们与帝王应酬时，其作品内涵中，一部分要素是所有应制之作都应具备的，一部分要素则是带有个人烙印的情感。如杨荣、杨溥、杨士奇等人，历成祖、仁宗、宣宗、英宗四朝，不仅是明代较为安定繁荣的这段历史时光的直接见证人，也是"盛世鸿业"的亲身参与者。作为馆阁文人或谓由馆阁文人而被选拔为台阁重臣者，"遭遇列圣太平雍熙之运，声明文物之时"，"抒其所蕴，以鸣国家之盛"③，既是其职守所在，是与帝王应酬之需，但也不是被迫的。士大夫阶层有志于兼济天下，而有能力获得帝王的青睐乃是兼济天下的基本前提。自孟子以降，"得君行道"就是传统士大夫阶层占主导地位的价值理念。由此衍生的创作心态，一如杨荣《杏园雅集图后序》所言：

惟国家列圣相承，图惟治代，以贻永久，吾辈忝与侍从，涵濡

① 〔明〕高攀龙：《高子遗书》卷七，影印文渊阁四库全书第 1292 册，第 441 页。
② 〔清〕赵翼著，王树民校证：《廿二史劄记校证》，北京，中华书局，1984，第 766 页。
③ 〔明〕胡俨：《两京类稿序》，《"国立中央图书馆"善本序跋集录》集部（二），台北，"中央图书馆"1994 年编印，第 347 页。

深恩，盖有年矣。今圣天子嗣位，海内宴安，民物康阜，而近职溯望休沐，聿循旧章。予数人者得遂其所适，是皆皇上之赐，图其事以纪太平之盛，盖亦宜也。①

所谓"盛世"，所谓"鸿业"，一方面这是他们所要"润色"的内容，另一方面也是他们自幼即努力认同的事业，其作品因而有其社会心理基础和身份认同基础。从这个层面来说，明代"馆阁文人"的创作确乎多为"乾坤喜气溢天颜，大将中原奏凯还"②，"圣主尊居四海安，天教戎虏自相残"③之类颂圣之辞，但自有其现实需要及身份认同需要；馆阁文学如此，与馆阁文学创作关系密切之台阁体所含蕴的"富贵福泽之气"④亦是如此。在这类馆阁之作中，时有可读之作。如明代第一位状元吴伯宗《荣进集》所录《长江潦水诗十二韵应制》：

> 巴蜀已消雪，长江潦水浑。洪涛涵日月，巨浪浴乾坤。
> 回拥三山出，雄驱马万奔。大声如拔木，远势泻倾盆。
> 浩荡川原混，微茫岛屿蹲。漫漫连两岸，渺渺接千村。
> 毂转盘涡急，云蒸湿气屯。浮游多浴鹭，变化有溟鲲。
> 已足沾畴陇，还应赴海门。朝宗长不息，灌溉意常存。
> 惠泽流今古，阴阳顺晓昏。滔滔南国纪，永护九重尊。⑤

是诗作为应制之作，风格高华，当得起"雍容典雅，有开国之规模"⑥的称誉。对这一类诗的评价，有必要参考历史上衡估大雅和颂诗的标准。

《诗经》时代曾有风、雅、颂之别。关于风、雅、颂的分类依据，朱熹《诗集传序》指出："凡诗之所谓风者，多出于里巷歌谣之作，所谓男女相与咏歌，各言其情者也。惟《周南》《召南》亲被文王之化以成德，而人皆有以得其性情之正，故其发于言者，乐而不过于淫，哀而不及于伤，是以二篇独为诗之正经。自《邶》而下，则其国之治乱不同，人之贤

---

① 〔明〕杨荣：《文敏集》卷十四，影印文渊阁四库全书第 1240 册，第 205 页。
② 〔明〕魏观：《大将军徐丞相平定中原振旅还朝上御龙江亭命儒臣各赋一诗迎之观应制二首》，章培恒等主编：《全明诗》第 1 册，上海，上海古籍出版社，1990，第 536 页。
③ 〔明〕廖道南：《殿阁词林记》，见余来明、潘金英校点：《翰林掌故五种》，武汉，武汉大学出版社，2009，第 226 页。
④ 〔清〕永瑢等：《四库全书总目》卷一百七十，北京，中华书局，1965，第 1484 页。
⑤ 〔明〕吴伯宗：《荣进集》卷二，影印文渊阁四库全书第 1233 册，第 236～237 页。
⑥ 〔清〕永瑢等：《四库全书总目》卷一百六十九，北京，中华书局，1965，第 1477 页。

否亦异，其所感而发者，有邪正是非之不齐，而所谓先王之风者，于此焉变矣。若夫雅颂之篇，则皆成周之世，朝廷郊庙乐歌之词，其语和而庄，其义宽而密；其作者往往圣人之徒，固所以为万世法程而不可易者也。至于雅之变者，亦皆一时贤人君子，闵时病俗之所为，而圣人取之。其忠厚恻怛之心，陈善闭邪之意，尤非后世能言之士所能及之。"①朱熹认为，所谓风，多属民间情歌；所谓变雅，多为"贤人君子"心忧天下之作；而雅颂则多为"朝廷郊庙乐歌之词"。大雅用之于朝廷，颂用之于郊庙，根据朱熹的说法，这其实就是《诗经》中的台阁体。从风格来看，其共同特征是肃穆庄重。以颂为例，"盖上古之时，最崇祀祖之典。欲尊祖敬宗，不得不追溯往迹，故《周颂》三十一篇所载之诗，上自郊社明堂，下至藉田祈谷，旁及岳渎星辰之祀，悉与祭礼相同。是为颂也者，祭礼之乐章也，非惟用之乐歌，亦且用之乐舞。"②这一层面上的"乐"，与"礼"的联系至为密切。礼乐不分，礼仪举行的过程，通常也就是乐舞演奏的过程。与之相应，颂乐的节奏是异常缓慢的。颂诗不分章节，没有复沓重叠的现象，一般篇幅较短，却要与繁文缛节相偕配，其节奏之缓慢可以想见。为了在大型仪典上造成庄重、肃穆的气氛和听众的敬畏心理，颂乐一般只用打击乐与管乐相配（例如《周颂·有瞽》），不大用丝弦乐器。常见于颂诗描绘的"喤喤""渊渊""穆穆""简简""肃雍"等打击钟鼓之声，低沉、舒缓、庄严，不像雅诗中经常描绘的"将将""喈喈""钦钦"等丝弦之声那样清脆、柔婉、细腻。在礼乐体系中，颂乐是典型的雅乐，与之相对的则是"郑声"即俗乐。乐的雅俗之分，具有文化分层的意义。

雅颂在后世的延伸即"朝廷郊庙"所用的"乐章"。属于雅颂一脉的"乐章"，其宗旨不在娱人，而在于发挥政教功能，礼乐中蕴含的礼治、礼法、乐教、政教等内容，才是执政者关注的重心。或者说，传统意义上的制礼作乐，旨在创造一种肃穆庄重的氛围并藉以建立政教的威严。以明代为例，清初朱彝尊《静志居诗话》卷一专列"乐章"一类，收录明代《庆成宴》《太庙时享》《太学释奠》《雩祀》《立春特享武宗》《圜丘》《升祔》《改上成祖谥号》《伐倭告祭》等篇，均与朝廷的祭祀典礼相关。这类承袭雅颂统绪的乐章，也可以写得健拔爽朗。而我们所要补充说明的是：这类作品虽然从未大规模地进入民众的欣赏视野，但作为国家政治体制的一个

① 〔宋〕朱熹：《诗集传》卷首，上海，上海古籍出版社，1980，第2页。这里所用"雅颂"一语，根据约定俗成的惯例，指正雅（大雅）和颂，不包括变雅（小雅）在内。

② 刘师培：《原戏》，见郭绍虞主编：《中国历代文论选》第四册，上海，上海古籍出版社，1980，第413页。

组成部分，它在重大典礼中的功能不容忽视。典礼和典礼所造成的庄严感，在任何时代都是不可缺少的。如果在一个名副其实的盛世，则其价值就更不宜忽略。从这样的角度来看杨士奇的若干四言诗，如《平安南诗》《平胡诗》，才能恰当地认定其价值。这些诗尽管不一定是典礼所用，但其风格、功能确与雅颂相近。

至于三杨等台阁文人的"朝廷大制作"及其"应世之文"，自然更不宜一概抹杀。与传统的集部研究相比，20 世纪的中国古代文学研究有两个显著特征：一是在文学观念上，强调诗、文、小说、戏曲才属于文学研究的核心对象；二是在治学方式上，强调叙述和论证的条理化和逻辑化。这种研究在带来显而易见的好处的同时，也带来了显而易见的缺憾。就研究对象的选择而言，在《诗经》、楚辞、汉魏乐府、唐诗、宋词、元杂剧、明清小说等被突出的同时，造成了汉赋、六朝骈文、子部小说等在文学史上无足轻重的误解。被边缘化程度最高的是古代的文章。以现代的散文定义来衡量，古代的文章，如诏诰、奏议、对策、述序等，都不符合标准。古代散文的研究之所以成为冷门，"朝廷大制作"之所以被置于文学史视野之外，"三杨"的诗文尤其是文之所以经常被忽略不计，就是由于古今观念的差异，那些在当日曾为世人瞩目的作品，现在被认为无足轻重了。假如我们摒除成见，以"同情之了解"的立场进入研究，结论会显然不同。黄淮《少师东里杨公文集序》云："（公）历事四圣熙洽之朝，凡大议论大制作，出公居多。肆其余力，旁及应世之文，率皆关乎世教，吐辞赋咏，冲淡和平，渢渢乎大雅之音，其可谓雄杰俊伟者矣。公之立心制行，本之以忠贞亮直，持之以和厚谦慎，以故清议咸归重之。洪惟我朝自太祖高皇帝肇开文运，儒雅彬彬辈出，以公述作征诸前烈，颉颃下上，能几人焉？方之当时，齐驱并驾，复几人焉？谓之间世之才，其信然哉。"①黄淮这里谈的，主要就是杨士奇的"大议论大制作"及其"应世之文"，而评价如此之高，虽不免有溢美之处，但足见杨士奇所作超乎寻常。对于这些作家作品，随意臧否是不得体的。

20 世纪 50 年代后期，茅盾在分析文人作家内部的现实主义与反现实主义（形式主义）的斗争时，举了好些例子，其中一个是讨论明代的台阁体和前七子。"'台阁体'是怎样的产生而且成为当时的文学'正宗'呢？'台阁体'是在这样的环境下产生的：永乐成化间大约八十多年的比较太平，和一定的经济繁荣；洪武、永乐两代对于文人的大杀戮（其实不只是

---

① 〔明〕杨士奇：《东里文集》卷首，北京，中华书局，1998，第 1 页。

洪武和永乐，明朝的皇帝几乎没有一个不是杀过多少文人的，翻开《明史·文苑传》，就可以看到，凡是有声望、有气节的文人，十之八九都不得善终，至少也像杨升庵那样廷杖充军，以至于死）；制艺取士的制度一方面束缚了文人的思想，让他们终生的精力消耗于'代圣贤立言'，又一方面给一块敲门砖，使他们死心塌地地来钻这圈套。所谓'台阁体'，说得'雅'一点，是雍容典雅，说得不客气，就是'今天天气，哈哈哈'。这种以阿谀粉饰为主题，以不痛不痒、平正肤廓为风格的文学，在那时，不但是文人们明哲保身的法宝，也不失为夤缘求进的阶梯。因此，从永乐到成化，虽然有少数卓特之士唾弃这所谓'台阁体'，然而当时滔滔者天下皆是，台阁体俨然成为'正宗'和'主流'。""可是到了弘治年代（十五世纪末），形势已经大变。这个皇朝，对外不能御侮，对内不能养生，可是荒淫暴虐，却依然如故。稍有正义感的文人，都不能再容忍那阿谀粉饰、不痛不痒的文风。'前七子'的复古运动，正是针对着这种情况而发生的。在李梦阳等大声疾呼以前，李东阳也是'台阁体'的反对者，可是茶陵派（即李东阳为首的一派））虽不同于'三杨'，但还是萎弱，不足以一新耳目。治重病得用猛药。'前七子'正因此故为偏激，有'文必秦汉、诗必盛唐'的主张。我们不能把'前七子'的复古运动，看成仅仅是'文体'改革运动，而必须充分估计它的政治改革和思想解放的意义。"[1]茅盾的这段话，确立了北京大学中文系1955级集体编著的文学史关于台阁体的评述基调；此次编著的文学史，直接影响了游国恩等主编的《中国文学史》；而游国恩等主编的《中国文学史》，因其使用量巨大，又使这种评述成了"文学史常识"。自20世纪50年代后期至21世纪初，学术界关于台阁体的定位，即大体遵循这一"文学史常识"。我们之所以要就馆阁文人文学活动的意义费这番唇舌，也是针对这一学术史背景而言的。

第二节　明代会元别集所见"馆阁写作"

明代馆阁文人职业范围的写作，我们称之为"馆阁写作"；他们公务之外的诗、古文一类作品，我们称之为馆阁文学。

明代的仕宦，虽然号称多途并用，但实际上只有科举入仕才是为人看重的正途，贫寒之家倚此改换门庭，簪缨世族则借此绵延福泽。过于单

---

① 茅盾：《夜读偶记》，天津，百花文艺出版社，1958，第21～22页。

一的人生价值实现途径，造成了多数士人自我评价和社会评价的高度体制化。在这样的语境下来衡估明代会元别集所见"馆阁写作"和馆阁文学、会元科名及与其相关联的仕宦路径，是我们考察和分析的起点。

一、明代会元的任职情形

在明代，不拘资格的用人政策只是作为一条原则或是在某一阶段（如明初）一度奉行，总体上，官员铨选的核心尺度是科名高下，不同的科名具有不同的任职范围，中后期尤其如此。比如，举人和监生通常选任教职或地方的副职官员；进士则主要出任京官和各地尤其是富庶地区的守令官。会元是进士中的佼佼者，虽然他们还需要经过殿试的排名确认而不是以会元的身份授职，但是一个显而易见的事实是，会元的殿试名次往往靠前：87位明代会元中，有37人位列一甲（含状元9人），占42.5%；加上传胪（二甲首和三甲首）的13人，则有过半数（50人，57.5%）的会元获得巍科；若再算上二甲较高的名次（前十），便有近八成的会元在殿试中获得选官的有利位置。此外，选官时还有一个不成文的惯例，即向会元倾斜。例如，陆树声、冯梦祯都是恃才简傲的人，不肯趋奉权相严嵩和张居正，在庶吉士散馆授职时二人虽因而略有波折，但终以会元身份而得以留任翰林院，故于慎行为陆树声所作墓志云："故事，南宫第一人，被选必授馆职。"[1] 朱国桢亦感叹："分宜虽贪，江陵虽愎，绝不令会元既入馆，复为它官，彼视一编修，只是本等官。"[2] 会元与翰林院编修之间，在明代确有一条绿色通道。

我们根据多种明代传记资料逐一考察了明代会元的仕宦经历，其情形可归纳为如下几种：（1）从任职品级来看，仕至一品的会元有8人，仕至二品的有14人，仕至三品的有13人，仕至四品的有10人，以上合计45人，占总数之半，其中有12位会元入阁，他们是：刘定之、商辂、岳正、彭华、王鏊、梁储、张治、袁炜、王锡爵、李廷机、施凤来、周延儒。一

---

[1] 〔明〕于慎行：《谷城山馆文集》卷二十二，四库全书存目丛书第147册，济南，齐鲁书社，1997，第632页。

[2] 〔明〕朱国桢：《涌幢小品》卷十"留馆职"条，明清笔记丛刊，北京，中华书局，1959，第211页。又如，正德戊辰科会元邵锐被选为庶吉士，散馆时因耻与焦芳、刘宇之子为伍，具疏辞免编修职，其兄劝阻他说："以会元而得史职，亦分耳，何辞为？"见〔明〕焦竑《玉堂丛语》卷七《恬适》，北京，中华书局，1981，第235页。

般而言，五品以上即属高级官员，在待遇和礼仪上均与五品以下者有别①。高科与膴仕相关联，在会元身上表现得较为明显。（2）从任职地域来看，只有 15 位会元有过地方任职经历，且多为贬谪降调（如岳正、邵锐、邹守益等），时间短暂，并非常态，会元担任京职（包括南京）的比例极高。（3）从任职部门来看，会元出身者以任职于翰林院、詹事府等清要衙门为主。以鼎甲及第的会元直接授予翰林院修撰、编修等史职②，而非鼎甲及第的会元中也只有朱绂、陈中、叶恩、赵鼎、陈诏、姚夔、陈选、林春、许谷、吴默 10 人未被选为庶吉士（未考选的科次不计），且多数是因明前期庶吉士考选尚不规范所致，被选为庶吉士的会元则几乎全部留任翰林院（只有杨相、洪英、赵时春三人例外）。从整体来看，大部分会元（尤其是较有名望者）都有任职于翰林院的经历，有些还终生不离馆职，如黄子澄、刘定之、商辂、吴宽、王鏊、袁宗道等。他们在政治、学术、文学诸方面都颇有建树，有些还是某一领域的标杆。而完全没有翰林院任职经历的会元不仅不多，而且名声不显，只有姚夔（政事）、孙镬（兵事）、林春（理学）、储巏（诗歌）、吴默（八股文）等数人稍有影响。由此可见，会元与翰林院之间有着显著的身份关联，会元与馆阁文人之间只有一步之遥。

明代翰林院始设于吴元年（1367），在明初其建制多有变动，至洪武十八年（1385）更定为正五品衙门，形成了包含学士、侍读学士、侍讲学士、侍读、侍讲、修撰、编修、检讨、五经博士、典籍、侍书、待诏、孔目等层级的官制系统③，专司笔札文翰之事。相对于前代而言，明代翰林院在性质、功能和地位方面既有承续，亦有变化。一方面，它剥离了唐宋翰林院储养医学、艺术等各类专业人才的职能，而更为突出文学侍从的性质，正如王鏊所云："今翰林在外，虽非复唐宋之深严，然非文学之臣不预，无复工伎、茶酒、医官、杂流，跬步卿相，视唐宋为重矣。"④另一方面，明代翰林院又整合了唐宋以来翰林学士院、秘书监、史馆、中书舍人

---

① 如翰林官员之间交往时，"以科（第）为序，同年以齿序，官至五品以上则不拘，故云五品不拘"（张位《词林典故》"本衙门交际"条）。又如，五品以上者逝后可立碑，用墓碑文，五品以下者，则只用墓碣文，至于墓志墓表则有官无官皆可用。
② 一甲三人授予修撰和编修始于洪武二十一年（1388）戊辰科，并著为令，此后只有建文二年（1400）庚辰科鼎甲三人皆授修撰，其余皆如制。
③ 明代翰林官制沿革及各官职掌可参见《明史》卷七十三《职官志二》、《殿阁词林记》卷十一、《翰林记》卷一、《明会典》卷一百七十四等。
④ 〔明〕王鏊：《震泽长语》卷上，影印文渊阁四库全书第 867 册，第 203～204 页。

等衙署的职任，"兼前代两制、三馆、二史之任"①。其职掌范围较广，主要有：（1）草制。黄佐云："翰林职代王言……国朝两制悉归本院，非鸿儒历显秩者不可掌，而以中书主誊写。"②这就改变了由翰林学士和中书舍人分掌内、外制的格局。明代的内制包括制敕、诰命、册表、宝文、谕祭文、露布、祝辞、檄文、经筵讲章、揭帖等，种类繁多；外制则为文官诰敕。草制是命题作文，虽然每一种文体都有固定的格式，但仍要求具有很高的政策水平和文字能力。（2）顾问和进讲。翰林属文学侍从之臣，与皇帝关系密切，时常要预备对答，举凡经书义理、政务方针、文史疑难等都在顾问之列，这要求翰林官具有较广的知识面③。经筵和日讲是皇帝研习经史的活动，讲官由翰林正官担任。（3）修书和试士。凡修纂实录、史志等书，例由阁臣领衔，翰林史官负责具体修撰，其他订辑经传、纂修玉牒、宝训等也是翰林职事。在廷试、会试、两京乡试中，翰林官是主要的主持者和阅卷人。这两项职务要求翰林官具有为天下士子所向慕的文章写作（尤其是时文写作）水平。从以上职掌来看，明代翰林院是集政治、学术、文化、教育等多方面功能为一体的综合性机构，地位十分重要。会元任职于翰苑，虽然品级不高，但一则无繁剧冗杂之务，二则升迁前景极好④，是名副其实的"清华之选"。

明代翰林院之"清华"，不仅在于其职掌，而且在于翰林院与朝廷之间并无明确的区隔。（1）明代的内阁不是独立机构，而是一个与翰林院息息相关的职衔。《明会典》无内阁条目，而是附于翰林院之下，明人有称内阁为翰林院"内署"的，而阁臣也多数由翰林官升任或兼任。随着内阁地位的提高，尤其是正统之后翰林院衙署由禁中移至长安左门外，似乎也可将翰林院视作内阁的"外署"⑤。我们倾向于认为内阁是翰林院的特殊部分，因此不能同意清代昭梿将两者截然分开的看法⑥。由于翰林院与朝廷

① 〔明〕周应宾：《旧京词林志》卷三"纪典上"，四库全书存目丛书史部第259册，济南，齐鲁书社，1997，第398页。
② 〔明〕黄佐：《翰林记》卷十一《知制诰》，丛书集成初编，北京，中华书局，1985，第137页。
③ 《玉堂丛语》卷一《文学》记景泰帝阅画，见龙有翼而飞者，以之问内阁，内阁不知。史官陈继引《尔雅》对曰"应龙"。同书又记世宗阅给事中张翀奏疏中有"乔宇鬼琐"四字，问内阁，不知。杨慎取《荀子·非十二子》篇以复。参见〔明〕焦竑撰，顾思点校：《玉堂丛语》，北京，中华书局，1981，第21、28页。
④ 关于翰林官的升迁可看《翰林记》卷五"迁转"和《万历野获编》卷十"翰林升转之速"。
⑤ 王天有：《明代国家机构研究》，北京，北京大学出版社，1992，第70页。
⑥ 〔清〕昭梿在《啸亭续录》卷一中说："明代设翰林院于东长安门外，视之与部院等，坐耗俸赀，毫无一事，惟以为入阁之阶。"北京，中华书局，1980，第398页。

息息相关，政务性写作始终是翰苑职守的基本内容，也是会元写作的基本内容。（2）翰林院官常与辅导、教育太子的詹事府、春坊、司经局互兼职事，以致东宫官与翰林官几乎是同一套班子，这就有利于融洽翰林官与后任皇帝的关系，并对翰林官本人的仕途产生明显影响。基于以上两点，明人多用"馆阁"一词指称包括翰詹内阁在内的王朝禁直机构①。（3）庶吉士的教育培养是明代翰林院的重要职能。内阁会同吏、礼二部在新科进士中择优考选若干人就学于翰林院，"置之清华宥密之地，资之以图书之富，养之以饩廪之厚，责之以迟久之效，而需之以远大之用"②。庶吉士享有优厚的文化资源、生活待遇和政治出路，散馆之后，最优者留任翰林院，其次授予科道之职，再次进入中央各职能部门，很少有放外任的。本来，王朝设立此一制度的初衷，就是为了弥补举业之学的欠缺，以储养一批能超越于政府实务（如各部行政事务）之上的国家管理人才，庶吉士也因此被人视为"储相"③。会元因其科名的高等，自是庶吉士人选的主要来源之一。

二、明代会元的馆课与讲章

在对明代会元的任职情形有一大略的了解之后，再来检视会元别集，其最为显著的"身份写作"大致有四类文字：一是馆课之作，二是经筵讲章之作，三是制敕之作，四是乡、会试录序（按常例，这是担任乡、会试主考或副主考官员的专属文字）。这些都是馆阁官员的职业性、公务性写作，从而与别集中大量的碑传序记诗赋等"非身份写作"有所区别。这里重点对馆课和讲章做些考察。

馆课（包括阁试）是庶吉士期间的习作，由于一甲三人一般也随该科庶吉士一同学习④，故不论是位居鼎甲还是被选为庶常，馆课在会元的文字生涯中都有其显著位置。但就现存会元别集来看，其数量并不多，大致

① 如〔明〕罗玘：《馆阁寿诗序》（《圭峰集》卷一）云："今言馆，合翰林、詹事、二春坊、司经局，皆馆也，非必谓史馆也。今言阁，东阁也，凡馆之官，晨必会于斯，故亦曰阁也，非必谓内阁也。然内阁之官亦必由馆阁入，故人亦蒙冒，概目之曰馆阁。"见影印文渊阁四库全书第 1259 册，第 7 页。
② 〔明〕徐有贞：《武功集》卷三《送伊吉士序》，影印文渊阁四库全书第 1245 册，第 113 页。
③ 据统计，在明代 164 位阁臣中，由庶吉士出身者达 128 人，占 78%。见吴仁安：《明清庶吉士制度述论》，《史林》1997 年第 4 期。
④ 〔明〕黄佐《翰林记》卷十四《考选庶吉士》云："天顺以前，一甲三人与庶吉士同读书，成化后久废，至弘治丙辰始复旧规，自后皆因之。"即便从成化元年（1465）算起，至弘治丙辰（九年，1496），其间考选庶吉士只有五科，可算是偶例，故明代鼎甲与庶吉士同时就学属于常例。见〔明〕黄佐：《翰林记》，丛书集成初编，北京，中华书局，1985，第 184 页。

有：黄观《黄侍中遗集》7 篇，章懋《枫山先生集》1 篇，钱福《鹤滩稿》7 篇，袁宗道《白苏斋类集》17 篇，陶望龄《歇庵集》56 篇，顾起元《懒真草堂集》4 篇，许獬《许钟斗文集》35 篇，杨守勤《宁澹斋全集》39 篇。其中，袁宗道、陶望龄、杨守勤和许獬四人的馆课已具一定规模，且袁、陶、杨三人之作还是集中编辑成卷的。此外，会元、榜眼王锡爵编有《增订国朝馆课经世宏辞》和《皇明馆课经世宏辞续集》，是历科馆课选集；会元、榜眼施凤来编有《重校订丁未科翰林馆课全编》①，收万历三十五年（1607）庶吉士及鼎甲共 21 人之作。以上三书均含有会元之作，可供参考。这是会元馆课的基本情况。

从写作体制来看，馆课的文体相当多样，如奏疏、表、诰敕、诏、露布、檄、致语、议对、策、论、辨、考、解、说、序、记、传、评、颂、赞、箴、铭、赋、颂及古今体诗等，几乎涵盖了传统所谓"古文辞"的大部分文体类型，这表明，翰林院中的学习明显与此前的举业相补充，并与此后的宦业相适应。从应用类别来看，翰林馆课可略别为三种，即政务类的公文、学术类的论文和言志类的诗文。诏、诰、表、奏等公文是应用性最强、与翰林职任最为密切的文类，虽然士子此前亦略有染指，且科试第二场亦曾予考察，但分量远远不够，故公文训练是庶吉士习文的重要内容。作为典制文字，公文当然要求庄重典雅、正大明白，个性化不是此类文字的特点，狭义的文学性也不是它关注的重点。但我们读袁宗道的《拟辽东剿平东夷赐给总督蓟辽都御史诰文》（《白苏斋类集》卷八）、杨守勤的《拟汉武帝罢田轮台诏》（《宁澹斋全集》文部卷十二），确能从谐畅的音调中体会出一种宏阔的气象，感受到一种庄严的氛围。馆课中的奏疏大多现实针对性强，不务空言，如陶望龄的《正纪纲厚风俗疏》（《歇庵集》卷二十），总结风俗败坏的四端为"朝廷之与臣工不交""大臣之与小臣不交""大吏之与有司不交""守令之与百姓不交"②，准确地揭示了万历中后期社会矛盾加剧的状况，《议国计疏》（《歇庵集》卷二十）则深忧切计于边患和内供，出语耿直，迫急之心可见。笼统地指责政务公文为陈词滥调并不恰切。

论、辨、考、说、解等学术性文章是会元在馆中研习经史之学的心

---

① 《增订国朝馆课经世宏辞》及续集为万历十八年（1590）、二十一年（1593）周曰校刻本，有四库禁毁书丛刊本。《重校订丁未科翰林馆课全编》为万历三十七年（1609）金陵唐振吾刻本，《故宫珍本丛刊》据以影印。

② 〔明〕陶望龄：《歇庵集》，续修四库全书集部别集类第 1365 册，上海，上海古籍出版社，1996 年影印本，第 639 ~ 640 页。

得，其主导的意识形态与此前的举业一脉相承。对于翰林院编纂经传书史和衡文取士的职能而言，此种学习尤为必要，即明成祖谕首科庶吉士所云："为学必造道德之微，必具体用之全，为文必并驱班、马、韩、欧之间。"① 在国家意识形态规约下的学术写作，其目的在于演练台阁思维和形成平正雅洁的文风，实现从此前举业的"代圣贤立言"到此后宦业的"代朝廷立言"的转换。此类文字以冠冕堂皇者居多，如许獬的《王者必世而后仁》《惟事事乃其有修》(《许钟斗文集》卷二) 等篇。但也有一些篇章反映出作者和当世的思想现实，如袁宗道的《真正英雄从战战兢兢来》(《白苏斋类集》卷七) 云：

> 夫收敛者，所以为恢弘，而有所不轻为者，乃其无不可为者也。……故夫号真英雄者，扃之至深，辟之至裕；钥之至密，张之至弘。有侗乎若童稚之心，而后有龟蔡之神智；有怯乎畏四邻之心，而后有貔虎之大勇。囷衡胸中，口呿弗张，而后出其谋也若泉涌；踯躅数四，曳踵弗前，而后出其断也若霆发。其心俯乎环堵之内也，而后其才轶乎宇宙之外；其心出乎舆台之下也，而后其才驾乎等夷之上。②

此等思维取径和运语方式，与一味冠冕堂皇已有所不同。若再对读陶望龄《宁静致远论》(《歇庵集》卷七) 中对动与静的诠解，当有助于我们理解公安派非体制化倾向的早期形态。袁氏的《士先器识而后文艺》(《白苏斋类集》卷七)、陶氏的《八大家文集序》(《歇庵集》卷三) 都是馆课之作，同时也是公安派的重要文论。再如，杨守勤的《驳文中子好诈论》(《宁澹斋全集》文部卷十二) 针对世情之诈伪感叹道：

> 夫世风之靡也，奢胜俭侈胜约也。世情之日趋而日诡也，诈乱真也。始则薄树之标以厚收其誉，终则阳藉其誉以阴济其私。盖诈之害世，有甚于真奢真侈者矣。③

---

① 〔明〕黄佐：《翰林记》卷四《文渊阁进学》，丛书集成初编，北京，中华书局，1985，第38页。
② 〔明〕袁宗道：《白苏斋类集》(上)，《明代论著丛刊》，台北，伟文图书出版社有限公司，1976，第145～147页。
③ 〔明〕杨守勤：《宁澹斋全集》卷十二《驳文中子好诈论》，四库禁毁书丛刊集部第65册，第510页。

这些话准确地概括了晚明奢靡世风和假道学充斥的现象，我们不能因其为馆阁之笔，便无视其价值。

至于会元馆课中的诗文之作，大体不出应制、酬答、咏物、咏史、题画等范围，好的不多，即便陶望龄这样后来较有诗名的作者，也是如此（陶氏之诗后来的转变和进益与三袁的影响有关，此是后话，暂且不论）。稍可一读的有《帝京篇》《盆菊吟》《塞下曲》（俱见《歇庵集》卷十九）等。《塞下曲》其二云："寒沙月黑生残烧，陇水秋高足断云。谁上孤台夜吹笛，傍河胡帐几千群。"[①]苍劲可诵。馆课之诗强半为命题吟咏，在预设的情境中抒发被规约的情志，颂圣歌德是其基调，铺衍成篇为其常态，难入今人之眼也并不令人感到奇怪。

总体来看，会元馆课之作，"文辞主典实不主浮华，体格贵雅驯不贵矫杰，议论贵切事情，不必以己意为穿凿，歌咏意在寓规讽，不得以溢美为卑谀[②]"。这种训练对馆阁文士的人品与文品都具有一定的型塑功能，从而对别集中的其他文字也产生微妙复杂的影响。

再说讲章。

与馆课首见于明代翰林院不同，讲章则前代已有。讲章是讲授经史时所用的文字依凭，也称讲义。作为一种文体，讲章大概兴起于北宋中期，与皇帝对儒学的讲习有直接关联，《词林典故》云："按讲义，自宋时已有之，宋范纯仁、刘安世等文集中，尚有经义数篇，盖即当时经筵所撰进者。但其体与明时不同，明日讲所进谓之直解。"[③]在文体类别上，讲章属于下对上的一种体裁，《渊鉴类函》云："凡下所上，……四曰讲章"[④]，故可归入奏议一类。《四库全书》别集类中所收宋代讲章，除《词林典故》提到的范、刘二人外，还有南宋徐经孙《矩山存稿》和徐鹿卿《清正存稿》中的数篇，但这些讲章尚无定体，与奏疏差别不大，只是内容固定为疏解经句而已。元代诸帝对儒学兴趣不大，其时经筵停废，讲章亦随之绝迹。

明代的科举教育促使各类讲章大有市场并逐渐细化。一部分是随着科举教育的发达而出现的所谓坊刻的"高头讲章"，其接受对象为一般士子，

---

① 〔明〕陶望龄：《歇庵集》，续修四库全书集部别集类第 1365 册，上海，上海古籍出版社，1996，第 611 页。

② 〔明〕杨守勤：《宁澹斋全集》文部卷二《馆阁录章叙》，四库禁毁书丛刊集部第 65 册，第 258 页。

③ 〔清〕鄂尔泰、张廷玉：《词林典故》卷三，影印文渊阁四库全书第 599 册，第 476 页。

④ 〔清〕张英、王士禛等：《御定渊鉴类函》卷六十九，影印文渊阁四库全书第 983 册，第 768 页。

所讲内容紧密围绕考试范围而定。此类讲章重在应试，期在捷售，功利性强，不免良莠不齐，其风气甚至波及学术著述。《四库提要》对一些经部著述的评论往往以之为戒，如《易传阐庸》提要云："皆循文衍义，冗沓颇甚，不出坊刻讲章之习。"① 《易经疑问》提要云："率敷衍旧说，间出己意，亦了不异人。盖其学从坊刻讲章而入，门径一左，遂终身劳苦而无功耳。"② 清代学者江永对此批评道："自讲章时文之学盛而注疏之学微，游谈无根，其弊也久。"③ 另一部分则是传统的御用讲章，由翰林儒臣撰进，接受者为皇帝或太子。明代的御前讲书有经筵和日讲之别，前者更为正式，讲章为经筵所用，日讲则无。明太祖于登基前已有命儒士进讲经史之举，洪武三年（1370），朱元璋在东阁听宋濂、王祎进讲《大学》传之十章，是为明代经筵之始，但在明英宗之前，进讲时间和内容皆不固定。经筵讲章须于进讲之前送呈御览，而内阁握有裁定之权，"讲官将进呈讲章，先期送内阁看定封进，遂为例，然流弊多繁词颂美，渐失初意"④。如顾清所进讲章即被阁臣删改，后收入《东江家藏集》时，顾氏仍存其原文，并加以按语云："讲前一日送稿阁下，及当讲，则自'不敬'以下四十余字并已删去，一时讲过而木天留稿，遗笑将来。避忌至此，可为世道叹矣。"⑤ 有勇气坚持个人学术见解的讲官对内阁之删定多有不满，陆深上书云："使讲章尽出内阁之意而讲官不过口宣之，此于义理深有未安，而交孚相感之道远矣。"⑥ 可见，经筵讲章一方面要讲说经义，关切世道，有裨于治理，对君主有所启沃劝谕，一方面又不能无所避忌，且需适当颂美，这是由于讲章接受对象而决定的文体属性。

御前进讲需要具备较为显赫的政治、文化身份，普通文人无此殊遇，明人别集中存有讲章的不过十数人而已。会元中有多人曾担任过经筵讲官，如吴宽，可惜《匏翁家藏集》中未存其讲章。今会元别集中只存有刘定之、商辂、彭华三人的讲章，共 42 篇。从内容上看，讲说《周易》22 篇（均为刘定之进讲），讲说《尚书》15 篇，讲说《论语》3 篇，讲说《大学》2 篇。刘定之习《易》，有家学渊源，其父刘髦专研《周易》，学者称

① 〔清〕永瑢等：《四库全书总目》卷七《易传阐庸》提要，北京，中华书局，1965，第 58 页。
② 〔清〕永瑢等：《四库全书总目》卷八《易经疑问》提要，北京，中华书局，1965，第 59 页。
③ 〔清〕江永：《乡党图考·例言》，北京，学苑出版社，1993 年影印致和堂刊本，第 8 页。
④ 〔明〕黄佐：《翰林记》卷九《讲章》，丛书集成初编，北京，中华书局，1985，第 121 页。
⑤ 〔明〕顾清：《东江家藏集》卷三十二，影印文渊阁四库全书第 1261 册，第 735 页。
⑥ 〔明〕陆深：《俨山集》卷二十七，影印文渊阁四库全书第 1268 册，第 168 页。

石潭先生，定之亦以《易》学名家，其讲《易》之章独多，属于特例。而商辂、彭华皆讲说《尚书》。实际上，明代经筵以进讲《尚书》和《大学》居多①，《尚书》记载上古三代帝王之言动，与经筵的现实情境最为接近，《大学》在理学体系中居于核心地位，故此二书最受重视。从体制来看，会元讲章反映了明代定型化、规范化的讲章文体，一般由四部分组成：第一，先以"这是……的意思"领起，介绍所讲述内容的出处、大义；第二，逐句解说原文字词、含义，不时穿插己见；第三，以"臣（以为如何如何）"荡开笔墨，联系现实，适当发挥，以期鉴戒于君主，但所论多为修身为治之大要，不宜过于具体；第四，以"伏惟皇上（如何如何）"领起颂圣及勉励之语作为结束。上述42篇会元讲章之结构均如此，无一例外。开首的大义总述是起，其次的章句分疏是承，再次的发挥是转，最末的收束是合，讲章在结构上的程式化特征非常明显。讲章在语汇上亦形成了惯例，如"这是""伏惟"等，徐师曾总结讲章体制云："首列训诂，次陈大义，而以规讽终焉。欲其易晓，故篇首多用俗语"②。在风格方面，会元讲章以中规中矩、明白简要地讲说经典大义为旨归，以便皇帝通晓、接受。醇正的内容和通俗的语句相配合，便形成了雅正明白的风格，与学术性的解经文章大为不同。刘定之《呆斋存稿》卷四对《周易》"象曰：明出地上，晋，君子以自昭明德"的讲说可为例证，其中段云：

> 盖天之生人本有一段光明之德，虚灵不昧，足以具众理、应万事，颇奈人为气质所拘，物欲所弊，因此不明者有之。君子却自家去昭明那己之明德，使他依旧光明。然如何是昭明他？必须格物致知以知其理，诚意正心以体其理，然后己德之明无毫发之间不光辉，无纤芥之事不晓了也。③

此段以浅显的言语对《周易》作了理学化的诠释。有时，讲章用语甚至通俗到口语化的程度，如彭华讲说《商书·说命》中"恭默思道"一段云：

---

① 〔明〕黄佐《翰林记》卷九《讲读合用书籍》云："儒臣进讲'四书'，以《大学》为先，'五经'以《尚书》为先"。见〔明〕黄佐：《翰林记》，丛书集成初编，北京，中华书局，1985，第122页。

② 〔明〕徐师曾：《文体明辨序说》，《文章辨体序说》《文体明辨序说》合刊本，北京，人民文学出版社，1962，第140页。

③ 〔明〕刘定之：《呆斋存稿》卷四，四库全书存目丛书集部第34册，济南，齐鲁书社，1997，第155页。

　　　这个心思未尝敢有顷刻忘了，乃于睡梦中间忽然见得上帝赐与我一个贤良好人，著他辅佐我，替我说话。高宗说了这个梦，乃详审梦中所见之人，画他形像，使人遍求于天下。果然有一个人唤作傅说，在傅岩居住，与梦中所见全然相似。[①]

讲词带有叙事性，口语化程度高，由此可以想见当时御前讲说的生动情境。讲章必须顾及听讲对象的特殊性，对接受效果的考虑直接影响了其风格。不过，经筵的实际效用如何，最终还要视皇帝的态度而定，明帝中只有太祖、太宗及后来的宣宗、孝宗较为重视经筵，对其余诸帝而言，经筵的象征意义大于实际效果[②]。

　　御前进讲是在特定的场合中将君臣关系转换为师生关系，以特定的讲说内容将"治统为大"转换为"道统为尊"，用特殊的言语风格对帝王进行儒学教育，这与学术性的经部著述不同，也与功利性的坊刻讲章不同。反观四库馆臣和江永的批评，则均是秉持纯粹学术的立场对之予以否定，这反映了清儒重学问的时代特点，但其实并未贴近经筵讲章的文体本质。会元讲章在学理上固然甚少发明，在结构和语言上固然拘守格套，但它标识了进讲者的身份和荣耀，是体现国家权力拥有者和道统承续者相互尊重的一种方式。这正是我们关注讲章的用意所在。会元的功名层次、仕宦路径决定了他们较其他官僚有更多撰述讲章的机会，而现存于会元别集中的这些篇目，当然只是其中的一小部分。

　　李东阳曾归纳侍从文臣的作品类别说："有纪载之文，有讲读之文，有敷奏之文，有著述赋咏之文。纪载尚严，讲读尚切，敷奏尚直，著述赋咏尚富。惟所尚而各适其用，然后可以为文。然前数者皆用于朝廷台阁部署馆局之间，裨政益令以及于天下。惟所谓著述赋咏者，则通乎显隐。"[③]"前数者"无疑是职业性的，会元别集中的这类文字属于典型的"馆阁写作"。

第三节　明代会元别集所见馆阁文学

　　就朝廷政务性写作而言，"文归馆阁"自明初至明末一直未有大变，

---

① 〔明〕彭华：《彭文思公文集》卷一，四库全书存目丛书集部第36册，第666～687页。
② 关于明代诸帝对经筵的态度可参看焦竑《玉堂丛语》卷三《讲读》、黄佐《翰林记》卷九。
③ 〔清〕黄宗羲：《明文海》卷二百三十五李东阳撰《倪文毅公集序》，影印文渊阁四库全书第1455册，第596页。

因为这本来就是他们的职守。但如果换一个角度，考察馆阁文人尤其是台阁重臣对整个文坛的影响，可以说，"文归馆阁"的判断大致只适用于弘治之前。弘治以后，郎署文人和非体制化文人相继主导文坛，馆阁文人被边缘化的程度越来越高，即所谓文柄下移。

一、会元别集所见明前期馆阁文学

馆阁文学在明初百余年主导地位的形成，不仅与政治经济、思想文化、社会生活的大势相关，也受到科举考试方式和仕宦路径的显著影响。一方面是科目不用古文而专试制义，使学子唯此一途是骛，在中式之前对诗、古文的写作较为隔阂，在观念上也将之视作"馀事""杂学"（我们甚至可将进士及第或中举的年月大致作为某人开始从事诗、古文创作的时间点）；另一方面则是士人入仕后职守的不同有以致之。只有身居翰詹台垣，职司清简，方有精力从事于文翰，翰苑之职司又从正面加强了这一效果，从而形成"四方之人以京师为士林，而又以馆阁为词林"[①] 的局面。至于部曹及地方守令，乃因具体事务冗杂，便无此优越条件。吴宽形容部曹情形说："士大夫以政事为职者，率早作入朝，奏对毕，或特有事则聚议于庭，退即诸署率其属以治公务，胥吏左右持章疏，抱簿书，以次进，虽寒暑风雨不爽。当其纷冗，往往不知佳晨令节之已过也。盖勤于政事如此，又何暇于文词之习哉。"[②] 刑部在诸部中算是较为清简的了，可王守仁任职时也是"日事案牍，夜归必燃灯读五经及先秦、两汉书，为文字益工。龙山公恐过劳成疾，禁家人不许置灯书室。俟龙山公寝，复燃，必至夜分，因得呕血疾"[③]。至于地方守令，我们熟知的如袁宏道，在吴县县令任上，曾多次不堪其苦地抱怨职司繁剧妨碍了山水文酒之趣。所以，"文归馆阁"也是体制支撑的结果，会元别集便当作如是观，尤其是弘治以前更是如此。

论及明代文学的流程，黄佐《翰林记》卷十九有"文体三变"之说，陆深《北潭稿序》则有更为周详的梳理：

> 惟我皇朝一代之文，自太师杨文贞公士奇实始成家，一洗前人风沙浮靡之习，而以明润简洁为体，以通达政务为尚，以纪事辅经

---

① 〔明〕吴宽：《匏翁家藏集》卷四十《中园四兴诗序》，影印文渊阁四库全书第 1255 册，第 358 页。

② 〔明〕吴宽：《匏翁家藏集》卷四十二《公余韵语序》，影印文渊阁四库全书第 1255 册，第 378 页。

③ 〔明〕王守仁：《王文成全书》卷三十七附录黄绾撰《阳明先生行状》，影印文渊阁四库全书第 1266 册，第 162 页。

为贤。时若王文端公行俭、梁洗马用行辈式相羽翼，至刘文安公主静崛兴，又济之以该洽，然莫盛于成化、弘治之间。盖自英宗复辟，励精治功，一代之典章纪纲，粲然修举，一二儒硕若李文达公原德、岳文肃公季方，复以经纶辅之，故天下大治，四裔向化，年谷屡登，一时士大夫得以优游毕力于艺文之场。若李文正公宾之、吴文定公原博、王文恪公济之并在翰林，把握文柄，淳庞敦厚之气尽还，而纤丽奇怪之作无有也。①

其中提到的会元出身的馆阁文学代表者便有刘定之、岳正、吴宽、王鏊四人，其他如商辂、彭华、陆钶、梁储、钱福等人也有时名，对他们文字之业的考察有助于把握明中期以前主流文坛的风貌。

明初会元别集保存极少，黄观的《黄侍中遗集》为后人搜辑残佚之作而成，吴溥的《古崖先生诗集》一意追求高古简淡，反映了明初直质朴拙的风格，与馆阁文风关系不大。可以作为案例的是正统元年（1436）丙辰科会元、探花刘定之的《呆斋稿》。刘定之，字主静，号呆斋，江西永新人，年二十八中进士，历官翰林编修、侍讲等职，成化二年（1466）以工部侍郎兼翰林学士入阁，成化五年（1469）卒官，赠礼部尚书，谥文安。刘定之于政事上建树有限，最为人称道的是三次上疏建言：一为正统四年（1439）京城大水，定之应诏上陈十事，直指时弊；二为景帝即位之初，上言十事，析论时局；三为景泰中疏言遣使与北虏交通之事。在英宗诸臣中，刘定之以才学敏博著称，《明史》谓其"尝一日草九制，笔不停书。有质宋人名字者，就列其世次，若谱系然"②。这既有翰苑学术训练和职司的原因，也与家庭学风的熏陶有关。其父刘髦精研《周易》，学行笃实，嘱定之不轻为虚浮之文，当由博返约，故定之"自六经子史至小说杂技释老之书，无所不窥，终身犹成诵，非他人仿佛记忆者比"③，其著述的学术性在明初馆阁诸臣中较为突出。《前稿》所收《十科策略》为其早年应举揣摩之作，广涉经史子及国家事务各方面，文风雄健而切实，"能言人所不言，隐然有苏氏父子笔力"④，以至家传人诵，及第前已享有文名。《呆斋

① 〔明〕陆深：《俨山集》卷四十《北潭稿序》，影印文渊阁四库全书第 1268 册，第 246～247 页。
② 〔清〕张廷玉等：《明史》列传六十四"刘定之"，北京，中华书局，1974，第 4696 页。
③ 〔明〕刘宣撰刘定之《行状》，见〔明〕徐咸编《皇明名臣言行录》前集卷十，故宫博物院编：《故宫珍本丛刊》第 60 册史部传记类，海口，海南出版社，2001，第 158～159 页。
④ 〔明〕彭时撰刘定之《神道碑》，见〔明〕焦竑编《国朝献征录》卷十三内阁二，《明代传记丛刊》第 109 册，台北，明文书局，1991，第 449 页。

存稿》中之《代祀录》为天顺元年（1457）刘定之代英宗至嵩山进香时所作日记体游记，于述行之余间附考证，笔致清通，可读性强。刘定之的学术研究有两个重点，一是《周易》研究①，一是宋史。其《宋论》三卷按两宋帝系，人各一篇，实为人物史论，如对宋徽宗崇尚老氏，反复言其祸国之弊，以古鉴今之意甚明。其他史论短篇如《苏子瞻》一文云：

> 宋仁、英以前用差役而民不扰，王安石用雇役，民始扰矣。司马君实废雇用差，虽苏子瞻亦喋喋不已，岂稍欲中立于荆、温两间，冀免后患邪？观其为哲宗言臣，私忧神宗励精之政渐致隳坏，理财疏而边备弛，故撰策问欲以感动圣意，子瞻之情殆可见也。然其后惠、儋之贬，罪子瞻全佐助温而不贷其略护向荆，则昔者之言徒为向背，亦何益哉？子瞻作君实神道碑，深美其诚，盖自觉诚之未如君实者也。②

定之人物史论善于由迹原心，作平情之论，才识兼茂，语简情洽，可算其文集中的代表之作。赅博之外，作为馆阁文家，刘定之仍不脱春容平易、典雅温厚的主流文风，《退思八咏诗序》（《续稿》卷一）、《晦庵先生诗集序》（《续稿》卷四）都可见一斑。诗歌非刘定之所长，他虽曾有据案立赋百首应制七绝的敏异，但"榛楛勿翦，亦由于此"③，应制之作的速成与速朽几乎是一体之两面。今别集中之诗作皆平平无足观，其门生李东阳（李东阳为庶吉士时刘定之任讲习），在为其集作序时亦言："譬之山焉，必出云雨、产宝玉、生材木禽兽，而朽株粪壤亦杂乎其间，斯足以为岳为镇；譬之水焉，吞吐日月，藏蓄鱼龙，变现蛟蜃，而污泥浊潦来而不辞，受之而无所不容，斯足以为河为江为海。"④

　　如果说正统首科会元刘定之是以学养渗入馆阁主流文风的话，正统末科会元岳正则在文中较多流露了自我性情和遭际，从而使其别集《类博稿》更具个性化的色彩。岳正仍然重视文的载道职能，他认为："六经，

---

① 〔明〕吴宽：《匏翁家藏集》卷十五《刘文安挽章》云："羲经千古学，《宋论》一生心"。影印文渊阁四库全书第 1255 册，第 112 页。
② 〔明〕刘定之：《呆斋续稿》卷二，四库全书存目丛书集部第 34 册，济南，齐鲁书社，1997，第 195 页。
③ 〔清〕永瑢等：《四库全书总目》卷一百七十五《呆斋集》提要，北京，中华书局，1965，第 1557 页。
④ 〔明〕刘定之：《呆斋稿》卷首，四库全书存目丛书集部第 34 册，济南，齐鲁书社，1997，第 223 页。

古文也。古文不明，六经乌乎明哉？"① "文，士之末也，不深于道者，不足以知之。……道不深而强自诬曰：我知文，何异乎审音以聭，鉴色以盲。"② 这与三杨以来的主流文道观并无二致。但岳正在其写作中又表现出与时流不尽相同的倾向，他曾在《答归德徐晟书》中自述说："窃比古之作者，私谓得其门户，未敢自信也。于是尝出之以验于人人，然而有非之者，有笑之者，有顾左右而若不闻之者。间有曰：'小生新进而能，然亦可也'。而仅许之者，未有许之如古作者"③，表现出异于流俗的自信与自觉。对于诗，他也表达了不屑束缚于外在形制的意见，说："作诗既要平仄，又要对偶，安得许多工夫？"④ 不以载道来规范诗、古文的写作，而将性情、遭际坦然地表现于笔下，是岳正诗、古文的特点，也使他的职业性写作与非职业性写作有了合理的差异。岳正作于及第前后的《肋庵记》就坦直地表述了自己的个性：

> 肋生既三黜于礼部，始大知惧己之未至，乃谋所以增益之者，作为小庵，聚经史图籍于中，因以所自号肋者名之。……以吾自视，虽无过于古人，亦无甚愧于今人也。奈何柔者谓吾强，和者谓吾戾，愿者谓吾狂，通者谓吾执，庸者谓吾深，巧者谓吾拙，知者谓吾憨，同者谓吾别。一言或唱，和者盈百，是以动辄致挫，言斯召慝，其为窘且辱也，亦甚矣。乃不知饮恨发愤，屏旧图新，以否易泰，用诎求信。方且据庵危坐，玩图味书，口是心然，略不嗟咨，岂神灵鬼怪左执阴迷，颠倒揉乱，役役于斯？不然何好何乐而甘为之不辞钦？抑尝思之，吾之窘辱也，实肋之无得；吾之好乐也，实肋之可惜。故既以自喻，而又以辱吾之室。⑤

岳正于正统三年（1438）中举，此后三次应试于礼部皆落第，直至正统十三年（1448）方才进士及第。此文以"肋生"自称，于挫辱不以为意，反而放笔自嘲，并自信"无甚愧于今人"，并不打算改换"强、戾、狂、执、深、拙、憨、别"的个性。岳正是顺天漷县（今北京通州区）人，曾祖、祖、父三代皆为武职出身，地域和家世对其性情影响甚大，叶盛说他

① 〔明〕岳正：《类博稿》卷四《送杨孟平序》，影印文渊阁四库全书第1246册，第384页。
② 〔明〕岳正：《类博稿》卷五《浙水较文诗序》，影印文渊阁四库全书第1246册，第396页。
③ 〔明〕岳正：《类博稿》卷七《答归德徐晟书》，影印文渊阁四库全书第1246册，第421页。
④ 〔明〕李东阳：《麓堂诗话》，见丁福保辑：《历代诗话续编》，北京，中华书局，1983，第1385页。
⑤ 〔明〕岳正：《类博稿》卷七《肋庵记》，影印文渊阁四库全书第1246册，第412～413页。

"言论洒洒，动循矩度，居家孝弟，交朋友有始终之谊。平生性刚而志高，抱负经济，不轻屈下人，有古豪杰之风"①。以这样的个性发为诗文，便自然"高简峻拔""雅健脱俗"，与通行的馆阁之体有异。其古诗《古乐府二首》云：

> 短短床，太局促。徒能坦郎腹，未得展郎足。纵郎有意为合欢，床短安能荐郎宿。
>
> 太局促，短短床。流苏若不长，兰麝无馨香。郎欲招妾妾不来，可怜春色空辉光。②

两诗不避声色，却又不是那种柔腻的香艳，令人想见北朝民歌质直坦率的情调。再如《公子行》：

> 刻丝袴褶雕碎琼，勒金叱拨行地龙。青春挟弹东城东，翻身一发堕两鸿。巘痕乱点障泥红，哑哑血口喷腥风。六街一顾千人空，意气谁论贯月虹。道傍半语隐喉中，似闻慎莫犯乃翁。③

诗歌粗线条地勾勒出西北侠少的形象，用语劲峭，虽不免粗豪，却颇有古意与古韵。

岳正为人刚正而坦直，不善于将顺韬晦，叶盛说他"人有不可意事，虽权贵人，当言即言之，无宿藏而不知察。以故爱君者虽多，卒不能胜夫嫉君者之众也"④。英宗复辟，曹吉祥、石亨等人挟功骄恣，排挤正人，英宗颇有难制之忧，故拔擢时任翰林修撰的岳正入阁，欲对曹、石有所牵制。但岳正负气敢言，急于报主，岂是曹、石对手，不出一月即遭贬窜，还差点性命不保。曹、石倒台，英宗本欲大用岳正，又为李贤所嫉，终蹶而不振。这些宦途遭际在《类博稿》卷二中有较真切的反映，如《天顺元年七月十一日左迁钦州同知，十四日出城，亲交无敢送者，钦天监漏刻博士马敬瞻遗诗一首，宿张家湾舟中用韵》《十七日诣漷南，辞先墓有感》《八月五日狱中作》等诗作，情怀苍茫，人诗合一，颇具力度。

由岳正的仕履和个性来看，他的确与三杨、胡俨、金幼孜、曾棨等久

---

① 〔明〕岳正：《类博稿》附录叶盛撰《墓志铭》，影印文渊阁四库全书第1246册，第456页。
② 〔明〕岳正：《类博稿》卷一，影印文渊阁四库全书第1246册，第358页。
③ 〔明〕岳正：《类博稿》卷一，影印文渊阁四库全书第1246册，第358页。
④ 〔明〕岳正：《类博稿》附录叶盛撰《墓志铭》，影印文渊阁四库全书第1246册，第456页。

居台阁的作者不同，三杨等是政治家型的文人，可以归属于三杨一类的会元还有早岳正一科的商辂。商辂是明代唯一高中三元者，曾于景泰和成化年间两度入阁，为人宽厚谨重，在议定慈懿太后祔葬及抑止汪直专权等事上，较见节概。比之岳正，商辂的《商文毅公集》更典型地体现了清要之臣的春容平正，同时也表现出馆阁诗文在三杨高峰过后的啴缓庸弱之病。《四库提要》对商、岳二人别集的评价即有见于此。对商集，《提要》只寥寥一语云"多馆阁应酬之作，不出当时啴缓之体"①，而对岳集则评述较多，如谓"其文章亦天真烂漫，落落自将。……正统、成化以后，台阁之体渐成啴缓之音，惟正文风格峭劲，如其为人。东阳受学于正，又娶正女，其《怀麓堂集》亦称一代词宗，然雍容有余，气骨终不逮正也，所谓言者心之声欤！"②李东阳的文章是否不如岳正，尚可商榷，但四库馆臣对商、岳二人文集的褒贬无疑是公允而分明的。商辂文集中的确较少佳作，像卷四《草庭诗序》《两溪先生诗集序》、卷五《八城社学诗序》等都只是敷衍重复言志载道的套话。稍可一读的如卷五《凝翠楼诗序》云："主人与客日饮于此，时值溪雨初霁，岚风袭人，清气可掬，足以舒畅情怀，超然出乎埃氛之外者。而禽鸟上下，云霞出没，同一光景中，诚佳致也"③，能以简淡之笔写景达情。但较之岳正《江山秋霁图记》《湖山吟趣记》等篇中的景物描写，却有眼界的广狭之别。诗歌方面，商辂所作不多且又常落俗套，频频称美科第盛名，诸如"甲第才名重"④"甲第魁名属壮年"⑤"芳春甲第早登名"⑥"登瀛自昔称嘉会"⑦"登科况自少年时"⑧等语句往往冲口而出，不免令人生厌。

《彭文思公文集》的作者是景泰五年（1454）甲戌科会元彭华。身为

① 〔清〕永瑢等：《四库全书总目》卷一百七十五《商文毅公集》提要，北京，中华书局，1965，第1557页。

② 〔清〕永瑢等：《四库全书总目》卷一百七十《类博稿》提要，北京，中华书局，1965，第1487页。

③ 〔明〕商辂：《商文毅公集》卷十《赠郴阳唐刺史》，四库全书存目丛书集部第35册，济南，齐鲁书社，1997，第117页。

④ 〔明〕商辂：《商文毅公集》卷五《凝翠楼诗序》，四库全书存目丛书集部第35册，济南，齐鲁书社，1997，第61页。

⑤ 〔明〕商辂：《商文毅公集》卷十《送孙学士还河南》，四库全书存目丛书集部第35册，济南，齐鲁书社，1997，第127页。

⑥ 〔明〕商辂：《商文毅公集》卷十《送唐员外赴南都》，四库全书存目丛书集部第35册，济南，齐鲁书社，1997，第132页。

⑦ 〔明〕商辂：《商文毅公集》卷十《送周学士赴任》，四库全书存目丛书集部第35册，济南，齐鲁书社，1997，第128页。

⑧ 〔明〕商辂：《商文毅公集》卷十《送周宪副赴任陕西》，四库全书存目丛书集部第35册，济南，齐鲁书社，1997，第130页。

名臣彭时的族弟，彭华同样宦途显达，久居馆阁，自翰林编修而侍读而学士，并于成化末年入阁。与乃兄不同的是，彭华为人险谲，与万安、李孜省交结，倾排异己不遗余力。不过，这些在其文集中丝毫未见痕迹。集中应制酬答之作温厚和易，序记碑传之作理正辞明，显出一副衮衮大臣的体度。在其自述心志的《玉堂白发人记》（卷三）中，彭华高自位置道：

国家承平百余年，富贵之家，犬马饱菽粟，妓妾馀锦绮，梁栋被文绣，侈然自肆以为乐。而我茕茕愚昧，乃独以世为忧，几如所谓杞国之人者。且职在言语文字间，虚糜廪禄，未尝有一毫之及民，几如所谓太仓之鼠者，以此战兢，朝夕不宁。此白发之所以与日俱多也。①

这里既有彭华个人的有意遮饰，也还有另一个原因，即长期的馆阁生涯使其不自觉地形成了固有的致思路径和文风套路，即使在"非身份写作"中也习惯性地保持了类似的语调，或者说"官腔"。只有在更为感性的文字中，才可能稍有变异，如《彭文思公文集》卷六的《祭淮儿文》和《祭亡室封淑人李氏文》两篇祭文，只叙细事常情，反倒委婉真切。两文居于文集最末，称为彭华集中的压卷之作也未尝不可。

一种与朝政紧密相关的文风，必与朝政的变动同趋。土木之变、夺门之变令正统之后的时势已非仁宣之盛，三杨等人的和平典雅之风日渐与时不称，馆阁主流文风发生了演变和调整。商辂、彭华等志不在文，固守旧辙而已；刘定之的博洽、岳正的峻拔只能算是变体，影响有限（尤其是岳正）。而随着弘治年间朝政的改善，李东阳、程敏政、吴宽、王鏊、谢铎等馆臣致力于对文风的改造和提升，使馆阁文学形成了三杨之后的又一高潮，会元并状元吴宽是其中值得关注的人物。

吴宽，字原博，苏州人，成化八年（1472）以状元及第，此后在馆阁任职达32年之久，虽曾入直东阁，但未预机务，而是专掌诰诏，是典型的馆阁巨笔。在成化、弘治之际，吴宽与李东阳、王鏊等同是主流文风的代表者，对吴氏诗文的基本评价也来自于他的这两位同道。李东阳云："其为诗，深厚浓郁，脱去凡近，而古意独存。其为文，典而不俗，邕而不泛，约诸理义，以成一家之言"②；王鏊云："公为文，不事追琢，独严体

---

① 〔明〕彭华：《彭文思公文集》卷三，四库全书存目丛书集部第36册，济南，齐鲁书社，1997，第695页。
② 〔明〕吴宽：《匏翁家藏集》卷首李东阳序，影印文渊阁四库全书第1255册，第3页。

裁，蕴藉简淡，理致悠长。为诗，用事浑然天成，不见痕迹，沉着高壮，一洗近世尖新之习。"①其文风与三杨的温厚春容、典则平正既相承接，又有区别。

而我们所关注的，是吴宽在文学思想上的资源。与吴宽同乡又同仕于馆阁的知友王鏊（两人及第仅距一科），在为其所撰神道碑及文集序言中，多次提及吴宽"摆脱尖新，立追古作"②，"公好古，力学至老不倦"③，"颇好苏学"④。此论一出，其后的《列朝诗集》《四库总目》等皆沿其说。着意于古学，势必与现行的"今学""俗学"——体制化的理学——略有差异，而"苏（蜀）学"偏于自然和艺术化的文章风格在北宋学术中又恰与张载、二程显著不同。虽然吴宽并未在学术上有何建树，但其别集中的一些议论亦可见其趋向，其对科举的态度即是一例。如果说在《送周仲瞻应举诗序》（卷三十九）和《旧文稿序》（卷四十一）中，吴宽还只是表达了对时文"拘之以格律，限之以对偶，率腐烂浅陋可厌之言"⑤的形式化文风的反感，从而与丘濬要求"正文体"的呼声并无二致的话，那么在《耻庵记》、《汤阴县儒学修建记》（俱卷三十一）、《绿野书院记》（卷三十八）、《壬戌会试录序》（卷四十三）等文中，吴宽已经开始反思举业之学与圣贤之学的差异了。如云："古之学校养士以明道德，后世学校养士以取科第，是果同乎？"⑥这一立场与三杨时代台阁文臣对科举、文教事业以颂赞为主的基调便有所不同，反而与一些在野文人的论调不谋而合。

同是会元出身并曾任职于翰苑但终被放逐而久居林下的章懋，也有类似的态度，略检章氏《枫山先生集》，便可发现如《登第后寄乡先生》（卷二）、《与张冬官用载》、《与李冬官一清》（俱卷三）、《书室铭》（卷四）、《许宏济墓志铭》（卷五）、《送吾教谕翁之天长序》（卷七）等数篇文字皆涉及该问题。与章懋遭际相似的直谏者罗伦、庄昶，都有短暂的馆阁背景，而对科举和体制化的理学均持批评态度。由这一点看，身为馆臣的吴

---

① 〔明〕王鏊：《震泽集》卷二十二《资善大夫礼部尚书兼翰林院学士赠太子太保谥文定吴公神道碑》，影印文渊阁四库全书第 1256 册，第 353 页。

② 〔明〕吴宽：《匏翁家藏集》卷首王鏊序，影印文渊阁四库全书第 1255 册，第 3 页。

③ 〔明〕王鏊：《震泽集》卷二十二《资善大夫礼部尚书兼翰林院学士赠太子太保谥文定吴公神道碑》，影印文渊阁四库全书第 1256 册，第 354 页。

④ 〔明〕吴宽：《匏翁家藏集》卷首王鏊序，影印文渊阁四库全书第 1255 册，第 3 页。

⑤ 〔明〕吴宽：《匏翁家藏集》卷三十九《送周仲瞻应举诗序》，影印文渊阁四库全书第 1255 册，第 342 页。

⑥ 〔明〕吴宽：《匏翁家藏集》卷三十一《汤阴县儒学修建记》，影印文渊阁四库全书第 1255 册，第 249 页。

宽、王鏊，其思想可说已具有在野的倾向和视角①。

作为茶陵羽翼的吴宽，其《石田稿序》（卷四十三）指出：

> 尝窃以为穷而工者，不若隐而工者之为工也。盖隐者，忘情于朝市之上，甘心于山林之下，日以耕钓为生，琴书为务，陶然以醉，倏然以游，不知冠冕为何制，钟鼎为何物。且有浮云富贵之意，又何穷云？是以发于吟咏，不清婉而和平，则高亢而超绝。②

在吴宽看来，隐于山林无论是对人格还是对于诗格似乎都具有特殊的裨益。吴宽认为，唐人之作之所以高不可及，乃是"由其蓄于胸中者有高趣，故写之笔下往往出于自然"③，而本朝高启能"成皇明一代之音"，亦由其"胸中萧散简远，得山林江湖之气"④。吴宽对软媚庸俗文风的戒备心理，似乎较李东阳更为自觉而持久，《医俗亭记》即坦言"余少婴俗病"，并以林中翠竹的品格激励自己克制诸如"量之隘""行之曲""志之卑""节之变"等俗情俗病⑤。吴宽身居魏阙，却心慕山林，馆阁意识的淡化和审美意识的强化构成对比态势。

馆阁写作因以君主和政治为核心，以体制化的理学为思想基础，难免功利性和世俗性，要在其中表现独特的主体意识，的确不易。相反，山林之士因其远离朝堂，他们或者砥砺于道德节操，或者钟情于艺术审美，主体精神境界的提升倒是有助于形成"涤陈薙冗"的"一家之论"⑥。吴宽《家藏集》中鲜明的审美表达，也正是吸取山林之气以淡化馆阁之风的结果。与李东阳一样，吴宽也有嗜诗之好⑦，《家藏集》中诗作达一千五百余

---

① 王鏊对科举的反思由《震泽集》卷十三《瓜泾集序》、卷二十六《钱隐君墓表》、卷三十三《拟罪言》及《震泽长语》可见一斑。王鏊、吴宽、章懋、罗伦、庄昶等人是较早从制度方面（而非仅在时文风格方面）对明代科举有所批评的人。

② 〔明〕吴宽：《匏翁家藏集》卷四十三《石田稿序》，影印文渊阁四库全书第 1255 册，第 384 ~ 385 页。

③ 〔明〕吴宽：《匏翁家藏集》卷四十四《完庵诗集序》，影印文渊阁四库全书第 1255 册，第 397 页。

④ 〔明〕吴宽：《匏翁家藏集》卷四十九《题重刻缶鸣集后》，影印文渊阁四库全书第 1255 册，第 451 页。

⑤ 〔明〕吴宽：《匏翁家藏集》卷三十一《医俗亭记》，影印文渊阁四库全书第 1255 册，第 242 页。

⑥ 〔明〕李东阳：《李东阳集》（第二卷）文稿卷九《倪文僖公集序》，长沙，岳麓书社，1984，第 128 页。

⑦ 李东阳在《麓堂诗话》中记其与吴宽以"斑""般"等险韵为诗，往复酬答奉和各五首，可见嗜诗溺诗之一斑。见丁福保辑：《历代诗话续编》，北京，中华书局，1983，第 1394 页。

首之多，举凡风晨雨夕、令节嘉会、亲丧友别等皆发之于吟咏，其中当然不乏馆中酬应的旧套，但清雅脱俗、沉着厚重之作亦随处可见。如《喜雨四首》（卷六）其一、二写道：

> 雨挟风潮势未休，何人对此独忘忧？桔槔挂壁农夫坐，起舞茅檐忽打头。
>
> 农家勤动自新春，怪见平畴有断纹。孺子何曾知稼穑，过庭沾湿亦欣欣。①

在富于生活气息的场面中，将久旱逢雨的欣喜生动地传达出来，绝去雕琢，自然亲切。诗人对外在景物、人事的观察得益于一颗敏感的诗心。《清明日园中见杏花初开》（卷十七）也是这样的佳作：

> 疏花寂历似残红，病眼摩挲望欲空。已恨泥开无细雨，却愁吹落有狂风。物华又报清明节，人世真成白发翁。为语天工须索性，剩将春色慰人浓。②

清明时节的春阳开泰与祭死怀终，最易令人产生生死交集的感触。故杏花还只是初开，诗人便已生吹落之愁，这种"惜春长怕花开早"的情怀是主观而艺术的。如果说富贵福泽之气自然引人生发乐感的话，那么审美思维则当与悲感具有某种天然的联系。吴宽身居庙堂，却深谙此味，曾说"诗以穷而工……穷者其身厄，必言其悲，则所谓工者，特工于悲耳"③。

吴宽的近体诗流丽雅致，有一种蕴藉之美，而其歌行体开阖收纵，则以宏放见长。《送胡彦超》（卷二）云：

> 年过四十不作官，还将短发笼儒冠。平生一经已烂熟，胡为挟入桥门观。前年乡书名始刊，曲江又避春风寒。重来桥门住三载，打头矮屋聊盘桓。朝韭暮盐不满盘，何须古人劝加餐。日高对案笑扪腹，自有五色之琅玕。侧身西北望长安，眼中一朵红云团。天门

---

① 〔明〕吴宽：《匏翁家藏集》卷六《喜雨四首》，影印文渊阁四库全书第1255册，第41页。
② 〔明〕吴宽：《匏翁家藏集》卷十七《清明日园中见杏花初开》，影印文渊阁四库全书第1255册，第120页。
③ 〔明〕吴宽：《匏翁家藏集》卷四十三《石田稿序》，影印文渊阁四库全书第1255册，第384页。

欲往涩如棘，若比蜀道尤云难。嗟哉出处谁得似？颇似吴下吴生宽。吴生作诗忽盈纸，送君还到春闱里。春闱多士多如蚁，勿将老少分忧喜。君不见韩昌黎、张童子，同是陆公门下士。昌黎文章如皦日，童子声名逐流水。人生传世有如此，区区科第何难耳！①

此诗融入了吴宽蹭蹬场屋的感受，既是一首富于美感的送行励志之作，也是一首颇有认识价值的科举诗。

吴宽《家藏集》中有大量的题画诗和书画题跋，表现出高超的艺术眼光和文字功力，为明代其他馆阁文臣的别集所不常见，也标示了吴宽文人型政治家的身份。王世贞曾评价吴宽"如学究出身人，虽复闲雅，不脱酸习"②，其实，较为浓厚的文人气，正是吴宽改造翰苑文风的支点。如这首《送沈良臣》（《家藏集》卷九）：

> 杏苑春风后，车尘带落花。儒衣初出郭，御扁旧传家。《易》许丁宽讲，《诗》从沈约夸。扁舟明日路，江上暮云遮。③

诗略带馆阁体度，但运语造境，力求避俗，若指此为"酸习"，恐怕王世贞不免自视太高。

吴宽之文，王鏊谓之"纡徐有欧之态，老成有韩之格"④，是准确的。如卷三十二《虚庵记》，从致思到结构都努力学苏轼，但娓娓道来的口吻不脱欧文的路数，这说明馆阁宗欧的传统在吴宽之文中仍有体现。《家藏集》中最有特色的文章是那些短小精致的题跋，如卷四十九《跋天全翁词翰后》、卷五十二《题山行杂录后》等，都是不弱于晚明小品的佳制。

吴宽（也包括王鏊）的别集淡化了馆臣身份而强化了个人色彩，力求在世用与审美、载道与言志之间寻求平衡，显示出向复古主义过渡的征兆。在成化、弘治这样的转型时期，他们引领了潮流，但很快即被前七子的复古思潮所超越。

---

① 〔明〕吴宽：《匏翁家藏集》卷二《送胡彦超》，影印文渊阁四库全书第1255册，第17页。
② 〔明〕王世贞：《艺苑卮言》卷五，见丁福保辑：《历代诗话续编》，北京，中华书局，1983，第1033页。
③ 〔明〕吴宽：《匏翁家藏集》卷九《送沈良臣》，影印文渊阁四库全书第1255册，第62页。
④ 〔明〕吴宽：《匏翁家藏集》卷首王鏊序，影印文渊阁四库全书第1255册，第3页。

二、会元别集所见明中后期馆阁文学

"文归馆阁"局面的形成，大而言之与朝政等宏观因素相关联，具体而言又与科举考试（举业）和职司特点（宦业）相关，因而文柄下移也与这些因素的变动关系最为密切。弘、正之际，明代政治生活、社会风习、学术文化等都发生了显著的变化。以科举考试而言，时文流行既久所滋生的空泛、僵化之弊，已日渐为人们所认识，"正、嘉作者始能以古文为时文"（《钦定四书文·凡例》）的选择，正是针对时弊的一种反应。以古文为时文，即将古文的若干特点融入时文之中，如注重说理的深刻、注重畅达的气势、注重句法的变化。从功利的角度言，是为举业之学寻求更为丰富的滋养，从客观的效果看，则促进了古文之学的流行。仅以会元而言，前述吴宽于未第之前即酷嗜古文词，其他如赵宽、赵时春、许谷、陈栋、曹勋等亦然。赵宽"性警敏绝人，幼读书，数行俱下。及长，工诗及古今文，同邑莫旦奇其才"[1]。赵时春"居常以伊、傅自况，耻就科举……十岁为古诗赋文论，一挥立就，思若泉涌"[2]。许谷丙戌科下第，卒业南雍，从顾璘学古文，从吕柟学道学[3]。陈栋"十二岁诵古文词，晓诸史故实"[4]。曹勋"少负异才，行笃孝友，从高攀龙讲学论道，研讨今古文，行冠一时"[5]。明中叶以后，古文词随着科举教育的发达而为广大士子所诵习，古文与举业两者之间非但不是水火不容的关系，而且互相启发，互相渗透。

翰林院对学术文化及文学的专擅局面亦大为改变。黄佐云："成化以后学者多肆其胸臆，以为自得，虽馆阁中亦有改易经籍以私于家者，此天下所以风靡也夫。"[6] 这是日渐活跃的思想现实影响学术管理机构的结果。而孝宗对文治的着意讲求，也令文事活动在馆阁之外有了较大的生存空间，前七子的文学复古运动兴起于弘治朝的郎署之间并非偶然。李梦阳回忆说："曩余在曹署，窃幸侍敬皇帝。是时，国家承平百三十年余矣，治体宽裕，生养繁殖……百官委蛇于公朝，入则振珮，出则鸣珂，进退理乱，弗婴于心。盖暇则酒食会聚，订讨文史，朋讲群咏，深钩颐剖，乃咸

---

① （乾隆）《吴江县志》卷二十六《人物》，乾隆十二年（1747）刻本。

② 〔明〕周鉴：《明御史中丞浚谷赵公行实》，见吴志达主编：《中华大典·文学典·明清文学分典》，南京，凤凰出版社，2005，第 544～545 页。

③ 〔明〕姜宝：《前中顺大夫南太常少卿石城许公墓志铭》，见吴志达主编：《中华大典·文学典·明清文学分典》，南京，凤凰出版社，2005，第 462 页。

④ （光绪）《南昌县志》卷三十一《人物志二》，民国二十四年（1935）铅印本。

⑤ 孙静庵：《明遗民录》卷二十三，杭州，浙江古籍出版社，1985，第 179 页。

⑥ 〔明〕黄佐：《翰林记》卷十一《禁异说》，丛书集成初编，北京，中华书局，1985，第 147 页。

得大肆力于弘学，於乎亦极矣！"①其时主持文柄的李东阳也重视汲引后进，以其友生为主的茶陵派便不限于翰林文士，也有部分郎署成员（虽然不多），复古派的生长与李东阳的这种扶持是有关系的。而馆阁之文不能与时俱进的标准化、单一化格套，正是其在明代后期活跃的复古文学运动中日渐处于边缘的原因。冯梦祯曾以自身经历为例说："丁丑夏，余滥选中（庶吉士），则所习者惟兼治一经与《文章正宗》、唐诗而已，心益薄之。所试诗若文，惟贵清浅和平而不贵深练宏远"②。

上述因素的合力共同促成了明中期以后馆阁文学的衰降，它已经不能像此前那样，居于王朝文化生活的核心与主流位置（当然，这不是就高文典册、政府公文等"馆阁写作"而言）。清代赵翼曾例举明代不由翰林出身的知名文人，基本上都是在明中期以后出现的（不包括元明之际的人物）③。在这一状态下，明中期以后任职于馆阁的会元，自然也还能在政治上有所建树，如霍韬、王锡爵、周延儒等。但在学术和文学方面，已不居于主潮的中心，即便其中最知名的人物，如袁宗道和吴伟业，也是如此。袁宗道并没有以馆阁文臣的身份维护馆阁文风对文坛的影响力，反倒追随在李贽之后，以其非体制化倾向，反映了馆阁文学的穷途末路④。吴伟业身际两代，科名很高，但在明亡之前他追随娄东二张，在社事和诗文方面并非坛主。鼎革之后，吴伟业方成为东南士林领袖，世人一般将其视作清初作家。相反，基本不在翰苑供职的会元中，亦有邹守益、唐顺之、孙鑛、冯梦祯等佼佼者出现，实较中期以前为多。

基于上述诸因，明中期以后会元别集所见馆阁文学，总体上已游离于文学主潮之外，在文坛上的影响不大。我们先看看一般被列作茶陵派中人的鲁铎的情况。

身为湖广景陵人的鲁铎，算是李东阳的同乡。在弘治十五年（1502）进士及第时，他已经42岁了，而且从中举到中进士，其间长达16年之

---

① 〔明〕李梦阳：《空同集》卷五十二《熊世选诗序》，影印文渊阁四库全书第1262册，第475～476页。
② 〔明〕冯梦祯：《快雪堂集》卷二《刻历科词林馆课序》，四库全书存目丛书集部第164册，济南，齐鲁书社，1997，第59页。
③ 〔清〕赵翼：《廿二史劄记校证》卷三十四《明代文人不必皆翰林》，王树民校证，北京，中华书局，1984，第782～783页。
④ 据钱谦益《列朝诗集小传》丁集云，宗道在馆中与陶望龄、黄辉等厌薄王、李之习，标新竖异，力排假借盗窃之失。同书丁集下《黄少詹辉》亦云："尔时馆课文字，皆沿袭格套，熟烂如举子程文，人目为翰林体。及王、李之学盛行，则词林又改步而从之，天下皆消翰林无文"。〔清〕钱谦益：《列朝诗集小传》，上海，上海古籍出版社，1983，第621页。

久。长期乡居又功名不顺的经历，对其思想性格及文字写作应有相当影响。鲁铎以庶吉士身份入翰林院学习期间，深得李东阳赞许，后来李濂为其别集作序，曾回忆道："初，公入翰林，文正公时在内阁，每阁试，辄置公前列，自谓恨相知之晚。而文正公初度也，诸翰林咸以诗寿公，即席赋诗，有'功收调燮善声色，疏乞归休有岁年'之句，文正公击节嘉叹，以为乡邦有人"①。鲁铎的寿诗将李东阳的道德、功业、文章及年寿合于一处，故大得其叹赏。鲁铎散馆后被授予编修，曾出使安南。正德二年（1507）迁国子监司业，累擢至祭酒。大概于正德七年（1512）前后以病告归②。嘉靖初，鲁铎被荐起为原官，以病辞，不赴。嘉靖六年（1527）卒，谥文恪③。

鲁铎性情朴拙内敛，不乐喧剧，史谓其在翰苑时，"谢绝交友，沉潜学问，以清节著闻"④。其出仕的十年，正是前七子与李东阳发生冲突而逐渐脱离茶陵卵翼的时期⑤，性格、年龄及与李东阳的密切关系都决定了鲁铎与前七子没有太多的交集。今观其《鲁文恪公文集》，仅有《送康德涵奉母还武功诗序》（卷七）一文涉及自己的同榜状元康海。此文作于弘治十六年（1503），时刘瑾尚未用事，茶陵派与前七子的歧异尚未表面化，且诗序并非一对一的私交，而是同仁共聚、赋诗以别的产物。因此可以说，鲁铎在政治和文学上都是追随李东阳的，但又不是典型的茶陵人物，本分为人、笃实为官、淡于仕情，是他的基本持守，其《鲁文恪公文集》即是此种性情与身份的反映。

实在是鲁铎文字的主要特点，对现实问题的切实关注即其表现之一。在《送张汝谐令六合序》（卷八）中，针对同年进士被授予县令而似乎屈才一事，鲁铎认为：

---

① 〔明〕鲁铎：《鲁文恪公文集》卷首李濂序，四库全书存目丛书集部第 54 册，济南，齐鲁书社，1997，第 6 页。
② 鲁铎告归之年，史传记之不详，今据其《止林记》（《鲁文恪公文集》卷六）一文云："晚得一第，为禁近官十年，及疾，得请归。又十年，大司寇林见素诸名公暨两都台谏诸贤皆论荐，称与过情"，鲁铎登第在弘治十五年，十年后为正德七年，又十年后为嘉靖元年，此年林俊等有起复之荐。可知鲁铎告归约在正德七年前后。见〔明〕鲁铎《鲁文恪公文集》，四库全书存目丛书集部第 54 册，济南，齐鲁书社，1997，第 89 页。
③ 鲁铎官止祭酒，为从四品，依例无谥，但以其清节，朝廷特与赐谥。
④ 〔清〕查继佐：《罪惟录·列传》卷十五下，杭州，浙江古籍出版社，1986，第 2206 页。
⑤ 廖可斌认为弘治十五年至正德六年是复古运动的高涨阶段，也是与茶陵派脱钩，走向独立与成熟的阶段。见廖可斌《明代文学复古运动研究》，上海，上海古籍出版社，1994，第 76 页。

> 夫仕而亲民者莫如县令，事之难为者亦莫如县令。盖在吾上者，皆得以臧否于我，而在吾下者，又皆以其所欲与恶望我焉。一失其心则上尤下怨，虽欲一日安于其位，有不可得。拂乱其所为，思愁其心，是亦历风霆、犯霜雪之类也。自是而往，则天下之事，不以胜当为忧矣。古者不由守令，不拟台省，非无谓也。①

文章不作高论，而是如实描绘守令之职的艰难情状，而感叹"不由守令，不拟台省"的古制，无疑也是针对明代馆阁文臣不谙实务的现实而发的。又如《与执政论时政书》（卷十）作于国子司业任上，洋洋洒洒二千五百余字，详细申述了"当今之时，其大坏极弊者莫若士气，故如救焚拯溺不可少缓者，莫如养士气"的观点。文中对士气士习的种种颓败有简要的概括，如云"郡县弟子则识与年进，机以类从，见闻愈多则私智愈炽，阅历愈久则机械愈熟"，最后提出养士气的关键在于"择守令"和"慎师儒"②。文章平实质朴，理足气充，典则正大，能体现茶陵派在文章方面的特点。

对现实的关注也反映在鲁铎的一些诗中，如《三农苦》（卷一）写道：

> 高秋报淫雨，宵昼声浪浪。山村早焦槁，自无卒岁望。原田所灌溉，糜烂无登场。泽农陷巨浸，什一雁死亡。贫者为耕治，鬻儿管种粮。乃今益穷迫，骨肉矧异方。……未论死沟壑，官租何由偿。仰首向天泣，旻天但苍苍。③

在身居高位的会元别集中，这样得自底层视角的写实笔墨确乎少见，其他如《寒夜吟》（卷一）、《邯郸道中次韵》（卷二）等都是如此。这类作品继承汉魏古诗的写实传统，表达了一个有良知的居乡士绅的悲悯心怀，也体现了知识精英的自我期许和眼光。

优裕的政治和经济地位也折射在鲁铎的别集之中。告病家居后，他修筑了自己的园庭——己有园，流连光景，悠游卒岁。鲁铎有大量形制短小、冲口而出的近体绝句反映了此一生活内容。如《即事》（卷四）："洞

---

① 〔明〕鲁铎：《鲁文恪公文集》卷八《送张汝谐令六合序》，四库全书存目丛书集部第54册，济南，齐鲁书社，1997，第112页。

② 〔明〕鲁铎：《鲁文恪公文集》卷十《与执政论时政书》，四库全书存目丛书集部第54册，济南，齐鲁书社，1997，第133～135页。

③ 〔明〕鲁铎：《鲁文恪公文集》卷一《三农苦》，四库全书存目丛书集部第54册，济南，齐鲁书社，1997，第15～16页。

口桃花满意红，生憎蜂蝶太匆匆。山禽那更来捎蝶，打著浓枝半欲空。"①
陈田谓之"诗存质朴而时有风趣"②。

时至隆、万，心学的流布更为广泛深入，且又与佛学、道家养生之学相互渗透融合，形成所谓"新学"，社会思潮和民风士风亦愈加开放、活跃，与明前期的刻板、保守反差极大。在这一文化氛围中，翰林院既失去了对文风的主导作用，又在坚守程朱学的意识形态方面显得力不从心。王学人物徐阶、冯梦祯、焦竑、董其昌、袁宗道、陶望龄、黄辉等在馆中激扬性命之学，而他们主持各级科举考试时，也在体制内有意推助"阳明心学"。故《明史》所谓"嘉、隆而后，笃信程、朱，不迁异说者，无复几人矣"③，虽不免夸张，但与事实相差不至太远。

反映到文学上，一个极其引人注目的现象是，此时翰林文臣的"身份写作"与其"非身份写作"间的差异越来越大，不仅是形制上的不同，更重要的是思想和风格上的区别。明后期会元别集中将馆课之作加以标识的做法即是这一现状的反映，袁宗道的《白苏斋类集》和陶望龄的《歇庵集》（二十卷本）都将馆课文字单列成卷。后人也许认为那是炫示馆臣身份的一种表现，但其作者和编者，却正是以此表示这类文字与自己的真实情怀和才具有所不同。我们可以就陶望龄略作说明。其名作《游五泄》六首，诗思飞动，妙想联翩，如云"十里骨立山，洗濯无撮土。遥源杳何处，落地名第五。客来泉亦喜，舞作千溪雨。赤脚立雨中，衣沾翳厓树。廿年成始至，重游在何许？凭君铁锥书，一破苍苔古"④，真可谓翻新斗奇，妙象丛生，而诗前的小序亦清新优美，耐人咀嚼。此类作品与其馆课诗文的峨冠博带如出两人之手，无怪乎陶氏要感叹："吾本懒人，投入闹市，百冗交集，兼以代言之职应答不遑，意甚苦之。"⑤又勉戒其弟云："学于四方者曰闻见在京师也，之京师者曰翰林也，又取其有时名与其曹所推者，则其人吾见之矣，其未必足以裨于吾弟也。"⑥翰林词臣之文已不足以光耀门楣，于此可见一斑。

---

① 〔明〕鲁铎：《鲁文恪公文集》卷四《即事》，四库全书存目丛书集部第54册，济南，齐鲁书社，1997，第60页。

② 〔清〕陈田：《明诗纪事》丁签卷九，上海，上海古籍出版社，1993，第1255页。

③ 〔清〕张廷玉等：《明史》卷二百八十二《儒林传一》，北京，中华书局，1974，第7222页。

④ 〔清〕钱谦益：《列朝诗集》第11册，北京，中华书局，2007，第5821页。

⑤ 〔明〕陶望龄：《歇庵集》卷十二《辛丑入都寄君奭弟十五首》（其一），续修四库全书第1365册，第434页。

⑥ 〔明〕陶望龄：《歇庵集》卷十二《登第后寄君奭弟书五首》（其四），续修四库全书第1365册，第432页。

袁宗道和陶望龄可谓晚明会元中的翘楚，又同是公安派的重要人物，学界对他们已关注较多，人详我略，可以不必赘论。而我们认为，与他们同时的冯梦祯亦颇具典型意义。梦祯字开之，号真实居士，浙江秀水人。万历五年（1577）登第后选为庶吉士，授编修。后在京察中以浮躁谪官，补广德州判，擢行人司副、尚宝司丞，升南京国子司业，拜南祭酒。梦祯为人端直，主于气节，及第之初即因同情抗论张居正的邹元标而为当道所忌，差点不能留馆。任编修时分校礼闱，又不受请托而开罪于人，以此被排挤出朝①。此后，冯氏在南署端居造士，阔略酬对，又为曹郎所不满。梦祯辞官后，于杭州孤山筑快雪堂，歌啸湖山之间，出入儒释二道，结交多方胜友，一时负东南名士之望，成为晚明较活跃的文化名人。有《快雪堂集》《快雪堂漫录》《历代贡举志》等传世。

明代会元除了任职于翰苑进而在政治及学术、文章上有所建树外，出任国学官员、职掌教化也是常见的履历和身份，前如吴溥、章懋等都以此显名，冯梦祯在任南京国子监祭酒时，也是一位颇得诸生敬服的名师。由于会元的时文之名，在任祭酒之前，向梦祯请益者就已不少，罢去编修后，"士及门者愈众，以清谈为笾豆，神机为币帛而已。即之貌温温然，听之言亹亹然"②。任职南雍期间，梦祯更专意于造士，督课甚严且有恩义，李维桢《冯祭酒家传》对此有较详描述：

> 至则进诸生于庭，督诲之……辰入酉归，手一编与诸生等。诸生横经捧手，如墙而进，洪钟应叩，津梁不疲。得片语寸长，口之不置。即有瑕，不以掩瑜，务在奖成。……评阅去取益慎重……期年文体一新，天下翕然宗之。经所评目，卒为通人，不可胜数。③

钱谦益所作墓志铭亦有相似记述。冯梦祯之所以能为名师，一是由其出类拔萃的举业所致，二是为其严格而又坦诚的师德师范所感召，即儒家所谓

---

① 梦祯不受请托事，见李维桢所作《冯祭酒家传》，内引梦祯语云："官家惟科举一端为最公，某虽不敏，何敢首为乱阶？即以此得谪，荣于九迁矣。"钱谦益作冯梦祯墓志铭未言具体事迹，只云："（梦祯耿傲）江陵殁，执政精求史馆中觚角崚嶒出能蘖牙异同者，及其未翼也而翦之，公坐是谪，终以不振。"参见陈文新主编：《中国文学编年史·明中期卷》，长沙，湖南人民出版社，2006，第505页。
② 〔明〕李维桢：《大泌山房集》卷六十六《冯祭酒家传》，四库全书存目丛书集部第152册，济南，齐鲁书社，1997，第147页。
③ 〔明〕李维桢：《大泌山房集》卷六十六《冯祭酒家传》，四库全书存目丛书集部第152册，济南，齐鲁书社，1997，第147页。

德才兼备。如此师儒，自然受学子爱敬，以至梦祯后为曹郎所倾排时，诸生数千人争留之，有"愿冠铁冠，挟鈇斧，杀身以直公"者，差点闹出学潮。梦祯的名师身份反映在文学和学术上，除著有《历代贡举志》外，"近时诸生刻时义者必索序真实居士"①，故《快雪堂集》中有大量为程文、墨卷、课业等科举出版物所作的序文。这些篇什既是梦祯身为名师、桃李满园的明证，也反映了冯氏的科举观、时文观，是重要的科举文学文献。冯梦祯主张为文醇厚正大，反对浮冗谲怪之风，"时方趋谲怪，而居士语平实无奇，相信者甚寡"②，又并不赞同以佛禅入文，云"今之操觚者竟以禅语入文而文病，又以文字说禅而禅亦病"③。他在为山东乡试所作的程策第三问（卷二十四）中，还较为系统地阐述了明代科举文风的变迁，以及学术与文章的相互关系，颇具理论深度。而在《皇明四书文纪序》（卷三）中则坦陈自己的严肃态度：

> 廷坚与余素以笔砚相劘切，至彼此遇合，各修其业不衰，课子授徒与经生无异，不以敲门砖弃之，而当其执管时，呕心凝神，务求作者之意，以适甘苦疾徐之节。神情宁厚，声态宁薄，要以不愧先辈典刑而止也。④

梦祯将科举取士视作抡才大典，将时文视作士品的标志，这是其能为名师的信念保障。

与为官所表现的名师风范不同，冯梦祯在为人、为文方面则不乏名士风度。钱谦益谓其"师事盱江罗近溪，讲性命之学，居丧蔬素，专精竺坟，参求生死大事。紫柏可公以宗乘唱于东南，奉手抠衣，称幅巾弟子，钳锤评唱，不舍昼夜"⑤。他接受王学左派，又参求佛禅老庄，体现了晚明文人三教合一的风尚。其所交游的僧俗两界之友如云栖、达观、憨山、屠隆、沈懋学、管志道、袁黄、董其昌、虞淳熙等，都是活跃一时的文化名

---

① 〔明〕冯梦祯：《快雪堂集》（一）卷三《序吴养之时义》，四库全书存目丛书集部第164册，济南，齐鲁书社，1997，第83页。

② 〔明〕冯梦祯：《快雪堂集》（一）卷三《序项生经义》，四库全书存目丛书集部第164册，济南，齐鲁书社，1997，第80页。

③ 〔明〕冯梦祯：《快雪堂集》（一）卷三《序郑元夫举业近草》，四库全书存目丛书集部第164册，济南，齐鲁书社，1997，第82页。

④ 〔明〕冯梦祯：《快雪堂集》（一）卷三《皇明四书文纪序》，四库全书存目丛书集部第164册，济南，齐鲁书社，1997，第88页。

⑤ 〔清〕钱谦益：《牧斋初学集》卷五十一《南京国子监祭酒冯公墓志铭》，《近代中国史料丛刊》三编，台北，文海出版有限公司，1986，第1300页。

流，亦有大致相似的旨趣。冯梦祯入佛甚深，其佛教因缘在其别集中有多处表现，如《日记》（卷四十七至六十二）、书牍、志铭等记录了他与各类佛友的交往，碑记、募缘疏、经序等则可见其参与佛事的广泛和甚深的佛学修养，学界对此已有所研讨[①]，不烦赘言。需要补充说明的是，对冯梦祯与老庄之学的因缘之深，今人估计尚有不够，如黄卓越认为："冯梦祯前期虽也有过一长段佛、道杂存的思想经历，但道教的因素在其思想结构中所占比率较小，并渐渐淡薄。"[②] 对此有稍作辨析的必要。

由执着于个体感性生命而企慕道教的养生全真之学，到转入佛学，从更深的心性高度寻求解悟，这是晚明文士思想变迁的一般轨迹，而会通了佛、道的阳明之学则作为一种基调和底色存在于其间。多数晚明文士在入佛之前都曾有过学道的经历（袁宗道、陶望龄皆是如此），但道家思想与道教不能等同。士人学道而对道家思想尤其是庄学深有体会，则可能将其融入思想深层，并与佛禅结合而具有较长期的影响，如李贽有《老子解》《庄子解》，袁宏道有《广庄》，袁中道有《导庄》，陶望龄有《解庄》，谭元春有《遇庄》等，都并不因作者转向佛学或主要精研佛学而失去意义。冯梦祯的确曾不满于好友屠隆盲目追逐仙道之学（卷三十九《与屠长卿》），但那主要是针对道教的成仙梦想和玄门中的杂流道士而言的，并未否定道家，相反，从其别集不难寻绎到若干深受道家影响的痕迹。

其一，冯梦祯自号"真实居士"。佛家以空、幻否定真、实，守真葆真是道家的终极理想，"实"则又含有儒家的笃执意味。所以，这一名号可谓是融合儒释道三家名相的结果，颇能反映梦祯的思想实际。

其二，冯梦祯自言其心路云："余弱冠时所遭多变，掩户日读庄文郭注，沉湎濡首，废应酬者几尽两月。嗣遂如痴如狂，不复与家人忤，亦遂不与世忤，一切委顺萧然至今。后读佛乘，渐就冰释，然则庄文郭注其佛法之先驱耶？！"[③] 可见礼佛后的梦祯并未弃去庄学，只是加以会通而已。冯氏论文亦以真为宗，《序四子采真录》云："夫叠石为山以寄丘园之适，非不穷工极妍，而终无真趣，为其非造物所成也。即造物所成矣，一树一石，姿态之巧，玩之可以解饥匌、畅心神，况大此者耶？故余之论文以真

① 黄卓越：《明中后期文学思想研究》之附录一《冯梦祯与晚明东南佛教》，北京，北京大学出版社，2005，第266～283页。
② 黄卓越：《明中后期文学思想研究》，北京，北京大学出版社，2005，第278～279页。
③ 〔明〕冯梦祯：《快雪堂集》（一）卷一《庄子郭注序》，四库全书存目丛书集部第164册，济南，齐鲁书社，1997，第50页。

为宗，一语之真，充之，启口皆真矣；一言之真，充之，掇体皆真矣。"①
以真为宗即以自然为宗，这是老庄的基本理念。

其三，冯氏的诗文随性而发，脱略格套。其门人顾起元谓其"好独行
其意，沉郁澹雅，简远冲夷，称心而言，尽兴而止"②，《四库总目》亦云
其"皆喜于疏快，不以刻镂为工，而随意所如，无复古人矩矱矣"③。《快
雪堂集》中存诗仅二卷，但才情艳发，颇见名士风流，如《忆姬人》（卷
六十四）：

> 客游数改期，不为桃花堤。离衾淹昼雨，梦驾怯春泥。芳草远
> 犹绿，柔条近更迷。妾心宁自苦，愁杀乱莺啼。④

又如《无题四首》其二（卷六十四）：

> 读罢新词齿颊香，从今梦亦为花忙。郁金堂里春无限，安得如
> 君锦绣肠。⑤

诗语清丽疏朗，诗情袅娜缠绵，与公安诗风有相近之处。《静志居诗话》
云："冯公儒雅风流，名高三席，归田之后，间娱情声伎，筝歌酒筵，望
者目为神仙中人。"⑥所谓"神仙中人"之类的称赏，常见于时人对冯氏的
评价之中，"神仙"云云，自是道家话头。至于冯氏的文章，其《羽童墓
志铭》（卷十四）乃其为曾经蓄养的一只名为羽童的雌鹤所作，对其来历、
习性、经历、结局等的叙述，都像是对一位朋友生平的交代，值得一读。
其中述及闲逸之乐，有云：

> 余妇亲啖食之逾月，比至拙园，或岁余不见，见辄鸣舞就之，

---

① 〔明〕冯梦祯：《快雪堂集》（一）卷三《序四子采真录》，四库全书存目丛书集部第
164 册，济南，齐鲁书社，1997，第 84 页。
② 〔明〕冯梦祯：《快雪堂集》（一）卷首顾起元序，四库全书存目丛书集部第 164 册，
济南，齐鲁书社，1997，第 2 页。
③ 〔清〕永瑢等：《四库全书总目》卷一百七十九《快雪堂集》提要，北京，中华书局，
1965，第 1614 页。
④ 〔明〕冯梦祯：《快雪堂集》（二）卷六十四，四库全书存目丛书集部第 165 册，济南，
齐鲁书社，1997，第 123 页。
⑤ 〔明〕冯梦祯：《快雪堂集》（二）卷六十四，四库全书存目丛书集部第 165 册，济南，
齐鲁书社，1997，第 114 页。
⑥ 〔清〕朱彝尊：《静志居诗话》卷十五，北京，人民文学出版社，1990，第 447 页。

衔衣投怀，或反喙向胸而触。余妇曰：是识我求食耳。故最喜为羽童营食。余至亦然，努唇向之，作声则长鸣相应，声彻云表。或久不至，则飞鸣追逐，徘徊顾盼，若甚喜者数，至则又不然。人有窥园或阑入，辄高鸣以警守者，遇童竖则追影而啄之，或伤额颅，流血被面，大人则否，故童竖甚患苦之。①

鹤向为仙家所好，蓄鹤当然是清雅之举，而妇为营食、啄伤童竖等细节又不乏人间情味。本篇以形象化的叙述笔墨表达了晚明士人在俗世中寻求超脱的价值取向。

冯梦祯别集中的文字与其现实中的名士姿态是一致的，他耿介自适的性情与推尚真趣的自然观，都与魏晋名流的风度神似。诸家对其行迹的描述也大致趋同，如顾起元云其"归筑蒲园于西湖之上，日与友人啸咏于其中，间命轻船载歌儿吹箫度曲，荡漾六桥三竺间，人望之飘飘然若神仙也"②。名士化的冯梦祯，在晚明会元中具有代表性，而与明前期名臣化的会元形成鲜明对照。其"身份写作"与"非身份写作"的巨大差异表明，非体制化倾向已由明代前期的局限于地域（如苏州）和个人，演变为全国性的、整体性的，作为知识精英的会元群体在人生价值、社会角色、个人心态等方面都发生了巨大变化，其中所折射出的文化信息丰富而耐人寻味。

---

① 〔明〕冯梦祯：《快雪堂集》卷十四《羽童墓志铭》，四库全书存目丛书集部第 164 册，济南，齐鲁书社，1997，第 246 页。

② 〔明〕冯梦祯：《快雪堂集》卷首顾起元序，四库全书存目丛书集部第 164 册，济南，齐鲁书社，1997，第 1 页。

第二章　明代文人的科举背景与流派意识

　　科举考试是一种分层级的考试，不仅生员、举人、进士之间层级的差异一目了然，即使同为进士，一甲进士、二甲进士、三甲进士之间也有明显的鸿沟，而同一届进士，是否能够留任翰林院，也是区分层级的一个重要指标。这种层级之异，不只是当事人心中了然，外界也常以此作为评人论事的一个依据，因而对社会生活的诸多方面都有影响，对文坛的影响同样显著。明代是科举制度发展的鼎盛阶段，较之唐、宋、元三代，明代文人的科举背景与流派意识之间的关系更为密切。本章主要选取了三个侧面加以考察：明初文化格局中的地方儒学与台阁文风，以永乐至天顺年间的台阁体为中心；明代南北取士之争与前七子的崛起，以弘治、正德年间的前七子为中心；嘉靖七子的科举背景与流派意识，以嘉靖、隆庆年间的后七子为中心。台阁体、前七子和后七子，这是明代文学进程中最重要的三个流派。以这三个流派与科举背景的关联为切入点，旨在以点带面，较为清晰地梳理出科举背景与文学流派之间的复杂因缘。

第一节　明初文化格局中的地方儒学与台阁文风

　　明代官方教育体系分为中央、地方两个层面，中央官学以国子监为主，地方官学以府、州、县儒学为主。它们与民间启蒙教育的社学一起，构成一个完备的教育体系。明代"科举必由学校"，地方儒学既是民间、地方向上输送各级官员的基层环节，也是国家制度力量控制和影响士人乃至地方社会的关键。

　　明初文化格局中有两个现象值得关注：一是相较于中后期地方学校的废弛，明初地方儒学十分兴盛；二是永乐至宣德间台阁文风盛行。地方儒学的兴盛与台阁文风的盛行，两者之间是时间上的偶然重合，还是有其内在的关联？我们认为：台阁文风影响日盛是明初文化整合的结果，作为官方的、中央的、上层的台阁文学，之所以成功地覆盖了在野的、地方的、下层的广泛社会文化场域，地方儒学曾经发挥了至关重要的影响。在明初的文化整合过程中，地方儒学扮演了重要角色，而台阁文风则是明初新的文化格局形成的标志。两者之间的关联是密切而内在的。

一、明初地方儒学官的地位与台阁要员的教官经历

明初地方儒学的兴盛表现在三个方面：一是各地均设有儒学，二是教官数量巨大，三是教官地位较高。

洪武二年（1369），诏天下府州县皆立学，这种依据地方行政区划而建立的地方儒学，在儒学系列中居于主导地位。此外，还有为"教武臣子弟"而按特定编制设立的都司儒学、行都司儒学、卫儒学、"制如府"、在货殖集散处设立的都转运司儒学，以及在"土官"管理的民族聚居区设立的宣慰、安抚司儒学等类型[①]。明初地方儒学之完备，可见一斑。

按照规定，"府，教授一人，从九品，训导四人。州，学正一人，训导三人。县，教谕一人，训导二人。教授、学正、教谕，掌教诲所属生员，训导佐之。"[②] 洪武十三年（1380），改各州学正为未入流，先是从九品；二十四年（1391），定儒学训导位杂职上。这样做一是确立教授、学正、教谕的品级秩序，二是由于训导负有佐教之责，故而位于杂职上，体现尊师之意。至洪武末，"教官四千二百余员，弟子无算，教养之法备矣"[③]。而"太祖钦定官制，自尚书下至杂职，万四千二百九十员，在京官千一百八十八员"[④]，地方儒学官占皇朝文官的三分之一左右，即使在永乐初教官缺员比较严重的情况下，仍是"天下郡县学官不下三千余人"[⑤]。无论是从数量来看，还是就地位而言，明初地方儒学官都是不可忽视的一个文官群体。

从教官群体的选任来看，"朝廷兴学校养贤才，其于师儒之选，类非一途，或取用举人，或保荐儒士，或考除监生"[⑥]。明初教官的选任起初以荐举为主，其后随着国子监的规范化管理、科举考试的制度化运行，监生

---

① 李国钧、王炳照总主编，吴宣德著：《中国教育制度通史·明代卷》，济南，山东教育出版社，2000，第 175～180 页；徐永文：《明代地方儒学研究》，北京，中国社会科学出版社，2012，第 14～16 页。

② 〔清〕张廷玉等：《明史》卷七十五《职官志四》，北京，中华书局，1974，第 1851 页。

③ 〔清〕张廷玉等：《明史》卷六十九《选举志一》，北京，中华书局，1974，第 1686 页。

④ 《明实录·明孝宗实录》卷一百五十四弘治十二年九月甲戌条，台北，"中央研究院"历史语言研究所，1962，第 2743 页。

⑤ 〔明〕杨士奇：《东里文集》卷六《送国子学正黄信道致仕诗序》，北京，中华书局，1998，第 88 页。

⑥ 〔明〕俞汝楫等：《礼部志稿》卷七十，影印文渊阁四库全书第 598 册，第 179 页。

及科举出身者也成为教官的重要来源。大致而言，儒学教官的构成可以分为四种类型：一是荐举者，二是国子监生、岁贡生充任者，三是科举会试副榜举人及下第就教职者，四是进士及其他愿就教职者。

洪武时期，朱元璋曾多次下令荐举人才充任教官。洪武三年（1370），令"中外举流外官文行兼优者教府县学"①。洪武十四年（1381），"命郡县访求明经老成儒士为儒学训导"②。次年，谕礼部大臣，谓"学官非老成笃学之士莫宜居是"，要求各按察司精考其儒学教官，凡不通经术者送吏部别用，"其有通经术能文章滞于下僚者悉以名闻"③。国子监生和岁贡生也是洪武时期教官的重要来源。洪武八年（1375），由于历经战乱，学校荒废，朱元璋下令选国子生三百余人分教北方，洪武二十六年（1393），以监生年三十以上、能文章者授教谕等官。

永乐朝科举走向常态化和制度化，对科举中各类人才的进一步安置、培养有了更周详的制度设计，副榜制度应运而生。"副榜"又称为"备榜"，是科举考试中的一种附加榜示，即于录取正卷之外，另取若干名。会试副榜始于永乐时，乡试副榜始于嘉靖时。从永乐年间开始，会试副榜举人成为地方教官的又一来源。当提及地方儒学教官的任用问题时，副榜举人成为人们心目中的理想人选。天顺元年（1457）礼科给事中王铉、成化元年（1465）巡按湖广左佥都御史王俭就在奏疏中表达了同样的看法，要求坚持在会试副榜中选取教官的做法，以提升教官素质④。此外，也有会试下第的举人乞恩就教到地方担任教官的。

进士是经由科举考试选拔出的社会精英，多出任朝廷清要官职或地方令宰，任地方教职的比重不大。明初进士任地方儒学官的，多出于本人意愿。其中一部分人是"志在教化"，如永乐十三年（1415）进士陈素，自请吏部，得授漳州府学教授⑤。更多的是出于养亲需要，愿便地就教而不赴远方任职。如永乐四年（1406）进士解绘，原本拜广西道监察御史，"力请为教官以便养"，改授庐陵县学教谕⑥；永乐十三年（1415）进士彭勖、

---

① 〔明〕杨士奇：《东里续集》卷三十六，影印文渊阁四库全书第 1239 册，第 142 页。
② 《明实录·明太祖实录》卷一百三十六洪武十四年三月戊申条，台北，"中央研究院"历史语言研究所，1962，第 2156 页。
③ 《明实录·明太祖实录》卷一百四十九洪武十五年十月戊子条，台北，"中央研究院"历史语言研究所，1962，第 2349～2350 页。
④ 《明实录·明英宗实录》卷二百七十五天顺元年二月戊戌条；《明实录·明宪宗实录》卷十四成化元年二月己卯条，台北，"中央研究院"历史语言研究所，1962，第 5835、306 页。
⑤ 〔明〕金幼孜：《金文靖集》卷四，影印文渊阁四库全书第 1240 册，第 644～645 页。
⑥ 〔明〕王直：《抑庵文后集》卷二十五，影印文渊阁四库全书第 1242 册，第 40 页。

正统元年（1436）进士蔡廉，都是以养亲为由改授地方教职①。

明初地方教官九年一考，既可循着训导、教谕、学正、教授的方向由低到高在地方教职系统中升迁，也有出任地方行政长官的机会，在儒学教官和地方行政长官之间，并没有截然的鸿沟。这是明初与明中叶以后很不一样的地方。明初以学官升任府州县官员的并不少见，如追随永乐靖难的成玭，在洪武间由代州儒学学正升蔚州知州，后官至北京布政司参议；王景，以县学教谕迁知州，后仕至翰林学士②。

明初地方教官还有机会到朝廷任职。一是从地方儒学到国子监、中都国子学等朝廷教育机构任职。由于明初重教职出身的人才，故而从地方儒学教官升迁为国子学的助教、博士、司业等，往往有被委以重任的可能。洪武朝刑部尚书开济就是一例。二是直接升迁到中央行政机构，任通政司参议、六部主事、王府伴读官等职。而尤为显赫的，是升任科道官员以及内阁、翰林院、詹事府官员。科、道监察系统起着纠察朝政、监督群僚的重要作用，故而其选任十分慎重，而地方教官在与选之列③。洪武时尚书任昂就是由教官擢为御史，后为礼部尚书的。而翰林院、詹事府为皇帝的近侍官署，其职尤为清要，自洪武至宣德间，教官简入翰林的例子也所在多有。直到正统十四年（1449），明代宗继位不久，由于土木之变导致翰林院严重缺员，时任户部尚书兼翰林院学士的陈循还建议以擢升本院官员和从学官中选拔充任来解决这一问题④。这样一种升迁路径充分显示了明初教官的地位之高。在明初以教化治国的格局中，地方教官的作用不可低估，其政治前景相当开阔，人才储备也相当可观。

明初重要的台阁成员多有过任地方儒学官的经历，如杨士奇年轻时曾仕为学官，摄琴江教事，洪武十八年（1385）为石城县学训导⑤；胡俨，洪武二十一年（1388）会试中副榜，以举人身份授华亭教谕，"能以师道自任"⑥，永乐初入阁与机务，后出阁掌国子监。其他重要翰林、春坊成员也

---

① 参见〔明〕过庭训《本朝分省人物考》卷六十"江西广信府彭勖"条；卷一百九"嘉定州蔡廉"条。

② 参见〔明〕焦竑《国朝献征录》卷八十二"直隶北平布政司参议成玭传"、〔明〕陈建《皇明通纪法传全录》卷十一建文四年八月条。

③ "给事中、御史谓之科道官，科五十员，道百二十员。明初至天顺、成化间，进士、举、贡、监生皆得选补。其迁擢者，推官、知县而外，或由学官。其后监生及新科进士皆不得与。"〔明〕龙文彬纂：《明会要》卷四八，北京，中华书局，1956，第897页。

④ 《明实录·明英宗实录》卷一百八十六正统十四年十二月辛酉条，台北，"中央研究院"历史语言研究所，1962，第3741页。

⑤ 胡令远：《杨士奇年谱》，复旦大学，1988年度硕士学位论文。

⑥ 〔清〕张廷玉等：《明史》卷一百四十七《胡俨传》，北京，中华书局，1974，第4128页。

多有任地方学官的经历。如梁潜在洪武二十九年 (1396) 乡试中举，次年授四川苍溪县学训导；王汝玉，洪武末以荐摄郡学教授，改应天训导，永乐初擢翰林五经博士，历迁左春坊赞善；邹缉，自学官用荐升国子助教，永乐初擢翰林侍讲，升左庶子仍兼侍讲；陈仲完，自教官入翰林为编修，兼左春坊左赞善①；徐善述，洪武中以岁贡入太学，后被诏选为桂阳学正，改和州学正，以荐升国子博士，永乐二年（1404）春，"诏简东宫官属，时詹事、春坊、司经局，其长贰以廷臣兼之，次简六科中书及太学、郡县学官升而用之"②，被简选为东宫属臣。"郡县学官"在翰林春坊官员候选人中虽然名次并不靠前，但至少也在预选之列。由此可见，地方学官在明初政治格局中是颇为朝廷所重视的群体，馆阁之门对这个群体是敞开的。弘治年间，王鏊曾感慨："今夫闻有知一县而良者焉，则召入矣，有教一县一州而良者焉，则吾未之闻也。岂其才果必不如彼耶？则何怪士之有所轻重耶！前数十年，盖有自是为御史者矣，祖宗之世有自是为翰林者矣，而近世名臣有若杨文贞，有若魏文靖，有若年尚书，多出其间，而谓今之世无其人耶？"③这段话道出了一个事实：地方儒学教官在明初有着重要的政治地位和较大的升迁空间，明代中期以后，这种地位和升迁空间已不复存在。

二、儒学官员与台阁群体的互动促成了台阁文风的盛行

明初地方儒学官员与台阁群体的互动对台阁文风的盛行起到了持续而显著的推动作用。

明初重师儒之选，教官之职的候选人须经过翰林院严试，"赴吏部，就试翰林，中其选，乃授"④，"先是，凡举任训导者皆严试于翰林，宣德初，虑吏之入官与求贤举之滥也，诏诸大臣学士群试于廷中，而训导亦与焉，加严矣"⑤。黄佐《翰林记》"考教职"条云：

> 《会典》云："凡考试愿就教职举人、监生，吏部奏请出题，本部官赴内阁领题，试毕，送卷本院官批定中否，送部奏请施行"，又云："凡各处儒学训导九年考满，吏部出题考试，初场'四书'本经

① 以上诸人仕宦经历参见〔清〕张廷玉等：《明史》卷一百四十七《胡俨传》，卷一百五十二《梁潜传》《王汝玉传》，卷一百六十四《邹缉传》；《八闽通志》卷六十二"陈仲完"条。

② 〔明〕黄佐：《翰林记》卷十，丛书集成初编，北京，中华书局，1985，第130页。

③ 〔明〕王鏊：《震泽集》卷十，影印文渊阁四库全书第1256册，第251页。

④ 〔明〕王直：《抑庵文后集》卷七，影印文渊阁四库全书第1241册，第474页。

⑤ 〔明〕王直：《抑庵文集》卷五，影印文渊阁四库全书第1241册，第114页。

义各一道，二场论、策各一道，印封文卷送内阁，委本院官批定去取，送部奏请施行。"①

这里有两点值得注意：其一，遴选举人、监生为教官的考试由内阁出题、批卷，地方儒学官的考察虽然由吏部出题，但其批定、去取仍在翰林院，可见，选取地方教官的权柄是掌握在内阁翰苑手中的。其二，考试内容上，既有见理学造诣的"四书"经义，又有见学识文才的论、策，与科举考试的题目类型是一致的。经由考察与被考察，内阁翰苑就与地方学官建立了一种师生关系，在文化趣味方面易于趋于一致。

由于地方教官在明初的政治、文化格局中比较重要，开国皇帝又一再强调兴儒学、行教化，地方教官在时人心目中是比较受尊重的。而随着科举的中层精英如副榜举人、会试下第举人被广泛纳入教官队伍中，读书业儒的缙绅之家，世代簪缨的名门望族，乃至台阁要员之家，多有族人子弟出任教官。再加上这些人的姻亲、同僚、乡友，台阁要员的社交圈中，教官群体就更广泛了。这些教官中不乏闻名一时的人物，甚至为数不少的台阁作家就是他们培养出来的。如陈颜，字士希，福建浦城人，洪武三十年（1397）中乡举，会试选为教官，任教庐陵、泰和，后升任国子监学正，"与今少师东里公交三十余年，地位虽殊而志则同"。他是与杨士奇相交多年的老朋友，同时也是声誉卓著的教官，桃李满天下。其"门人以明经魁天下士，或登第为显官者甚众"，"公初典教庐陵，门生之贤者有若翰林庶吉士王训、工部侍郎罗汝敬、四川参议刘孟铎、吏部郎中李子谭，在泰和则有若翰林侍讲学士陈循、临安知府陈礼、怀庆知府李湘、兵科给事中刘涣、兵部郎中曾宏，其太学门生显者不可胜纪"②。陈颜的好几个门人，如罗汝敬、陈循，后来都是台阁体的重要追随者。

乡谊是一种重要的社交纽带。明代学校举士多寡，很大程度上系于学官的教学质量，而该地科举事业的兴旺与否，直接关乎地方在朝影响力的盛衰。因而，地方学官受到该郡望的达官显宦的注目。台阁大臣甚至争相延请名师宿儒到本地任教以惠其乡里，他们与儒学官员的联系和交往相当密切，也相当自然。杨士奇在《送鲍教授诗序》中对此有具体陈述：武昌鲍礼夫将由瑞州教授改任吉安，"凡仕两郡者，其贤不肖与才之称否，辄相闻知……吉人士在京师者，皆喜相语曰：'乡郡之学将来所成益盛哉。'

---

① 〔明〕黄佐：《翰林记》卷十四，丛书集成初编，北京，中华书局，1985，第185～186页。
② 〔明〕余学夔：《北轩集》卷七，四库未收书丛刊影印清乾隆三十四年（1769）余沛章刻本第5辑第17册，第196页。

相率为诗送之"①。江西吉安府在明初尤其是永乐至宣德间是有名的科举鼎盛之乡，有"翰林多吉水，朝士半江西"之说。杨士奇对鲍氏"于斯行也，有望焉"，殷切嘱咐："学校之教，以成德育才为治平之资、化俗之本，非独以为言语文字之习而已"②，这与他一向主张行事为重而文艺次之的观念是一致的。从这个例子可以看出，儒学官员与台阁要员交往密切，儒学官员已成为促进朝廷与地方沟通且影响力颇大的一个重要群体。

经由职事、亲友、乡谊等因素，台阁要员与儒学官员频繁互动，地方教官无论是之任、考绩，还是改任、致仕，台阁要员都常有诗文相赠。这些诗序本身就体现出台阁文风的鲜明特征，足以起到示范作用。这主要表现在其颂圣情怀与平易畅达的文风。颂圣的具体表述如："国家混一海宇，诞敷文教，内建国子监以养天下之贤才，外设郡县学以育民间之俊秀，尤必择师儒之官，俾之训诲，以底于成，而后进而用之，故成德达材无不出于学校，自公卿大夫以至百执事之职，亦莫非教育之人，颙颙昂昂，布列中外，相与辅成雍熙太平之治，何其盛哉！"③类似的内容俯拾即是。这些作品结构平正，布局周详，内容典雅，语气舒缓，自然造成文风的典则、平易。

台阁要员与儒学官员的这种交往与酬赠，推动了台阁与地方的交流，台阁要员的诗文主张与作品在交流中流传到地方，教官们的文风趋向受台阁文风的濡染几乎是一个自然发生的过程。梁潜在《送罗秀才南归序》中说："秀才罗同，以其学官之命奉简书上报于京，将别而归，求予一言以复夫乡之先生长者"④。地方学校的师生对台阁要员的追随服膺已成为日常生活的一个部分，既不需要加以强调，也不需要加以强制。当然，他们的追随服膺不仅表现在求一言以赠，更表现在广泛参与实实在在的传播活动。可以举一个具体的例子。台阁体主张文尚欧阳，诗宗盛唐，杜甫诗是时人群起仿效的样板之一，单复《读杜愚得》、虞集《杜律虞注》在元末明初备受推崇。洪武中，杨士奇在武昌时曾得单复书稿，受丁鹤年嘱托刊刻未果，及贵，"比与训导严颐语及之，颐曰：'江阴之善庆兄弟清尚务义，喜为诗，尝刻当时名人所作以传，此其无难者。'遂求从善所录本证之，不数月，颐书来，言刻完求序，何其成之速也！事固各有遇，然今之遇如善庆，求十一于千百不易得也。"⑤在朱善继、朱善庆兄弟鼎力支持下

---

① 〔明〕杨士奇：《东里文集》卷三，北京，中华书局，1998，第38页。
② 〔明〕杨士奇：《东里文集》卷三，北京，中华书局，1998，第38页。
③ 〔明〕杨荣：《文敏集》卷十三，影印文渊阁四库全书第1240册，第194页。
④ 〔明〕梁潜：《泊庵集》卷六，影印文渊阁四库全书第1237册，第306页。
⑤ 〔明〕杨士奇：《东里续集》卷十四，影印文渊阁四库全书第1238册，第541页。

刻成。其后，朱善继之子朱熊又刻《杜律虞注》，杨士奇欣然作序。杨士奇曾就此事之前难而后易感叹说，其实难易之别，关键在于遇合之异、境况之异。而这种朝廷与地方一拍即合的"遇"是离不开中间媒介的，充当这个媒介的正是训导严颐。儒学教官熟悉地方状况，而他们又有机会接触台阁要员，有他们在朝廷与地方之间充当媒介，地方文化的发展就打开了一个新的局面，台阁文风也在这个过程中逐渐扩大了流行的范围。

三、台阁文风是明初新的文化格局形成的重要标志

从社会阶层上看，台阁体的倡导者的确是少数的、上层的台阁要员，如三杨等人，而从文化身份的认同上看，台阁文学的兴盛，则是更为广泛的士人群体参与的结果。台阁文风并非台阁翰苑等少数精英人物的创作所能涵括，它被士人群体普遍接受和仿效，恰恰说明它与明初士大夫阶层的文化心理、价值立场有高度契合的一面，体现了不同社会阶层之间的文化整合。台阁文风是明初新的文化格局形成的重要标志。

其一，台阁体的政治认同与士大夫阶层的政治认同达成了高度一致。

台阁体的主题是"鸣国家之盛"，力图在作品中描绘和构建一个"太平""雍熙"甚至"自三代以降未有盛于今日者"的盛世图景。台阁体的颂圣、鸣盛与士大夫阶层日益增强的对明朝的政治认同是一致的。

明初洪武时代的政治、文化格局在很大程度上仍然是元末的继续。一方面是士林与朝廷的睽违，一方面是中央与地方的疏离。士人群体的文化心理，不是偏向于新朝廷，而是偏向于"旧时代"。钱穆在《读明初开国诸臣诗文集》中强调了这一事实：明初君臣之间、朝野之间呈现出一种"上下""睽隔"，"明邦虽新，而其情惟旧"的形势。换句话说，明初朝廷虽然在政治上取得了权力，却并没有得到士人的认同。就在朝的文化精英而言，他们仍然没有对新朝的归属感，反而眷念故元，就连身为明代开国文臣的宋濂、刘基也是如此："宋、刘为之大臣，虽渥厚之至，而犹时时推尊胜国，既流露于文字，可知其未忘于胸怀；一旦文章道术传统所寄，乃胥在焉，并可以媲美唐、宋，而时时怀想，若情所不能已"[1]；就在野的士人群体而言，相当一部分在元代经济宽裕、生活优游，"上不在廊庙台省，下不在闾阎畎亩，而别自有其渊薮窟穴"[2]，尤其是元末，皇纲解纽，地方政治文化精英在乱世中成为保卫乡邦、维护社会秩序的主要力量，入

---

[1] 钱穆：《读明初开国诸臣诗文集》，北京，九州出版社，2011，第114页。
[2] 钱穆：《读明初开国诸臣诗文集》，北京，九州出版社，2011，第153页。

明之后，他们于出处进退之间，仍欲保持一种独立的政治文化身份。这种君臣睽违、朝野离心的政治文化态势是明初的一大问题。洪武朝对于不合作文人的杀戮旨在解决这个问题，却进一步加剧了矛盾和冲突。

永乐政权为了取得士人的认同，一方面强行压制，另一方面又调整策略，加强整体文官制度的设计和运作，而教育、文学、艺术等各个领域都深度参与了这一过程。事实上，围绕靖难的政治高压贯穿整个永乐朝，靖难之际对以方孝孺为首的不听命于新政权的士人的残酷杀戮，以及其后采取监视、鼓励告讦等方式对士人群体的控制和清洗，这些都使整个士林风声鹤唳，不得不小心翼翼匍匐于皇权脚下。这种政治心态和思想性格与台阁体的形成显然是密切相关的。比如，在主题上，台阁体最受诟病的颂圣乃至谀颂成风，在永乐朝不仅是文学行为，更是为了寻求政治上的安全。在风格上，台阁体倡导的文风是春容、平易、典则，而其表现和弘扬的士风也是谨慎、恭顺、平和的。不激越、不怨怼，即使受到诬枉，也要"和而平、温而厚、怨而不伤"①。如果说洪武、建文时期士人还遗留着元末士人的个性与张扬，那么永乐以还的士人早已没有了那种激越、昂扬的气质，史载杨溥"性恭谨，每入朝，循墙而走"②，受到时人的推崇。从士人领袖的精神气质，可以想见时代士风的状况。士人对台阁体的普遍推崇与这种精神状态的趋向是一致的。台阁体就是在这样的历史文化语境中逐渐形成的。

新的文化格局的核心是皇权和官僚士大夫共同主导的大一统文化。台阁体文学发展的政治基础是内阁制度，而内阁制度的建立是洪武吏治向永乐以降文官政治演变的一大标志，体现了皇权对官僚士大夫的相容或让步。洪武政治的特点是刑罚过重。在用人方面，明太祖热衷于拔擢娴于律令刑名、有惠政的"吏"才，让那些有从政经验、熟悉实际政务的"老成人"官居要职。相反，对长于诗礼的儒士文臣，明太祖虽然表面上礼遇，实际上却颇为不屑，他评价开国文臣宋濂时说："濂，文人耳"③，那种口气，显然就不把宋濂当回事。殿阁大学士在洪武时期就已存在，但品级不高，并不参与机务，不过是侍从左右备顾问而已。明成祖即位，首召解缙等七人入阁，"内阁预机务自此始"④。仁宗以后，殿阁大学士开始了位至公孤、官居一品的时代。明代士大夫颇以此为盛事，就因为这是明代内阁文臣地位显著提升的标志："至我太宗文皇帝，简任内阁儒臣，日与咨访政

---

① 〔明〕杨荣：《文敏集》卷十一，影印文渊阁四库全书第 1240 册，第 169 页。
② 〔清〕张廷玉等：《明史》卷一百四十八《杨溥传》，北京，中华书局，1974，第 4144 页。
③ 〔明〕尹守衡：《皇明史窃》卷三十五，续修四库全书史部别史类第 137 册，第 134 页。
④ 〔清〕张廷玉等：《明史》卷一百四十七《解缙传》，北京，中华书局，1974，第 4120 页。

治，然彼时内阁，多是朝廷亲选翰林编修等才猷历练、能识人才治体、公忠体国者为之"①。内阁以翰林院为依托，而入翰林又以科举为途径，尤其是庶吉士与翰林院、内阁的衔接，向广大士人释放了一个信号：朝廷向士人敞开了分享国家权力的大门，读书入仕，甚至跻身台阁不再是遥不可及的事情。而这也成为士人明确和强化其政治文化身份的一个契机，无论是身居台阁还是身处乡野，无论是富贵利达还是怀才未遇，他们都走在读书科举的同一条道路上。他们的人生期许是相通的，他们对王朝的认同是相同的，他们的文化理念是一致的，他们的价值立场、思想行为因而有了共同的基础。

其二，台阁体表现的理想抱负与士大夫阶层的理想抱负达成了高度一致。

台阁文风的核心价值观念是国家与个体命运的统一，所称道的是"自洪武迄今，鸿儒硕彦，彬彬济济，相与歌咏太平之盛者，后先相望。……以高才懿学，夙膺遭遇，黼黻皇猷，铺张至化，与世之君子颉颃振奋于词翰之场者"，所欣喜的是"吾邑之士又皆以文学奋身，遭遇其事，忝列华要，亦可谓盛矣。及岁时之闲暇，举酒相属，而惓惓以德业相勉，将以上报国家，而非独为乡邑之荣也"②。元明之际的士人群体大多不愿出仕，在险恶的政治环境中，假使"幸滔一第，不幸逢时不祥，必将矫矫令节，必不滰涩仡倪为名教羞，然位势之相侔、志与才之相协有不可必者，固不如昭文之不鼓也"③。他们视出仕为危途，视出仕为失节，那种对新朝漠不关心的态度乃是时势使然。但对于出生、成长在永乐朝的士人来说，心态就不一样了。宣德朝正是他们年富力强的时候，又躬逢大兴文教、经济繁荣、国力强盛的盛世，朝廷向士人敞开了分享国家权力的大门，他们的人生价值有幸找到了依托之处，为国效力不仅是他们的职业，也是他们的事业。

《四库全书总目》卷一八九著录高棅编《唐诗品汇》，其提要曰："《明史·文苑传》谓终明之世，馆阁以此书为宗。"④ 所谓"馆阁"，指身居馆

---

① 〔明〕张萱：《西园闻见录》卷二十六，哈佛燕京学社影印本，第 612 页。
② 〔明〕王直：《抑庵文集》卷四，影印文渊阁四库全书第 1241 册，第 474 页。
③ 〔明〕陈谟：《海桑集》卷五，影印文渊阁四库全书第 1232 册，第 590 页。
④ 〔清〕永瑢等：《四库全书总目》，北京，中华书局，1965，第 1713 页。又，陈书录就此举了若干例证："闽派诗人高棅在《唐诗品汇》中为三杨的台阁文学的创作提供了雍容典雅、明丽高华的范本，这就是贾至的《早朝大明宫呈两省僚友》、王维的《和贾至舍人早朝大明宫之作》、岑参《和贾至舍人早朝大明宫之作》和杜甫的《奉和贾至舍人早朝大明宫》等。……《唐诗品汇》中所选的贾至等人的台阁诗对三杨等馆阁之臣有很大的影响。"见陈书录《明代诗文的演变》，南京，江苏教育出版社，1996，第 116 页。

阁的诗人，当然也包括了特定意义上的台阁诗人。这里需要指出的是，台阁诗人对唐诗的仿效，旨在以诗文显示国力强盛和世运升平。这仿佛是对明初刘基思想的演绎。刘基《苏平仲文集序》认为，有汉唐的强盛，才有汉赋唐诗的辉煌。倒过来，似乎也可以表述为：汉赋唐诗的辉煌显示了汉唐的强盛。这样看问题，台阁体的创作宗旨就与刘基的倡导相通了。但是，这里有个区别不能忽略，即：尽管刘基倡言"文之盛衰实关时之泰否"，不过，与"泰""时"相对应的"盛""文"，在风格上不一定表现为雍容平稳，在具体的写作中不一定直指"润饰鸿业"。台阁体时代，也就是永乐后期至宣德年间，社会经济状况持续良好，士人的整体境遇也持续良好，其结果是，台阁诗人的审美祈向虽然表面上继承刘基，却更看重点缀升平、"润饰鸿业"的廊庙意识，其占主导地位的艺术追求是表现"富贵福泽之气"①。《四库全书总目》卷一七〇杨荣《杨文敏集》提要说："（杨）荣当明全盛之日，历事四朝，恩礼始终无间，儒生遭遇，可谓至荣，故发为文章，具有富贵福泽之气。应制诸作，飒飒雅音。其他诗文，亦皆雍容平易，肖其为人。虽无深湛幽渺之思，纵横驰骤之才，足以震耀一世，而透迤有度，醇实无疵，台阁之文所由与山林枯槁者异也。与杨士奇同主一代之文柄，亦有由矣。"又，同卷金幼孜《金文靖集》提要也说："（金）幼孜在洪武建文之时，无所表见。至永乐以迄宣德，皆掌文翰机密，与杨士奇诸人相亚。其文章边幅稍狭，不及士奇诸人之博大，而雍容雅步，颇亦肩随。盖其时明运方兴，故廊庙赓扬，具有气象，操觚者亦不知也。"②"廊庙"与"富贵福泽之气"，这是描述台阁文风的两个关键词，也是描述台阁体表现的人生价值与那一时期士人理想的两个关键词。如果说永乐时期，士人们更多是出于安全考虑而逢迎朝廷，违心地用文章"点缀升平"，那么，宣德年间的士人已不只是习惯成自然，而且是真心把会写这种文章视为必需而可贵的涵养。新的一代，是在"点缀升平"的规训中成长起来的。他们的表达是自愿的，不同于永乐年间的迫不得已。我们可以以后见之明说这是甘心依附于皇权的一代，但不必认为他们没有表达真情实感。

其三，台阁体倡导的人格、文风与士人的精神状态达成了高度一致。

"文如其人"，永乐至宣德间的士人，其精神生活趋于内敛，为人处世更注重涵养和平和。他们对台阁体的推崇与追随正是这种精神状态在文风

---

① 陈文新：《明代诗学的逻辑进程与主要理论问题》，武汉，武汉大学出版社，2007，第11～13页。

② 俱见〔清〕永瑢等：《四库全书总目》，北京，中华书局，1965，第1484页。

上的表现。关于台阁文臣的精神状态，有一点不能忽略，即：他们也有遭到贬谪、被逐出台阁的时候。但即使在这种情况下，他们也坚持认为，不能感时愤俗，不能啼饥号寒，而应保持和平温厚的心态和气度。所以，杨荣在《省愆集序》中表彰黄淮："公以高才懿学，凤膺遭遇，黼黻皇猷，铺张至化，与世之君子颉颃，振奋于词翰之场者多矣。此盖特一时幽寓之作，而爱亲忠君之念、咎己自惮之怀蔼然溢于言表，真和而平、温而厚、怨而不伤而得夫性情之正者也。"①费宷在《俨山文集序》中表彰陆深："左迁以后，驱驰藩臬间，略无感时愤俗之意。观其《发教岩》诗云：'去留俱有适，吏隐欲中分。'《峡江道中》诗云：'何似湘江路，常悬魏阙心。'此其心岂常有怨尤耶？"②台阁文臣的这种精神状态，也为当时的士人阶层所推重和仿效。台阁文风在王朝士人的追随中盛极一时，这固然不值得大加表彰，但给予适度的"同情之了解"是必要的。

　　一个政权必须建立和维持一种文化认同，否则，就没有合法性，就不能长治久安。文化认同之所以能够产生这种效果，是因为这种文化对置身其中的人是有特定要求的。这种要求也就是社会对于个体的角色期待，士人只有符合这些期待和标准才能有所作为，否则就会被排除在主流社会之外。台阁文风之所以在永乐至宣德间盛行一时，正是因为台阁文风是新的文化格局形成的标志，永乐至宣德间士人群体的文化认同与台阁体的主旨是一致的。换句话说，台阁体体现了朝廷建构新的文化格局的理想，士阶层从这种新的文化格局所获得的文化身份，又促使他们努力接受台阁文风，以获得更好的发展机遇。两者之间互为因果，互相推进，形成了文化上、政治上的巨大合力，洪武时代的文化格局、政治格局逐渐成为了远逝的记忆。

第二节　明代南北取士之争与前七子的崛起

　　明代弘治、正德年间，前七子在文坛迅速崛起。后人常用"文必秦汉，诗必盛唐"来概括前七子的文学主张。一个"必"字，既可见前七子文学主张之鲜明，也体现出一种气势和力度。可以说，气势和力度正是前七子诗风和文风的魅力所在。对这种诗风和文风的估价，不宜单纯地采用文学的角度，而至少还应采用社会的、文化的角度。盖前七子的崛起，既

---

①　〔明〕杨荣：《文敏集》卷十一，影印文渊阁四库全书第 1240 册，第 168～169 页。
②　〔明〕陆深：《俨山文集》卷首，《"国立中央图书馆"善本序跋集录》集部第 3 册，台北，"中央图书馆"，1994，第 74 页。

是一个文学事件，也是一个社会文化事件，有其特殊的文化渊源和时代背景。前七子的崛起与历史形成的南北人文差异以及明代科场中南北取士之争有关。

一、南北人文差异及其对明代文学的影响

中国幅员辽阔，习惯上以长江为界，划分为南方和北方。而文化意义上的江南，又特别偏重于江浙一带。历史上，南北既有统一时期，也经历过长期分裂的阶段，从而形成鲜明的南北人文差异。在考察古代文学的发展和流变时，对南北文风的差异应适度予以留意。

元明之前，中国历史上强盛的大一统阶段主要有秦、汉、隋、唐等朝代。宋代以后，元、明、清数朝均为大一统的时代，但元朝和清朝是少数民族入主中原，读书人对王朝的认同感和亲近感不如唐宋时代。

明朝是汉人建立的大一统国家，阳刚之气在明代的发扬是汉族传统文化复苏和兴盛的产物。元初，蒙古统治者对汉族传统文化极端蔑视，他们继马上得天下之后，执行了一套马上治天下的政策，废科举，抑儒生，读书人沦落到老九的地位。元仁宗皇庆年间，随着科举制度的恢复，汉族传统文化虽有所抬头，但未能形成大的气候，只有到了 1368 年，朱元璋建立了明朝之后，汉族传统文化才以浩大的声势兴盛起来。汉族文化的复兴，明代士大夫那种振兴汉文化的历史使命感，与"文必西汉，诗必盛唐"的主张有内在联系，因为西汉和盛唐正是汉民族引为自豪的盛世。日本学者和田清在述及明初军事时指出："明朝兴起取代元朝，这不只是汉族以反抗北方民族压迫的势力恢复了南宋时代所丧失的中原地方，而是扭转唐末以来的汉族的被动地位，完全夺回汉、唐最盛时代直到北疆的一次巨大的运动。当时各将领都充分体会了这种意义，进行了奋斗。"[①] 其实，再创汉、唐盛世，不仅是明初各位将领的愿望，也是明代许多士大夫的愿望。这个民族终于恢复了"汉官威仪"，仅仅"汉官威仪"四字就足以令群情激昂。他们对明朝开国意义的评价是与汉族文明的复兴紧密联系在一起的。这是我们对明朝作为一个历史时代的基本评价。

就地域而言，北方文化较多雄健粗犷之气，南方文化较多清新明丽之风。唐代以前，中国历史上的大一统王朝，其政治、文化中心都在北方。秦朝建都于陕西咸阳，西汉定都于陕西长安，东汉则定都于河南洛阳。陕西（关右）、河南（中原）受汉、唐文化影响之深，可想而知。明初虽一

---

① 〔日〕和田清：《明代蒙古史论集》上册，潘世宪译，北京，商务印书馆，1984，第 5 页。

度定都于南京，但永乐间既已迁都北京，南京仅享有陪都的地位。并非偶合，明代前七子的主体正是北方文人。其中李梦阳出生于庆阳府安化县（今甘肃省庆城县，明代属陕西管辖），后迁居开封；康海是陕西武功（与咸阳相邻）人；王九思是陕西鄠县（今户县）人。以上三人均为陕西人。其余四人当中，何景明是河南信阳人；王廷相是潞州（今山西省长治市，与河南接壤）人；边贡是山东历城（今属山东省济南市）人。只有徐祯卿是南方人，由常熟迁居吴县（今江苏省苏州市）。除徐祯卿外，前七子不仅基本上是北方人，且大多来自陕西和河南，他们倡导"文必秦汉，诗必盛唐"，正是所谓北人特色。

明代前期的科场和政坛，基本上以南方人为主导，其中江西尤为引人瞩目。明代首科状元吴伯宗便是江西人，此后，江西籍的状元、进士层出不穷。明人刘仕义《新知录摘抄》中有"吉安文物之盛"条，云："江西一省可谓冠裳文物之盛，而吉安一府为尤最。自洪武辛亥至嘉靖己未，凡六十科，吉安进士七百八十八人，状元十一人，榜眼十一人，探花十人，会元八人，解元三十九人，登第者二十八人，官至内阁九人，一品六人，赠三人，尚书二十二人，赠四人，左右都御史六人，得谥二十五人。盛哉！"①刘仕义的统计以明初至嘉靖年间为限。到了明代中期，江西在科举考试中便不再像以前那样风光了。成化二年（1466）直至明末的这一百七十余年间，江西只出了五名状元，其中吉安府只出过一名状元。

明代前期文坛，也主要是受南方文风的支配。在以六朝古都南京及其附近的苏州为中心的吴文化区，直到明代，崇尚清丽依然是一种风尚。明人胡应麟《诗薮》云："国初闻人，率由越产，如宋子濂、王子充、刘伯温、方希古、苏平仲、张孟兼、唐处敬辈，诸方无抗衡者。而诗人则出吴中，高、杨、张、徐、贝琼、袁凯亦皆雄视海内。至弘、正间，中原、关右始盛；嘉、隆后，复自北而南矣。"②这段话勾勒出了一幅明代前期的文学地图。胡应麟将明初诗坛分为五派，包括吴诗派、越诗派、闽诗派、岭南诗派、江右诗派。③这五大诗派全部出于南方。其中，尤以吴中为盛。吴中文学的兴盛始于元末。元末群雄割据，吴中乃张士诚的势力范围。这里物产富庶，政局相对稳定，加上张士诚优待文人，许多有个性的文人都可以充分施展自己的才华。例如，元末最具艺术个性的诗人杨维桢便生活在吴中地区，高启、袁凯等年轻诗人在元末吴中文坛上名气也比较响亮。

---

① 〔明〕刘仕义：《新知录摘抄》，北京，中华书局，1985，第 72 ~ 73 页。
② 〔明〕胡应麟：《诗薮》续编卷一，上海，上海古籍出版社，1979，第 341 页。
③ 〔明〕胡应麟：《诗薮》续编卷一，上海，上海古籍出版社，1979，第 342 页。

由于张士诚在吴中较得人心，明朝建国后，朱元璋便将吴中文人作为重点打击的对象，吴中诗坛一度沉寂。永乐之后，明代文坛上占主导地位的是台阁体。其代表作家"三杨"中，杨士奇的文学成就最高。杨士奇是江西泰和人，其文学成就主要体现在散文方面，他继承了欧阳修、曾巩等人的文风，形成了一种既高华典重又平易顺畅的台阁文风。除杨士奇外，永乐时期的馆阁文人中，江西人占了相当大的比例，如解缙、胡广、曾棨、金幼孜等。成化以后，茶陵派成为文坛主导。茶陵派的领袖李东阳是湖南茶陵人，其成员则以来自吴地的文人居多。茶陵派的活动中心虽在北京，但其成员仍以南方人为主，其文风和诗风带有鲜明的南方文化色彩。

综上所述，明朝开国以来，文坛和科场长期处于南方文人的掌控之下。以吴中地区为代表的江南文化和以江西地区为代表的宋型文化，轮番占据文坛的主流。北方在历史上战乱频仍，曾长期处于金、元等少数民族统治之下，文化水准相对低下。但北方文化亦有其特色。无论在学术思想还是文学方面，北方文化传统都有其异于南方文化传统的优长之处。明朝建立后，经过长达一个世纪的休养生息，北方文化逐渐兴盛。至弘治时期，前七子先后考中进士，开始在文坛崭露头角。他们大力倡导"文必秦汉，诗必盛唐"，明显带有以北方文风主导全国文坛的意味。

明代前七子诗学所青睐的唐诗是有特定指向的，不是中、晚唐，而是盛唐。清王士禛《跋唐诗品汇》称："宋元论唐诗，不甚分初、盛、中、晚，故《三体》《鼓吹》等集率详中、晚而略初、盛，览之愦愦。杨士弘《唐音》始稍区别，有正音，有馀响，然犹未畅其说，间有舛误。迨高廷礼《品汇》出，而所谓正始、正宗、大家、名家、羽翼、接武、正变、馀响，皆井然矣。"[1]所谓《品汇》，即高棅编选的《唐诗品汇》。他在《凡例》中说："大略以初唐为正始，盛唐为正宗、大家、名家、羽翼，中唐为接武，晚唐为正变、馀响，方外异人等诗为傍流。间有一二成家特立与时异者，则不以世次拘之。"[2]由此可见高棅对盛唐诗的推崇之情。初、盛与中、晚唐的区别，主要在于气象不同。"盛唐前，语虽平易，而气象雍容；中唐后，语渐精工，而气象促迫。不可不知。"[3]"盛唐句如'海日生残夜，江春入旧年'，中唐句如'风兼残雪起，河带断冰流'，晚唐句如'鸡声茅店月，人迹板桥霜'，皆形容景物，妙绝千古，而盛、中、晚界限斩然。故

---

① 〔清〕王士禛：《带经堂诗话》卷一，北京，人民文学出版社，1982，第38页。
② 〔明〕高棅编选：《唐诗品汇》，上海，上海古籍出版社，1982，第14页。
③ 〔明〕胡应麟：《诗薮》内编卷三，上海，上海古籍出版社，1979，第51页。

知文章关气运，非人力。"① 明代前七子所衷心企慕的，乃是一种呈现于诗中的盛唐气象。所谓"盛唐气象"，它的一个基本内容是以雄放著称的边塞诗。这派作家，岑、高以外，还有李颀、崔颢、王昌龄、王之涣、王翰诸人。盛唐气象在诗歌的顶峰当首推李白。李白、岑参、高适等人的诗，是盛唐时期欣欣向荣的社会氛围的反映，只有在整个社会充盈着向上精神的历史时期才可能出现这种景象。

前七子为何对唐宋八大家的散文不感兴趣呢？一个流行的解释是，他们藉此表达出对理学的不满。这种解释自有其深刻性，但还不够完整。因为前七子对西汉散文的钟情，除了不满于南宋以来弥漫于古文中的理学气之外，还有一个重要的原因，即西汉的国势与明代前期的国势有相似之处，都处于充满活力的阶段。七子派之推重西汉文章，亦缘于对宏大气魄的偏爱，譬如汉赋。汉赋所着力展示的，不正是"一个繁荣富强、充满活力、自信和对现实具有浓厚兴趣、关注和爱好的世界图么"②？至于司马迁的《史记》，则是在一个广阔的范围内直接处理众多的社会生活场景，作为"无韵之《离骚》"，它生气勃勃和恢宏壮美，深沉凝重而兼浪漫热烈，也和汉赋一样，堪称"巨丽"。王世贞《艺苑卮言》卷三说："西京之文实，东京之文弱，犹未离实也。六朝之文浮，离实矣。唐之文庸，犹未离浮也。宋之文陋，离浮矣，愈下矣。元无文。"③ 所谓"实"，指汉赋和《史记》等所叙之事件，所展开之场景，都是社会和自然的巨大"存在"。前七子所向往的这种境界，既源于他们北方士子的身份，又与明代的国势相称，所以登高一呼，响应者众多，迅速盖过了台阁文风。

二、明代前期南北取士之争与前七子的崛起

明代前期，科场和文坛虽以南方人为主导，但北方政治势力也在逐渐加强。至成化、弘治年间，北方入仕者渐多。弘治年间，前七子的崛起，表明北方政治势力已足以与南方相抗衡。

明代科场上南北取士之争的历史根源，可远溯至南宋时期。当时宋、金长期对峙，北方无论在文学还是理学方面，都较南方要落后许多。元代统一中国之后，在科举考试中实行南北分榜，蒙古人、色目人为一榜，称为左榜；汉人、南人为一榜，称为右榜。两榜进士的考试科目、答题要求都不相同，"蒙易汉难"。这样做主要是为了维护北方少数民族对汉族的统

---

① 〔明〕胡应麟：《诗薮》内编卷四，上海，上海古籍出版社，1979，第 59 页。
② 李泽厚：《美的历程》，北京，中国社会科学出版社，1989，第 77 页。
③ 见丁福保辑：《历代诗话续编》，北京，中华书局，1983，第 985 页。

治，同时也考虑到南北文化的现实差距。

明初，取士不分南北，一视同仁。如此一来，南方士人在科举考试中便占据了极大优势。洪武三十年（1397）的丁丑科会试，甚至出现了中进士者全部为南方士人，北方士人无一被录取的情况 ①。这次科举考试提醒朝廷重视南北地域文化的差距。此后，朝廷开始注意适当增加北方士人的录取名额，但直到永乐年间，并未对南北取士比例作出明确规定。所以，南方人在科举考试中依然占有明显优势。特别是江西，在明代前期的科举考试中，一直处于绝对优势地位。

洪熙元年（1425）始就南北取士名额作出明确规定。《明史》载："洪熙元年，仁宗命杨士奇等定取士之额，南人十六，北人十四。宣德、正统间，分为南、北、中卷，以百人为率，则南取五十五名，北取三十五名，中取十名。"② 虽然北方录取名额依然少于南方，但在北方文化水平相对落后的情况下，保证了北方士人较多有被录取的机会，是有利于北方士人的。

正统年间，明英宗朱祁镇喜北人，对南人则抱有戒心。这从《明史》的两处记载中可见一斑。一是关于王翱的记载。王翱是河北人，官至吏部尚书，为人正直，深得英宗敬重。"王翱性不喜南士。英宗尝言：'北人文雅不及南人，顾质直雄伟，缓急当得力。'翱由是益多引北人。"③ 王翱为官正直，他极力引荐北方人，不是为了结党营私，而是出于对当时官场上圆滑世故之不良风气的深恶痛绝。二是关于彭时的记载。彭时是江西人，正统年间由英宗亲点为状元，其为人颇有风度，受到英宗宠信。天顺四年（1460）会试后选拔庶吉士，英宗命李贤多用北方人，南方人只有如彭时者方可录用。李贤是河南人，为明代名臣。他将英宗的这番话转告彭时，彭时却误以为李贤有意压制南方人，愤愤不平。这一年选拔的十五名庶吉士中，仅有六名是南方人，北方人第一次在庶吉士选拔中占据了上风。被选为庶吉士，就有机会留在翰林院任职并有可能最终进入内阁。河南人刘健就是在这一年被选为庶吉士的，弘治年间官至内阁首辅，成为一代名

---

① 洪武三十年（1397）丁丑科会试主考官刘三吾、白信蹈等都是南方人。放榜之后，有落第的北方士子鼓噪不平，认为考官偏私南方人。明太祖朱元璋令翰林院侍读张信等覆阅试卷，张信等认为原先的阅卷结果是公平的。刘三吾、白信蹈、张信等人只着眼于试卷本身文字的高下，没有考虑到实际的政治需要，没有体会到朱元璋打算通过覆阅试卷调和南北矛盾的良苦用心。结果，白信蹈、张信等被处死，刘三吾遭流戍。朱元璋亲自阅卷，从落榜进士中录取了六十一人，全部为北方人。所以，是科进士有两榜，史称"南北榜"。

② 〔清〕张廷玉等：《明史》卷七十《选举志二》，北京，中华书局，1974，第1697页。

③ 〔清〕张廷玉等：《明史》卷一百七十七《王翱传》，北京，中华书局，1974，第4702页。

臣。刘健对前七子的崛起有直接作用。

与英宗朱祁镇相比，其弟代宗朱祁钰更倾向于任用南方文人。景泰初，朝廷一度废止有关取士名额的规定。给事中李侃、刑部侍郎罗绮等上书极力反对，指责"部臣欲专以文词，多取南人"[1]。但未被采纳。直到景泰五年（1454）甲戌科，方依给事中徐廷章的建议，恢复正统间的旧例，会试时分南、北、中卷录取。其中，南卷包括应天及苏、松诸府，浙江、江西、福建、湖广、广东；北卷包括顺天、山东、山西、河南、陕西；中卷包括四川、广西、云南、贵州及凤阳、庐州二府，滁、徐、和三州。

天顺八年（1464），明宪宗朱见深即位，次年改元成化。天顺、成化年间，政坛和科举考试中的南北之争亦十分激烈。成化十四年（1478），万安升任内阁首辅，与另一位内阁大学士刘珝之间争权夺利。《明史》称："安无学术，既柄用，惟日事请托，结诸阉为内援。"[2]"而安为首辅，与南人相党附，珝与尚书尹旻、王越又以北人为党，互相倾轧。然珝疏浅而安深鸷，故珝卒不能胜安。"[3]万安是四川眉州人，四川在明代科举考试中属于中部地区，进士名额较少，为壮大自己的势力，万安一方面与南方人结党，另一方面想方设法增加中部地区的录取名额。自成化二十二年（1486）起，从南北取士名额中各减二名，拨给中部。

成化二十三年（1487），明孝宗朱祐樘登基，次年改元弘治。明孝宗即位不久，便将万安罢黜，而科举考试的名额分配也恢复到正统间的旧例。"弘治二年复从旧制。嗣后相沿不改。"[4]孝宗年间，政治清明，史称"弘治中兴"。这一时期，刘健、李东阳、谢迁等名臣先后进入内阁。

弘治十二年（1499），刘健升任内阁首辅，其次为李东阳、谢迁。刘健任事刚果，李东阳长于文学，而谢迁见事明敏、持论谔谔，与之相济。时人语曰："李公谋，刘公断，谢公尤侃侃。"[5]天下共称贤相。这一内阁的"金三角"结构一直维持到正德元年（1506）。三人之间没有爆发过剧烈冲突，但是，南北人文差异的存在，使他们彼此之间也不无微词。

关于南北人文差异，林语堂有过一段生动的描绘，他说："北方的中国人，习惯于简单质朴的思维和艰苦的生活，……他们是自然之子。……在东南边疆，长江以南，人们会看到另一种人：他们习惯于安逸，勤于修

---

①　〔清〕张廷玉等：《明史》卷七十《选举志二》，北京，中华书局，1974，第 1697 页。
②　〔清〕张廷玉等：《明史》卷一百六十八《万安传》，北京，中华书局，1974，第 4523 页。
③　〔清〕张廷玉等：《明史》卷一百六十八《万安传》，北京，中华书局，1974，第 4524 页。
④　〔清〕张廷玉等：《明史》卷七十《选举志二》，北京，中华书局，1974，第 1698 页。
⑤　〔清〕张廷玉等：《明史》卷一百八十一《谢迁传》，北京，中华书局，1974，第 4819 页。

养，老于世故，头脑发达，身体退化，喜爱诗歌，喜欢舒适。"①林语堂对北方人统而论之，而将南方人划分为几种类型。林语堂这里所说的主要是江浙一带的南方人。李东阳虽然是湖南人，但他与吴中文人交往密切。将这段南北差异论套用在刘健和李东阳身上，也大体恰当。

刘健是河南洛阳人，深得河东大儒薛瑄真传。《明史》称："健学问深粹，正色敢言，以身任天下之重。"②"东阳以诗文引后进，海内士皆抵掌谈文学，健若不闻，独教人治经穷理。其事业光明俊伟，明世辅臣鲜有比者。"③他身上比较典型地体现出北方人的耿直、质朴。

李东阳虽位居刘健之下，但自幼便以神童的身份进入翰林院，在馆阁文人中享有极高的声望，是当时不容置疑的文坛领袖。《明史》称："弘治时，宰相李东阳主文柄，天下翕然宗之。"④何良俊《四友斋丛说》载："李文正当国时，每日朝罢，则门生群集其家，皆海内名流，其座上常满，殆无虚日，谈文讲艺，绝口不及势利，其文章亦足领袖一时。正恐兴事建功，或自有人。"⑤从何良俊最后一句话看，他认为李东阳身为朝廷重臣，仅以诗文领袖群伦，没有尽到"兴事建功"的责任。

刘健与李东阳的性格、兴趣不同，也影响到他们的用人标准。刘健不喜南人的圆融，倾向于认为圆融就是圆滑世故。当谢迁极力推荐李东阳的好友、茶陵派成员吴宽入阁时，刘健断然拒绝。吴宽是苏州人，以文学见长，王鏊《姑苏志》称其"为人静重醇实，自少至老，人不见其过举，不为慷慨激烈之行"⑥。所谓"不为慷慨激烈之行"，就是不露锋芒，就是圆融。这样的人物，自然得不到刘健的赏识。同样，李东阳与吴中文人兴趣相投，与北方文人则不大合拍。《四友斋丛说》称"李西涯长于诗文，力以主张斯道为己任。后进有文者，如汪石潭、邵二泉、钱鹤滩、顾东江、储柴墟、何燕泉辈，皆出其门。独李空同、康浒西、何大复、徐昌谷自立门户，不为其所牢笼，而诸人在仕路亦遂偃蹇不达。"⑦其中，受李东阳提携者多为南方人，而李梦阳、康海、何景明等北方士子因为与李东阳的文

---

① 林语堂：《中国人》，上海，学林出版社，1994，第31～32页。
② 〔清〕张廷玉等：《明史》卷一百八十一《刘健传》，北京，中华书局，1974，第4810页。
③ 〔清〕张廷玉等：《明史》卷一百八十一《刘健传》，北京，中华书局，1974，第4817页。
④ 〔清〕张廷玉等：《明史》卷二百八十六《文苑传二》，北京，中华书局，1974，第7347页。
⑤ 〔明〕何良俊：《四友斋丛说》卷八，元明史料笔记丛刊，北京，中华书局，1959，第67页。
⑥ 〔明〕王鏊：《姑苏志》卷五十二，影印文渊阁四库全书第493册，第996页。
⑦ 〔明〕何良俊：《四友斋丛说》卷十五，元明史料笔记丛刊，北京，中华书局，1959，第127页。

学风尚不同，在仕途上始终得不到他的重用。

明代翰林制度是科举制度的延伸，有"非进士不入翰林，非翰林不入内阁"[①]之说。当时的翰林院基本上以李东阳为主导。翰林院以南人为主导，就意味着未来的内阁由南人主导的几率很高。翰林院已经成为一个盛产内阁官员并表率文坛的机构，要改变明代的文坛格局，必须改变馆阁文人主持风雅的局面。

"弘治中兴"，刘健执政，为前七子提供了有力的政治支持。正是在这种背景下，前七子应运而生。从弘治六年（1493）到弘治十八年（1505），前七子先后登上政治舞台。他们有志于主持风雅，向李东阳为代表的馆阁文人发起了强有力的挑战。

前七子中，最先登上政治舞台的是李梦阳。弘治五年（1492），李梦阳 21 岁，举陕西乡试第一，弘治六年（1493）中进士，是科会试主考官为李东阳。李梦阳会试后没有立即做官，因连丧父母，在家守制。直到弘治十一年（1498），方出任户部主事，后迁郎中。王九思、边贡是弘治九年（1496）进士。王九思被选为庶吉士，后授翰林院检讨。边贡年方二十，未入选庶吉士，初授太常博士，迁兵科给事中。康海、王廷相、何景明三人是弘治十五年（1502）进士。是科会试主考官吴宽乃李东阳好友，为茶陵派成员。康海高中是科状元，授翰林院修撰。王廷相被选为庶吉士，入翰林院进修，但未能留在翰林院，两年后出任兵部给事中。何景明年方十九，未能入选庶吉士，授中书舍人。徐祯卿是弘治十八年（1505）进士，他本来是吴中四才子之一，在进士考试中名次居前，但因相貌丑陋，无缘进入翰林院。

前七子是一群高自期许的青年才俊，在北方进士录取名额较少的情况下，他们脱颖而出，且名次均比较靠前，实属难能可贵。但他们难以融入由李东阳主导的馆阁文人圈。前七子中，只有康海和王九思具有馆阁文人的身份。王廷相虽然被选为庶吉士，但只是在翰林院进修，未能留在翰林院任职，故不能称为馆阁文人。前七子中的其他几名成员，也都与翰林院无缘。虽然当时的馆阁领袖李东阳、吴宽在名义上是前七子的座师，但政坛上长期以来形成的南北之争，以及文坛上南北文风的差异，使前七子与馆阁文人的分道扬镳日渐成为一个不可避免的事实。在前七子看来，此时代表馆阁风尚的茶陵派，诗风不够雄健，文章过于舒缓，不足以在这个时代领袖群伦。前七子提醒世人，只有代表北方文学传统的秦汉之文、盛唐

---

① 〔清〕张廷玉等：《明史》卷七十《选举志二》，北京，中华书局，1974，第 1702 页。

之诗，才是真正的大雅之道，才与明朝的国力相称。

表面看来，前七子也和李东阳一样同属尊唐派，不过，二者的宗唐，其实区别甚大。李东阳对王、孟一脉怀有执着的好感，李梦阳却只认可"雄阔高浑、实大声弘"的杜诗，即胡缵宗(1480—1560)《西玄诗集序》所谓"弘治间李按察梦阳谓诗必宗少陵"，追求"伟丽"，追求"激楚苍茫之致"，并指斥李东阳诗风"软靡"①。

李梦阳等人对王孟诗不满，是因为在李梦阳看来，这种偏于隐逸的清丽诗风遮蔽了现实生活的种种疮痍。人们常替隐逸诗辩护，因为它表达了一种信念，表达了对与秽浊的现实相对照、相抗衡的美好世界的向往。这是通过艺术而传达出的理想化精神。但从另一个角度看，对一个理想境界的梦想不过是美好的虚构，隐逸的世界过于虚幻，不能成为理想的适当象征。心灵是应该返回自然的，但不是在虚幻中返回。诗中的澄明之境激发不了热情、激情和生命力。而生命力，一种慷慨多气的生命力，却是李梦阳等所心仪和向往的。他力倡学习杜甫，旨趣之一便是效法杜甫忧国伤时的精神。其创作表明，他在这方面的确取得了几分成就。比如其《土兵行》，陈田《明诗纪事》丁签卷一引《国史唯疑》说："江西苦调到狼兵，掠卖子女。其总兵张勇以童男女各二人，送费文宪家。费发愤疏闻，请严禁。诵李梦阳《土兵行》诸篇，情状具见。"②沈德潜《明诗别裁集》亦评曰："杨用修云：只以谣谚近语入诗史，而古不可及"，"归结正论，少陵亦云'此辈少为贵'也"③。又如《玄明宫行》，据陈田《明诗纪事》丁签引《名山藏》："司礼监刘瑾，请地数百顷，费数十巨万，作玄明宫朝阳门内，以祝上厘。复请猫竹厂地五十馀顷，毁民居千九百馀家，掘人冢二千五百馀。筑室僦民，听其宿娼卖酒，日供赡玄明宫香火。"④刘瑾筑玄明宫，在当时是一件大事。李梦阳《玄明宫行》写武宗宠信宦官，虚耗国库，大兴土木，足补史阙。前七子的诗风，以力度和气势为标志。

前七子的崛起，可以说是得天时（弘治中兴）、地利（北方文化传统）、人和（刘健执政）之便。他们提出"文必秦汉，诗必盛唐"的口号，具有强烈的现实政治意义，在改变文风的同时也改变着朝政。如果单就文学而言，南北文风实各有所长。只有结合明前期政坛风尚的更替来考察前

---

① 〔明〕胡缵宗：《西玄诗集序》，见《"国立中央图书馆"善本序跋集录》集部第3册，台北，"中央图书馆"，1994，第183页。

② 〔清〕陈田：《明诗纪事》丁签卷一，上海，上海古籍出版社，1993，第1139页。

③ 〔清〕沈德潜、周准：《明诗别裁集》，上海，上海古籍出版社，1979，第91页。

④ 〔清〕陈田：《明诗纪事》丁签卷一，上海，上海古籍出版社，1993，第1139～1140页。

七子倡导的复古运动，才能领会前七子提出"文必秦汉，诗必盛唐"口号的真实用意和丰富内涵。

三、前七子复古运动的消沉及其影响

前七子复古运动声势最为健旺的时期，是从弘治十五年（1502）至弘治十八年（1505）。正德年间，复古运动迅速走向消沉。其原因，一是刘健辞官，前七子失去了政治上的有力支持；二是刘瑾当权，北方政治势力被抹黑；三是李东阳成为首辅，南方政治势力重新占据上风。

弘治十八年（1505），孝宗去世，武宗继位。武宗年少，贪于玩乐，宠信太监，朝政大权遂落入太监刘瑾之手。刘健屡次上疏力谏，而武宗充耳不闻。刘健等遂密谋除掉刘瑾，事泄，刘健、谢迁相继辞官归里，李东阳独留。刘健、谢迁离京之时，李东阳为他们饯行，泣下。"健正色曰："何泣为？使当日力争，与我辈同去矣。'东阳默然。"① 刘健的刚直不阿与李东阳的老于世故，在与太监刘瑾的抗争中形成了鲜明的对比。刘健辞官后，李东阳继任内阁首辅，吴中文人王鏊、河南人焦芳入阁与其共事。焦芳与刘瑾勾结，王鏊不久亦辞官归里，李东阳委曲求全，至正德七年（1512）始以老病乞休，又四年后卒。《明史》评论道："有明贤宰辅，自三杨外，前有彭、商，后称刘、谢，庶乎以道事君者欤。李东阳以依违蒙诟，然善类赖以扶持，所全不少。大臣同国休戚，非可以决去为高，远蹈为洁，顾其志何如耳。"② 对刘健、谢迁高度赞扬，对李东阳也表示理解和认可。

刘健的归隐，对前七子倡导的复古运动是一次沉重打击。而刘瑾、焦芳结党营私、败坏朝纲，连带抹黑了北方士人的形象，也使前七子的复古运动失去了政治理想主义的光彩。刘瑾是陕西人，焦芳是河南人。如果说前七子与李东阳之间是由南北人文差异导致的矛盾，那么前七子与刘瑾、焦芳之间则是不同政治流品之间的纠葛，更加势如水火。同时，刘瑾借重李东阳的名望，对李东阳礼敬有加，前七子在政治上依然受到压制。在道义上，南方士人也占据了上风。由于政局的变化，北方政治势力内部出现分化，南北之争让位于忠奸之争，复古运动失去了最初的政治动力，走向消沉。

正德年间，刘瑾、焦芳对康海十分看重，借同乡之谊，极力笼络康

---

① 〔清〕张廷玉等：《明史》卷一百八十一《李东阳传》，北京，中华书局，1974，第4822页。
② 〔清〕张廷玉等：《明史》卷一百八十一，北京，中华书局，1974，第4829页。

海，但康海对其不屑一顾。直到李梦阳下狱论死，为了援救李梦阳，康海才不顾自己名节受损，屈就刘瑾。刘瑾垮台后，康海、王九思俱受牵连，罢官还乡，终身不复录用。在少了康海这员主将的同时，前七子复古运动的政治批判色彩也日渐减弱。一旦脱离了对现实政治的批判，"文必秦汉，诗必盛唐"就成了较为纯粹的文学主张，失去了在社会生活中的号召力。

从正德八年（1513）到嘉靖初，李东阳致仕后，杨廷和继任内阁首辅。杨廷和是四川新都人，在明代科举考试中，四川既不属于南方，也不属于北方，被视为中部地区。但杨廷和在政治立场上接近于李东阳。杨廷和执政期间，他的弟弟曾经去拜访过康海，暗示康海可以出来做官，遭到康海拒绝。杨廷和的儿子杨慎 14 岁时拜李东阳为师，于正德六年（1511）考取状元，在翰林院任职。杨慎以博学著称，其诗主要学习六朝，对前七子多有批评。钱谦益《列朝诗集小传》指出："用修乃沉酣六朝，揽采晚唐，创为渊博靡丽之词，其意欲压倒李、何，为茶陵派别张壁垒，不欲角胜口舌间也。"[1] 杨慎以其独树一帜的诗风，打破了"诗必盛唐"的格局。

散文方面，嘉靖间，京城有"嘉靖八才子"出现，其中王慎中、唐顺之以及后来的茅坤、归有光等人大力倡导唐宋文风，可视为对前七子"文必秦汉"主张的反拨。身为明代作者，前七子致力于模拟先秦西汉古文的篇章技法，一是不可能出神入化，二是不合时宜。前七子古文因而也无助于科举考试。正是在"无法可循"这一点上，前七子古文受到了"嘉靖八才子"及与之一脉相承的唐宋派的批评。唐顺之《荆川先生文集》卷十《〈董仲峰侍郎文集〉序》云：

> 汉以前之文，未尝无法，而未尝有法，法寓于无法之中，故其为法也，密而不可窥。唐与近代之文，不能无法，而能毫厘不失乎法，以有法为法，故其为法也严而不可犯。密则疑于无所谓法，严则疑于有法而可窥，然而文之必有法，出乎自然而不可易者，则不容异也。且夫不能有法，而何以议于无法？有人焉见夫汉以前之文，疑于无法，而以为果无法也，于是率然而出之，决裂以为体，饾饤以为词，尽去自古以来开阖首尾经纬错综之法，而别为一种臃肿窘涩浮荡之文。其气离而不属，其声离而不节，其意卑，其语涩，以为秦与汉之文如是也，岂不犹腐木湿鼓之音，而且诧曰：吾之乐合

---

① 〔清〕钱谦益：《列朝诗集小传》丙集，上海，上海古籍出版社，1983，第 354 页。

乎神。呜呼！今之言秦与汉者纷纷是矣，知其果秦乎汉乎否也？[①]

方孝岳《中国散文概论》曾指出一个事实：先秦两汉的散文"力顾本位"，而唐宋八大家则回避本位。此说本于刘熙载《艺概》卷一《文概》："文有本位。孟子于本位毅然不避，至昌黎则渐避本位矣。永叔则避之更甚矣。凡避本位易窈眇，亦易迭懦。文至永叔以后，方以避本位为独得之传，盖亦颇矣。"[②]"力顾本位"，其特征是将本人的见地说透，从正面阐发，而对章法句法之类，则顺其自然，并未格外留心。"回避本位"，则心目所注，不在见地本身，而在文章的风神情韵，如此措手，章法昭然。所以唐顺之说，"汉以前之文，未尝无法，而未尝有法，法寓于无法之中"；"唐与近代之文"，"以有法为法"，"其为法也严而不可犯"。他由此得出的结论是：倘要论经营文辞之"法"，理当从唐宋古文入手；高谈秦汉，必然不得其门，因为秦汉古文并无经营文辞的技法，如果要亦步亦趋地仿效，只能写出佶屈聱牙之文[③]。唐顺之等人所津津乐道的"法"，不仅写古文的感兴趣，写八股文的也同样感兴趣。正德、嘉靖时期，八股文臻于鼎盛。八股文有明代八大家之说，包括吴县王鏊、武进唐顺之、常熟瞿景淳、武进薛应旂、昆山归有光、德清胡友信、归善杨起元、临川汤显祖，其中嘉靖时期就占了四家，即唐顺之、薛应旂、归有光、瞿景淳。与成化、弘治时期注重八股文规范相比，这一阶段更偏重八股文的气格和篇章技法，古文章法尤其是唐宋八大家的文法被广泛运用于八股文写作，所谓"以古文为时文"，说的就是这种情形。并非偶合，精通这些八股文之"法"的主要是"嘉靖八才子"和唐宋派作家，而不是前七子。前七子古文在席卷全国读书人的科举大潮中，就这样被边缘化了。

嘉靖、隆庆年间，又有后七子倡导的复古运动兴起。后七子成员中，李攀龙是山东人，王世贞是江苏人，谢榛是山东人，宗臣是兴化（今属江苏）人，梁有誉是广东人，徐中行是长兴（今属浙江）人，吴国伦是湖北

---

① 〔明〕唐顺之：《荆川先生文集》，四部丛刊集部第 1586 册，第 35 ~ 36 页。
② 〔清〕刘熙载：《艺概》，上海，上海古籍出版社，1978，第 47 页。
③ 《四库全书总目》卷一七二《遵岩集》提要指出："正、嘉之际，北地、信阳声华藉甚，教天下无读唐以后书。然七子之学，得于诗者较深，得于文者颇浅。故其诗能自成家，而古文则钩章棘句，剽袭秦汉之面貌，遂成伪体。"又卷一八九《文编》提要："自正、嘉以后，北地、信阳声价，奔走一世。太仓、历下，流派弥长。而日久论定，言古文者终以顺之及归有光、王慎中三家为归。岂非以学七子者画虎不成反类狗，学三家者刻鹄不成尚类鹜耶？"〔清〕永瑢等：《四库全书总目》，北京，中华书局，1965，第 1504 ~ 1505 页。四库馆臣的批评有助于我们理解七子派的失误。

人。他们对"文必秦汉，诗必盛唐"的提倡，已不像前七子那样具有地域色彩。换句话说，"文必秦汉，诗必盛唐"的主张在后七子时代主导全国文坛的力度更大。

晚明的一些文学社团，如复社、几社等，倡导"尊经复古"，对前七子极为推崇。复社由十几个社团联合而成，包括浙西闻社、江北南社、江西则社、吴门匡社、中州端社、莱阳邑社、浙东超社、浙西庄社、黄州质社与江南应社等，其地不分南北。几社在松江，属于吴中地区。所以，晚明的复古运动，也与南北之争无关。复社、几社成员多为青年士子，他们相互砥砺，力图改变晚明黑暗的社会现实。其鲜明的政治色彩表明，他们的动机与前七子颇有相似之处。

总之，考察明代前七子倡导的复古运动，视野不能仅仅局限于文学范围内，还应对其勇于担当的政治情怀多加留意。前七子的复古运动，与批判现实的激情和改造社会的理想密不可分，是对软媚的官场习气和明哲保身的乡愿哲学的反拨。或许，这才是前七子复古运动的生命力之所在。

第三节　嘉靖七子的科举背景与流派意识

科举制度自隋唐确立以来，对历代文人的生活、创作，乃至时代的总体文学风尚都产生了深刻的影响。要准确、全面地把握隋唐以来的文学，科举是不可忽视的一大因素。以明嘉靖朝为例，这一时期最引人注目的文学团体当属嘉靖七子（即后七子）与唐宋派。从相关文献可见，两派都以科举为纽带结成，两者流派意识的显著差别与其科举背景的差异直接相关，而嘉靖七子内部的盟主地位之争也与科举背景不无关系。

关于嘉靖七子和唐宋派流派意识的形成，学者们曾从不同角度加以考察。或着眼于政治与文学流派的关系，如廖可斌《严嵩与嘉靖中后期文坛》（《文史知识》1993年第7期）；或着眼于流派与思想文化的关系，如廖可斌《唐宋派与阳明心学》（《文学遗产》1996年第3期）、左东岭《王学与中晚明士人心态》（人民文学出版社2000年版）。所有这些论述，都有助于我们深入了解嘉靖七子和唐宋派。本节从科举背景入手讨论流派意识，不是为了否定其他的研究角度，而是为了与其他研究角度互补，使这一问题的阐发更为全面和深入。在对"嘉靖七子的科举背景与流派意识"展开讨论时，我们也不可避免地会涉及政治与流派的关系、思想文化与流派的关系，这些部分尽量从略，以减少与廖、左等学者著述的重复；在参考了廖、左等学者著述的地方，本节仅在注释中加以提示，一般不引述原文。

一、嘉靖七子的同年之谊及其与唐宋派之间的代沟

科举时代的功名，对于个人、家庭、家族乃至地域都是极其重要的。在各级功名中，明人对进士尤为看重。因为生员不具备为官资格；举人虽有做官资格，但不一定能做上官，即使做上官，起点也偏低，好的也只是偏远地区的知县；进士则通常能做上官，而且一部分起点较高，极有可能留任中央政府，进入国家高级行政机构，如果有幸成为三鼎甲或选为庶吉士，更有机会进入翰林院学习任职，可谓前程似锦。参与进士角逐的士子来自全国各地，一旦中试、进入官场，同年就成为最重要的人脉资源。同年之间的相互支持、援引，在科举时代是一个普遍现象。

明代科举以八股文取士，未中进士之前，士子必须专注于八股文的揣摩、练习。一旦功名到手，便可放下八股文，或从事诗文写作，或从事学术研究，或历练行政才干。对官员来说，诗文唱和不仅仅是陶冶性情的需要，也是人际交往中维系、提升友谊的必要手段。同年之间由于年辈、经历相似，尤易产生共鸣和认同，一旦趣味相投，便有可能结成社团，继而发展成文学流派。嘉靖七子便属于这种情况。

嘉靖七子包括李攀龙、王世贞、谢榛、宗臣、梁有誉、徐中行和吴国伦。其中谢榛情况比较特殊，他在七子中是唯一没有科名的一位，后来被从社中除名。其余六人不仅年龄相近，而且相继于嘉靖二十三年（1544）、二十六年（1547）、二十九年（1550）中了进士。六人生卒年分别为：李攀龙（1514—1570）、徐中行（1517—1578）、梁有誉（1519—1554）、吴国伦（1524—1593）、宗臣（1525—1560）、王世贞（1526—1590），相互间年龄差距不大。李攀龙最为年长，率先于嘉靖二十三年中试。王世贞最小，紧随其后于嘉靖二十六年登第。其余四人均于嘉靖二十九年中进士。

相近的年龄与中试时间为嘉靖七子提供了结社的重要契机。王世贞《弇州山人四部稿》卷九十四《明承直郎刑部山西司主事梁公实墓表》，详细记录了嘉靖七子的定交始末：

> 公实为诸生，即名能歌诗，倾岭南矣。已成进士燕中，即又倾燕中人。而居恒不自得，郁郁思归。补尚书刑部郎，间与其同舍郎李攀龙、王世贞游，乃稍自愉快，曰："世故有人哉！"而郎宗臣已去为吏部，休浣辄一来。俄而郎徐中行来。中行故常与公实游南太学，深相结者也。以是日相与切劘古文辞，甚欢。……然公实所最善

者攀龙辈，武昌吴国伦最后定交。而谢榛以布衣故，公实亦间从游其于乡。①

可见，同年同僚之谊正是嘉靖七子结社的主要纽带。嘉靖七子社的前身是王宗沐、李先芳、吴维岳等人在刑部所结的诗社。嘉靖二十六年（1547）李攀龙授刑部主事，率先入社。王世贞恰于此年中试，并于次年授刑部主事，随后入社。此年前后，李先芳等人相继外任。二十八年（1549），谢榛由李攀龙介绍加入诗社。二十九年（1550），徐中行、梁有誉、宗臣中进士，且皆授刑部主事一职，遂先后入社。至此，嘉靖七子中的几位核心成员均已入社定交。

嘉靖七子多为新晋进士，风华正茂，意气风发，且皆有志于文学，先后中试、同部任职的经历恰好促成了相互间的结识与交往。随后几年是诸子交往、活动最为频繁的一段时光，在"日相与切劇古文辞"的氛围中，他们相互唱和、商讨，形成了古文宗秦汉、古诗宗汉魏、律诗宗盛唐的总体文学趋向。

唐宋派的活动年代上限早于嘉靖七子，下限与之相近②。它得名于成员间宗尚唐宋古文尤其是宗尚唐宋八大家的共同取向，核心成员是王慎中与唐顺之，茅坤等人则因推崇、追随、效仿王、唐而被后世划入唐宋派。

同年之谊也是王、唐二人相识、定交的主要原因。唐宋派由"嘉靖八才子"（也有文献称"嘉靖十才子"）演变而来。这一团体得名于嘉靖十年（1531），王慎中、唐顺之均名列其中。《明史·文苑传》云："时有'嘉靖八才子'之称，谓（陈）束及王慎中、唐顺之、赵时春、熊过、任瀚、李开先、吕高也。"③其中赵时春与王慎中系嘉靖五年（1526）进士，其余六人则与唐顺之同于嘉靖八年（1529）登第。"八才子"结识、交往以科举为纽带，这点与嘉靖七子相似。

嘉靖七子与唐宋派登进士第的时间平均相距18年左右，其年龄悬殊稍小，平均也在15年左右。唐顺之生于正德二年（1507），王慎中生于正德四年（1509），两人在正德朝度过了其青年时代。李攀龙在后七子中年

---

① 〔明〕王世贞：《弇州山人四部稿》，台北，伟文图书出版社有限公司，1976，第4433～4434页。关于七子社的成立时间及其初期活动情况，参见廖可斌：《明代文学复古运动研究》第六章，上海，上海古籍出版社，1994；李庆立：《明后七子结社始末考》，《山东师范大学学报》1996年第3期；郭英德：《谢榛与盛唐诗》，收入《李白杜甫与盛唐文化国际学术研讨会论文集》，香港，香港大学，2001。

② 方孝岳：《中国散文概论》，《中国文学八论》本，北京，中国书店，1985，第3页。

③ 〔清〕张廷玉等：《明史》卷二百八十七《文苑传三》，北京，中华书局，1974，第7370页。

龄较大，生于正德九年（1514），1522 年明世宗即位时他尚当髫龄。吴国伦、宗臣、王世贞等人则出生于嘉靖朝。所以，总体而言，嘉靖七子与唐、王二人基本上成长于两个年代，两大社团的成员之间存在难以逾越的代沟，他们在思想作风和文学观念上难以达成共识。以李攀龙与王慎中为例，王世贞《李于鳞先生传》云：

> 李于鳞者，讳攀龙，其家近东海，因自号沧溟云。当其业成时，海内学士大夫无不知有沧溟先生者。而自其六七友人，居恒相字之，故其为于鳞独著。……于鳞生九岁而孤，其母张，影相吊也。旦绁缊不足以资修脯，而自其挟册请益，塾师为之逊席者数矣。补博士弟子，与今左长史许君邦才、少保殷公士儋结髫龀交。晋江王慎中来督山东学，奇于鳞文，擢诸生冠。然于鳞益厌时师训诂学，间侧弁而哦若古文辞者，诸弟子不晓何语，咸相指于鳞"狂生狂生"。于鳞夷然不屑也，曰："吾而不狂，谁当狂者？"亡何，举其省试第二人。[1]

以年龄和地位论，李攀龙都是王慎中的晚辈，耐人寻味的是，他在受到这位前辈赏识、赞誉时非但不以为荣，反而不屑一顾。这表面上难以理解，实则充分展现了两人之间的代沟[2]。王慎中当时身居教职，重视师教，赏识、提倡的也是成化、弘治年间以李东阳为代表的"馆阁博厚典正之格"。李攀龙则是成长于嘉靖朝的青年才俊，他狂傲不羁，喜秦汉古文辞，而厌弃时文和雍容雅正的台阁文风。年龄、身份的差距致使二人在思想作风和文学宗尚上逐渐判然两途。李攀龙一例表明，两大社团成员间的裂痕由来已久。而他们不同的科举出身与仕途经历，又加深和扩大了这一裂痕。

二、唐顺之、王慎中的科举背景及其特殊的台阁意识

唐宋派是嘉靖七子的主要竞争对象。要理解嘉靖七子，就必须理解唐宋派，尤其需要对王慎中、唐顺之有较为深入的理解。

我们还是从郎署与台阁的职能差异说起。

---

① 〔明〕王世贞：《弇州山人四部稿》，台北，伟文图书出版社有限公司，1976，第 3913 ~ 3914 页。

② 参见陈文新、何坤翁、赵伯陶主撰：《明代科举与文学编年》嘉靖五年（1526）三月"王慎中中本科进士，历任山东提学副使，河南布政司参政等官"条，武汉，武汉大学出版社，2009，第 1623 页。

科举不仅决定了士子能否做官，而且影响到他们的仕途起点和仕宦前景。在明代，同为进士，殿试、馆选成绩不同，科举出身和今后所属的社会阶层也会不同。殿试分三甲，一甲三人进士及第，即刻授职，通常状元授翰林院编撰，榜眼、探花授翰林院编修。二、三甲名额不定，分赐进士出身、同进士出身。永乐二年（1404）甲申科起，二、三甲进士还可参加庶吉士选拔，成绩优异者进入内阁或翰林院学习，三年期满后根据成绩留馆或外任。未选中者则授六部主事、给事中或外任知州、知县等职。进士的科举出身和政治位阶是大体对应的。对留任中央的进士来说，翰林院与郎署是他们最重要的两个去处。而翰林院是一个服务于台阁，并为台阁培养后备人才的机构，可以被比喻为台阁的预科部。

台阁与郎署在明代的政府布局中地位不同，职能也不同。台阁要员身为国家重臣，在公众视野中代表的是国家形象，在事实上要完成皇帝委托的各类事务，协调各部的关系，相应地，也就需要具备与其身份一致的涵养。俗话说，"宰相肚里能撑船"，一种宽和雍容的气象，即使表面的宽和雍容，对他们来说也是必要的。无论背后有多少心机和算计，喜怒不形于色都是台阁要员必备的素质，公开表达个人的喜怒和对朝政的褒贬是不得体的，也是不明智的。与台阁要员的职能不同，郎署官员一方面是六部旨意的执行者，另一方面也可以是台阁甚至是皇帝的批评者。作为台阁和皇帝的批评者，他们代表的是社会舆论，显示的是传统读书人为民请命的品格。既然是为民请命，就要有锋芒，有担当，不怕打击，不怕挫折。在明代，我们不止一次见到这样的郎署官员，例如杨继盛，例如海瑞。而且，为了政治生态的平衡或改善，郎署官员在国家大事上仗义执言和批评台阁要员，不仅在官样文章中是受到鼓励的，在实际上有时候也受到鼓励。例如，《明史·陆昆传》载陆昆上疏武宗陈重风纪八事，其一即为："奖直言。古者，臣下不匡，其刑墨。宋制，御史入台，逾十旬无言，有辱台之罚。今郎署建言，如李梦阳、杨子器辈，当加旌擢，而言官考绩，宜以章疏多寡及当否为殿最。"① 自宋代以来，郎署官员即有上疏直言之责，明弘治以来，这一职守特别受到强调。这种职务上的要求也使他们常常同台阁发生冲突。

两类官员的职能差异往往导致文风的差异。陈懿典《皇明馆阁文抄序》指出：文章之变不可胜穷，才人之致无所不有，故文章的风格是多种

---

① 〔清〕张廷玉等：《明史》卷一百八十八《陆昆传》，北京，中华书局，1974，第 4977～4978 页。

多样的。但是，对馆阁文，仍有其特殊要求，即不能"不典"，不能"失裁"，"在馆阁则才不可逞，体不可越"。陈懿典强调，"馆阁文"的这种特殊风格，与"述典诰铭鼎彝"的特殊职能有关①。王锡爵《袁文荣公文集序》也说："锡爵间颇闻世儒之论，欲以轧苗骩骳、微文怒骂，闯然入班扬阮谢之室。故高者至不可句，而下乃如虫飞蟀鸣，方哓哓鸣世，以谓文字至有台阁体而始衰。尝试令之述典诰铭鼎彝，则如野夫闺妇强衣冠揖让，五色无主，盖学士家溺其职久矣。"②所谓"世儒"，指的是供职郎署的七子派；所谓"述典诰铭鼎彝"，指馆阁文臣经常采用的几种用于朝政的特殊文体，而这些特殊文体是郎署官员所不熟悉或不必写的。王锡爵用文体的特殊性为馆阁文的"和平典重"辩护，其理由是成立的。但需要指出一点，馆阁作家在"述典诰铭鼎彝"之外，也热心于这种"和平典重"的风格，这就不能用文体的特殊性来加以辩护了，而只能理解为一种与身份相联系的特殊趣味。陈懿典和王锡爵所描述的，实即台阁体的流派风格。

就唐宋派而言，在台阁与郎署之间，他们是偏向台阁的。这与王慎中、唐顺之的科举背景有关。王慎中嘉靖五年（1526）中进士时名列二甲③，嘉靖十年（1531）八月任广东乡试主考，升任山东提学金事等职，属礼部下属官员。嘉靖八年（1529）二月，张孚敬、霍韬任会试主考，唐顺之被取为会试第一名。三月，嘉靖帝亲置他于二甲之首。本该授庶吉士，却由于不肯依附因大礼议"以片言至通显"的张璁（孚敬）之流被免。后授吏部考功司主事。嘉靖十二年（1533）七月，明世宗诏选翰林院侍从，唐顺之、王慎中等十人在推荐名单之中，而结果是：唐顺之等十人改翰林院编修，王慎中等三人报罢。而王慎中之所以报罢，在于他看不起当权的张璁，不给张璁面子。据王惟中《河南布政司参政王先生慎中行状》记载："先生讳慎中，字道思，别号遵岩居士，惟中之仲兄也。""天子向意文治，诏取才学之臣十人，以充史馆，而先生为之首。权贵人欲致先生，使人语曰：'得一见，馆职不足定也。'先生固不往见。乃点用九人，独先生竟沮不用。自是朝论嗷嗷，有失人之诮，乃改先生为吏部，以塞众望，由考功员外郎升验封郎中。"④"权贵人"指张璁。王慎中所以看不起张璁，

---

① 〔明〕陈懿典：《皇明馆阁文抄序》，四库禁毁书丛刊集部第78册，第656～657页。
② 〔明〕王锡爵：《袁文荣公文集序》，四库全书存目丛书集部第136册，济南，齐鲁书社，1997，第195页。
③ 朱保炯、谢沛霖：《明清进士题名碑录索引》，上海，上海古籍出版社，1980，第2513页。
④ 〔明〕焦竑：《献征录》，上海，上海书店出版社，1987，第3391页。

在于张璁由入翰林而入阁，走的不是考选出身的正常程序。他因在"议大礼"中逢迎巴结世宗而在嘉靖三年（1524）被世宗"特命"为翰林学士，又很快晋升为大学士，伴随着他的升擢，翰林院修撰、编修杨慎、王元正等被杖责、贬斥，有的终身放废，大学士蒋冕、尚书汪俊等以执法去位，其他杖戍贬斥者相望。由于这一缘故，虽然张璁身在台阁，却一直受那些正途出身的翰林院官员的轻视。轻视张璁，这可以说是一种特殊形态的台阁意识①。换句话说，在嘉靖初年那种特殊的政治格局中，与张璁等台阁要员对垒，却正是台阁意识的表现。王慎中因轻视张璁而丢了翰林院编修的头衔，但不妨碍他以翰林院编修的才情自命。唐顺之的翰林院编修身份和王慎中的翰林院编修候选人身份，对于我们理解他们的人生理念和艺术理念，都具有相当的重要性。他们的身份意识和人际关系，与此大有干系。

就身份意识而言，王慎中、唐顺之于诗推尊六朝初唐，与前七子古诗尊汉魏、律诗尊盛唐不同；于文倾向于以文载道，所以偏爱唐宋八大家尤其是唐宋八大家中以雍容典雅见长的欧阳修古文，与推尊秦汉的前七子大为不同。不能忽略的是，杨士奇以降，欧阳修的文风一直为台阁重臣所青睐。唐宋派之偏爱欧阳修，确有传承台阁统绪的意味。或者说，这是他们身份意识的折射。

就人际关系而言，唐宋派中人尤其是唐顺之，与权臣严嵩关系密切，也与这种特殊的台阁意识有关。严嵩是弘治十八年（1505）二甲第二名②，授庶吉士，正德二年（1507）授翰林院编修，一开始便供职翰林院，后又升迁为阁臣。严嵩的这种科第出身，使王慎中、唐顺之易于对他产生身份认同感。可以附带一提的是，严嵩于诗，也是崇尚六朝初唐的，与唐宋派的主张如出一辙。这是偶合呢，还是有某种内在的原因？

三、嘉靖七子的郎署意识及其对严嵩的抗争

嘉靖七子对前七子与严嵩的态度正好同唐宋派相反。嘉靖七子除谢榛

---

① 参见陈文新主编：《中国文学编年史·明中期卷》，长沙，湖南人民出版社，2006，第75～76页。

② 朱保炯、谢沛霖：《明清进士题名碑录索引》，上海，上海古籍出版社，1980，第2493页。关于"三杨"等人的台阁意识，关于前后七子的郎署意识，关于严嵩与嘉靖文坛的关系，参见廖可斌《明代文学复古运动研究》（上海古籍出版社，1994）第二章、第三章、第六章和《严嵩与嘉靖中后期文坛》（《文史知识》1993年第7期）等著述。陈书录对"台阁"文学与"郎署"文学的消长起伏情形亦有论述，见陈书录：《明代诗文的演变》，南京，江苏教育出版社，1996。关于王世贞的研究，参见郑利华：《王世贞年谱》，上海，复旦大学出版社，1993。

外都中了进士，但由于殿试成绩名列二甲、三甲，且无一人选授庶吉士，因而多供职于郎署。李攀龙列三甲[①]，观政吏部；王世贞列二甲[②]，授刑部主事；宗臣、梁有誉、徐中行三人同列二甲[③]，皆授刑部主事。以上五人都属郎署官员。唯有吴国伦列三甲[④]，授中书舍人。明代中书舍人虽能出入内阁，但只是从七品的小官，只能照例书写诰敕、制诏、银册、铁券等，地位与郎署官员较为接近。吴国伦也是七子中最后入社定交的一位。

由于与前七子属于相同的政治阶层，嘉靖七子继承了前七子的郎署意识，在文学主张和政治倾向上都认同前七子。有一个事实不应忽略，即：后七子的核心人物王世贞在表彰前七子盟主李梦阳的人格风范方面充满了热情和敬慕。比如，李梦阳曾于弘治十八年（1505）上书孝宗，淋漓尽致地指陈二病（士气日衰、中官日横）、三害（兵害、民害、庄场饥民之害）、六渐（匮之渐、盗之渐、坏名器之渐、弛法令之禁、方术蛊惑之渐、贵戚骄恣之渐），最后直指皇后之弟张鹤龄"招纳无赖，罔利贼民，势如翼虎"。因这封疏，他被逮下狱，但他一点儿也不后悔。王世贞在《艺苑卮言》卷六中细致地记载了此事："李献吉为户部郎，以上书极论寿宁侯（即张鹤龄）事下狱，赖上恩得免。一夕醉遇侯于大市街，骂其生事害人，以鞭梢击堕其齿。侯恚极，欲陈其事，为前疏未久，隐忍而止。献吉后有诗云：'半醉唾骂文成侯。'盖指此事也。"[⑤] 由此不难想见李的风采。正德元年（1506），梦阳又因反对宦官刘瑾下狱，几乎被杀，赖康海等说情而获释。历经磨难，他依然锋芒逼人。《艺苑卮言》卷六又笔酣墨饱地记载："李献吉既以直节忤时，起宪江西，名重天下。俞中丞谏督兵平寇，用二广例，抑诸司长跪，李独植立。俞怪，问：'足下何官耶？'李徐答：'公奉天子诏督诸军，吾奉天子诏督诸生。'竟出。后与御史有隙，即率诸生手银铛，欲锁御史，御史杜门不敢出。坐构免，名益重。方岳部使过汴，必谒李，年位既不甚高，见则据正坐，使客侍坐，往往不堪，乃起宁藩之狱，陷李几死。林尚书待用力救得免，自是不复振。"[⑥] 后七子对前七子的敬佩之情，由此可见一斑。而后七子一再与权臣抗争，也正是继承

---

① 朱保炯、谢沛霖：《明清进士题名碑录索引》，上海，上海古籍出版社，1980，第 2530 页。

② 朱保炯、谢沛霖：《明清进士题名碑录索引》，上海，上海古籍出版社，1980，第 2532 页。

③ 朱保炯、谢沛霖：《明清进士题名碑录索引》，上海，上海古籍出版社，1980，第 2534 页。

④ 朱保炯、谢沛霖：《明清进士题名碑录索引》，上海，上海古籍出版社，1980，第 2535 页。

⑤ 〔明〕王世贞：《艺苑卮言》，见丁福保辑：《历代诗话续编》，北京，中华书局，1983，第 1046 页。

⑥ 〔明〕王世贞：《艺苑卮言》，见丁福保辑：《历代诗话续编》，北京，中华书局，1983，第 1047 页。

了前七子的风范。

嘉靖七子迈入仕途时，正值严嵩大权独揽。这群年轻气盛的新任郎署官员不能忍受严嵩试图主导文坛的企图和阴险毒辣的政治作风；他们不仅"与严嵩争风雅权"，还在政治生活中与他对抗，并因此仕途受挫。

先说"争风雅权"一事。王世贞在《艺苑卮言》卷七中说："余十五时，受《易》山阴骆行简先生。一日，有鬻刀者，先生戏分韵教余诗，得'漠'字，辄成句云：'少年醉舞洛阳街，将军血战黄沙漠。'先生大奇之，曰：'子异日必以文鸣世。'是时畏家严，未敢染指，然时时取司马、班史，李、杜诗，窃读之，毋论尽解，意欣然自愉快也。十八年乡试，乃间于篇什中得一二语合者。又四年成进士，隶事大理，山东李伯承奕奕有俊声，雅善余，持论颇相下上。明年为刑部郎，同舍郎吴峻伯、王新甫、袁履善进余于社。吴时称前辈，名文章家，然每余一篇出，未尝不击节称善也。亡何，各用使事及迁去，而伯承者前已通余于于鳞，又时为余言于鳞者，久之，始定交。自是诗知大历以前，文知西京而上矣。已于鳞所善者布衣谢茂秦来，已同舍郎徐子与、梁公实来，吏部郎宗子相来，休沐则相与扬扢，冀于探作者之微，盖彬彬称同调云。而茂秦、公实复又解去，于鳞乃倡为五言诗，用以纪一时交游之谊耳。又明年而余使事竣还北，于鳞守顺德，出茂秦，登吴明卿。又明年，同舍郎余德甫来。又明年，户部郎张肖甫来，吟咏时流布人间，或称'七子'，或'八子'，吾曹实未尝相标榜也。而分宜氏当国，自谓得旁采风雅权，谗者间之，耽耽虎视，俱不免矣。"[1]这段话是对王世贞文学成长历程和"七子"社发展历程的一个小结，而最后归结于与严嵩的"风雅权"之争。所谓"风雅权"，实际上就是对当时文坛的统领权。而"争风雅权"的发生时间，正是在王世贞任职于郎署的阶段。这当然不是偶合。

以严嵩为首的台阁要员和以嘉靖七子为主的郎署官员，都自以为有权操持文坛权柄，尤其是严嵩。在明代前期，文坛的主导者，如杨士奇、李东阳，均为台阁要员。可以说，台阁要员主导文坛，这是明代前期形成的一个传统。弘治、正德年间，以李梦阳为首的郎署官员，即前七子，向这一传统发起挑战，其势头盖过了以李东阳为首的茶陵派，从而建立了一个新的传统。这两个传统，各有传人。严嵩以杨士奇、李东阳的传人自居，自以为他理所当然地应是文坛领袖。而嘉靖七子则以前七子的传人自居，

---

① 〔明〕王世贞：《艺苑卮言》，见丁福保辑：《历代诗话续编》，北京，中华书局，1983，第1068页。

努力弘扬前七子所建立的新传统。在严嵩和嘉靖七子之间，不可能不发生冲突。

严嵩以文坛领袖自期和自居，并处心积虑地造舆论、造声势，做了大量铺垫。比如，他的《钤山堂集》就先后请了若干文坛名流为之作序。今所见《钤山堂集》序，以"正德乙亥（1515）冬十一月十日，中顺大夫、鹤庆知府、前工部郎中，鹭沙孙伟"之《钤山堂诗序》为最早[1]，其次为唐龙序，署"嘉靖辛卯（1531）仲秋既望，资善大夫、兵部尚书兼都察院右都御史，兰溪唐龙"[2]。嗣后陆续有"嘉靖壬辰（1532）冬十二月朔"刘节序、"嘉靖癸巳（1533）夏至前二日"黄绾序、"嘉靖十二年（1533）岁在癸巳五月庚戌"王廷相序、"嘉靖己亥（1539）孟秋日"崔铣序、"嘉靖乙巳（1545）三月之望"张治序、"嘉靖丙午（1546）三月望"王维桢序、"嘉靖丙午（1546）夏五月望"杨慎序、"嘉靖三十年（1551）岁在辛亥夏四月二十一日"湛若水序、"嘉靖己未（1559）三月望"赵贞吉序等。皇甫汸序年月不详。孙伟至崔铣诸序均作于嘉靖二十一年（1542）八月严嵩任武英殿大学士、入阁预机务之前，后五序则作于严嵩专国政期间。无论是作于哪一个时间段，诸序都或多或少对严嵩"起家翰林""早游金马之署"的身份有所强调。杨慎序云："愚捧读元老介溪先生严公《钤山堂诗》，而有发焉。公起家翰林，蜚英宇内。方其翔鳌署而徜鸾坡、讲金华而议白虎，已晔然负霖雨之望。及登紫庐，坐黄阁，日侍赓歌，重兴雅颂，春容大篇则戛击乎韶濩，缘情绮靡则熠耀乎国风，郊、岛之寒瘦，元、白之轻俗，皆不入其胸次而染其性灵。若夫穿天心，出月胁，牛鬼蛇神，时花美女，又所谓骇而不可施之庙堂而唾去于藩篱之外者也。盖其志则师乎陶、伯、周、召，而其体与辞则友乎韦、匡、沈、王、二张、两李也。亶其传乎！"[3]湛若水序云："嘉靖三十年（1551）三月朔旦，元相大学士介溪严公，以其《钤山堂文集》三十二卷寓甘泉子于天关，授以首简叙之。于时水也以病废文字十余年矣，焚香对书，再拜再拜，复再再拜。上以答公礼数之殊也，亦以贺公求言之笃也。曰，推公此念，人将轻千万里，来进之以嘉言矣，况受知如水者乎？展而读之，凡为赋、诗、古

---

① 〔明〕严嵩：《钤山堂集》，四库全书存目丛书集部第56册，济南，齐鲁书社，1997，第9页。

② 〔明〕严嵩：《钤山堂集》，四库全书存目丛书集部第56册，济南，齐鲁书社，1997，第6页。

③ 〔明〕严嵩：《钤山堂集》，四库全书存目丛书集部第56册，济南，齐鲁书社，1997，第11页。

律、绝句七百八十，颂、序、记、碑五十有九，内制、讲章二十有七，杂著二十有五，铭四十有三。曰：富矣哉集乎！娴矣哉文乎！有诗不戾乎风雅、汉唐矣！有言不戾乎训诰、诏令矣！于是心悦而神悸焉，恍然如入陶朱之室，开宝藏之库，万珍烁灼，光彩夺目，令人应接不暇，又爽然若自失也。"①杨慎是李东阳的入室弟子，正德、嘉靖年间的诗坛重镇，湛若水是名满天下的理学宗师，严嵩不厌其烦地请这些人来抬轿子，目的当然是为了以政坛阁老而兼文坛总持。而嘉靖七子却偏不把他放在眼里，并最终迫使这位阁老丧失了文坛权威，这无疑是严嵩所不能忍受的事情。

政治上，嘉靖七子对严嵩最大的两次抗争当属杨继盛事件与王忬事件。杨继盛是嘉靖二十六年（1547）进士，授南京吏部验封主事。嘉靖三十年（1551）迁兵部车驾员外郎，因上疏反对大将军仇鸾开马市以和蒙古首领俺答而受诬陷，下锦衣卫狱，贬为狄道典史。嘉靖三十二年（1553）正月，杨继盛在刑部员外郎任上上疏弹劾严嵩，论其十大罪、五奸，被系刑部狱，三十四年（1555）十月被害。杨继盛位卑未敢忘忧国，不屈不挠地与权臣抗争，是中国古代具有崇高人格的士大夫之一。在杨继盛与严嵩的冲突中，后七子始终立场坚定地站在前者一边。杨继盛下狱期间，王世贞想方设法营救。杨继盛被害后，王世贞、吴国伦、宗臣等人又为其料理后事。这些举动自然引起了严嵩的不满，吴国伦等人相继被寻故谪官。

如果说杨继盛事件初步显示了后七子与严嵩之间的抗争，王忬事件则几乎是台阁与郎署两大集团正面对抗的结果，它也进一步加深了后七子尤其是王世贞与严嵩之间的仇隙。王忬是王世贞的父亲。他的被杀虽然源于战事失利，触怒世宗，但严嵩的煽风点火、见死不救则是关键因素。而究其根源，则是嘉靖后期台阁与郎署两大集团的激烈对抗所致。王氏父子与严氏父子分属于台阁、郎署，他们之间原本就难以相互认同。而王忬因功得世宗欢心，升迁迅速，对曾与夏言相持良久的严嵩来说，自然是值得警惕的人物。王世贞与严嵩之子严世蕃的关系也不和谐。或许是由于才情卓越，又是进士出身，王世贞骨子里瞧不起没有功名、依靠父亲而显贵的严世蕃，多次在公开场合奚落甚至羞辱他，"用口语积失欢于嵩子世蕃"②。严嵩的家臣又曾数次以王家琐事构陷于严氏父子。杨继盛死后，王世贞也曾为其办理后事。如此种种，致使严氏父子对王家一直怀有敌意，伺机报

---

① 〔明〕严嵩：《钤山堂集》，四库全书存目丛书集部第56册，济南，齐鲁书社，1997，第1页。

② 〔清〕张廷玉等：《明史》卷二百四《王忬传》，北京，中华书局，1974，第5399页。

复，滦河之变正好提供了落井下石的机会。王忬死后，王世贞兄弟理所当然地将严嵩视作杀父仇人，对其恨之入骨。有关《金瓶梅》的创作有"苦孝"一说，就是在这个背景下产生的。

在王忬事件中，唐顺之所扮演的角色值得一提。《中国文学编年史·明中期卷》嘉靖三十七年（1558）七月下，列有这样一条："唐顺之奉敕往核蓟镇兵额，九月还奏，谓蓟镇兵员不足，羸老不任战，总督王忬、总兵欧阳安、巡抚都御史马佩等贬秩。"其按语云：

> 唐顺之往核蓟镇兵额期间，数致函严嵩父子，汇报相关情形，此事在当时即颇受非议。皇甫汸致顺之子鹤征书云："承惠《使集》二册（指《南北奉使集》），……其上宰相及司空书，窃有惑焉。宰相书如云：'临行时奉尊教，所传言王总督已一一致之'，又云'王总督相去已远，容更托人转达尊教'。司空书云：'向会思质，已道尊意矣。昨承教示，容更转达也'，又云'思质处，亦以尊意寄示之矣'。夫人臣义无私交，奉使出疆，便宜从事，自我专之，虽君命有所不受，何得以宰相之意致总督乎？况总督者，即令先君所勘失事人也。其是与非，当独断于心，其功与罪，可反复于宰相，岂应有意示之？而勘官又岂应唯唯奉之？夫宰相当国，或有帷幄之筹，密勿之议，所言公，宜公言之。若以天子之怒激发总督，令其省愆改过，为总督良善矣。如漏泄省中何，殆非忠也。至司空者，彼何人哉，不过挟君父之威，恐赫臣下，欲其重赂以逞己私耳。"（《皇甫司勋集》卷四十八《与唐子书》）唐顺之致严嵩书，见《荆川先生文集》卷八，致严世蕃书，集中未存。明年三月，唐顺之升太仆寺少卿。[1]

---

[1]　陈文新主编：《中国文学编年史·明中期卷》，长沙，湖南人民出版社，2006，第287～288页。廖可斌《明代文学复古运动研究》（上海古籍出版社，1994）第六章、左东岭《王学与中晚明士人心态》（人民文学出版社，2000）第三章对这一问题有深入讨论，可参看。罗宗强认为后七子之提倡复古，与政治上的反严嵩无关，详见罗宗强：《读〈沧溟先生集〉手记》，《文学遗产》2010年第3期。王夫之评严嵩《无逸殿直舍和少师夏公韵》诗，曾说："和浃之甚。在嘉靖中，嚣陵狂率之习成，此为先进遗响矣。分宜自非人，诗故出弇州上。弇州妄为讪诮，祸延天亲，亦不自量者之戒也。"（见王夫之评选，李金善点校：《明诗评选》，保定，河北大学出版社，2008，第384页）可见，在王夫之看来，嘉靖七子与严嵩"争风雅权"，乃是一件极其重要的事，政治上的冲突反而是因"争风雅权"而连带产生的。王夫之的看法是值得重视的。

按语所显示的这种人际关系，当然也会影响唐宋派与后七子的文学主张①。唐宋派的台阁意识，由此又得到另一佐证。

四、科举背景与嘉靖七子内部的盟主之争

关于谢榛与李攀龙、王世贞等人交恶，被从"嘉靖七子"中除名的原因，历来议论很多。最主要的观点是说谢榛因没有科名而被进士出身的诸子排挤出社。这一观点说出了一部分事实，但还不够切题。应该这样表述：复古派诸子并非不能容忍没有科名的人入社，他们只是不能容忍后者在社团中居于盟主位置。一个有说服力的例证是，被王世贞列为"广五子"之首的俞允文也和谢榛一样没有科名，但与嘉靖七子一直关系融洽。

俞允文出生于正德八年（1513），年纪与李攀龙相仿，昆山（今江苏苏州）人。嘉靖八年（1529）补郡诸生，十一年（1532）与同县归有光定交，时有"昆山三绝"之说，谓归有光古文、俞允文诗、张鸿举业。与归有光古文并称，足见他的诗确实比较出众。嘉靖二十六年（1547），或因久试不第、恃才自傲等缘故，俞允文谢去诸生，闭门读书，肆力古学。俞允文的身份与谢榛相近，都是有文才而无科名的布衣。

复古派诸子对谢、俞二人态度迥异，当然与谢、俞的为人有关。俞允文身为山人，他不以依附权贵为生，也能注重人格尊严。如顾章志《明处士俞仲蔚先生行状》所说："嘉靖丁未，督学使者豫章胡公植按吴，君决意求去，郡守丰城范公庆惜其才，极口荐之于胡，仍力留君就试。然胡竟不知君，君亦不求知也。遂辞归，益闭户读书，肆力古学，或模揭古书刻，暇则玩禽鱼花卉以自娱。所养益纯，所造益邃，就之者如入芝兰之室而饮醇醪也。"②俞允文的这种处世态度颇为时人称道，《明史·文苑传》云："嘉、隆、万历间，布衣、山人以诗名者十数，俞允文、王叔承、沈明臣辈尤为世所称。"③王世贞也十分赞赏俞允文不慕名利、潜心著述的态度，在《俞仲蔚先生墓志铭》中说："夫以仲蔚之空室蓬户褐衣疏食不厌，以托于著述也，夫岂为刺促以希一旦名？名就而实不衰，志行不稍削，乃真仲蔚哉！夫安得不布衣冠也？"④与俞允文不同，谢榛长期寄食于公卿藩王之间，其身份近于清客。清客的声誉向来是不大好的。

---

① 陈文新《中国文学编年史·明中期卷》嘉靖三十八年五月下所列"逮总督蓟辽右都御史王忬（王世贞父）下狱"条，详细介绍了唐顺之在王忬事件中所扮演的角色及后人关于这一事实的评议，可参看。

② 〔明〕俞允文：《仲蔚先生集·附录》，续修四库全书集部第 1354 册，第 580 页。

③ 〔清〕张廷玉等：《明史》卷二百八十八《文苑传四》，北京，中华书局，1974，第 7391 页。

④ 〔明〕俞允文：《仲蔚先生集·附录》，续修四库全书集部第 1354 册，第 583 页。

　　嘉靖七子对谢、俞二人态度迥异，更重要的原因还是在于谢榛与李攀龙争为盟主，而俞允文则甘于做嘉靖七子的附庸。这里我们多说几句。

　　后七子作为一个社团，其成员的确定经历了一个过程。在这一过程中，李先芳的被摈主要是由于其才力与资历不相称，吴维岳的被摈与其持论立异有关，而谢榛的被摈特别引人注目，原因也较为复杂。《明史》卷二八七《李攀龙传》载："攀龙之始官刑曹也，与濮州李先芳、临清谢榛、孝丰吴维岳辈倡诗社。王世贞初释褐，先芳引入社，遂与攀龙定交。明年，先芳出为外吏。又二年，宗臣、梁有誉入，是为五子。未几，徐中行、吴国伦亦至，乃改称七子。诸人多少年，才高气锐，互相标榜，视当世无人，七才子之名播天下。摈先芳、维岳不与，已而榛亦被摈，攀龙遂为之魁。其持论谓文自西京，诗自天宝而下，俱无足观，于本朝独推李梦阳。诸子翕然和之，非是，则诋为宋学。攀龙才思劲鸷，名最高，独心重世贞，天下亦并称王、李。又与李梦阳、何景明并称何、李、王、李。其为诗，务以声调胜，所拟乐府，或更古数字为己作，文则聱牙戟口，读者至不能终篇。好之者推为一代宗匠，亦多受世抉摘云。自号沧溟。"[①]《明史》的记载稍嫌简略，但它强调了一点："已而榛亦被摈，攀龙遂为之魁。"表明谢榛的存在妨碍李攀龙成为后七子盟主，因为他的才力确与攀龙不相上下[②]。

　　后七子是一个以新锐进士、郎署官员为主体的文学社团，由布衣谢榛来担任盟主，其人生态度和艺术趣味难以保持一致。这里，有必要加以说明的是，布衣（山人）在当时社会生活中的地位不高，在社会舆论中的形象不好，如果一个社团以布衣为盟主，对其发展是颇为不利的。关于布衣在嘉、隆、万历间舆论中的形象，可以参看王士性《汲古堂集序》的一段话：

　　　　晚近世所称山人之什，予得而言其概矣。初未能以子大夫取显融而无以游扬于公卿间，则山人。搦三寸管为羔雉而阴取偿其直，

────────────

①　〔清〕张廷玉等：《明史》卷二百八十七《李攀龙传》，北京，中华书局，1974，第7377～7378页。

②　〔清〕鲁九皋《诗学源流考》说："嘉靖之初，李、何之风少熄，而王元美氏、李于鳞氏复扬其馀烬，与四溟山人谢榛及梁有誉、宗臣、徐中行、吴国伦结社为'后七子'，以振兴风雅为己任。当结社之始，称诗选格，并取定于四溟。其后议论不合，于鳞乃遗书绝交，而元美别定五子，遽削其名。又有'后五子''广五子''续五子''末五子'，广至四十子，而四溟终不与。其实馀子皆无足称，而七子之中，亦惟王、李、谢而已。"郭绍虞编：《清诗话续编》，上海，上海古籍出版社，1983，第1358页。这表明，谢榛的才力是得到公认的。

阳浮慕为名高也，则山人。甚者以揣摩捭阖之术糊其口，而无以自试，不托迹于章缝则不售也，则亦山人。故晚近所称山人者，多大贾之馀也。语称"大隐则朝市，小隐则山林"。今山人不山居，而借朝市以藉口焉，朝鬼冠而博绅，暮习咿吾以备顾问，取人已吐之核，而饰以为已能，此何为者也？明兴，谢榛、卢柟之后为盛，柟犹悲歌肮脏以没，榛绝交于历下，耻矣，即有一二自颖脱者，然其格终卑卑不振，品固然也。①

王士性认为，既然是布衣，既然以山人自居，就不要来往于公卿之间。他甚至认为，谢榛与李攀龙（历下）交往也是不得体的②。在这样的舆论背景下，谢榛倘以后七子盟主自居，无疑会招致相当一部分人的反感，而不仅仅是李攀龙、王世贞等人的反感。此外，山人诗在价值取向和题材选择上有其源远流长的传统风格，即对自然景观的偏爱，对隐居和闲适生活的偏爱。这种传统风格与神韵说有较多相通之处，而与李攀龙、王世贞所倡导的格调说不大吻合。虽然谢榛不一定偏重神韵，但他的山人身份不利于格调的提倡是无疑的。这种处境，决定了谢榛必然不能与李、王等和睦相处。后七子选择李攀龙为盟主而摒弃谢榛，当然有意气用事的成分，但流派事业的需要也是一个要素。

　　由此可见，复古派诸子并非不愿接纳没有科名的山人或布衣，他们的态度主要取决于后者在社团中的位置。作为一个以郎署官员为主体的文学团体，他们无法容忍谢榛这样一位山人成为盟主，在他们看来，这有碍

---

① 〔明〕何白：《汲古堂集》卷首，四库禁毁书丛刊集部第 177 册，第 6～7 页。

② 王士性特别表彰了卢柟，卢柟的性格确实可用"悲歌肮脏"来概括，张佳胤《蠛蠓集序》记有卢柟生活中的两个细节："山人有奇行，则余耳目所睹记者。往余客燕市，申考功仪卿语余曰：山人游太学归，过魏访考功，入门大哭不休，已而长叹曰：太学，士人之薮，卒无有与于斯文，悠悠宇宙，不知涕之何从也。考功笑而饮之至醉，出厩中紫骝马，命之赋。山人左手浮白，右手挥毫，须臾数百言，翩翩乎李供奉之音也，今集中亦未之载。山人初因浚狱，余时时问劳，及出厬狴，而银铛桎梏，犹然拘挛也，山人则诣余厅事，稽首谢余。始识面，亟引副将中，阍人列榻雁行，山人乃举械手揖余曰：'柟鸟鸢之馀肉也，以分何敢望见君侯，顾君侯知己，宜当客礼。'遂上坐。夫祢正平、越石父不见于今久矣，山人甫释南冠，手木且未脱，即俨然居上坐，英论四发，不作沾沾困苦之态，然则世之醒醒踧缩朒、改虑患难者何可胜数，宜山人自豪一世矣。"（据《"国立中央图书馆"善本序跋集录》）但整个明代，具有卢柟这种气象的山人很少，他们中的大多数都不免扮演清客的角色，如王穉登之于袁炜、谢榛之于诸公卿藩王。《明史》卷二八八《文苑四》载："王穉登，字伯谷，长洲人。……嘉靖末，游京师，客大学士袁炜家。炜试诸吉士紫牡丹诗，不称意。命穉登为之，有警句。炜召数诸吉士曰：'君辈职文章，能得王秀才一句耶？'将荐之朝，不果。"〔清〕张廷玉等：《明史》卷二八八《文苑传四》，北京，中华书局，1974，第 7389 页。以山人而托迹于相门，自然不免于被人视为清客。

于社团的声誉和长远发展。俞允文则不同，他被王世贞列为"广五子"之首，而"广五子"正是嘉靖七子的附庸。王世贞等人接纳、赞誉俞允文不仅无损于社团形象，还可以显示出社团和盟主的宽容度、号召力和影响力。就这点而言，李攀龙、王世贞等人排挤谢榛虽然不免偏狭，但并非不可理解。正视这一点，不仅有助于我们准确评价后七子的复古事业，也有助于我们深入考察其流派意识与科举背景的关系。

还有一件事可以附带一提。万历四年（1576），徐渭作《廿八日雪》诗，其中数句为谢榛鸣不平，不满于李攀龙等人之排挤谢氏。诗云："……谢榛既与为友朋，何事诗中显相骂。乃知朱毂华裾子，鱼肉布衣无顾忌。即令此辈忤谢榛，谢榛敢骂此辈未？回思世事发指冠，令我不酒亦不寒。须臾念歇无些事，日出冰消雪亦残。"[1] 按，李攀龙有《寄谢榛茂秦》诗、《戏为绝谢茂秦书》等，调侃谢榛曳裾王门之状。《列朝诗集小传》丁集中《沈记室明臣》云："万历间，山人布衣，豪于诗者，吴门王伯谷（稚登）、松陵王承父（叔承）及嘉则（沈明臣）三人为最。王元美（世贞）继二李之后，狎主词盟，引同调，抑异己。谢茂秦故社中老宿，有违言于历下，则合纵以摈之，用以立懂示威。海内词人有不入其门墙，不奉其坛墠者，其能自立者亦鲜矣。伯谷才名故与乌衣马粪相颉颃，承父早多贵游，嘉则晚依宗衮，三人者，其声势皆足以自豪，元美与之雅故，在异同离合之间。夷三君于四十子，而登胡元瑞于末五子，虽未能一切抹杀，其用意轩轾犹前志也。徐文长独深愤之，自引傲僻，穷老以死，终不入其牢笼，于论谢榛诗见志焉。"[2] 并非偶合，徐渭也正是一介布衣。谢榛因其布衣身份而不能主盟诗坛，这在徐渭看来，乃是"朱毂华裾子""鱼肉布衣"的结果。所谓"朱毂华裾子"，就是那些进士出身的郎署官员。郎署官员与台阁要员相持，而布衣才人又向郎署官员叫板，在这种文坛纠葛的背后，我们看到的是科举背景的巨大作用。

---

① 〔明〕徐渭：《徐渭集》，北京，中华书局，1983，第 143 ~ 144 页。
② 〔清〕钱谦益：《列朝诗集小传》，上海，上海古籍出版社，1983，第 496 ~ 497 页。

第三章　明代状元与明代文学

　　状元是科举时代的一个特殊群体，他们不仅是科举考试的成功者，而且处于这个金字塔的顶端，因而格外引人瞩目。从明代状元切入，对明代文学加以考察，其意义是别的角度所不能取代的。本章选取了三个侧面加以讨论：一是从状元选拔及其仕途看文学在明代科举中的地位，这里的"文学"，指的是大文学或杂文学。二是从状元文风看明代台阁体的兴衰演变。状元文风作为馆阁文风的一部分，从明前期的文坛主流逐渐滑向文坛边缘，这与明代馆阁的社会、文化影响力从强大走向衰微是同步的，由状元文风看明代台阁体的兴衰演变，也因此具有了合理性和可操作性。三是明代状元别集文体分布情形。在"文"中，赠序类、碑传类、书牍类数量最多，在"诗"中，近体诗尤其是七律备受青睐，词曲则相对受到冷落，这种情形表明，明代的主流文学观念依然是一种杂文学观。分类考察的目的，既是为了更完整地了解明代状元，也是为了更完整地了解明代文学，从而为文学史书写提出若干新的建议。

第一节　从状元选拔及其仕途看文学在明代科举中的地位

　　中国古代科举素有"衡文取士"之说。这种说法，表明文学与科举确有不解之缘。但"文学"一词，其含义一直在变化之中，尤其是现代纯文学观念流行以来，古今的差异尤为明显。现代学术观念以诗歌、散文、小说、戏曲为文学的四大部类，而明代的"衡文取士"中的"文"，主要是指八股文、策论等文体，都不在现代所谓散文的范围之内。所衡之"文"与现代的"文学"大为不同，这一事实不容忽略，否则就会造成误解。此外，科举时代的"衡文"，目的是为了"取士"，即选拔行政官员，而不是为了选拔专业人才，这也是我们考虑问题时要注意的一个方面。兹以明代状元的选拔及其仕途为例，对文学与明代科举之关系略加分析。

一、明代科举考试对"文藻"的关注和规范

顾名思义，科举乃"分科取士"之意。明代之前，科举分为许多科目，进士科只是其中之一。隋大业三年（607）四月，隋炀帝下诏十科举人，意味着科举制度正式诞生。隋代"十科"之中，"学业优敏，文才美秀"一科，被视为"进士科"的前身。隋炀帝诏书云："学业优敏，文才美秀，并为廊庙之用，实乃瑚琏之资。……爰及一艺可取，亦宜采取。……有一于此，不必求备。"[①]可见，隋代科举中，文学有其独立地位，被视为一项重要才能，不必依附于儒家经义而存在。同时，文学只是择才的考量因素之一，而非全部。科举制度至唐代渐趋完备。唐代进士科的一大特色是诗赋在考试中占有重要地位。唐代科举名目繁多，其中，明经、进士两科最为重要。早期的明经科以帖经为主，兼及时务策问；进士科主要考时务策问，也试经义。因"明经多抄义条，进士惟诵旧策，皆亡实才"[②]，乃下诏加试诗赋。宋代，王安石对科举考试的内容进行了重大改革，取消诗赋，专以经义、论、策取士。改革的目标，在于通经致用。王安石的改革，遭到苏轼等人的反对。王安石在晚年也认识到："本欲变学究为秀才，不谓变秀才为学究也。"[③]在后来的科举考试中，有时考诗赋，有时考经义，有时兼而有之。金代科举对词赋也十分重视。金初以经义、词赋两科取士，各取一名状元。金海陵王天德二年（1150）罢经义，专以词赋取士。金世宗大定十八年（1178）恢复了经义、词赋两科取士的旧制。金章宗承安四年（1199）命经义、词赋两科增试时务策，只取一名词赋科状元。元代科举分左右榜，蒙古色目人为右榜，南人（汉人）为左榜，南人考试内容有古赋一道。总之，在明代之前，尽管出现过不少争议，但诗赋在科举中始终占有一席之地。无论是作为一项独立的应试科目，还是作为一种附加的考查，诗赋一直被认为是不可或缺的。这体现了中国古代选拔官员时对语言能力和文化素养的重视。正如余秋雨所说，"科举以诗赋文章作试题，并不是测试应试者的特殊文学天才，而是测试他们的一般文化素养。测试的目的不是寻找诗人而是寻找官吏。其意义首先不在文学史而在政治史。中国居然有那么长时间以文化素养来决定官吏，今天想来都不无温暖"[④]。

---

① 〔唐〕魏徵等：《隋书》卷三《炀帝本纪上》，北京，中华书局，1973，第68页。
② 〔宋〕欧阳修等：《新唐书》卷四四《选举志上》，北京，中华书局，1975，第1160页。
③ 〔清〕顾炎武著，黄汝成集释：《日知录集释》卷一六《经义论策》，长沙，岳麓书社，1994，第585页。
④ 余秋雨：《十万进士》，《收获》1994年第4期。

明代科举不考诗赋，而以八股文和策论为主要考试文体，但并不表明"文藻"就没有了用武之地。

从朱元璋的主观动机和政策导向看，他是排斥"词章之学"的。吴元年（元至正二十七年，1367）三月，朱元璋定文武科取士之法，其中一条规定是："其应文举者，察之言行以观其德，……俱求实效，不尚虚文。"①洪武三年（1370）五月，正式开设科举，其诏曰："汉、唐及宋，科举取士各有定制，然但贵词章之学，而不求德艺之全。……自今年八月为始，特设科举，以起怀才抱道之士，务在经明行修，博通古今，文质得中，名实相称。"②朱元璋不满于前代科举"但贵词章之学"，将诗赋从明代科举中剔除，对其他文体的要求也多从实用着眼，如"策惟务直述，不尚文藻"③。洪武四年（1371）选出的明代首科状元是吴伯宗。吴伯宗《荣进集》卷一收其举业文字，"惟以明理为主，不以修词相尚"④。洪武六年（1373），朱元璋下诏暂停科举，就因为"后生少年"多以"文词"被录取："朕设科举以求天下贤才，务得经明行修、文质相称之士，以资任用。今有司所取，多后生少年，观其文词，若可与有为，及试用之，能以所学措诸行事者甚寡。朕以实心求贤，而天下以虚文应朕，非朕责实求贤之意也。今各处科举，宜暂停罢。别令有司察举贤才，必以德行为本，而文艺次之。庶几天下学者知所向方，而士习归于务本。"⑤洪武十五年（1382）重新下诏开科取士。洪武二十四年（1391）定文字格式，特别要求"务在典实，不许敷衍繁文"⑥。故明人俞宪曰："国初以文取士，大概辞达为本。三试文式，至今以为定制。"⑦

但实际上，既然是考试文章，就不能不顾及"文藻"，以判定答卷的工拙和高下。确立客观的取舍标准始终是所有考试的要务。八股文在其体制逐渐完备的过程中，其引人注目之处首先即在于将传统的经义和诗赋所

---

① 〔明〕张朝瑞：《皇明贡举考》卷一《开科·诏令》，四库全书存目丛书史部第 269 册，济南，齐鲁书社，1997，第 454 页。
② 《明实录·明太祖实录》卷五二，台北，"中央研究院"历史语言研究所，1962，第 1020 页。
③ 〔明〕张朝瑞：《皇明贡举考》卷一《文体》，四库全书存目丛书史部第 269 册，济南，齐鲁书社，1997，第 458 页。
④ 〔清〕永瑢等：《四库全书总目》卷一百八十九《集部四十二·总集类四·经义模范》提要，北京，中华书局，1965，第 1716 页。
⑤ 《明实录·明太祖实录》卷七九，台北，"中央研究院"历史语言研究所，1962，第 1443 ~ 1444 页。
⑥ 〔明〕张朝瑞：《皇明贡举考》卷一《文体》，四库全书存目丛书史部第 269 册，济南，齐鲁书社，1997，第 458 页。
⑦ 〔明〕张朝瑞：《皇明贡举考》卷一《文体》，四库全书存目丛书史部第 269 册，济南，齐鲁书社，1997，第 458 页。

考察的内容集于一身。一方面八股文以阐述圣贤旨意为宗旨，必须以精研四书五经为前提，这是传统的经义考试所偏重的部分；另一方面八股文又注重对偶的句式、平仄的协调、典故的运用，这是传统的诗赋考试所偏重的部分。内容和技巧，分别评分，而又各有其标准。以技巧中的对偶而言，八股文中既有较短的对句，也有较长的对句。较长的如《钦定四书文》正嘉文卷一所录薛应旗《大学》"君子贤其贤而亲其亲"二句题文：

> 创制立法以为世则，先王之所谓贤与亲者，凡以为君子谋也，今先王往矣，而其贤与亲则固在也。是故贤者识其大，不贤者识其小，而得于文谟武烈者，皆仰先哲以为归，诵彝训而胥效矣，是贤其贤者，盖不止于周召之属也；天子则宜王，诸侯则宜君，而凡为文昭武穆者，皆履洪图而思绍，率旧章而不越矣，是亲其亲者，盖不止于成康之世也。其德业之在于君子有如此者。
>
> 体国经野以为民极，先王之所谓乐与利者，凡以为小人谋也，今先王往矣，而其乐与利则固存也。是故老者有所终，幼者有所养，而凡此文武之遗民，皆安于皇极之中，囿于平康之域矣，是乐其乐者，不特见于求宁之日也；寒者为之衣，饥者为之食，而凡今天下之黎庶皆遂其作息之休，尽其鼓舞之利矣，是利其利者，不特见于彰信之时也。其德业之在于小人有如此者。[1]

在这一组较长的对句中，又包含了若干短的对句，如："是贤其贤者，盖不止于周召之属也；……是亲其亲者，盖不止于成康之世也。""老者有所终，幼者有所养。""是乐其乐者，不特见于求宁之日也；……是利其利者，不特见于彰信之时也。""寒者为之衣，饥者为之食。"至于其中所穿插的典故，如"周召""成康""文武""平康"等，虽然并非僻典，但无一事出于春秋以降，且运用自如，对经史的涵濡确有较高要求。可以说，明代的科举考试虽然表面上取消了诗赋，实际上仍重视"文藻"，语言能力和典籍阅读等有客观取舍标准的因素尤其受到重视。这一倾向在弘治以后愈演愈烈，如嘉靖癸丑《会试录序》所云："举业之文，宣德以前其词简而质，弘治以前其词雅而畅，至正德间其词蔚以昌矣。"[2]宣德以后，科

----

① 〔清〕方苞编，王同舟、李澜校注：《钦定四书文校注》，武汉，武汉大学出版社，2009，第99～100页。

② 〔明〕张朝瑞：《皇明贡举考》卷一《文体》，四库全书存目丛书史部第269册，济南，齐鲁书社，1997，第459～460页。

举之文日趋典雅，正是在对偶、声调和用典上苦心经营的结果。

随着学术思想多元化局面的出现，明代中后期八股文的风格一再发生变迁，引发了朝廷多次整顿文风的举措。而对"明白通畅"和"醇正典雅"的一再强调，反倒提醒我们注意一个事实：明代中后期尤其是明代后期，八股文在学术内涵和语言风格上都更为丰富多彩。方苞曾说晚明八股文可分为两类，一类"有机趣而按之无实理真气"，"辞气虽丰而圣经贤传本义转为所蔽蚀"，一类则是"思力所造、途径所开，或为前辈所不能到"的佳作[①]。这两类作品，都在学术内涵和语言风格上做出了新的尝试。而之所以不断出新，正是为了在科举考试中"获隽"。没有令人耳目一新的内涵或"文藻"，就难以在科举考试中春风得意。

以上是就科举文体尤其是八股文所做的分析。下面再考察一下殿试过程中辞章之才可以发挥的作用。

会试之后，还要举行殿试。与会试相比，殿试的考查内容不一样，择人标准也有所不同。会试分为三场，考试文体较多，尤以经义为主。中式者，一般称为贡士。殿试只考策论。殿试并不淘汰应试者，只是将贡士根据成绩分为三甲，分别为进士及第、进士出身、同进士出身。

乡试和会试，试官往往只看前三场的八股文，其他考试内容相对次要。因为，朝廷在选拔人才的时候，首先要考察其学养是否"纯正"。而从八股文最能看出其学术旨趣。八股文是"代圣贤立言"的文体，在学术上必须符合儒家观念尤其是程朱理学。在实际评卷过程中，写作技巧也是评判文章高下的重要标准。状元不一定是八股文写得最好的。从理论上说，会试第一名即会元的八股文水平才是最高的，乡试第一名即解元的八股文水平也比较高。不过状元是从乡试和会试中选拔出来的，许多状元同时是解元或会元，明代状元兼会元者有：黄观、商辂、吴宽、钱福、伦文叙、杨守勤、韩敬、周延儒等。状元兼解元者有：吴伯宗、林环、萧时中、陈循、商辂、柯潜、彭教、谢迁、李旻、杨维聪等。另外，状元陈循、彭教为会试第二，状元谢迁为会试第三，状元王华为乡试第二，状元杨慎乡试第三、会试第二，等等。可见，在乡试和会试中，状元的名次通常比较靠前，其八股文的写作水平自然不低。

清代方苞等选编的《钦定四书文》是一部非常重要的八股文选集，其中收录的明代八股文，状元之作所占比例不高。相比之下，还是会元、解

---

① 《制艺丛话》卷一引方苞语，见〔清〕梁章钜：《制艺丛话·试律丛话》，陈居渊校点，上海，上海书店出版社，2001，第19页。

元的八股文更受关注。明人李乐《见闻杂记》卷五记载："本朝举业文字，自永乐、天顺间非无佳者，然开创首功，惟文恪王公鏊为正宗。弘治则有钱公福，嘉靖则有唐荆川顺之、薛方山应旂、瞿昆湖景淳三先生。"[①] 其中，王鏊、唐顺之、瞿景淳皆为会元，钱福为会元兼状元。王鏊在八股文史上声望甚高，这样一位八股文大家，连中解元、会元，却没能中状元，后人多为之惋惜。其实，状元考察的是综合素质，包括风度、气质和应对重要社会问题的能力，单是八股文写得好还不够。殿试只考策论，就是为了考察应试者的政策水平和从政能力。状元钱福的八股文与王鏊齐名，时称"钱、王"。状元中的其他八股文名家，还有晚明的文震孟、周延儒等。

明代状元中，曾棨、罗伦、林大钦等人的殿试策较为著名。永乐初，明成祖思求博闻之士，于是命学士解缙择天文、律历、礼乐制度拟撰为题，题目难度极大。曾棨的对策，洋洋洒洒长达两万余言，记诵详尽，成祖大为叹异，遂拔为状元。成化二年（1466）殿试，状元罗伦的试卷长达三十幅。大学士李贤在读卷时，因跪得太久，竟然站不起来了。按惯例，状元对策必经删润之后，才刻印颁行天下，唯有罗伦的策论一字未改。嘉靖十一年（1532），林大钦在殿试时没有按照规定的格式去写，而文气甚奇。阅卷时，大学士张孚敬认为该卷"虽破格，甚明健可诵也"，取为第三，世宗御批改第一[②]。林大钦之所以被拔为状元，或许是因为他的文章暗合了嘉靖"大礼议"之后，世宗、张孚敬等有意打破常规的心理。

状元策体现了状元潜在的应对"时务"的能力。就状元的选拔而言，应对"时务"的能力特别重要，王朝开科取士，其理论上的宗旨也是要选拔出这种有应对"时务"能力的人才。明代的科举中人，常将策论收入自己的别集，而将八股文排除在外，也是因为在他们看来，策论是经世文体，而八股文只是敲门砖而已。

以上的说明给读者一个印象，殿试最看重的是应试者的"时务"之才，八股文已不在眼下，遑论诗赋？如果这样来看殿试，虽然不能说全无道理，但毕竟是不全面的。

实际的情况是，明代科举考试虽然不考诗赋，但作为一种"延誉"的手段，士人在诗赋方面展露出来的才华有时会对状元选拔产生较大影响。吴宽、钱福等的经历为这一说法提供了有说服力的论据。

---

① 〔明〕李乐：《见闻杂记》卷五，黄仁生辑校，上海，上海古籍出版社，1986，第447～448页。
② 〔明〕王世贞：《弇山堂别集》卷八十二《科试考二》，魏连科点校，北京，中华书局，1985，第1569页。

成化八年（1472）壬辰科状元吴宽早年屡试不第，遂绝意仕进，从此务博学，攻诗文，不肯复应举。后御史以礼敦遣，吴宽不得已又参加了乡试，名列第三。成化壬辰会试之前，吴宽以诗谒李东阳，李东阳对其才华大加赞赏，将他推荐给会试考官彭教。结果吴宽会试拔得头筹，入试大廷又第一，官至礼部尚书，成为馆阁名臣。李东阳当时只是翰林院的一名普通官员，官阶仅从六品，尚不足以左右状元的人选，但这一事例说明，在成化年间的科举考试中，出类拔萃的诗赋才能其实对状元选拔是有影响力的。盖八股文阅卷是严格匿名的，平时的文名在阅卷过程中难以发挥影响；而殿试策的阅卷其实并非严格匿名，考生平时的文名、个人的气质以及为人处世之道，在这个过程中是可以放在桌面上来考量的。

弘治三年（1490）庚戌科状元钱福少时便才华出众，以诗文敏捷见长，与顾清、沈悦齐名，称为"三杰"。他赴京赶考时，往谒李东阳，适逢有人持司马光的画像请李东阳题赞。李东阳于是命钱福代作，钱福写道："连茹拔茅，维公在朝。青苗保马，维公在野。公之再入，旋乾转坤，重睹庆历。公之云亡，阴凝冰坚，驯致靖康。呜呼悲哉！诚竭于己，命属于天。天若祚宋，曷为其然？"[①] 李东阳大为赞赏，以为数语该括宋家治乱殆尽，遂为之延誉，称钱福有状元之才。在其后的会试、殿试中，钱福果然连夺第一。

万历年间，大学士张居正欲延揽名士汤显祖与其子同游，也是看重汤显祖的文才。可见，虽然明代科举在理论上存在轻视文藻的倾向，但在更多情况下，人们对文藻重视有加，不仅八股文这一文体包含了对文藻的考察，诗赋写作才能也会影响到士子的功名。中国是一个重视古典修养和语言能力的国度，明朝也不例外。明代科举中文学的地位其实仍是相当重要的。

二、明代状元的仕途与文学之关系

明代状元的仕途路线相对固定。状元及第后，直接进入翰林院，从修撰（从六品）起步，循序升迁，最终有望进入内阁。同其他新科进士相比，状元仕途起点较高，前程也更为远大。

明代的科举制度与翰林制度紧密接轨，后者是前者的延伸。据黄佐《翰林记》卷一《职掌》记载："窃惟国家置本院以来，官不必备，以待儒

---

① 〔明〕钱福：《钱太史鹤滩稿》，四库全书存目丛书集部第46册，济南，齐鲁书社，1997，第267～268页。

学之臣，必如所谓明仁义礼乐、通古今治乱，文章议论，可以决疑定策、论道经邦者，始可以处之。故洪武永乐宣德间，虽待诏孔目不轻授人，凡居是职者，咸知自重。"①翰林院中的官职大体分为三类。第一类是正官，包括：学士一人，正五品；侍读学士、侍讲学士各二人，从五品；首领官孔目一人，未入流。第二类是属官，包括：侍读、侍讲各二人，正六品；五经博士五人，正八品；典籍二人，从八品；侍书二人，正九品；待诏六人，从九品。第三类是史官，包括：修撰三人，从六品；编修四人，正七品；检讨四人，从七品。翰林官员虽然官阶并不高，但职务清闲，没有六部衙门中那些繁杂的日常事务，且与皇帝、内阁关系密切。《明史·选举志》称，明代"科举视前代为盛，翰林之盛，则前代所绝无也"②。这主要体现为仕途的远大。在明代，"非进士不入翰林，非翰林不入内阁，南、北礼部尚书、侍郎及吏部右侍郎，非翰林不任"③。因为有这样远大的前程，士人们对翰林趋之若鹜。明代一甲进士三人及第后直接供职于翰林院。此外，在二甲进士中，还会选拔少数年轻而才华出众者进入翰林院庶吉馆学习，称为庶吉士。庶吉士学习期满，经过考核，优秀者可留在翰林院，担任编修、检讨等职。"而庶吉士始进之时，已群目为储相。"④庶吉士尚且如此受到追捧，状元自不待言。

洪武初年，科举尚未步入正轨，翰林官员的任用主要是通过荐举。洪武四年（1371），首科状元吴伯宗仅获授礼部员外郎之职，尚与翰林无缘。这与明太祖朱元璋重老成、轻少年的用人态度有关。洪武十五年（1382），朱元璋下诏恢复科举。洪武十七年（1384），一甲三人俱授翰林院修撰。洪武二十一年（1388），状元授翰林院修撰（从六品），榜眼、探花均授翰林院编修（七品），自此成为定例。

"翰林"一词，最早见于西汉扬雄《长杨赋》："聊因笔墨之成文章，故藉翰林以为主人。"此文收于《文选》，李善注曰："翰林，文翰之多若林也。"⑤唐代始建翰林院，为儒臣文学供奉待诏之所。此后，各个朝代皆沿袭之，而文化功能始终是翰林院的基本属性之一。明代翰林院的主要职能有二：一是论思献纳，综理人文；二是作为储才之所。两者皆与辞章之才相关。

<hr />

① 〔明〕黄佐：《翰林记》卷一《职掌》，北京，中华书局，1985，第3页。
② 〔清〕张廷玉等：《明史》卷七十《选举志二》，北京，中华书局，1974，第1702页。
③ 〔清〕张廷玉等：《明史》卷七十《选举志二》，北京，中华书局，1974，第1702页。
④ 〔清〕张廷玉等：《明史》卷七十《选举志二》，北京，中华书局，1974，第1702页。
⑤ 〔南朝梁〕萧统：《文选》卷九，上海，上海古籍出版社，1986，第404页。

洪武元年（1368），朱元璋授予翰林学士陶安的诰词云："开翰林以崇文治，立学士以冠儒英。重道尊贤，莫先于尔。用是擢居宥密，俾职论思。兹特赐以宠章，用贻国典。尚其勤于献纳，赞我皇猷，综理人文，以臻至治。"① 所谓"论思""献纳"，即充当皇帝顾问之意。而"综理人文"，包括掌制诰、掌修书史、典试事、掌教习庶吉士等。翰林官员必须具备相应的辞章之才，才能胜任这些职守。

翰林院内有文渊阁，为国家藏书之所。正统之前，文渊阁面向所有翰林官员（包括庶吉士）开放。翰林官员每日退朝之后，便可入文渊阁翻检自己未曾读过的书。"盖馆阁无政事，以讨论考校为业，故得纵观中秘。"② 所谓"中秘"，即国家藏书。景泰年间，文渊阁划归内阁管辖，由于编修周洪谟等人随便出入文渊阁，引起内阁不满，便将文渊阁上了锁，禁止随便出入，读中秘书始稍有不便。

状元进入翰林院之后，不再受举业束缚，有条件博览群书，这对提升他们的文学素养大有裨益。天顺年间，状元柯潜在任翰林学士之时，负责教习庶吉士，教学内容以古文词为主，以帮助新科进士们摆脱举业的束缚，转化气质。《词林典故》提到了当时教习庶吉士所用教材："明学士掌教习庶吉士。……其教庶吉士，文用《文章正宗》，诗用《唐诗正声》。"③ 可见，古文、诗歌是庶吉士学习的主要内容。正德年间，状元杨慎在翰林院期间博览群书，成为明代最博学的学者之一，这也为他卓然自立于正嘉文坛奠定了坚实的基础。

翰林官员在翰林院中储才养望，主要以德行、学问为主，辞章之才还在其次。状元刘俨曾经指出："士莫先于涵养，涵养久则德性坚定，知虑精纯，言行操履，正大笃实，出而居大位，任大事，岂惟不动心哉，且有所执而不失也。今之涵养，于官莫如翰林，所闻者圣贤之言，所习者圣贤之行，于凡钱谷簿书之事，机械变诈之巧，一无所动于中，而其养纯矣。故前后自翰林出者，率非寻常可及。"④ 黄佐《翰林记》认为，刘俨所论符合明初设置翰林院的本意。"官无定员，凡以储英俊也；职无专掌，凡以

---

① 〔明〕黄佐：《翰林记》卷一《御制诰词》，丛书集成初编，北京，中华书局，1985，第6页。

② 〔明〕黄佐：《翰林记》卷十二《收藏秘书》，丛书集成初编，北京，中华书局，1985，第150页。

③ 〔清〕鄂尔泰、张廷玉：《词林典故》卷三《职掌》，影印文渊阁四库全书第599册，第476页。

④ 〔明〕黄佐：《翰林记》卷十九《储养人才》，丛书集成初编，北京，中华书局，1985，第335～336页。

求通儒也；置之中秘，凡以广器识也；列之近侍，凡以资薰陶也。然必己德既修，而后上德可成。如徒曰文艺而已矣，则所以辅导者先无其本，而何以为任大负重之地哉？故前辈官是院者，上体朝廷造就储用之意，以涵养德器变化气质为先。苟以交结趋走为圆机，视圣贤学术为长物，而事业不能少自见，则虽谓之冗员可也。"[1] 清人徐乾学撰《翰林院题名碑记》亦云："夫翰林为朝廷文学侍从之臣，居禁近，掌制诰，公辅之望由此其选，非可以雕虫篆刻之才当之也。"[2]

以上是就明代翰林制度的总体特点而言。具体到不同时期，辞章之才对状元仕途的影响又不尽相同。

明代从正统年间开始，馆阁文人集会倡和之风逐渐盛行。与明初不同，这一时期馆阁文人的集会倡和不是为了润饰鸿业，而是作为一种社交手段，表面看来没有什么明确的政治目的，实际上却可以结成紧密的社交圈子，为以后的仕途发展做好铺垫。在这类集会倡和中，以李东阳为首的文人社团尤为引人注目。

明代天顺八年（1464）甲申科状元为彭教，李东阳是二甲第一名，被选为庶吉士，进入翰林院继续深造。是年，彭教 27 岁，李东阳年仅 18 岁。他们与其他几名同在翰林院任职的同年进士结成"翰林同年会"，经常在一起饮酒赋诗。李东阳自幼习文，4 岁时便受到皇帝接见，以神童闻名天下，成为同年集会的中心人物。彭教辞章之才不及李东阳，16 年后，彭教英年早逝，只升过一级，官不过六品，是明代状元中升迁最慢的一个。李东阳则迅速升迁，官至首辅，并成为成化、弘治时期馆阁文人的领袖。成化八年（1472）壬辰科状元吴宽、弘治三年（1490）庚戌科状元钱福等，都曾是李东阳的座上客。茶陵派便是在此基础上发展起来的。虽然这类聚会只是"谈文讲艺，绝口不及势利"，但不能说与仕途毫无关系。《四友斋丛说》卷十五载："李西涯长于诗文，力以主张斯道为己任。后进有文者，如汪石潭、邵二泉、钱鹤滩、顾东江、储柴墟、何燕泉辈，皆出其门。独李空同、康浒西、何大复、徐昌谷自立门户，不为其所牢笼，而诸人在仕路亦遂偃蹇不达。"[3] 康浒西即康海，乃弘治十五年（1502）壬戌科状元，他因为文学见解与李东阳不一致，而无法融入馆阁文人的圈子，

---

① 〔明〕黄佐：《翰林记》卷十九《储养人才》，丛书集成初编，北京，中华书局，1985，第 336 页。
② 〔清〕鄂尔泰、张廷玉：《词林典故》卷五《艺文》，影印文渊阁四库全书第 599 册，第 574 页。
③ 〔明〕何良俊：《四友斋丛说》，元明史料笔记丛刊，北京，中华书局，1959，第 127 页。

在受刘瑾案牵连被免官后，终身不复起用。

应制诗文的兴衰，既与政治环境有关，也与皇帝本人的喜好有关。明初国势强盛，太祖、成祖皆有雄才大略，馆阁文人多歌功颂德之作。翻开明初状元的别集，大量的应制诗文是其重要内容。这种现象，明代中后期较为少见，只有嘉靖朝是个例外。嘉靖喜好诗文，并崇信道教，阁臣多以"青词"等诗文邀宠，其中亦不乏状元的身影。据《万历野获编》记载："世宗初政，每于万几之暇喜为诗，时命大学士费弘（宏）、杨一清更定。或御制诗成，令二辅臣属和以进，一时传为盛事。而张璁等用事，自愧不能诗，遂露章攻弘，诮其以小技希恩。上虽不诘责，而所出圣制渐希矣。"①费宏是成化二十三年（1487）丁未科状元，那年才20岁，是明代最年轻的状元，44岁便入阁，被称为"黑头宰相"（谓其年轻）。在"大礼议"中，费宏虽然是"护礼派"，但态度并不激烈，因而得到了世宗的好感。闲暇时，世宗经常与费宏一起讨论诗文，并多次御制诗文，命费宏和进，世宗复赐以批答。费宏编有《宸章集录》一卷，所收即嘉靖五年（1526）世宗御赐费宏等人的诗文，以及费宏等依韵唱和之作。张璁、桂萼等在大礼议中是"议礼派"，坚定地站在世宗一边，虽然他们极力攻击费宏，世宗却对费宏恩礼不衰。"大礼议"对明代士风是一次沉重打击，此后，朝廷多用软熟之人为相。世宗在位45年，后期崇信道教，于是出现了所谓"青词宰相"，即依靠撰写"青词"博得世宗青睐，而平步青云，登上相位者。青词，亦称"绿章"，指道教在举行斋醮时献给天神的奏章祝文。因写在青藤纸上，故名"青词"。据《明史·宰辅年表》统计，嘉靖十七年（1538）后内阁14位辅臣中，即有9人系以撰青词起家。正德三年（1508）戊辰科状元顾鼎臣、嘉靖二十六年（1547）丁未科状元李春芳等俱属此列。明代以青词媚主，始自顾鼎臣，《明史》卷一百九十三云："帝好长生术，内殿设斋醮，鼎臣进步虚词七章，且列上坛中应行事。帝优诏褒答，悉从之。词臣以青词结主知，由鼎臣倡也。"②辞章之才在嘉靖年间的状元仕途中所发挥的作用之显著，确乎少见。

万历之后，馆阁文学日益没落，党争愈演愈烈，文学对状元仕途的影响也渐趋微弱了。

从以上对明代状元仕途与文学之关系的考察可以看出，明代科举考试虽然罢除诗赋，但翰林制度在一定程度上弥补了这一缺憾。虽然新科进士

---

① 〔明〕沈德符：《万历野获编》卷二《御制元夕诗》，元明史料笔记丛刊，北京，中华书局，1959，第38页。

② 〔清〕张廷玉等：《明史》卷一九三《顾鼎臣传》，北京，中华书局，1974，第5115页。

中有幸成为翰林者极少，但翰林制度对整个士人阶层有巨大的吸引力，使得其影响能够辐射到整个社会。状元作为明代进士阶层的代表，一般具有较高的辞章素养，但其辞章素养大都只是用以提升从政能力，未必完全在文学创作中体现出来。所以，结论是：就状元的选拔和仕途而言，辞章之才可以发挥的作用是巨大的，但不一定表现为今人所说的文学成就。

第二节　从状元文风看明代台阁体的兴衰演变

明代状元经科举考试选拔出来之后，直接供职于翰林院，并以跻身内阁为目标。明代共有 89 名状元，其中入阁者有 17 人。这决定了状元文风与台阁文风之间有着密切关系。同时，状元大体每三年产生一位，不同时期的状元，其文风体现了不同的时代特色。从状元文风看明代台阁体的兴衰演变，具有合理性和可操作性。透过这一视角，我们对明代台阁体的兴盛原因、演变过程及得失，或许会有更加具体而清晰的认识。

一、明前期状元文风与台阁体的兴盛

"台阁"本是汉代尚书省的别称。东汉以尚书辅佐皇帝处理政务，因为尚书台位于皇宫之内，故有"台阁"之称。汉代之后，虽然官制屡有更易，但"台阁"作为一种美称，一直沿用下来。凡后世称台阁者，都具有如下特点：一是能够接近皇帝，地位尊崇；二是负责国家政令之所出，具有文化职能。明代的台阁主要包括翰林院和内阁两个既相区别又相关联的部分。由于台阁文人所处地位比较特殊，不仅其职业写作往往带有"官样"，就是职业写作之外的作品也更易受到"官样"的濡染，故有"馆阁气""台阁体"或"台阁文"之称。

明代前期台阁体的兴盛，除了受政治气候的影响外，还得益于科举制度、翰林制度、内阁制度的推波助澜。其兴盛过程可大体分为萌芽期、鼎盛期和转型期。大体说来，洪武年间是台阁体的萌芽期，状元吴伯宗便是一位典型的馆阁文人，但对文坛影响甚微；永乐至正统初年是"三杨"台阁体的鼎盛期，这一阶段的状元文风，也大多带有鲜明的台阁体色彩；成化、弘治年间，台阁体仍处于兴盛状态，其标志是大学士李东阳仍对一代文风具有支配性的影响。兹依次加以讨论。

明代洪武时期是台阁体兴盛的萌芽期。这一时期，在朱元璋文化专制政策的打压下，状元文风由多元逐渐趋向统一，这也是整个文坛走势的一个缩影；同时，科举制度、翰林制度的渐趋完善，内阁制度的建立，也为

台阁体的兴盛奠定了基础。

明代的首科状元是吴伯宗。吴伯宗（1334—1384）名祐，以字行。抚州金溪（今江西金溪）人，官至武英殿大学士，著有《南宫集》《使交集》《成均集》，共二十卷，又《玉堂集》四卷，均佚。后人搜辑遗文，汇为《荣进集》，共四卷，卷一收入吴伯宗乡试、会试、殿试所作的全部经义论策，卷二、卷三为诗赋，卷四为杂文。古人别集一般不收科举之文，因为吴伯宗是明代首位状元，所以其科举之文受到格外关注。这为后人考察明初科举文风提供了宝贵材料。吴伯宗的时文，也就是经义，以阐发圣贤义理为宗旨，通常写得明白晓畅。其论策也以明白晓畅为特色。而《荣进集》中的其他诗文，与其时文相似，同样不事雕琢，而又雍容典雅。《四库全书总目》称《荣进集》"诗文皆雍容典雅，有开国之规模。明一代台阁之体，胚胎于此"①。俨然已将吴伯宗视为明代台阁体的开山鼻祖。

这里要补充的一个事实是：明初诗文，在吴伯宗之外，有台阁之气者不少，如宋濂评价汪广洋的诗"典雅尊严，……非止昔人所谓台阁雄丽之作，而山林之下诵公诗者且将被其沾溉之泽，化枯槁而为丰腴矣"。他还在评价蒋有立的诗时说："予闻昔人论文，有山林、台阁之异。山林之文，其气瑟缩而枯槁；台阁之文，其体绚丽而丰腴……（蒋有立）善古文，宏富充赡，得作者之体。"②宋濂认为，汪广洋之诗、蒋有立之文都属于台阁体。既然如此，何以吴伯宗受到四库馆臣的特别关注呢？其实这也并非偶然。从身份看，吴伯宗是一位典型的馆阁文人，他曾在翰林院任典籍、检讨等职，并拜武英殿大学士。非但如此，他还是明初废除宰相制度的见证人。洪武八年（1375），吴伯宗因胡惟庸中伤，谪居凤阳。其间，他上书论政，抨击胡惟庸专恣不法，不宜使其独揽大权，辞甚剀切。朱元璋也已察觉到胡惟庸的不法行为，于洪武九年（1376）对各省权力机构进行改革，洪武十一年（1378）三月下旨，"令奏事毋关白中书省"③，限制中书省的职权。洪武十三年（1380），胡惟庸以谋逆罪被处死。其后，朱元璋决定永久废除宰相之职。洪武年间废除宰相制度，是永乐时期建立内阁的重要契机。吴伯宗作为废除宰相制度的参与者和见证人，其创作与台阁体之间的关系自然更引人注目。就风格而言，明代最典型的台阁体盛行于永乐到正统年间，以"三杨"为代表，以宗欧为导向，以平实、典雅为特征。

---

① 〔清〕永瑢等：《四库全书总目》卷一百六十九，北京，中华书局，1965，第1477页。
② 〔明〕宋濂：《宋濂全集》之《翰苑续集》卷四《〈蒋录事诗集〉后》，杭州，浙江古籍出版社，1999，第842页。
③ 〔清〕张廷玉等：《明史》卷二《太祖本纪二》，北京，中华书局，1974，第33页。

吴伯宗是江西人，明代台阁体极盛时期的大部分成员也都是江西人。因此，吴伯宗与后来台阁体的渊源较其他明初文人更深。从这个意义上，可以将吴伯宗视为明代台阁体的早期代表，其诗文标志着明代台阁体的萌芽。

洪武年间的状元，除吴伯宗外，还有六位，依次为丁显、任亨泰、黄观、张信、陈䢿、韩克忠。丁显中状元不久即遭谪戍，一去十五年，死于谪所；黄观不幸卷入建文帝朱允炆与燕王朱棣皇权之争的政治漩涡，死于靖难之役，死后著作遭到禁毁；张信、陈䢿皆陷身科场案"南北榜"事件，被处以极刑；韩克忠是北方人，本是落第的举子，因"南北榜"事件而获得复试的机会，竟意外地成了状元，其文坛声誉平平；任亨泰是最得朱元璋宠遇的一位状元，后来也被免官。这六位状元，其重要性都不如吴伯宗。

在经历了洪武时期的暴风骤雨、靖难之役的腥风血雨之后，明代政治气候逐渐进入了一段风和日丽的时期。这为台阁体的流行创造了条件。永乐年间，明成祖从建文帝手中夺得皇位之后，除了对文人既威慑又优待之外，还有两件事情值得关注。一是建立内阁制度。永乐初，朱棣登上皇帝宝座以后，从翰林官员中简拔了解缙、黄淮、胡广、金幼孜、杨士奇、杨荣、胡俨七人，轮值内阁，参预机务。当时的内阁即文渊阁，为藏书之所，由翰林院掌管。因其位于皇宫之内，故名内阁。内阁脱胎于翰林院，与翰林院关系密切。二是在综理人文之外，还赋予翰林院教习庶吉士的职能，使之成为储材之所。永乐二年（1404），庶吉士并状元曾棨等28人同进学于文渊阁。明代的翰林制度是科举制度的延伸，两者的衔接较前代更为紧密。明代科举考试中考取状元、榜眼、探花者，可以直接进入翰林院充任史官。其他进士则需经过"馆选"，才能入翰林院进修，称庶吉士。庶吉士进修三年期满，经考核成绩优异者可留任翰林。翰林官员虽是闲职，但前程远大。明代有"非进士不入翰林，非翰林不入内阁"[①]之说。内阁是明代废除宰相制度的产物，发展到后来，其权力日益扩张，入阁者虽无宰相之名，却有宰相之实。庶吉士一入馆，即被目为"储相"。永乐年间采取的这些举措，为台阁体的生长提供了沃土，使台阁体更加根深叶茂。

永乐时期的台阁文学，主要有两个分支：一是以诗歌创作为主的"法唐"派，代表人物有解缙、状元胡广、状元曾棨等，他们继承了明初台阁体雄丽庄严的特色，大量创作应制诗，以诗歌点缀太平盛世；二是以古文

---

① 〔清〕张廷玉等：《明史》卷七十《选举志二》，北京，中华书局，1974，第1702页。

创作为主的"宗欧"派，代表人物是杨士奇，他取法宋代欧阳修、曾巩的古文，有时甚至反对"诗人无益之词"①，更加看重台阁之文的实用价值和社会价值。通常所说的台阁体，主要是就文而言的。

王世贞《艺苑卮言》卷五说："杨（士奇）尚法，源出欧阳氏，以简淡和易为主，而乏充拓之功，至今贵之曰'台阁体'。……胡光大（广）、杨勉仁（荣）、金幼孜、黄宗豫（淮）、曾子启（棨）、王行俭（直）诸公，皆庐陵之羽翼也。"② 王世贞提到的台阁体文人中有两名状元，分别是建文二年（1400）状元胡广和永乐二年（1404）状元曾棨。胡广、曾棨和杨士奇都是江西人，他们之间往来甚密。但能否将胡广、曾棨视为"庐陵之羽翼"，则还需稍加斟酌。事实上，胡广主盟文坛的时间比杨士奇要早。永乐年间，馆阁文人的集会多以解缙为主角，解缙之后，胡广继之，曾棨的文风与胡广较为接近。胡广之后，文坛盟主才是杨士奇。胡广、曾棨的创作风格与杨士奇也不大相同，不宜混为一谈。追随杨士奇较紧的状元，主要有曾鹤龄、陈循等。

永乐十九年（1421）杨士奇任会试考官，"务先典实之作，以洗浮腐之弊，最喜曾鹤龄诸作，多梓行之，至今评程文者，以是科为最"③。曾鹤龄（1383—1441）是杨士奇的同乡。他于是年成为状元，官至侍讲学士。由于杨士奇的褒奖，该科程文影响甚大。在诗、文二体中，曾鹤龄以文见长。四库提要称其"诗多牵率之作，命意不深，而措词结局，往往为韵所窘，殆非所擅长。文则说理明畅，次序有法，大抵规摹欧阳，颇近王直《抑庵集》，而沉着则不及也"④。曾鹤龄死后，杨士奇撰《故翰林侍讲学士奉训大夫曾君墓碑铭》，首称其学问，次称其文章："形诸著作，和平简洁，明理为务，不事工巧。"⑤杨士奇和他的得意门生都偏重文章，这也许不是偶然的。杨士奇的家乡，是宋代文学家欧阳修的故里。欧阳修虽诗、词、文兼擅，但文章的地位更高。在杨士奇的影响下，仁宗朱高炽也对欧阳修的文章渐渐产生了兴趣，曾命杨士奇等校刻欧阳修的文集，廷臣之知文者，各赐一部。欧阳修为一朝君臣所推重，台阁体中的宗欧一派遂成为

---

① 〔明〕杨士奇：《东里文集》，北京，中华书局，1998，第394页。
② 〔明〕王世贞：《艺苑卮言》，见丁福保辑：《历代诗话续编》，北京，中华书局，1983，第1024～1025页。标点有所调整。
③ 〔明〕黄佐：《翰林记》卷十四《试录程式文字》，丛书集成初编，北京，中华书局，1985，第183页。
④ 〔清〕永瑢等：《四库全书总目》卷一百七十五，北京，中华书局，1965，第1554页。
⑤ 〔明〕杨士奇：《东里集》续集卷二十七《故翰林侍讲学士奉训大夫曾君墓碑铭》，影印文渊阁四库全书第1239册，第23页。

文坛主流。

仁、宣至正统前期是台阁体的鼎盛期。这一时期的状元文风多受"三杨"影响，特别是在杨士奇的大力倡导下，"宗欧"派后来居上，超越"法唐"派，成为明代台阁体的主流。其兴盛原因，除上文提到的之外，还有极为重要的一点，即台阁体作家政治地位的提高。胡广与杨士奇先后主盟文坛，但其影响力不可同日而语，原因即在于两人的政治地位悬殊很大。永乐时期，内阁初建，还没有完全脱离翰林院，仍属文化机构。胡广虽为内阁成员，但官不过五品。而杨士奇后来官至一品。政治地位不同，台阁体的影响力自然也不一样。另外，胡广缺乏鲜明的盟主意识，他无意推行什么文学主张，其诗多为应景之作。杨士奇则不然，他对文风的选择，是经过深思熟虑的。他以欧阳修为榜样，既符合古文统系，又与明代朝廷在科举之文、翰林之文中极力倡导的醇正文风相合，有法度可寻，易于效仿。他还像欧阳修一样，利用科举考试大力推行自己的文学主张。因而，明代台阁体文学在杨士奇的推动下，达到了鼎盛阶段。

成化、弘治年间，台阁体仍处于兴盛状态，其标志是：大学士李东阳仍对一代文坛具有支配性的影响。这一时期与李东阳关系密切的状元，主要有吴宽、谢迁、钱福等。其中，吴宽与茶陵派的关系尤其值得关注。

所谓茶陵派，是指聚集在李东阳周围的一批馆阁文人。在茶陵派的形成过程中，来自不同地域的作家、甚至不同风格的作家，加入这一群体，并自觉不自觉地受到李东阳的影响。从地域来看，茶陵派中，有不少人来自吴中地区，如张泰、陆钰、吴宽、钱福等。他们有一个共同点，即都是鼎甲或庶吉士，得以进入翰林院，从而具有馆阁作家的身份。张泰、陆钰、吴宽等人都很好地融入了馆阁作家群，可以视为茶陵派的成员。钱福虽然一度进入了这个圈子，因为不改吴中文人的习气，最终被摒斥在外。陈子龙说："文正（指李东阳）网罗群彦，导扬风流，如帝释天人，虽无宗派，实为法门所贵。"[①] 陈子龙这句话，等于说李东阳为茶陵派教主。

在明代馆阁文学中，茶陵派之所以能在"三杨"台阁体之外另树一帜，主要是因为茶陵诗要比"三杨"诗多一些自我抒情的空间，少一些应制御用的意味，在艺术表达上注重诗的音韵节奏之美，注重不同诗体的不同风格和不同时代的不同风格，确有新的建树。不过，在文章方面，茶陵派与"三杨"台阁体仍一脉相承，没有发生太大变化。台阁体倡导的典雅条畅、叙事有法的文风，对于馆阁文人而言，是一种既实用、又不失国家

---

① 〔清〕陈田：《明诗纪事》丙签卷一，上海，上海古籍出版社，1993，第936页。

体面的文风，李东阳是个明智的人，当然不会轻易地去改变它。这一事实，钱谦益看得非常清楚。钱谦益说："余尝与敬仲评论本朝文章，深推西涯，语焉而未竟也，请因是而略言之。国初之文，以金华、乌伤为宗，诗以青丘、青田为宗。永乐以还，少衰靡矣，至西涯而一振。西涯之文，有伦有脊，不失台阁之体。诗则原本少陵、随州、香山以追宋之眉山、元之道园，兼综而互出之。"① 这是钱谦益在明亡之前所作，其时他的身份亦为馆阁文人，所以站在馆阁的立场上评价"本朝文章"。钱谦益明确地将诗、文分开讨论，指出李东阳在文章方面"不失台阁之体"，与杨士奇风格相近，李东阳与"三杨"的差异主要体现在诗的方面。

吴宽不是李东阳的门人，但他步入仕途，李东阳有引荐之功。李东阳比吴宽年轻十余岁，入仕却早了九年，对吴宽而言，是亦师亦友的关系。后世也多承认吴宽是茶陵派的重要羽翼。《四库全书总目》称吴宽："以之羽翼茶陵，实如骖之有靳。"② 陈田《明诗纪事》丙签卷三亦称："匏翁诗，体擅台阁之华，气含山川之秀，冲情逸致，雅制清裁，是时西涯而外，当首屈一指。"③ 陈田指出吴宽的诗有自己的特点，但他依然将其与李东阳并论，可见还是承认吴宽属于"西涯一派"。

确认吴宽属于"西涯一派"，也就是确认了李东阳的盟主地位。如《明史》李东阳传所说："为文典雅流丽，朝廷大著作多出其手。工篆隶书，碑版篇翰，流播四裔。奖成后进，推挽才彦，学士大夫出其门者，悉粲然有所成就。自明兴以来，宰臣以文章领袖缙绅者，杨士奇后，东阳而已。"④ "宰臣"是否能"以文章领袖缙绅"，这是判断台阁体盛衰的一个核心指标。自永乐后期至弘治初年，杨士奇、李东阳先后"以文章领袖缙绅"，创造了台阁体的黄金时代。

二、弘治状元康海的转向与台阁体的衰微

明人王世贞在论及弘、正士风时指出："国家鸿昌茂庞之气，莫盛于弘治。……盖至于正德而所谓气者，日益开露而无余。其所称一时学士大夫，不胜其少者之断，则果于掊击以见操；不胜其壮者之思，则精于刻列以见名；乃若所谓诗，必极其变以尽风，其所谓文，必穷其法以诣古。天

---

① 〔清〕钱谦益：《牧斋初学集》卷八十三《书李文正公手书东祀录略卷后》，上海，上海古籍出版社，1985，第 1758～1759 页。
② 〔清〕永瑢等：《四库全书总目》卷一七一，北京，中华书局，1965，第 1493 页。
③ 〔清〕陈田：《明诗纪事》丙签卷三，上海，上海古籍出版社，1993，第 962 页。
④ 〔清〕张廷玉等：《明史》卷一八一《李东阳传》，北京，中华书局，1974，第 4824～4825 页。

下固翕然而好称说之，以为成一家言，而识者固已忧其时之动于机而不易挽矣。"① 王世贞笔下的所谓"气""机"之"动"，正是当时文坛格局产生异动的反映。

在这种语境中，弘治十五年（1502）状元康海进入了我们的视野。明代中后期，状元文风经历了一个背离"宰臣"而向郎署文风转向的过程，康海开其风气之先。他不是"宰臣文章"的追随者，而是"宰臣文章"的挑战者。黄佐《翰林记》指出，明代前、中期，馆阁文风有三变："国初刘基、宋濂在馆阁，文字以韩、柳、欧、苏为宗，与方希直皆称名家。永乐中杨士奇独宗欧阳修，而气焰或不及，一时翕然从之，至于李东阳、程敏政为盛。成化中，学士王鏊以《左传》体裁倡，弘治末年修撰康海辈以先秦两汉倡，稍有和者，文体盖至是三变矣。"② 康海的转向是台阁体由盛转衰的显著标志。

康海论文首重质实，也就是重内涵的深厚而轻辞藻的修饰。其《渼陂先生集序》云："余观渼陂先生之集，其叙事似司马子长，而不屑屑于言语之末。其议论似孟子舆，而能从容于抑扬之际。至其因怀陈致、写景道情，则出入于《风》《雅》《骚》《选》之间，而振迅于天宝、开元之右，可谓当世之大雅，斯文之巨擘矣。"③ 在此，他提到了文学的叙事、议论、写景、抒情等功能。叙事方面，以司马迁为典范；议论方面，以孟子为典范。"不屑屑于言语之末"，则是对字斟句酌、追求典雅流丽的馆阁文风表示不屑一顾。其《王舜夫集序》也说："明兴百七十年间，文章之士莫盛于弘治、正德、嘉靖年间。"④ 类似的说法，康海在《何仲默集序》等文章中反复提到。他所说的"文章之士"，不包括成化以来以茶陵派为主的馆阁文人在内。事实上，在他看来，明前期170年间流行的台阁体，作为文章是没有多少价值的。

康海自进入翰林院起，便不断与李东阳等台阁大老立异。当时，李东阳以"宰臣"而为文坛盟主，他的每一篇诗文出来，门下士都纷纷仿效，以为前无古人，独有康海不予理睬。康海不参与馆阁文人的集会，却与李

① 〔明〕王世贞：《弇州四部稿》卷六十六《孙清简公集序》，影印文渊阁四库全书第1280册，第155页。

② 〔明〕黄佐：《翰林记》卷十九《文体三变》，丛书集成初编，北京，中华书局，1985，第343页。

③ 〔明〕康海：《康对山先生集》卷二八，续修四库全书集部第1335册，上海，上海古籍出版社，1996，第315页。

④ 〔明〕康海：《康对山先生集》卷二八，续修四库全书集部第1335册，上海，上海古籍出版社，1996，第313页。

梦阳、何景明等郎署官员结成文社，常常在一起"讨论文艺，诵说先王。西涯闻之，益大衔之"①。正德三年（1508），康海为会试同考官，拟以陕西高陵人吕柟为第一，而主考官置之第六。会试发榜后，康海扬言："吕仲木天下士也。场中文卷无可与并者。今乃以南北之私，忘天下之公。蔽贤之罪，谁则当之？会试若能屈吕矣，能屈其廷试乎？"②时内阁大学士王鏊为主考官，闻言甚为恼怒。廷试，吕柟果然高中状元，王鏊又不得不佩服康海的眼光。不久，康海的母亲去世，要返乡守丧。以往，在京官员每逢亲人去世，都要以厚礼请内阁要员撰写墓志铭，以此为荣。唯独康海不请内阁撰文，而是亲自撰写行状，请王九思撰写墓志铭，李梦阳撰写墓表。随后将这些文字刻成一集，题曰《康长公世行叙述》，遍送馆阁诸公，"诸公见之无弗怪且怒者"③。李东阳讥诮康海等人为"子字股"，因为他们的文章力追秦汉，文中多以"子"互称。

康海的文风，以质实为主，和他的理论倡导一致，而与高华典重的馆阁文风显然不同。如王世贞《艺苑卮言》卷五所说："康（海）原出秦汉，然粗率而弗工，有质木者可取耳。"④或如王士禛《池北偶谈》卷十一《秦中诸志》所说："志以简核为得体，康德涵《武功志》最称于世。"⑤以康海《张氏族谱》为例，就有明显模仿司马迁《史记》的痕迹，而司马迁《史记》正是康海《渼陂先生集序》所推崇的叙事典范。（康海确立的议论文章的典范是孟子。）《张氏族谱》的特点，一是叙事有法："叙作谱之意，为叙例第一；陈世次移易之本，为世由第二；系世次，为世系第三；述生卒取葬及仕与不仕之事，为世传第四；摭拾故行，发扬幽光，为大传第五；述配匹之源及女氏之世，为外传第六。"⑥二是简核、质实，如"世由""世系""世传""外传"等部分均相当简略，"大传"部分的叙述较为详细，然亦不作夸饰虚美之词。除《张氏族谱》外，康海还作有《康氏族谱》。两部族谱中都提到其先祖经商致富的事迹。行文质实，不求纡徐有致；对先祖经商致富事迹不但不讳言，反而热情赞颂；这些都与平正典雅

① 〔明〕张治道：《翰林院修撰对山康先生状》，见〔清〕黄宗羲编：《明文海》卷四三三，影印文渊阁四库全书第 1458 册，第 224 页。
② 〔明〕张治道：《翰林院修撰对山康先生状》，见〔清〕黄宗羲编：《明文海》卷四三三，影印文渊阁四库全书第 1458 册，第 224 页。
③ 〔明〕王九思：《明翰林院修撰儒林郎康公神道之碑》，见金宁芬：《康海研究》附录，武汉，崇文书局，2004，第 359 页。
④ 〔明〕王世贞：《艺苑卮言》，见丁福保辑：《历代诗话续编》，北京，中华书局，1983，第 1025 页。
⑤ 〔清〕王士禛：《池北偶谈》卷十一，北京，中华书局，1982，第 257 页。
⑥ 〔明〕康海：《康对山先生集》卷十九，续修四库全书集部第 1335 册第 225 页。

的馆阁之风相左，而与《史记》的传统相近。

康海的转向在台阁体兴衰演变的过程中是一个极为重要的事实。盖台阁体流派风格的形成，与台阁派作家明确的身份意识有关。一个作者的身份，无论其自觉意识强烈与否，总会在作品中有所显现。而一个作者如果有明确的身份意识，无疑会显现得更为清晰。台阁体作家属于后一种情况。其身份意识有两方面特别值得注意。其一，台阁文臣虽为"文学侍从"，但实际上肩负着主导国家意识形态的功能，如丘濬《送徐庶子归省序》所说："翰林……其职务之大者曰进讲，曰编纂，曰校文。"① 所谓"进讲"，即为帝王研读经史而特设的御前讲席，宗旨是引导帝王成为明君。所谓"编纂"，并非编纂一般的书籍，而是指《永乐大典》《四书大全》一类著述，或有助于造成盛世文化景观，或有助于建立国家意识形态。所谓"校文"，即主持科举考试。掌握了对于考生的黜陟之权，就可以采用行政手段来主导文坛风气。其二，馆阁文臣虽名为"文学侍从"，但其职业取向是成为内阁大臣即实际上的宰相。《明史》卷七十《选举志二》载："成祖初年，内阁七人，非翰林者居其半，翰林纂修亦诸色参用。自天顺二年（1458），李贤奏定纂修专选进士。由是，非进士不入翰林，非翰林不入内阁。南、北礼部尚书、侍郎及吏部右侍郎，非翰林不任。而庶吉士始进之时，已群目为储相。通计明一代宰辅一百七十余人，由翰林者十九。"② 由翰林院庶吉士而纂修官而掌院官而内阁大臣，入阁已大体成为翰林院官员的专利。也就是说，馆阁文臣是被作为内阁大臣来培养的。台阁体作家身份上的这两大特点，是我们考察台阁文流派风格的切入点。

馆阁作家以未来的台阁大臣自期和自许，这种身份意识极大地影响了他们的心态。首先，他们不会满足于仅仅做一名文学侍从；其次，在涉及文学时，他们更愿意从朝政的视角来看问题。杨士奇《圣谕录》载有杨士奇与太子朱高炽之间的一段对话，而其核心之一是身份意识。杨士奇提醒太子注意其未来的帝王身份，他本人则对台阁大臣的身份保持了持续不已的自觉意识。其作品情调是否与其台阁大臣的身份协调的问题始终在其警觉的范围之内。这种协调主要表现为两个方面：一是与国家意识形态吻合，二是有助于显示国家的升平气象。由第一点出发，台阁派在确定古文谱系时主要以旨在"发明圣人之道"的宋文为榜样，对欧阳修尤其推崇。据杨士奇《颐庵文选序》，在台阁体的古文谱系中，受尊崇的是"其言庶

---

① 〔明〕丘濬：《重编琼台稿》卷十四，影印文渊阁四库全书第 1248 册，第 274～275 页。
② 〔清〕张廷玉等：《明史》卷七十《选举志二》，北京，中华书局，1974，第1701～1702 页。

几发明圣人之道"的一系列作家，而并非欧阳修一人。欧阳修不过因其文风"质直温厚"，更多为台阁体作家仿效而已①。由此可见，杨士奇等之尊崇欧阳氏，确与义理层面的投契有关。这种义理层面的投契，实即与国家意识形态吻合。由第二点出发，台阁体作家进一步发展了点缀升平、润饰鸿业的廊庙意识，注重风格的雍容平稳。其占主导地位的艺术追求是表现"富贵福泽之气"。台阁体与国家意识形态和升平气象之间的这种密切关系，是把握其流派风格的一个关键。

比照我们对台阁体流派风格的讨论，康海之转向所包含的历史文化信息就不难加以把握了。由崇欧转向提倡"先秦两汉"，不仅是文章风格的选择问题，而且意味着典型的台阁体流派风格被放弃，意味着对国家意识形态和"富贵福泽之气"的疏离。文坛的主导权是掌握在身居台阁的"宰臣"手中，还是掌握在身居郎署的"缙绅"手中，也不只是文章作者的身份有异的问题，而且意味着文章写作的立场必然有所不同。唯其如此，康海的转向，康海成为前七子的一员，就不是一个孤立的事实，其背后是文坛格局的重大变化。从这时开始，"宰臣以文章领袖缙绅"的局面被打破了，郎署官员（以前后七子为代表）轰轰烈烈地展开了其主导文坛的事业。台阁文风的衰微与郎署文风的兴盛，这是同一事实的两个侧面。王世懋《对山先生集序》曾这样评价康海转向的意义："先生当长沙柄文时，天下文靡弱矣！关中故多秦声，而先生又以太史公质直之气倡之一时，学士风移，先生卒用此得罪废，而使先秦两汉之风至于今复振，则先生力也。"②"今"，指的是后七子当令的嘉靖时期。再看另两位明人的话。潘恩《皇明文选序》说："明兴百八十余年，文雅斯盛。国初革胡元之秽，经纬纶诰则潜溪为之冠，阐明理道则正学擅其宗，修饰治平则文贞耀其烈，文治精华肇端于此矣。弘治以来，摛辞之士争自奋濯，穆乎有遒古之思，罔不效法坟典，追薄风骚，体局变矣。李何发颖于河洛，康吕高步于关右，咸一时之选也。"③黄宗羲《明文案序》（下）说："有明文章正宗盖未尝一日而亡也。自宋（濂）、方（孝孺）以后，东里（杨士奇）、春雨（解缙）

---

① 〔明〕杨士奇：《颐庵文选序》，见胡俨：《颐庵文选》卷首，影印文渊阁四库全书第1237册，第551页。关于台阁派的古文谱系，章太炎另有说法，他以为："权德舆年辈高于昌黎，文亦不恶，惟少林下风度耳，明台阁体即自此出。"章太炎：《国学略说》，上海，上海文艺出版社，2001，第214页。

② 〔明〕王世懋：《对山先生集序》，见〔明〕康海：《康对山先生集》卷首，续修四库全书集部第1335册，第68页。

③ 〔明〕潘恩：《皇明文选序》，见〔明〕张时彻：《皇明文范》卷二十五，四库全书存目丛书集部第302册，济南，齐鲁书社，1997，第694页。

继之，一时庙堂之上，皆质有其文，景泰、天顺稍衰，成弘之际，西涯雄长于北，匏庵、震泽发明于南，从之者多有师承……自空同出，突如以起衰救弊为己任，汝南何大复友而应之，其说大行。夫唐承徐庾之汩没，故昌黎以六经之文变之，宋承西昆之陷溺，故庐陵以昌黎之文变之，当空同之时，韩欧之道如日中天，人方企仰之不暇，而空同矫为秦汉之说，凭陵韩欧，是以旁出唐子，窜居正统，适以衰之弊之也。其后王李嗣兴，持论益甚，招徕天下，靡然而为黄茅白苇之习，曰：古文之法亡于韩。又曰：不读唐以后书。则古今之书去其三之二矣。又曰：视古修辞，宁失诸理。六经所言惟理，抑亦可以尽去乎？百年人士染公超之雾而死者，大概便其不学耳。"[①] 他们都注意到一个事实：前七子文风，在正、嘉时期一度支配了文坛。郎署压倒台阁，明代文风进入了一个新的周期。

在前七子复古运动以及王阳明心学的影响下，正、嘉年间，许多以文章著称的状元，已经摆脱了以欧阳修、曾巩文风为楷模的台阁体的束缚，不求典雅流丽，更加重视思想的充实和表达的浑朴。正德年间共产生了六位状元，其中正德三年（1508）状元吕柟以理学著名，世称泾野先生，他是在康海任会试同考官时考中状元的，得到康海的鼎力推荐，其文风也接近于康海。正德六年（1511）状元杨慎是李东阳的学生，是前七子的对立派，本来很有可能成为一代馆阁文人的领袖，但在嘉靖初年的"大礼议"中，杨慎被逐出翰林院，长期流放云南。馆阁文人在嘉靖初年"大礼议"事件中经历了一次换血，加速了台阁体的衰微。嘉靖年间共产生了15位状元，其中嘉靖八年（1529）状元罗洪先、嘉靖十一年（1532）状元林大钦较有文名，他们都深受王阳明心学的影响。其创作上承孔孟一脉的儒学传统，与康海所确立的谱系是一致的。入阁的状元有嘉靖二十六年（1547）状元李春芳、嘉靖四十一年（1562）状元申时行等，他们在文学事业上没有突出建树，不必作为重点关注的对象。

三、万历状元焦竑的民间情结与台阁体的末路

嘉靖以降，一些人继续弘扬台阁文风，但社会影响不大。馆阁中虽然也有一些以文章著称的人物，如袁宗道、黄辉、陶望龄、钱谦益、吴伟业等，但文坛风尚更加多元化，个性受到一定程度的重视。这体现出晚明性灵思潮对馆阁文风的影响，同时意味着明代的台阁体已经走向末路。

中晚明时期，状元入阁者不少，如朱国祚、黄士俊、周延儒、钱士

① 〔清〕黄宗羲：《黄梨洲文集》，北京，中华书局，1959，第 388 ~ 389 页。

升、文震孟、魏藻德等，但其诗文尤其是文章均无突出建树。就对文坛的影响而言，万历十七年（1589）己丑科状元焦竑是晚明状元中特别值得关注的人物之一。

嘉靖四十三年（1564），焦竑 24 岁，乡试中举。当时南京讲学之风大炽，耿定向、罗汝芳、王襞等人先后到南京讲学。焦竑躬逢其盛，拜这些著名学者为师，努力探求身心性命之学。其中，耿定向是将焦竑引上学术之路的第一人。嘉靖四十五年（1566），耿定向在天台建立崇正书院，选十四府名士就读于其间，推焦竑为学长，有时还令焦竑代执讲席，焦竑在诸生间声誉雀起。万历十四年（1586），罗汝芳至南京讲学，焦竑大为折服，遂拜在罗汝芳门下。罗汝芳吸收了佛教禅宗的思想，认为只要顺着本心，即赤子良心去顺应事物，就自然符合"天理"之善。受罗汝芳影响，焦竑不再拘泥于"儒释之短长"。他指出："学者诚有志于道，窃以为儒释之短长可置勿论，而第反诸我之心性，苟得其性，谓之梵学可也，谓之孔孟之学可也，即谓非梵学，非孔孟学，而自为一家之学，亦可也。"[1] 焦竑后来与李贽交往，更体现出他学术思想开放的一面。

焦竑与李贽的交往，约始于隆庆四年（1570）前后。这一年，李贽来到南京，任南京刑部主事，两人一见如故。从隆庆四年到万历五年（1577），在李贽任官南京的这段时期内，他们"朝夕促膝穷诣彼此实际。夫不诣则已，诣则必尔，乃为冥契也"[2]。两人从此结下了深厚的友谊。万历五年，李贽赴云南姚安任太守，焦竑作《送李比部》，诗中有句云："相知今古难，千秋一嘉遇。而我狂简姿，得蒙英达顾。肝胆一以披，形迹非所骛。"[3] 万历九年（1581），李贽到黄安投奔好友耿定理（耿定向之弟），二人相会于黄安。万历二十八年（1600），李贽遭当局逮治，次年自刭于狱中。焦竑整理出版了《李氏遗书》《焚书》《续焚书》等著作。

李贽是一位思想怪杰，对晚明文学思潮有深刻影响，对公安派的影响尤其巨大。但李贽的思想最初并不为"公安三袁"所了解，是焦竑在李贽与公安派之间搭建了一座桥梁。袁宗道是万历十四年（1586）会元，殿试名列二甲，以庶吉士身份进入翰林院。三年后，焦竑考取状元，授翰林院修撰。袁宗道比焦竑小 20 岁，久闻焦竑之名，前往问学。袁宗道从焦竑处习得性命之学，又将此传授给两个弟弟宏道、中道。宏道、中道也因乃

---

[1] 〔明〕焦竑：《澹园集》卷十二《答耿师》，北京，中华书局，1999，第 82 页。

[2] 〔明〕李贽：《续焚书》卷二《寿焦太史尊翁后渠公八秩华诞序》，见《焚书　续焚书》合刊本，长沙，岳麓书社，1990，第 336 页。

[3] 〔明〕焦竑：《澹园集》卷三十七，北京，中华书局，1999，第 588 页。

兄之故，先后与焦竑结识。从焦竑口中，他们开始对李贽有所了解，并对李贽的思想产生了兴趣。朱国桢《涌幢小品》记载："焦弱侯推尊卓吾，无所不至。谈及，余每不应。弱侯一日问曰：'兄有所不足耶？即未必是圣人，可肩一狂字，坐圣门第二席。'"①康海以馆阁文人而转向郎署，已足以引起我们关注；焦竑、袁宗道以馆阁文人而转向异端文人李贽，其惊世骇俗的程度更非同小可。明代文化人，大抵有四个存在空间：台阁、郎署、山林、市井。其社会地位依次下降，与国家意识形态和"富贵福泽之气"的关系渐远渐疏。前后七子是郎署官员，他们更倾向于对台阁采取批评态度；李贽则介于山林与市井之间，从国家意识形态的角度看，他的思想已不只是不够正宗，而是滑向了异端。一个民间思想家反而成为文坛风气的主导者，台阁体的衰微就是必然的了。不是说台阁文风已在这一时期销声匿迹，而是说台阁文风在这一时期的文坛已无足轻重。

这里我们试对焦竑的理论主张略加考察。

焦竑论文，有两点值得关注：一是重内涵而轻表达，二是标举治世之音。先说第一点。焦竑曾编《国史经籍志》，其《集类·别集》跋曰：

> 汉初著作，未以集名。梁阮孝绪始有《文集录》，《隋志》因之。至今众士慕尚，波委云属，不可胜收矣。顾兵燹流移，百不存一。以彼掉鞅辞场，风雨生于笔札，金璧耀乎简编，岂不谓独映一时，垂声千古哉？而一如烟云过眼，转盼以尽。以此知士之所恃，不在徒言也。然而名谈玮论、阐道济时者，盖间有之。今具列于篇，仍为别集。②

在其他场合，焦竑也表达了同样的观点。他在《与友人论文》中指出："六经四子无论已，即庄、老、申、韩、管、晏之书，岂至如后世之空言哉？庄、老之于道，申、韩、管、晏之于事功，皆心之所契，身之所履，无丝粟之疑，而其为文也，如倒囊出物，借书于手，而天下之至文在焉，其实胜也。汉世蒯通、隋何、郦生、陆贾，游说之文也，而宗《战国》。晁错、贾谊，经济之文也，而宗申、韩、管、晏。司马相如、东方朔、吾丘寿王，谲谏之文也，而宗《楚辞》。董仲舒、匡衡、扬雄、刘向，说理

① 〔明〕朱国桢：《涌幢小品》卷十六《黄叔度二诬辩》，明清笔记丛刊，北京，中华书局，1959，第369页。
② 〔明〕焦竑：《国史经籍志》卷五，四库全书存目丛书史部第277册，济南，齐鲁书社，1997，第508～509页。

之文也，而宗《春秋》《左氏》。其词与法可谓盛矣！而华实相副，犹为近古，以至于今称焉。"①其门人陈懿典在为其文集作序时也指出："其精神所注，在大道与经世，而不在于为文。"（陈懿典《尊师澹园先生集序》）②门人徐光启评价焦竑之文："盖先生之文，于理学家言则备矣……读其文而有利于德、有利于行、济于事，则一而已。"（徐光启《尊师澹园焦先生续集序》）③焦竑本人与其门人说法一致，表明焦竑的主要兴趣在于思想、学术本身，而不在于文章的表达层面。在文章领域，重内涵而轻表达，这样一种观念，与前后七子不同，也与三杨所代表的台阁理念大为不同。焦竑的见解，实与李贽和公安派相近。李贽和公安派，都反复说过同样的意思：有一种思想，有一种学术，就有一种文章。起决定作用的是思想、学术，而不是表达方式。

再说第二点。焦竑在《弗告堂诗集序》中说，诗应该是"雍容谦和"的"治世之音"④。在政治腐败、士风下滑的晚明提倡"治世之音"，包含着一种期望，即：诗应当发挥润饰鸿业的功用。润饰鸿业，这对馆阁文学而言，是非常重要的。因为，馆阁文学的主要功能之一就是点缀升平，展现祥和气象。

焦竑的这种观点，在晚明不乏同调。如刘尚信为万历三十二年（1604）甲辰科状元杨守勤的文集作序，开篇即指出：

> 尝谓明兴文章莫盛于馆阁，自潜溪、括苍、东里导源，长沙辟户，其丝纶选暇，添火为章，亦既纸贵鸡林，横传凤阁矣。隆、万以来，代兴之权，似属旁落，少年凌厉，高视坛坫。遂远桃法匠，而近宗末师，风向所趋，气格顿尽。彼如春红斗嫣，秋潦狂溢，亦奚裨于用而垂不朽为？读是集，而窃幸笙簧金玉之章，芽苗浑灏之气，尚留人间也。⑤

刘尚信的这段评论，可视为馆阁文学对复古运动的回击。时至晚明，复古运动特别是其末流招致了不少批评。公安派等主要是从缺乏新意的角度对复古运动加以抨击，而馆阁文人也加入了抨击的行列，只是其出发点是说

---

① 〔明〕焦竑：《澹园集》卷十二，北京，中华书局，1999，第92页。
② 〔明〕焦竑：《澹园集》续集附编二，北京，中华书局，1999，第1213页。
③ 〔明〕焦竑：《澹园集》续集附编二，北京，中华书局，1999，第1219页。
④ 〔明〕焦竑：《澹园集》卷十六，北京，中华书局，1999，第168页。
⑤ 〔明〕刘尚信：《〈宁澹斋文集〉序》，见〔明〕杨守勤：《宁澹斋全集》卷首，四库禁毁书丛刊集部第65册，第223页。

七子之文无"裨于用",无助于点缀升平。馆阁文人对诗文寄予了更多功利性的期待,他们认为,诗文理当有助于国家的升平祥和,尤其是文章,更应发挥这种功能。

在焦竑的文学思想中,提倡抒写性灵是对馆阁传统的疏离,而标举"治世之音"则是对馆阁传统的继承。这两个方面在焦竑思想中同时存在,但并非同等重要。前者显示出焦竑的民间化倾向,表明中晚明文风朝着更加多元化的方向发展,明显据于主导地位。后者说明焦竑这些有着馆阁背景的文人积习犹存,仍对馆阁文风心存依恋。只是,这种依恋不过是一种惯性的表现,已没有多少力度,也未对文坛产生多少影响,明显据于次要地位。刘尚信"窃幸笙簧金玉之章,芽拙浑灏之气,尚留人间",正表明馆阁文风确已衰微不振。就连焦竑自己的文章,也与典雅流丽的馆阁文风殊途。

由此可以展开进一步的讨论。

关于明代馆阁文的兴衰演变,钱谦益《列朝诗集小传》丁集下《黄少詹辉》将之划分为三个阶段:第一个阶段以"三杨"和李东阳为代表,是台阁文的极盛期,而末流蔓衍,渐生流弊,"人目为翰林体";第二个阶段,"词林"受王、李文风影响,"天下皆诮翰林无文",是台阁文的衰微期,始于康海转向;第三个阶段,以黄辉入馆、渐复"古学"为标志[1]。康海之前可大体视为"国初馆阁体"时期,而康海之后则是"词林"受王、李文风影响的时期,即第二个阶段;隆万以降为第三个阶段,正是焦竑向李贽认同的时期。

郭正域《苍霞草序》的意见与钱谦益的说法大体吻合:

> 宋时文章之士,尽在馆阁,彼诸曹大夫,无问钜细皆应其选,故琬琰之士,尽罗词林。明兴二百年来,士成进士即选中秘,遂与诸曹大夫颜若两涂,而所为诗若文者,亦颜若两涂。国初馆阁体大半模拟宋人,期乎明白条畅而已。世之拟古文者,遂不胜其凌厉诤语,大略用汉人、唐人以胜宋人,合诸缙绅暨诸草泽以胜词林。词林夺于其气,不无少谢。行之数十年,而所为汉唐人语者转相仿效,向之臭味皆成食余,糟粕易尽,神理无有矣。先是讪笑宋人,且浸淫而阴用之,霜降水落,兴尽悲来,涂抹可厌,必反真常,自然之理也。[2]

① 〔清〕钱谦益:《列朝诗集小传》,上海,上海古籍出版社,1983,第621页。
② 〔明〕郭正域:《苍霞草序》,见〔明〕叶向高:《苍霞草》卷首,四库禁毁书丛刊集部第124册,第2页。

所谓"国初馆阁体"，即"三杨"和李东阳等人的作品；所谓"用汉人、唐人以胜宋人"，指前后七子倡导"文必秦汉，诗必盛唐"，馆阁文风的影响力趋于衰微。前后七子力倡秦汉古文，其动力之一是作为郎署官员的强烈的身份意识。王图《槐野先生存笥稿序》说："盖尝考览国初时台阁文体，类尚明析畅达，而其为诗亦冲夷俊美，颇借途宋人。而士大夫不在馆阁及布衣之雄，率乞灵秦汉人口吻，与词林争胜。"[1] 前后七子以郎署官员（诸缙绅）为主体，以布衣、山人（诸草泽）为羽翼，崛起于弘、正、嘉、隆间，成为台阁派的强劲对手。前后七子当令的时期，馆阁文人的处境颇有些尴尬。

顾起元《苍霞草序》曾以叶向高为台阁文第三阶段的代表作家，称道叶向高的文章声誉之隆足与"琅玡、新都"（王世贞、汪道昆）相提并论，为"馆阁"赢得了体面，但从"文章卓然与两汉同风"[2] 的表述来看，依然是七子文风影响下的产物。与叶向高情形相仿的是李维桢，钱谦益《初学集》卷三十六《李本宁先生七十叙》一方面说他"有功于馆阁甚大"[3]，另一方面又说他继"王、李之统"，实隐含讽刺的意味。晚明孙承宗也曾受到人们的关注。清初佟国器《高阳孙太傅文集序》说："余每评论一代馆阁诸公，政治文章媲美者，如李长沙（李东阳）外，指不多屈。而太傅公以宰辅兼本兵，进参机务，出镇榆关。其治忽机宜，上必亲为咨问，战守筹画，国所待为安危，有历代近臣所不敢望者。夫昔贤以雍容典硕之词发抒治平景象，而太傅公决策纶扉，定计密勿，帅师边境，当戎马倥偬之时，论思敷奏，立言有体如此。大都以严气正性抒忠谠笃切之言，故字字沉雄坚定，宜其焜耀千秋，昭著日月，为馆阁第一流之文，亦筹边之胜略也。"[4] 孙承宗出将入相，在晚明的政坛格局中举足轻重。他的文章，"或口代天言，或经筵启迪，谠言议礼，横笔谈兵，山川人物之纪载，开治论道之讦谟，露布师中，传劄塞上，指陈利害，入告嘉谟，剖析名理之精微，考撰古今之典实"[5]，与其政治家的事业息息相关。不过，我们要说的是，

---

① 〔明〕王图：《槐野先生存笥稿序》，见〔明〕王维桢：《槐野存笥稿》卷首，万历三十四年（1606）渭南王氏刊本。

② 〔明〕顾起元：《苍霞草序》，见〔明〕叶向高：《苍霞草》卷首，四库禁毁书丛刊集部第 124 册，第 7 页。

③ 〔清〕钱谦益：《牧斋初学集》卷三十六《李本宁先生七十叙》，上海，上海古籍出版社，1985，第 1007 页。

④ 〔明〕佟国器：《高阳孙太傅文集序》，见〔明〕孙承宗：《高阳集》卷首，四库禁毁书丛刊集部第 164 册，第 5～6 页。

⑤ 〔明〕佟国器：《高阳孙太傅文集序》，见〔明〕孙承宗：《高阳集》卷首，四库禁毁书丛刊集部第 164 册，第 4～5 页。

孙承宗无意以文章传世，其文章在当世文坛的影响也远未达到杨士奇、李东阳那种"领袖缙绅"的程度。

鉴于以上所讨论的情况，比较而言，钱谦益以黄辉为台阁文第三阶段的代表人物，大体是合理的。需要考察的是黄辉影响文坛的程度。我们注意到，台阁作家在第二阶段已丧失了明确的身份意识，文风受前后七子影响，作品因而丧失了传统风格特征，而在黄辉所处的第三阶段，台阁作家虽在一定程度上恢复了身份意识，但无论是叶向高，还是孙承宗，虽身为"宰臣"，但都未能"以文章领袖缙绅"。而馆阁文人黄辉，尽管有心力挽狂澜，却无力造成巨大的声势，钱谦益所谓"古学之复，渐有端倪"，正说明其成效相当有限。我们看到的文坛现实是：李贽具有支配性的影响。焦竑以状元身份而认同于李贽，既是状元文风民间化的一个标志，也是台阁体趋于末路的一个标志。《四库全书总目》别集类存目五《李温陵集》提要说："贽非圣无法，敢为异论。虽以妖言逮治，惧而自到，而焦竑等盛相推重，颇荧众听，遂使乡塾陋儒，翕然尊信，至今为人心风俗之害。"[1] 撇开其贬抑语调，所说正是历史的事实：民间思想家李贽风靡一时。从状元文风看台阁体的兴衰演变，在焦竑这里画上句号，这是历史与逻辑的巧合，还是真有某种必然性？

第三节　明代状元别集文体分布情形考论

与唐宋相比，明代科举有一些值得注意的变化，例如状元的身份不再是一种俗称，而是得到了官方的正式认可；明代状元，可以直接进入翰林院。由于翰林院既是一个综理人文的机构，也是一个储养朝廷大员的场所，这就使明代状元具有了双重特殊性：他们既是联系官方文化政策与整个文坛的纽带，又极有可能成为朝廷大员。这种特殊性必然导致明代状元的写作不同于一般作者。而由于生活本身的复杂性，其间也会出现若干特例。这两个方面都在我们关注的范围之内。

明代状元别集中涉及的文体近70种，可分为诗、文两大类。在"文"中，赠序类、碑传类、书牍类数量最多。在"诗"中，近体诗尤其是七律备受青睐，词曲则相对受到冷落。这些事实表明，明代的主流文学观念依然是一种杂文学观，高度重视文学的社会功能和实用价值。20世纪30年代以降的文学史著作，往往用纯文学观来考察中国古代文学，有时难免削

---

① 〔清〕永瑢等：《四库全书总目》卷一七八，北京，中华书局，1965，第1599页。

足适履，并因侧重于以进化论为前提的叙述框架的建构，而忽略了文学史上大量意味深长的细节。本节的研究，可在一定程度上弥补这一缺憾。

一、明代状元别集存佚考

明代共有 89 名状元，经初步调查，其别集现存者不下 45 人。其存佚可大致分为三种情况。

（一）别集不存者

有些状元的别集现已不存，且未见文献著录，以明初和晚明居多。这些状元包括：张信、陈䢿、韩克忠、李骐、邢宽、林震、曹鼐、施槃、朱希周、杨维聪、韩应龙、沈坤、丁士美、范应期、张懋修、翁正春、黄士俊、韩敬、周延儒、余煌、刘若宰、陈于泰、魏藻德，共计 23 人。这些状元无别集存世，原因主要有：

1. 政治原因，包括战乱。如张信、陈䢿都是洪武朝状元，在洪武朝科场大案——"南北榜"事件中，惨遭杀害。韩敬是万历三十八年（1610）庚戌科状元，因科场案罢官归乡。曾编《东林点将录》，对东林党人进行攻击，后不知所终。周延儒、魏藻德位至首辅，周延儒被《明史》列入《奸臣传》，魏藻德卖国求荣，其别集俱不传。余煌曾率兵坚持抗清，殉国后文集不传。

2. 早逝。李骐、邢宽、林震、施槃、沈坤、范应期等状元，都去世很早。如施槃是正统四年（1439）己未科状元，23 岁中状元，24 岁就去世了。不排除这些状元中的个别作者曾有别集行世，甚至别集流传至今的可能性，但迄今尚未发现。

（二）别集仅见于文献著录者

根据《千顷堂书目》《明史·艺文志》以及状元的碑传志铭等有关文献的确切记载，有些状元生前或者死后曾经有别集行世，但是否仍存于世，需要做进一步的调查。这些状元包括：丁显、黄观、萧时中、马铎、曾鹤龄、刘俨、孙贤、曾彦、王华、李旻、伦文叙、唐皋、姚涞、茅瓒、秦鸣雷、陈谨、诸大绶、朱国祚、庄际昌、刘同升、杨廷鉴，共 21 人。《四库全书》《四库全书存目丛书》《四库禁毁书丛刊》《续修四库全书》《四库未收书辑刊》《丛书集成（初编、新编、续编、三编）》中都没有这些状元的别集。《明别集版本志》等亦未著录这些状元的别集。

（三）别集现存者

明代状元别集存世者共计 45 人，约占明代状元总数的 50%。有些状元，其存世的别集可能只是残本。如吴伯宗曾有《南宫集》《使交集》《成均集》共二十卷，以及《玉堂集》四卷，现仅存《荣进集》。从《荣进集》中的作品看，内容颇为混杂，大概是原集散佚后，后人掇拾残篇，合为一编。又如罗万化的《世泽编》，原本或应为十六卷，现仅残存文部的五、六两卷。有些状元存世的别集有多种，如《千顷堂书目》卷二十二著录的杨慎别集有："杨慎《升庵文集》八十一卷；又《升庵合并集》二十卷；又《升庵遗集》二十六卷；又《升庵诗》五卷；又《南中集》七卷；又《七十行戍稿》一卷；又《归田集》；又《晚秀集》；又《升庵长短句》四卷；又《升庵外集》一百卷（焦竑辑）；又《读升庵集》二十卷（李贽）；又《升庵诗选》二卷（林兆珂辑）。"① 杨慎著作之丰，在明代首屈一指。他的这些别集，大部分仍存于世。明代状元别集存世的数量还是非常丰富的。

　　大部分现存的状元别集，可以在一些大型丛书中找到。有 8 位状元的别集被收入《四库全书》，分别是：吴伯宗《荣进集》，柯潜《竹岩集》，罗伦《一峰文集》，吴宽《家藏集》，谢迁《归田稿》，康海《对山集》，杨慎《升庵集》，罗洪先《念庵文集》。有 8 位状元的别集被收入《续修四库全书》，分别是：陈循《芳洲文集、诗集》《芳洲文集续编》，柯潜《竹岩集》，黎淳《黎文僖公集》，费宏《太保费文宪公摘稿》，康海《康对山先生集》《沜东乐府》，吕柟《泾野先生文集》，杨慎《升庵长短句续集》，焦竑《焦氏澹园集》《焦氏澹园续集》。有 22 名状元的别集被收入《四库全书存目丛书》，分别是：胡广《胡文穆公文集》，曾棨《曾西墅先生集》，陈循《芳洲文集》《东行百咏集句》，马愉《马学士文集》，周旋《畏庵周先生文集》，商辂《商文毅公集》，彭时《彭文宪公集》，彭教《东泷遗稿》，张升《张文僖公文集诗集》，费宏《明太保费文宪公文集选要》《宸章集录》，钱福《钱太史鹤滩稿》，毛澄《三江遗稿》，顾鼎臣《顾文康公文草、诗草、续稿、三集》，龚用卿《云岗选稿》，罗洪先《念庵罗先生集》，李春芳《李文定公贻安堂集》，唐汝楫《小渔先生遗稿》，申时行《赐闲堂集》，张元忭《张阳和先生不二斋文选》，沈懋学《郊居遗稿》，唐文献《唐文恪公文集》，朱之蕃《奉使朝鲜稿》。有 6 位状元的别集被收入《四库禁毁书丛刊》，分别是：顾鼎臣《顾文康公续稿》，申时行《纶扉简牍》，焦竑《焦氏澹园集》《焦氏澹园续集》，杨守勤《宁澹斋全集》，钱士升《赐余堂集》，刘理顺《刘文烈公全集》。收入《丛书集成初编》的有 1 种：张元忭《张阳和文选》。收入《丛书集成续编》的有 2 种：张元忭

---

① 〔清〕黄虞稷：《千顷堂书目》卷二十二，上海，上海古籍出版社，2001，第 550 页。

《张阳和文选》，焦竑《澹园集正续集》。

有 7 位明代状元的别集未被上述丛书收入，分别是：林环《絅斋先生集》（中科院图书馆有藏），谢一夔《谢文庄公集》（江西省图书馆有藏），舒芬《梓溪文集》（中国社科院文学研究所图书馆有藏）、《舒梓溪先生全集》（江苏省扬州市图书馆有藏），林大钦《东莆先生文集》（广东中山图书馆有藏），赵秉忠《峄山集》，张以诚《张宫谕集》《酌春集》（故宫博物院图书馆有藏），文震孟《药园文集》（辽宁省图书馆有藏）。

二、明代状元别集中的文体分布情形

从现存明代状元别集中，我们选择了 37 位明代状元（吴伯宗、胡广、曾棨、陈循、马愉、周旋、商辂、彭时、柯潜、黎淳、彭教、罗伦、张升、吴宽、谢迁、费宏、钱福、毛澄、康海、顾鼎臣、吕柟、杨慎、龚用卿、罗洪先、林大钦、李春芳、唐汝楫、申时行、张元忭、孙继皋、沈懋学、唐文献、焦竑、朱之蕃、杨守勤、钱士升、刘理顺）的别集，对其文体分布情形做调查统计，虽未达到竭泽而渔的程度，但已可大体说明问题。状元别集的版本情形较为复杂。前文"明代状元别集存佚考"列举了收入大型丛书中的部分别集，因其所收多为善本，故举以为例，意在证明这些状元的别集现存于世。实际上，许多状元的别集尚有其他版本。我们统计的对象，不限于上述大型丛书中所收的别集。如果一位状元的别集存在多种版本，则选择作品较全的版本。有的状元别集不只一部，则取其全集。比如焦竑有《焦氏澹园集》《焦氏澹园续集》，民国初年出版的《金陵丛书》本《澹园集正续集》将两者合为一编，见《丛书集成续编》。今人李剑雄在此基础上又辑录遗文，点校整理为《澹园集》（中华书局 1999 年版）。下文的统计，即以李剑雄的点校本为基础。再比如，陈循有《芳洲文集》十卷、《芳洲诗集》四卷、《芳洲文集续编》六卷，合并后视为一种别集。

这 37 位明代状元的别集，基本上是按文体分类。所包含的文体有：策、论、判、制义、诏、敕、诰、告文、祝文、致语、箴、经筵讲章、说、解、训、偈、述、颂、赞、像赞、赋、碑（阡碑、庙碑、学田碑）、铭、表、奏疏、启、记、序、叙、引、赠序、典序、谱序、图序、寿序、贺序、别序、墓志铭（墓碣铭、寿塔铭、寿藏铭、生坟志、埋铭、墓表、墓记）、行状、传、哀辞、祭文、诔文、题跋、杂著、书、上梁文、帐词；五古、七古、乐府、五律、五绝、六律、六绝、七律、七绝、词、曲、谣等，近 70 种。

不同的状元别集，文体命名、分类方法不尽一致。我们采取的方法是：删繁就简，先将上述状元别集中的文体分为文和诗两门，再将"文"门中的细目合并为 12 个大类，将"诗"门中的细目合并为古体、近体、词曲三大类。在此基础上，对这 37 位状元的别集中各文体的分布情形进行了全面统计。结果如表 3–1、表 3–2：

表 3–1 明代状元别集中"文"门统计表

类别	篇数
科举类（馆课、经义、策论等，其中状元殿试策 22 篇）	189
诏令类（诏、敕、诰、告、祝、祭、制谕、致语、册文等）	167
奏议类（表、奏、疏等）	473
赠序类（典序、谱序、图序、寿序、贺序、赠序、别序、叙、引等）	1922
题跋类	488
杂记类	617
杂说类（议、说、考、解、辩）	78
书牍类（书、启、柬、简牍）	1489
碑传类（墓志铭、墓碣铭、寿塔铭、寿藏铭、生坟志、埋铭、墓表、墓记、行状、传、族谱）	1406
哀祭类（哀辞、祭文、诔文）	465
辞赋类（辞、赋、颂、赞等）	321
箴铭类	59
总计	7674

表 3–2 明代状元别集中"诗"门统计表

类别		数量	小计（首/套）
古体	四言	23	2375
	五古	1221	
	七古	865	
	杂言	266	
近体	五律	2721	11332
	五排	312	
	五绝	679	
	六律	6	
	六绝	46	
	七律	4899	
	七排	26	
	七绝	2643	

类别		数量	小计（首/套）
词曲	小令	682	716
	套数	34	
总计			14423

三、"最重要"的文体和"最不重要"的文体

明代状元作为科举制度下的一个特殊群体，其别集也具有相应的特殊性，值得予以充分重视。从前述统计数据看，就"文"而言，赠序、书牍、碑传是数量最多的几类文体，辞赋、箴铭较少。在"诗"的三个大类中，近体远远超过古体，而词曲的数量最少。在近体中，七律又是数量最多的。以上数据，传递给我们怎样的文化信息呢？

（一）赠序、碑传、书牍——"文"中的"三鼎甲"

就"文"这一大类来看，状元别集中的"赠序"在数量上占有明显优势，达1922篇，甚至超过了日常生活中应用广泛的"书牍"（1489篇）。而"碑传"的数量也相当可观（1406篇）。考虑到"书牍"有不少是信笔写成，篇幅短小，而"碑传"则较为庄重，篇幅也长，因此"碑传"应列在"书牍"之前。这样，"文"中的"三鼎甲"依次为赠序、碑传、书牍。

赠序、碑传、书牍都是应用性文体。书牍在日常生活中随处可见，数量偏多是正常现象。需要提出的问题是：赠序、碑传何以占有如此大的比重？

先讨论赠序。古代以序名篇的文章，范围广泛，不限于为书作序。朋友聚会时相互酬唱，有诗序；请画工将聚会的场面画下来，有图序；升迁时，有贺序；送行时，有别序；贺寿时，有寿序；吊唁时，有挽诗序……明人的社交几乎离不开序，其中包含了丰富的社会生活内容。

"赠序可以说是由诗序演变而来。"[①]直至明代，赠序和诗之间仍有非常密切的联系。诗在唐代之后日益繁荣，诗的社交功能也越来越明显。一个不宜忽略的事实是：文人的聚会，人人有诗，但不一定人人有序，有时候只推出一个人作序。所作的诗，一部分是泛泛应酬之作，就随作随弃了。所以在古人的别集中，有时候只见到序，未必能找到对应的原诗。因被推举出来作序是一种荣耀，这些赠序如不收入别集，反倒是不正常的。

明代状元身份特殊，在社交中常常处于光环的笼罩之下，因而其作序的几率远较其他进士为多。这是其别集中赠序之作比重偏大的主要原因。

---

① 褚斌杰：《中国古代文体概论（增订本）》，北京，北京大学出版社，1990，第383页。

再讨论碑传。

这里所说的碑传，主要指墓志铭、墓碣铭、寿塔铭、寿藏铭、生坟志、埋铭、墓表、墓记、行状、传等。古代的碑还包括纪功碑文、宫室庙宇碑文等，但在明代状元别集中，这一类的碑文数量相对较少。

碑传有着悠久的历史。早在魏晋时期，这一类文体就受到高度重视。如曹丕《典论·论文》将文体分为四类，其中一类即"铭诔"。铭诔的铭，也包括墓志铭在内。陆机《文赋》提及十种文体，其中第三种文体即"碑"。古代的碑传文，往往是史官修史的重要依据。而碑传文作者的身份地位，直接关系到传主能否"名垂青史"。可以说，明代状元之所以常被约请撰写碑传，也同他们常被约请撰写赠序一样，首先是因为其身份地位异常重要。

（二）状元策与八股文——科举文体的不同待遇

明代与科举有关的文体，包括《四书》义、经义、论、判、诏、诰、章、表、策等。就别集的编选而言，策是最受重视的文体，八股文（包括《四书》义和经义）则是最不受重视的文体。

在我们考察的 37 位状元的别集中，有 22 位状元的别集中收有殿试策，且置于突出位置。有些别集未收状元策，是因别集不全，乃后人搜辑遗篇编订而成，并非有意不收状元策。而八股文则被有意识地排斥在别集之外。同样是科举文体，何以有如此不同的待遇？

八股文源于宋代的经义，是在明代成熟并盛行的一种考试文体。明以前的别集，无八股文可收，可以不去讨论。明人的别集，通常也不收八股文，则主要是由于三种原因：一，八股文资历太浅。一种文体如果没有悠久的历史，就难以获得高贵的身份。八股文尽管作为考试文体非常重要，但只是敲门砖意义上的重要，而并没有为它赢得尊贵的身份。二，古人的文章，重在表达个人关于社会人生的见解，而"代圣贤立言"的八股文却是揣摩他人的语气说话。尽管所揣摩的多是"圣贤"的口气，但毕竟不是个人的见解。三，八股文因过多承担作为一种考试文体的功能，在形式方面有太多的限制，在表达见解方面反不如散体的古文来得舒展，它也因此而受到轻视。如，状元吴宽就提倡古文，反对仅仅"以举子业为事"。他称"今之号为时文者，拘之以格律，限之以对偶，率腐烂浅陋可厌之言"[1]，说的就是这种情形。

---

① 〔明〕吴宽：《家藏集》卷三十九《送周仲瞻应举诗序》，影印文渊阁四库全书第1255册，第342页。

比较而言，策的资历就深多了。汉代即有董仲舒著名的"天人三策"。《文心雕龙·议对》将策归为"议对"，视其为"议之别体"，"对策揄扬，大明治道"；"对策所选，实属通才"①。《文选》把策问列入严格的"文"的范围。直到清代，策问和对策依然备受选家或作家的重视。明代状元中，殿试策最著名的，有曾棨、罗伦、林大钦等。他们也因殿试策而获得了殊荣。

策之所以受重视，不只是因为其资历深，更因为它属于"经济之文"。明代于慎行曾将"文体"分为三类：

> 今之文体当正者三，其一，科场经义为制举之文；其一，士人纂述为著作之文；其一，朝廷方国上下所用为经济之文。制举、著作之文，士风所关；至于经济之文，则政体污隆出焉，不可不亟图也。然三者亦自相因，经济之文由著作而弊，著作之文由制举而弊，同条共贯则一物也。何者？士方其横经请业、操觚为文，所为殚精毕力、守为腹笥金籝者，固此物也。及其志业已酬，思以文采自见，而平时所沉酣濡戴入骨已深，即欲极力模拟，而格固不出此矣；至于当官奉职，从事筐箧之间，亦惟其素所服习以资黼黻，而质固不出此矣。雅则俱雅，弊则俱弊，己亦不知，人亦不知也。②

于慎行将当时的文体分为制举之文、著作之文、经济之文，其地位依次上升。八股文属于"制举之文"，地位不高；策论虽也是"制举之文"，但人们又习惯性地视之为"经济之文"，其地位非八股文所能同日而语。状元别集通常收策论而不收八股文，这是根本的原因。

（三）七律受青睐，词曲被冷落

从数量看，诗中各体的排列顺序依次是近体（11332首）、古体（2375首）、词曲（716首）；在近体中，依次是七律（4899首）、五律（2721首）、七绝（2643首）。近体占了绝对优势，是古体的近5倍，而在近体诗中，七律又占据了将近半壁江山。个中原因何在？

就古体和近体而言，其原因在于，近体尤其是七律用于社交较为方便。古体与近体在形式上存在显著差异。近体诗主要指律诗。律诗是在两晋至南北朝逐渐形成，而在初唐确立下来的。其特征是格律严密。以八

---

① 〔南朝梁〕刘勰著，范文澜注：《文心雕龙注》，北京，人民文学出版社，1958，第440页。
② 〔明〕于慎行：《谷山笔麈》卷八《诗文》，北京，中华书局，1984，第84页。

句四韵为定格，其中第三句和第四句，第五句和第六句必须对仗，每句之内、句与句之间必须按固定格式调配平仄，第二、四、六、八句必须押韵，首句可押可不押，通常只押平声韵，而且必须一韵到底，不能邻韵通押。分五言、七言两体，每句五言者称为五律，每句七言者称为七律。与律诗相比，古体诗则自由得多。比如：每篇的句数长短不拘；每句的句数无严格限制；押韵的方式灵活多样；于对偶没有特殊要求；音节纯任自然，没有固定的规律和限制。由于这种形式上的差异，古体诗易学而难工，近体诗难学而易工。古体诗侧重于情感的自然流露，不宜用于应酬。而近体诗有一套成熟的写作规范，只要熟练运用基本的格律和对偶知识，就能够写得音韵铿锵、形式工稳，足以应付场面。所以，一般的文人，在社交中需要酬唱的时候，更倾向于选择近体诗。

近体诗又可分为律诗和绝句。在考察律诗与绝句之异的过程中，明人较多地注意到杜甫。原因在于，杜甫作为律诗大家，其绝句的成就却相当有限。这极有说服力地表明，律诗与绝句的创作有着很不相同的路数。大体说来，绝句重在暗示，重在启迪，宜于凭直觉领悟；它如一道美丽的风景，"直下便是，动念即乖"①，着意求之，殊悖本旨。杜甫偏爱对偶和典故，刻意雕琢，语意分明，用在律诗上见其长，用在绝句上却成为短处。比照律诗和绝句的这种差异，可以说，就社交场合而言，律诗是较为方便的。在律诗中，功力和技巧有较大的用武之地。换句话说，律诗的难处，是可以凭借知识和经验来补救的，对于从小受到训练的古代文人而言，并不是什么难事。而绝句的难处，却是不能凭知识和经验来补救的。律诗尤其是七言律诗，用于社交场合，具有绝句所无法比拟的综合优势。

就词曲而言，其原因在于，词曲被认为体格卑下，不受上流文人的重视。

从状元别集中的文体数量来看，词曲有716首，包括34首套曲，数量虽然也不算少，但应该注意，这些词曲的作者主要集中于少数状元，特别是康海和杨慎。明代状元大多只有诗文别集，没有词曲别集。有词曲别集的，只有康、杨二人。康海《沜东乐府》（二卷）有小令（散曲、南曲）239首，带过曲2首，套数34首。杨慎《升庵长短句》（三卷）收197首，《升庵长短句续集》（三卷）收108首。不仅在明代状元中，即使在明代进士中，康海和杨慎的词曲创作都是引人瞩目的。

明代状元的诗文别集中，收入的词曲更是寥寥无几。在我们选的37

---

① 〔清〕何文焕辑：《历代诗话》（上），北京，中华书局，1981，第156页。

位明代状元的别集中，吴宽《匏翁家藏集》有"诗余"34 首；谢迁《归田稿》有词 2 首；费宏《明太保费文宪公文集选要》有祝寿词 2 首；康海《康对山先生集》未收其词曲；顾鼎臣《顾文康公文草、诗草、续稿、三集》共收词 26 首；杨慎《升庵全集》中的词皆收入《升庵长短句》及《续集》，不作重复统计；龚用卿《云岗选稿》有词 26 首；李春芳《贻安堂集》有词 1 首；焦竑《焦氏澹园集》卷四十六收"诗余"36 首；焦竑《澹园续集》卷二十七收"诗余"9 首。在上述 9 名状元中，谢迁、费宏、李春芳集中只有一两首词，可忽略不计。这样，除去康海和杨慎，只有 4 名状元曾留意于词的创作。有些状元的词曲或有可能散见于其他文献，但已无足轻重。

康海和杨慎之所以在词曲创作方面取得了较高成就，与他们在仕途上遭受重大挫折直接相关，可以说是脱离状元正常生活轨道的结果。

康海的家乡陕西是"关学"的发祥地。关学创始人张载有句名言："为天地立心，为生民立道，为去圣继绝学，为万世开太平。"[1] 这句话激励着无数关中后学奋发图强，康海亦是其中之一。康海中状元后，积极倡导秦汉文风，成为"前七子"之一，表现出志在"兼济"的豪情。正德年间，太监刘瑾乱政。康海为了拯救下狱的好友李梦阳，向刘瑾求情。后来刘瑾垮台，康海受刘瑾案牵连，退出政治舞台，同时主动从复古运动中隐退。他后半生隐居乡里，大部分时间以词曲消磨时光。焦竑《玉堂丛语》记载："康海罢官，自隐声酒。……时鄠杜王敏夫名位差减，而才情胜之，倡和词章布人间，遂为关西风流领袖。浸淫汴洛间，遂以成俗。……康海答寇子惇云：'放逐后，流连声伎，不复拘检，虽乡党自好者，莫不耻之，又安可与士大夫同日语者！阮籍之志，在日获酩酊耳。三公、万户，非所愿也。'"[2] 康海说得明白，他的词曲创作，是其仕途绝望之后的一种选择，是在被逐出上流社会后的无奈选择。

杨慎的经历与康海有相似之处。武宗没有子嗣，他去世后，其堂弟朱厚熜以外藩的身份继位，是为世宗。在嘉靖初年发生的"大礼议"风波中，以杨慎的父亲大学士杨廷和为代表的护礼派落败，杨慎也因为不肯改变立场，被世宗流戍云南，宣告了其宦途的终结。杨慎后半生埋首治学，诗酒自放，"尝醉，胡粉傅面，作双丫髻插花，门生舁之，诸伎捧觞，游行城市，了不为怍"。"人谓此君故自污，非也。一措大裹赭衣，何所可

① 〔宋〕张载：《张载集》之《近思录拾遗》，北京，中华书局，1978，第 376 页。
② 〔明〕焦竑：《玉堂丛语》卷七《任达》，北京，中华书局，1981，第 244～245 页。

忌？特是壮心不堪牢落，故耗磨之耳。"① 杨慎钟情于词曲写作，也是明知不能重返政坛而做出的无奈选择。一个有志用世，有才用世，而又被堵塞了用世之途的人，如果不用词曲来消磨壮心，他又怎能承受住这种心理的痛苦？反过来说，如果康海、杨慎仕途顺遂，他们又怎么会用如此多的精力来写体格较卑的词曲？

四、文学史视野下的明代状元文学

在文学史视野下考察明代状元文学，有两个不同的视角。

一是纯文学视角。20 世纪，中国文学史研究者大规模地采用纯文学观衡估古代文学，在文学史的撰写中表现出两个倾向：其一，强调诗、文、小说、戏曲为文学所特有的样式，文学史要以这四种文体为主要的叙述对象。符合现代文学观念的古代文体被划分到相应的领域，如诗、词、散曲属诗歌，古文、骈文、小品文属散文，等等。并按照"一代有一代之所胜"的思路，格外突出《诗经》、楚辞、汉魏乐府、唐诗、宋词、元杂剧、明清小说在文学史中的位置。其二，在著述方式上，强调文学史规律，大量采用现代文学理论的术语对古代作家作品进行分析评价，论述注重条理化和逻辑化。有一个现象值得一提，即 20 世纪初年的文学史不太看重绪论、导论之类，20 世纪 30 年代以降，绪论、导论越来越受重视，对文学史的统领作用也越来越强。注重绪论和导论，是注重条理化和逻辑化的表现。

从纯文学视角看明代状元文学，很容易得出以下结论：明代状元文学极少文学史意义。理由是：其一，他们在小说领域基本上没有建树，他们的戏曲创作不成规模，他们的诗多为应酬之具，他们的文章多是实用的产物。其二，从进化论的角度看，唐代是诗的时代，宋代是词的时代，元代是曲的时代，明代是小说的时代，而明代状元恰好在小说领域留下了一片空白②。这些理由，说来头头是道，但这是用一种理论强行裁剪文学史事实的结果。

---

① 〔明〕王世贞：《艺苑卮言》卷六，见丁福保辑：《历代诗话续编》，北京，中华书局，1983，第 1053 ~ 1054 页。

② 许多状元都曾涉足笔记这一文体。如商辂《蔗山笔麈》、彭时《彭文宪公笔记》、焦竑《焦氏笔乘》《玉堂丛语》《焦氏类林》、秦鸣雷《谈资》、张懋修《墨卿谈乘》、文震孟《姑苏名贤小记》等。这种笔记不同于现代意义上的小说。杨慎的《仓庚传》及假托汉人之名写的《杂事秘辛》，略具传奇小说意味。除此之外，状元很少涉及小说（特别是白话小说）的创作。明代书商为了牟利，往往假托状元之名来推销小说，如假冒杨慎批点的《隋唐两朝志传》等，皆不可信，兹不一一讨论。

在文学史视野下考察明代状元文学，还有另一种视角：杂文学视角。

明代状元别集的主体部分，以实用性的文体和应酬功能较强的文体（如七律）为主，这似乎就注定了这些作品格调不高。其实不然。清代的沈德潜在编选《清诗别裁集》时，曾致力于区分在酬赠时写诗和将诗作为酬赠之具这两种不同的情况。在沈德潜看来，应酬宴饮是生活中必不可少的部分，对于诗人来说，关键问题不是拒绝在诗中涉及酬酢宴饮等内容，而是如何做到在创作中不流于应酬，使酬赠之作具有超出应酬的价值。因此，沈德潜在《清诗别裁集》的作家作品评议中特别强调赠答、送别诗的"体""格"。

> 时送行诗汇成卷轴，剧多名作，然颂扬得体，无逾此章。（评吴襄《送徐澂斋先辈奉使琉球》）[1]
>
> 极乱后宜以宽严相济处之，文翁、武侯其前事也。赠言之体如是。（评严允肇《送宋荔裳按察四川》）[2]
>
> 此言抚吴大臣，推周文襄忱、王端毅恕、海忠介瑞，而冀公之追步前哲也。此种立言，得吉甫赠人之体，诗亦穆如清风。（评韩菼《赠江南巡抚汤潜庵先生》）[3]
>
> 入山修炼，非儒者事，况有慈亲在耶？送之即以招之，得赠人以言之体。（评濮淙《赠方望子入黄山修炼》）[4]

所谓"体""格"，就是身份，就是品格。没有品格即流于应酬，超越了应酬即得"体"，即是有"格"。沈德潜认为，那些发自内心的酬唱诗与登临凭吊之作一样，是受外物激发而内心有所感触的产物，这类诗作同样具有打动人的力量，能发挥化导人心的作用；只有那些疲于应酬，随口赠答，并无真情实感的应酬之作，才是不可取的。因此，在对酬酢之作进行取舍时，沈德潜并不只从题材着眼，一概加以排斥，而是着眼于内涵加以选择。

由沈德潜对"体""格"的论述，可以得出结论：明代状元别集中，许多作品的确具有实用和应酬的功能；但实用和应酬不是这些作品的全部价值，在文学史视野下考察这些作品，实用和应酬甚至不是这些作品的主

---

① 〔清〕沈德潜：《清诗别裁集》卷二十三，北京，中华书局，1975，第408页。
② 〔清〕沈德潜：《清诗别裁集》卷五，北京，中华书局，1975，第94页。
③ 〔清〕沈德潜：《清诗别裁集》卷十，北京，中华书局，1975，第174页。
④ 〔清〕沈德潜：《清诗别裁集》卷二十，北京，中华书局，1975，第358页。

要价值，其中颇有一些杰作。

我们还可以进一步指出：对明代状元别集的研究还有另一层文学史意义，即有助于把握明代的文学生态。20 世纪流行的纯文学观，仅以小说、戏曲和少量的诗文流派来建构明代文学史，难免留下很多断层。大量的文学史信息和文学史景观被忽略了，或被视而不见。要想填补这些文学史的断层，仅凭推断和想象是不够的，而应尽可能地走近历史，尽可能地还原历史。重返文学史现场也许只是一种愿望，但这并不意味着可以对大量丰富的文学史细节和文学史景观置之不理。认真研究明代状元别集，可以对明代文学获得更多的现场感。在明代这个科举社会的鼎盛时期，不深入考察明代状元别集，对文学生态的了解就一定是残缺不全的。

第四章　明代的科举文体与明代社会

　　科举文体多种多样，而明代最有影响的科举文体是八股文和策论。明代的殿试策问，理论上必须由皇帝亲自拟定，而事实上常由大臣预拟而皇帝钦定，但无论是皇帝亲自拟定还是钦定，其重要性都非同寻常。因殿试策论所涉问题通常与特定的时代背景、政治情势直接相关，对朝廷决策尤具不容忽略的导向作用。明代八股文的发展可大体分为三个阶段：自洪武以迄弘治，程朱学稳固地保持着举业正宗的地位，士子恪遵传注，无非分之想；正德末，阳明学兴起，令人耳目一新，大批士子由谨守程朱转而依附阳明，心学逐渐渗入八股，程朱学作为举业正宗的地位有所动摇；隆、万以降，心学盛行，三教归一的思潮声势浩大，八股文内容日益多元化，举凡经子、佛经、道藏、小说，悉以羼入，程朱传注的地位进一步衰落。从思想文化的角度考察八股文的演变历程，可以见出二者之间的紧密关系：新思想的涌现深刻地影响着八股文的创作，而八股文的创作又从一个侧面展示了明代思想文化发展的脉络。明代八股文对儒家经典的阐释时有卓见，丰富和拓展儒家传统是其重要价值之一。以往对八股文的研究局限于其文学层面，不免缩小了其文化功能和文化史意义。

第一节　明代殿试策论与明代的社会问题及决策导向

　　殿试是明代科举考试的最高层级，仅考时务策一道，其目的是面向已通过会试的贡士们征求对社会紧要问题的看法和对策，极具现实性和针对性。朝廷与士子们经由策问和对策展开双向互动，呈现出殿试策论与明代社会政治情势的密切关联；其对于朝廷决策的导向作用，更彰显了殿试策论"经济之文"的特殊价值与意义。

　　洪武二十一年（1388）《登科录》始刻进士对策，通常只刻一甲三篇，偶有将二甲进士策刻入者，如永乐二年（1404）兼刻二甲进士对策，并各附读卷官批语于后。《謇斋琐缀录》说："国朝状元对策皆经阁老笔削，或自删润，乃入梓。"①这些经过删润的对策尤能反映朝廷的决策取向。对明代殿试策论与明代社会问题的关联及其决策导向加以研究，有助于我们完整理解明代殿试的意义，同时为了解科举时代读书人的情怀和知识结构提供了参照。

一、明代殿试策问与明代社会问题的密切关联

据明代历科的《进士登科录》，明人焦竑辑、清人胡任兴增辑的《历科廷试状元策》，张朝瑞的《皇明贡举考》，结合今人汇编的历科殿试策，着眼于殿试策问与明代社会问题之间的密切关联，我们制作了表4-1：

表4-1 明代殿试策问一览表

殿试时间	殿试科名	殿试策问	殿试三甲
洪武四年（1371）	辛亥科	敬天勤民、明伦厚俗	吴伯宗、郭翀、吴公达
洪武十八年（1385）	乙丑科	求贤用人	丁显、练子宁、黄子澄
洪武二十一年（1388）	戊辰科	祀礼	任亨泰、唐震、卢原质
洪武二十四年（1391）	辛未科	乘机用兵	许（黄）观②、张显宗、吴言信
洪武二十七年（1394）	甲戌科	更张法度	张信、景清、戴德彝
洪武三十年（1397）	丁丑科（春榜）	求贤用人	陈䢼、尹昌隆、刘谔
洪武三十年（1397）	丁丑科（夏榜）	刑罚	韩克忠、王恕、焦胜
建文二年（1400）	庚辰科	图治、求贤、化民、礼乐	胡广（靖）③、王艮、李贯
永乐二年（1404）	甲申科	天文地理、礼乐制度	曾棨、周述、周孟简
永乐四年（1406）	丙戌科	学校教化、田制、马政、畜牧	林环、陈全、刘素
永乐九年（1411）	辛卯科	礼乐刑政	萧时中、苗衷、黄旸
永乐十年（1412）	壬辰科	为治之要、时措之宜（六经之旨）	马铎、林志、王钰

---

① 〔明〕尹直：《謇斋琐缀录》卷三，见〔明〕邓士龙辑：《国朝典故》卷五五，北京，北京大学出版社，1993，第1281页。
② 许观本姓黄，从母姓许，入仕后复姓黄，故又作黄观。
③ 胡靖本名胡广，因殿试时赞成讨燕，建文帝赐名靖。燕王登基后，永乐帝赐复旧名，故史书多作胡广。

续表

殿试时间	殿试科名	殿试策问	殿试三甲
永乐十三年（1415）	乙未科	教化、课试、学校、选举、法律	陈循、李贞、陈景著
永乐十六年（1418）	戊戌科	一道德、同风俗	李骐、刘江、邓珍
永乐十九年（1421）	辛丑科	尧舜为道，文武为法，无为垂拱而治	曾鹤龄、刘矩、裴纶
永乐二十二年（1424）	甲辰科	祀戎	邢宽、梁禋、孙曰恭
宣德二年（1427）	丁未科	礼乐制度	马愉、杜宁、谢琏
宣德五年（1430）	庚戌科	农事、学教、爱民、躬行、用人	林震、龚锜、林文
宣德八年（1433）	癸丑科	易、范	曹鼐、赵恢、钟复
正统元年（1436）	丙辰科	创业守成之道	周旋、陈文、刘定之
正统四年（1439）	己未科	致君泽民之方	施槃、杨鼎、倪谦
正统七年（1442）	壬戌科	求贤得人	刘俨、吕原、黄谏
正统十年（1445）	乙丑科	选贤任能、安内抚外	商辂、周洪谟、刘俊
正统十三年（1448）	戊辰科	赏罚、练兵、选将、戍边	彭时、陈鉴、岳正
景泰二年（1451）	辛未科	道、德、功，耕桑、贡赋、学校、礼乐、征伐、刑辟	柯潜、刘升、王㒜
景泰五年（1454）	甲戌科	家国兵民	孙贤、徐溥、徐镐
天顺元年（1457）	丁丑科	求贤安民，使士安其习，民淳其风	黎淳、徐琼、陈秉中
天顺四年（1460）	庚辰科	礼乐刑政	王（谢）一夔①、李永通、郑环
天顺八年（1464）	甲申科	治国平天下之道	彭教、吴钺、罗璟
成化二年（1466）	丙戌科	帝王为治纲目	罗伦、程敏政、陆简
成化五年（1469）	己丑科	文武并用，济民、绥民，均田农制	张升、丁溥、董越
成化八年（1472）	壬辰科	贡赋、风俗、兵屯、刑法、用人	吴宽、刘震、李仁杰
成化十一年（1475）	乙未科	养民、教民	谢迁、刘戬、王鏊
成化十四年（1478）	戊戌科	民风所尚：忠、质、文	曾彦、杨守阯、曾追
成化十七年（1481）	辛丑科	纪纲法度	王华、黄珣、张天瑞
成化二十年（1484）	甲辰科	治道之要：立志、责任、求贤	李旻、白钺、王敕

---

① 因一夔祖父避仇依匿其外祖王氏，遂从王姓，显贵后复姓谢。

续表

殿试时间	殿试科名	殿试策问	殿试三甲
成化二十三年（1487）	丁未科	纪纲体统制度之得失（夏商周、汉唐宋）	费宏、刘春、涂瑞
弘治三年（1490）	庚戌科	宗子之责	钱福、刘存业、靳贵
弘治六年（1493）	癸丑科	庶、富、教三者关系	毛澄、徐穆、罗钦顺
弘治九年（1496）	丙辰科	帝王之功与德、政与学	朱希周、王瓒、陈澜
弘治十二年（1499）	己未科	礼乐致治	伦文叙、丰熙、刘龙
弘治十五年（1502）	壬戌科	礼乐、教化、选才、课税、兵刑	康海、孙清、李廷相
弘治十八年（1505）	乙丑科	道、法	顾鼎臣、董玘、谢丕
正德三年（1508）	戊辰科	法天、法祖	吕柟、景旸、戴大宾
正德六年（1511）	辛未科	文武、兵农、长治久安之策	杨慎、余本、邹守益
正德九年（1514）	甲戌科	《大学》与《大学衍义》之要义	唐皋、黄初、蔡昂
正德十二年（1517）	丁丑科	道、法	舒芬、伦以训、崔桐
正德十六年（1521）	辛巳科	慎行治国	杨维聪、陆钶、费懋中
嘉靖二年（1523）	癸未科	立法、纲纪、风俗	姚涞、王教、徐阶
嘉靖五年（1526）	丙戌科	王霸之道（道、德、功、力）	龚用卿、杨维杰、欧阳衢
嘉靖八年（1529）	己丑科	知人、安民	罗洪先、程文德、杨名
嘉靖十一年（1532）	壬辰科	安居乐业、国富民丰	林大钦、孔天胤、高节
嘉靖十四年（1535）	乙未科	长治久安之道	韩应龙、孙升、吴山
嘉靖十七年（1538）	戊戌科	仁、义	茅瓒、罗珵、袁炜
嘉靖二十年（1541）	辛丑科	礼乐之道	沈坤、潘晟、邢一凤
嘉靖二十三年（1544）	甲辰科	文武之道、靖边御戎	秦鸣雷、瞿景淳、吴情
嘉靖二十六年（1547）	丁未科	道统之传	李春芳、张春、胡正蒙
嘉靖二十九年（1550）	庚戌科	敬天勤民	唐汝楫、吕调阳、姜金和
嘉靖三十二年（1553）	癸丑科	君臣克艰	陈谨、曹大章、温应禄
嘉靖三十五年（1556）	丙辰科	君臣之道、上下一心	诸大绶、陶大临、金达
嘉靖三十八年（1559）	己未科	用人、理财	丁士美、毛惇元、林士章
嘉靖四十一年（1562）	壬戌科	垂衣而治、御寇靖边	徐（申）时行[1]、王锡爵、余有丁

①　因时行祖父从小过继于徐姓舅家，故幼时袭姓徐，中状元后归宗姓申。

殿试时间	殿试科名	殿试策问	殿试三甲
嘉靖四十四年（1565）	乙丑科	尚忠、尚质、尚文与治国之道	范应期、李自华、陈栋
隆庆二年（1568）	戊辰科	务本重农、治兵修备	罗万化、黄凤翔、赵志皋
隆庆五年（1571）	辛未科	以政防民、以礼教民	张元忭、刘瑊、邓以赞
万历二年（1574）	甲戌科	典学之要义	孙继皋、余孟麟、王应选
万历五年（1577）	丁丑科	帝王的有为与无为	沈懋学、张嗣修、曾朝节
万历八年（1580）	庚辰科	刚柔并用	张懋修、萧良有、王庭撰
万历十一年（1583）	癸未科	三德（仁、明、武）治国	朱国祚、李廷机、刘应秋
万历十四年（1586）	丙戌科	赏、罚	唐文献、杨道宾、舒弘志
万历十七年（1589）	己丑科	礼法、教化	焦竑、吴道南、陶望龄
万历二十年（1592）	壬辰科	民风、法纪	翁正春、史继偕、顾天埈
万历二十三年（1595）	乙未科	经文纬武、安内攘外	朱之蕃、汤宾尹、孙慎行
万历二十六年（1598）	戊戌科	名、实关系	赵秉忠、邵景尧、顾起元
万历二十九年（1601）	辛丑科	持盈满之道	张以诚、王衡、曾可前
万历三十二年（1604）	甲辰科	君臣一体、君主无为、人臣尽忠	杨守勤、孙承宗、吴宗达
万历三十五年（1607）	丁未科	君臣同心、各司其职	黄士俊、施凤来、张瑞图
万历三十八年（1610）	庚戌科	群臣党争、政令不通	韩敬、马之骐、钱谦益
万历四十一年（1613）	癸丑科	缺题	周延儒、庄奇显、赵师尹
万历四十四年（1616）	丙辰科	靖边御戎、安攘大计	钱士升、贺逢圣、林釬
万历四十七年（1619）	己未科	正纲纪、纯风俗	庄际昌、孔贞运、陈子壮
天启二年（1622）	壬戌科	文治武备、内靖外攘	文震孟、傅冠、陈仁锡
天启五年（1625）	乙丑科	同心同德、尽忠尽职	余煌、华琪芳、吴孔嘉
崇祯元年（1628）	戊辰科	任贤图治、选将知人	刘若宰、何瑞徵、管绍宁
崇祯四年（1631）	辛未科	用人（躁进、贪墨风习），养兵（理财、清饷），用兵（修备、综核、赏罚）	陈于泰、吴伟业、夏曰瑚

续表

殿试时间	殿试科名	殿试策问	殿试三甲
崇祯七年（1634）	甲戌科	知人安民、防寇御酋	刘理顺、吴国华、杨昌祚
崇祯十年（1637）	丁丑科	军饷、武备，安攘大计	刘同升、陈之遴、赵士春
崇祯十三年（1640）	庚辰科	报仇雪耻	魏藻德、葛世振、高尔俨
崇祯十六年（1643）	癸未科	缺题	杨廷鉴、宋之绳、陈名夏

据表 4-1 可知，有明一朝历科殿试策问，以吏治与用人为主旨的有 17 次，以边防海防为主旨的有 17 次，以民生与经济为主旨的有 10 次以上，以民生为主旨的有 14 次，讨论典籍的有 4 次，向士子咨询解决社会问题之道无疑是殿试策问的中心。以下即围绕殿试策问所涉及的几个主要方面分别展开研究。

二、明代殿试策论与明代的民生问题

国之兴亡系于财之丰耗，民生为国之根本。明朝对于百姓的态度，依据时代的先后，可概括为开创之初的恤民，守成之时的养民，以及危局之下的绥民。

元朝末年，广大民众纷纷破产流亡或避乱逃亡，国家直接掌控的户籍人口锐减，田产归属十分混乱，直接影响到国家赋税收入和社会稳定。鼓励流民开荒生产，休养生息，这是明初朝政的当务之急。洪武四年（1371）二月十九日辛亥科殿试以古先帝王敬天勤民、明伦厚俗的君道、治道为问，即针对这一要务而发。开科状元吴伯宗答以"天生民而立之君，使司而牧之，君所以代天理民者也"[1]，君主无论施教、施政，皆须本于天而存乎敬；勤民之道，在于养民和教民。尽管吴伯宗所提出的具体措施不多，但以儒家仁政理念为施政纲领，倒也符合朱元璋的初衷。

宣德五年（1430）殿试，宣宗问那些士子：朕继承祖宗治国之统已有数年，为何"田里未皆给足"，国家尚未大治？还有没有别的治国之策？状元林震开篇即曰："致治之道，必以教养为先，而教养之道，当以得人为要。"当今之所以未能臻于大治，是因为皇上"未尽得其人也"，"盖知人之实，自古为难"。奉劝皇上选贤任能，"精择吏部之官，而公行铨选之

---

① 邓洪波、龚抗云：《中国状元殿试卷大全》上册，上海，上海教育出版社，2006，第492页。

法，慎简风宪之任，而务尽考察之实，使郡守、县令皆如龚、黄、卓、鲁之辈"①。据《明史·食货志》，永乐熙宣之际："百姓充实，府藏衍溢。盖是时，农务垦辟，土无莱芜，人敦本业，又开屯田、中盐以给边军，军饷不仰藉于县官，故上下交足，军民胥裕。"②由此看来，当时朝廷的措施与殿试策论的导向是完全一致的。

明代中后期，民困与民乱互为因果，成为一大社会痼疾。故成化年间，殿试中涉及民生的策问明显增加。

成化二年（1466）殿试，状元罗伦在策论中以痛心和激愤的笔触集中论述了当时六大民生问题：一为赋敛之重，二为征徭之困，三为豪家巨室侵夺，四为贪官黠胥掠夺，五为兵戈盗贼掠夺，六为饥馑流离。以致荆襄、两广、川蜀等地纷纷发生民变，"团聚山砦，流俘乡邑，我进则彼去，我退则彼来"③，有向全国蔓延的趋势。虽然兵力所加，流民立告荡平，但未能根本解决问题。罗伦指出，平复流民之乱有其长远之道，即"修内治，布恩信"。"内治不修则根本不固，恩信不立则人心不服"，"大要在于重守令，急务在于节财赋"。"守令者民之父母，守令不重，则好民之所恶，恶民之所好，豪猾由此而横，盗贼由此而起。财用者民之命脉，财用不节，则以一而科百，因十而敛千，赋敛由此而苛，征徭由此而滥，豪猾由此而横，盗贼由此而起。"④具体来说，重守令，就必须慎选科贡，使专图侥幸者不得幸进；疏理胄监，使苟延岁月者不能幸选；精立铨法，使政绩不闻者不得幸迁；严励风纪，使贪浊有状者不得幸免；节财赋，就必须简阅军士，沙汰冗官；杜抑私爱，斥绝异端⑤。榜眼程敏政在殿试策中论及安民时也认为："民不可以不安，而安之则系之守令也。"⑥这些都是可以付诸实施的具体建议，足见有识之士不乏解决社会问题的诚意和思考。

由于各种社会矛盾的积累，正德年间形成了大规模的流民动乱。正德六年（1511）辛未科殿试策问指出，当时"蠲货之诏屡下，而人多告饥；流徙之余，化为盗贼"，"赋税馈运，民力竭矣，而军食尚未给；调发战

---

① 邓洪波、龚抗云：《中国状元殿试卷大全》上册，上海，上海教育出版社，2006，第615～616页。
② 〔清〕张廷玉等：《明史》卷七十七，北京，中华书局，1974，第1253页。
③ 邓洪波、龚抗云：《中国状元殿试卷大全》上册，上海，上海教育出版社，2006，第715页。
④ 邓洪波、龚抗云：《中国状元殿试卷大全》上册，上海，上海教育出版社，2006，第715～716页。
⑤ 邓洪波、龚抗云：《中国状元殿试卷大全》上册，上海，上海教育出版社，2006，第716页。
⑥ 邓洪波、龚抗云：《中国状元殿试卷大全》上册，上海，上海教育出版社，2006，第724页。

御，兵之力亦劳矣，而民患尚未除。"①民患迭起，何以消除？状元杨慎认为，按照人之常情，盗贼也是人，没有谁会不爱惜自己的体力和身躯，没有谁会不爱惜自己的父母、妻室和儿女，没有谁会不爱惜自己的田地、住宅和财产。如果管理者不以无益的劳役苦其筋力，不用不公正的刑罚摧残其身躯，不用强制措施逼迫其流离飘荡，不用过分的征敛剥夺他们的田地、住宅和财产，他们哪会不爱惜自己而去自蹈死地？现今，流民四起，这是政府失职，百姓被逼上绝路后的选择②。我们常说"官逼民反"，杨慎强调官府的责任，提醒皇上，管好各级官员是解决流民问题的要招。

嘉靖一朝民困的程度逐渐加深。嘉靖十一年（1532）壬辰科殿试，策问中有这样的表述：民之所安所欲，以衣食为首。如今"耕者无几而食者众，蚕者甚稀而衣者多，又加以水旱虫蝗之为灾，游惰冗杂之为害，边有烟尘，内有盗贼，无怪乎民受其殃，而日甚一日也"。朕自省"不类寡昧"，何以"上不能参调化机，下不能作兴治理"③？世宗如此发问，意在为自己开脱，而年仅21岁的林大钦在殿试策中却毫不隐讳地认定：皇上虽"惠民之言不绝于口，而利民之实，至今犹未见者"④。朝廷"衰世之政"集中体现为"三冗"：冗员、冗兵、冗费。制禄本为养吏养兵，而州县官员常无事而禄；隶兵籍者滥食充数，而且纳钱买官之途太多，任官太众，简稽不严，练选有亏，需一一澄汰，去冗滥宽民赐。冗费如后宫之赐，异端之奉，土木之耗，都需节制⑤。这样的殿试策，直指时弊，也让当朝天子无从推卸其责任。嘉靖三十八年（1559），明世宗以理财之道为题策天下士子。状元丁士美答以"去三浮，汰三盈，审三计"。所谓"三浮"，即官浮于冗员，禄浮于冗食，用浮于冗费。所谓"三盈"，即赏盈于太滥，俗盈于太侈，科盈于太趋⑥。嘉靖一朝殿试策中有不少合理化建议，如减免赋税、储备救济、限田清田等，大多为继任的明穆宗所采纳，即穆宗在登极诏书中所概括的"正士习、纠官邪、安民生、足国用"等新政要目。

崇祯四年（1631）辛未科状元陈于泰就屯政、盐法大坏带来的危机阐

---

① 邓洪波、龚抗云：《中国状元殿试卷大全》上册，上海，上海教育出版社，2006，第874页。
② 邓洪波、龚抗云：《中国状元殿试卷大全》上册，上海，上海教育出版社，2006，第879～881页。
③ 邓洪波、龚抗云：《中国状元殿试卷大全》上册，上海，上海教育出版社，2006，第953页。
④ 邓洪波、龚抗云：《中国状元殿试卷大全》上册，上海，上海教育出版社，2006，第953～954页。
⑤ 邓洪波、龚抗云：《中国状元殿试卷大全》上册，上海，上海教育出版社，2006，第957～958页。
⑥ 邓洪波、龚抗云：《中国状元殿试卷大全》上册，上海，上海教育出版社，2006，第1044页。

发了其见解。"阡陌未尝不垦，咸鹾未尝不煮也。自抽屯补伍，而耕种无人；自贵戚乞讨，而耕种无地"①。沿边屯军往往被征调去修筑边墙、城堡、墩台；王府护卫屯军多被抽调去营建宫殿、居室、坟墓，乃至运柴烧炭；有漕运的地方，又多抽调去运送漕粮或建造船只。官役之多，各级管屯官员，下自百户、千户，上至指挥、镇守太监、总兵等官，无不役使屯军。屯政败坏，从根本上动摇了屯田制的根基。盐法之坏也同样惊心动魄："自商不输粟而输银，而开中之法坏；自盐壅于公复壅于私，而度支之用窘。"②"开"是由官方公布条例的意思，"中"指官民之间发生关系的意思。明代的开中法，大体参照宋代的折中法和元代的入粟中盐法而成③。这种开中盐法的特点是：商人运输粮食到边塞或边远缺粮地区，可以从国家换得食盐运销权，政府收粮后发给盐引即领盐凭证，由商人到盐池如数领取，再运销到指定的地区，销售完毕再把盐引缴还所在官司。这种办法一度起到了节省运费、减轻民力、充实边军粮饷的作用。在屯政、盐法已极度败坏的境况下，陈于泰明确主张：修屯政以复盐法，通漕粮而修马政，以官办官运的方式实行盐政④。

崇祯七年（1634）甲戌科，明思宗面对"流寇久蔓，钱粮缺额，言者不体国计，每欲蠲减"的两难局面，问策于士子："民为邦本，朝廷岂不知之，岂不恤之。但欲恤民，又欲饱军，何道可能两济？即屯田、盐法，诚生财之源，屡条议申饬，不见实效，其故何欤？"⑤从这道策问不难看出，思宗对殿试寄予厚望，他期待那些对策确实有助于王朝摆脱困境。崇祯十年（1637），刘同升的殿试策对时局做出了他的判断。他认为明初确定的屯田已遭侵占，屯田的基础——所需的田亩已经不复存在了，因此，屯田的法令也就不见成效了。明初输粮换盐之法也已很难恢复，由于税收形式的改变，人们将粮食兑换成货币用来缴税，就减少了输粮的动力，私盐的泛滥也抵消了以粮换盐的利润。刘同升的判断表明，明王朝已病入膏肓，难以找到化解危机的良策。果然，商人向边境运粮换盐的越来越少，而军需屡增，边境的不稳定因素增加，晚明的社会矛盾从贫瘠的西北地区首先爆发开来，流民终于成为"流寇"。崇祯十三年（1640）十一月，李自成出商洛入豫，河南的饥民们用他们自己的方式拉开了改朝换代的序

① 邓洪波、龚抗云：《中国状元殿试卷大全》下册，上海，上海教育出版社，2006，第1294页。
② 邓洪波、龚抗云：《中国状元殿试卷大全》上册，上海，上海教育出版社，2006，第1295页。
③ 丁守和等：《中国历代奏议大典》第三册，庞尚鹏《清理盐法疏》注疏，哈尔滨，哈尔滨出版社，1994，第1291页。
④ 邓洪波、龚抗云：《中国状元殿试卷大全》下册，上海，上海教育出版社，2006，第1292页。
⑤ 邓洪波、龚抗云：《中国状元殿试卷大全》下册，上海，上海教育出版社，2006，第1301页。

幕。明王朝遗留下的民生问题只有用战争这个极端方式来解决了。

三、明代殿试策论与明代的民风问题

关于民风问题，明初殿试侧重于敬天保民，完善礼乐制度建设，以养成古朴醇厚的民风。成化年间，君臣溺于宴安，风尚趋变，殿试多着眼于学校教育、乡党守令的教化职责。正德、嘉靖以降，世教寖衰，奢僭成风，传统的伦理和礼法已不足以维系人心，殿试常常关注如何行政才有移风易俗的实效。

洪武四年（1371）辛亥科殿试，已就敬天之道的要旨策问天下士子："所谓敬天者，果惟于圜丘郊祀之际，致其精一者为敬天欤？抑它有其道欤？"①开国君主登极，都要祭告天地、宗庙，追尊先代，表明自己受命于天的合法性。洪武二十一年（1388）戊辰科，太祖又以"祭祀之道"发策："事神之道，世人之心莫不同焉。虽然，始古至今凡所祀事也，必因所以而乃祀焉。然先圣之制，礼有等杀，所以自天子至于臣民，祭礼之名，分限之定，其来远矣。其主祭者，又非一人而已。然而，有笃于敬者甚多，有且信且疑者亦广，甚于不信而但应故事者无限。所以，昔人有云：能者养之以福，不能者败以取祸。朕未知其必然。"②关于祭祀的对象、规模和形式，由来久远，有人诚笃地敬奉天地、神灵与祖宗，也有不少人半信半疑，甚至有人压根不信，仅仅遵循各种惯例而已。状元任亨泰就此分析道："诚则有其神，无其诚则无其神。若且信且疑者，不可谓概其诚矣，乃不能笃于诚也。"而不信者，"昧于天理，怠于诚敬，其意岂不曰神之冥冥，无与于人，为可忽也。而不知冥冥之中，有昭昭者存"。鬼神可以福善祸淫，而好善恶恶是人之常情。"作善降之百祥，不善降之百殃"，这和所谓"能者养之以福，不能者败之取祸"是相通的③。洪武君臣已经注意到，对上天心存敬畏有助于明伦厚俗，于王朝的统治与稳固是有利的。这也正是礼制教化受到推崇和提倡的原因所在。

朱棣以藩王起兵夺取帝位，新朝廷与读书人的关系一度出现紧张局面，致力于思想文化的一统以消泯不平之气，成为当务之急。永乐十六年（1418）戊戌科殿试，成祖朱棣问："人之恒言，为治之要，在于一道德而同风俗。今天下之广，生齿之繁，彼疆此域之限隔，服食趋向之异宜，道

---

① 邓洪波、龚抗云：《中国状元殿试卷大全》上册，上海，上海教育出版社，2006，第491页。
② 邓洪波、龚抗云：《中国状元殿试卷大全》上册，上海，上海教育出版社，2006，第513页。
③ 邓洪波、龚抗云：《中国状元殿试卷大全》上册，上海，上海教育出版社，2006，第515页。

德何由而一，风俗何由而同？"①状元李骐答以"法祖为治"，固结民心，无疑与成祖的意愿高度吻合。永乐年间，成祖先后采取了一系列措施，目的就是达成思想文化的一统局面。他曾命胡广等人采摘宋儒一百二十家著作，编成《性理大全书》，又纂修科举考试的统编教材《五经大全》《四书大全》，"合众途于二轨，会万理于一原"②。三部《大全》共计二百六十卷，对于程朱的经传、集注和接近程朱的其他注解，加以辑集，整齐划一。永乐十三年（1415）命礼部刊赐天下。永乐十六年（1418）戊戌科的策问，用意之一是向士子求证他这些措施的效果。

天顺元年（1457）丁丑科殿试以"民淳其风"为问："古之民有恒产，有恒心，家给人足，比屋可封，今何其务本者少，而逐末者多，偷薄之习寖长，而礼让之俗未兴，其弊安在？"③状元黎淳强调：非仁不足以安民。仁以安民则博施济众，而实效无不臻，民风才会淳化。一方面，"民生多欲，因物有迁"，所以礼义不兴而奸宄不止；另一方面，司民牧者不能勤加抚字，职风化者有乖明伦之教，因而田野就荒，词讼日繁。他建议皇帝重农轻商，严厉督促地方官员负起劝课农桑的责任。先丰衣足食，再行之以教化，才能实行仁政④。榜眼徐琼和探花陈秉中的见解与他大体一致。

成化之后，民风日渐奢靡，以致成为突出的社会问题。成化八年（1472）壬辰科殿试，宪宗问："学校兴矣，而风俗成于下者，益至浮靡"，"刑法以肃内者严矣，未能使奸顽惩艾而不敢犯"，其故何在？有何方略可以见效？状元吴宽的答案是：移风易俗，需讲求实际，注重德行。古代乡里用三种事情来教化百姓，并优待、举荐贤能人才。这三种事情，一曰六德：知、仁、圣、义、忠、和；二曰六行：孝、友、睦、姻、任、恤；三曰六艺：礼、乐、射、御、书、数。古代选取人才，以德行为主、文章技艺为次，令人们重根本而轻末节。而当今选取人才，只考量他们的文章技艺，不考察他们的德行，所以学校虽然得到了发展，而风俗仍流于浮华。⑤榜眼刘震认为，当下读书人凭借《诗》《书》为进取之媒，视道义为功利之贼，这样风气当然会浮靡。建议强化劝勉和惩戒的措施，宣明官职

---

① 邓洪波、龚抗云：《中国状元殿试卷大全》上册，上海，上海教育出版社，2006，第587页。
② 〔明〕胡广：《进五经四书性理大全表》，见袁奂若：《中华文汇·明文汇》，台北，中华丛书委员会，1958，第514页。
③ 邓洪波、龚抗云：《中国状元殿试卷大全》上册，上海，上海教育出版社，2006，第685页。
④ 邓洪波、龚抗云：《中国状元殿试卷大全》上册，上海，上海教育出版社，2006，第685～689页。
⑤ 邓洪波、龚抗云：《中国状元殿试卷大全》上册，上海，上海教育出版社，2006，第740～744页。

升降或罢免的法典，激励廉正羞耻之心，堵塞投机钻营的门路。取消向朝廷献纳马匹或粮食就可以到国子监听候选用的规定，使读书人在礼法道义上下气力来相互争个高低，而不崇尚功名利禄。这样去做，社会风气自会归于纯正。要取得实效，关键在于各级督察官员和主持学校教育的人，要像北宋胡瑗在苏州和湖州州学执教，北宋程颐在武学负责教务那样，使浮华轻薄者没办法侥幸为官，使稳重诚实的人士常得到重用。吴宽和刘震的对策，有其明确的针对性。盖自正统元年（1436）设立提学官以来，除景泰、天顺初年共十三年裁革外，提学官成为专督学校的专职官员。初时朝廷非常重视，提学官的选授多得名臣，一时士风振作，深得信服。如何让提学官制度充分发挥教导、督察官的功能，是成化年间朝廷的要务之一，也是成化八年（1472）壬辰科殿试的要旨所在。

弘治年间，孝宗君德清明，风气一时有还醇气象。正德、嘉靖年间，奢靡贪腐之风又急速反弹。据何良俊《四友斋丛说》记载，明初"乡官虽见任回家，只是步行"，成化年间"士夫始骑马"，"至弘治、正德间，皆乘轿矣"[1]。成化、弘治以前，"士大夫尚未积聚。如周北野佩，其父舆为翰林编修，北野官至郎中，两世通显，而其家到底只如寒士。曹定庵时中，其兄九峰时和举进士，有文章，定庵官至宪副，弟时信亦京朝官，与李文正结社赋诗，门阀甚高，其业不过中人十家之产。他如蒋给事性中、夏宪副寅、许金宪磷致仕家居，犹不异秀才时"，"至正德间，诸公竞营产谋利，一时如宋大参恺、苏御史恩、蒋主事凯、陶员外骥、吴主事哲，皆积至十余万，自以为子孙数百年之业矣"[2]。

嘉靖八年（1529）的殿试，世宗制策问以"知人""安民"之道，就是针对世风、时局而发的。嘉靖十一年（1532）壬辰科状元林大钦在殿试策中极力主张禁奢。他认为，在宽缓民力生产发展的前提下，高大富厚的地方必定容易成为骄奢淫逸的场所；居于尊崇的地位、处在富贵的环境之中，务必警惕不要过分浪费奢侈，平衡心志思虑和节制贪图享受的欲望。他劝诫君王恬淡寡欲，希望君王不要因为深居无事而去追求享受，不要因海内平安而去出兵攻打边远的他国，不要因为物质丰富而大兴土木，不要因为聪明善断而崇尚刑名，不要因为财赋富盛而从事奢侈，不要羡慕邪说而迷信神仙。他的建议反向说明了奢侈之风的剧烈程度。要约束道德人心

---

① 〔明〕何良俊：《四友斋丛说》卷三十五《正俗二》，元明史料笔记丛刊，北京，中华书局，1959，第320页。

② 〔明〕何良俊：《四友斋丛说》卷三十四《正俗一》，元明史料笔记丛刊，北京，中华书局，1959，第312页。

必须有强大的信仰力量，无奈信仰缺失却是时代的病症。

万历十七年（1589）殿试，策问这样描绘当时世风："乃世教寖衰，物情滋玩，习尚亦少敝焉。其甚者，士伍辱将帅，豪右凌有司，宗庶讦亲藩，属吏傲官长。凌替若此，何以消此悖慢，使就约束欤？贪黩败节，奢侈逾制，谗说殄行，虚声贸实，诡异坏心术，倾危乱国是。浇漓若此，何以救其颓靡，使还雅道欤？"[1] 从官员到士人都在追求奢华生活，消费风俗的变化波及大江南北，并带有明显的僭礼逾制的特点，原有的等级与礼法观念受到冲击，下可以犯上，豪强可以凌驾官长。社会的商业化使人心趋于机械、变诈，唯利是图。万历时曾任吏部尚书的于慎行慨叹："乃今风会日流，俗尚日浇，叙位于朝无尊卑之分，征年于乡无长幼之节，即在上之人不能以纲纪法度力挽颓波，况在下者乎？"[2] 神宗感叹："今诏书数下，中令既严，而帘陛之间，辇毂之下，犹有壅阏不行者。无乃礼教不修，法度不饬欤？抑风会日流而不返，积习已成而难变欤？"[3] 将万历十七年策问和于慎行的慨叹比照着看，不难意识到当时社会风气之恶薄。

万历十七年（1589）己丑科状元焦竑提出了以法纪来移风易俗的方案。万历二十年（1592）壬辰科状元翁正春则建议，从用人入手，以实现社会教化。而无论是建立法纪还是用人，无不取决于君主。孟森曾这样评价万历帝："怠于临政，勇于敛财"，"行政之事可无，敛财之事无奇不有"，"帝王之奇贪，从古无若帝者"[4]。指望这样的君王来挽救世风，显然是不可能的。因为所有的良策，最终都会流于纸上空谈。万历时期朝政之败坏，由此可见一斑。

四、明代殿试策论与明代的吏治问题

吏治的核心是刑法和用人。就刑法而言，明初为草创时期，侧重于颁布典章，确立制度。洪武、建文、永乐三朝都有所涉及。明中期为发展建设时期，景泰、天顺、成化、弘治、嘉靖等朝均有相关策问。明后期为衰落时期，仅万历朝殿试涉及这一问题。就用人而言，明初选贤用能，刑法严苛，吏治清明；正统、成化年间，官场风气恶化，法纪渐趋松弛；嘉靖、万历等朝，君权和阁权严重对立，党争不断，官场逐渐陷入混乱局面。

---

[1]　邓洪波、龚抗云：《中国状元殿试卷大全》上册，上海，上海教育出版社，2006，第1160页。
[2]　〔明〕于慎行：《谷山笔麈》，北京，中华书局，1984，第190页。
[3]　邓洪波、龚抗云：《中国状元殿试卷大全》上册，上海，上海教育出版社，2006，第1160页。
[4]　孟森：《明史讲义》，北京，中华书局，2006，第275页。

　　"求贤用人"在洪武年间的殿试中多次用作策问主题。洪武十八年（1385）乙丑科为第二次殿试，太祖感叹：自开国以来，"孜孜求贤，数用弗当。其有能者，委以心腹，多面从而志异；纯德君子，授以禄位，但能敷古，于事束手；中才下士，廉耻无知，身命弗顾，造罪渊深，永不克己，彰君之恶。若非直贤至圣，亦莫不被其所惑。若此无已，奈何为治？"① 榜眼练子宁在对策中直言："求贤而弗当"乃"察之不详而用太骤之过"，"以小善而遽进之，以小过而遽戮之"②，陛下有不可推卸的责任。他将人才依才德分为四类："德胜才谓之君子，才胜德谓之小人，才德俱全谓之圣人，才德俱亡谓之愚人"③。应量才能而授职，庸劣者只需黜退而无需杀戮；才胜德之小人往往为祸；果奸邪者可除恶务尽；纯德君子能敷古事却于事束手，应惜才并加以历练，寻求培育务实之道。练子宁建议"求胡瑗之法、立经义治事斋。经义斋者，各治一经。治事斋者，各治一事"④。这里练子宁确实道出了太祖行政的不当之处。盖太祖处置朝政，时有意气用事之举，为惩贪杜弊，士大夫被连坐而死者数万人，初以声绩闻、后遭忌致死者，谏臣直言被任性诛戮者，不计其数。练子宁因此感叹："天下之才，生之为难，成之为尤难"⑤。这篇对策几乎相当于一封措辞恳切的谏书。该科状元丁显建议皇上"重名爵，严黜陟，实刑赏"。以"公者、能者"任纠察之官，以"宽大长者"任布政之司，使之"互察其府、州、县贪廉能否，无得相通，各闻于上，以凭黜陟"⑥，每三年由御史巡视，问民之疾苦，从而实现吏治清平。其建议大体符合太祖集权于上而分权于下的策略。太祖一直有意在国家权力体系中强化行政、监察、司法各系统之间的制衡功能。洪武十五年(1382)，朱元璋改御史台为都察院，设左右都御史等职，下设十三道监察御史。都察院的权限为纠劾百司，辨明冤枉，提督各道，为天子耳目风纪之司。洪武十八年（1385）之后，朱元璋亲订并颁布《御制大诰》四编，其中所列案例，除藏匿逃军等个别罪名外，几乎所有案件的处刑均较明律大为加重，既威慑天下，又利用案例来训导官民；还建立了严格的考课制度，并大力表彰清官循吏。凡此种种，均折射出殿试策与明代吏治的密切关联及其在决策方面的导向功能。

---

① 邓洪波、龚抗云：《中国状元殿试卷大全》上册，上海，上海教育出版社，2006，第503页。
② 邓洪波、龚抗云：《中国状元殿试卷大全》上册，上海，上海教育出版社，2006，第507页。
③ 邓洪波、龚抗云：《中国状元殿试卷大全》上册，上海，上海教育出版社，2006，第509页。
④ 邓洪波、龚抗云：《中国状元殿试卷大全》上册，上海，上海教育出版社，2006，第509页。
⑤ 邓洪波、龚抗云：《中国状元殿试卷大全》上册，上海，上海教育出版社，2006，第508页。
⑥ 邓洪波、龚抗云：《中国状元殿试卷大全》上册，上海，上海教育出版社，2006，第505～506页。

成祖有意识地从重刑治国转向宽猛相济。仁宣时期继续推进吏治建设。自明太祖洪武十年（1377）诏遣监察御史巡按州县，仁宗洪熙元年（1425）定巡按以每年八月出巡，宣宗时期更使巡按职务制度化。巡按御史主要监察地方官吏，"代天子巡狩，所按藩服大臣，府、州、县官，诸考察举劾尤专。大事奏裁，小事立断"①。巡抚最初的职能是整理财税，后为便于行事，遂由巡抚兼都察院衔。仁、宣两朝对于吏治有重大影响的便是巡按、巡抚制度的创设，御史在明朝政治舞台上作为相当活跃的政治力量，在澄清吏治、整肃风俗等方面开始发挥重要作用。明宣宗殿试以为何治国之效未臻，是否别有其道发问，该科状元林震在对策中建议"精择吏部之官，而公行铨选之法，慎简风宪之任，务尽考察之实"②，精当地把握住了吏治建设的重要环节。

正统时期，吏治状况逐渐恶化。成化年间，弊政尤多。成化二年（1466）殿试以治道之纲目为问，状元罗伦的答案是：父子、君臣、夫妇、长幼、朋友之伦，是为治之大纲；礼乐、刑政、制度、文为之具，是为治之万目；而心又为正大纲举万目之根本，学又为正大纲举万目之要务③。他概括当时士风沦丧的情形是：谀佞诡随者名之曰"变通"，缄默自便者目之曰"忠厚"，直言正色者非之曰"矫激"，持心操节者刺之曰"干名"。建议塞奔竞之门，杜谄谀之口，奖名节之士，张正直之气，以振士夫之风；"综核名实，督行劝惩，廉介者必彰而无隐，贪墨者必诛而无赦"；重师儒之任，严科贡之选，使无实才者不得以幸进④。罗伦所提供的答案，锋芒所向，直指宪宗。天顺八年（1464）二月十七日，宪宗即位第二十六天，即由司礼监太监牛玉授予工匠姚旺为文思院副使，开启了荒唐的"传奉官"制度：不经吏部选拔、廷推等过程，而直接由皇帝任命官员。自此相继不绝，文武僧道，滥恩者以千数。"传奉官"制度使官员选拔无公平、公正可言，严重败坏了官场风气。本来官爵乃"天下公器"，现在却成了"人主私器"。榜眼程敏政在对策中着重强调后妃、外戚不得干政⑤，这是针对宪宗宠幸万妃，万氏一门尽数封官而发。尽管宪宗并非明君，但罗伦和程敏政却堪称直臣，其殿试策论广为传诵，在当时产生了巨大影响。

明代中后期，君臣之间的否隔日趋严重。武宗"耽乐嬉游，暱近群

---

① 〔清〕张廷玉等：《明史》卷七十三，北京，中华书局，1974，第1180页。
② 邓洪波、龚抗云：《中国状元殿试卷大全》上册，上海，上海教育出版社，2006，第616页。
③ 邓洪波、龚抗云：《中国状元殿试卷大全》上册，上海，上海教育出版社，2006，第702页。
④ 邓洪波、龚抗云：《中国状元殿试卷大全》上册，上海，上海教育出版社，2006，第714～715页。
⑤ 邓洪波、龚抗云：《中国状元殿试卷大全》上册，上海，上海教育出版社，2006，第723页。

小"[1]；世宗二十多年不见朝臣，政令悉由太监传达；神宗亲政后"晏处深宫"，"君臣否隔"[2]，"吏治既以日媮，民生由之益蹙"[3]。天启以降的崇、弘之世，更是"大势已倾，积习难挽"[4]。正德、嘉靖、隆庆、万历、天启、崇祯等数朝，殿试策对于吏治和用人问题的思考尤为集中于君臣一体、实政实心。

嘉靖三十二年（1553）状元陈谨，其殿试策论如是描绘当时的官场现状：朝廷辇毂，有违上所好、朋家作仇者；百工庶府，有纳贿招权、诬上自恣者；内台司谏，有附和面从、党同伐异者；军门督府，有刚愎自用，贪残少恩者；藩臬守令，有违道干誉、尸禄养望者。甚至有剥民之膏脂以肥其家，窃君之荣宠以张其势，掠人之美以市恩，恣己之私以败度者[5]。嘉靖三十五年（1556）状元诸大绶在殿试策中细致分析了不同类型的朝臣及其任用之法："秉忠竭诚者，任之弥专可也，其或怀欺而狗党，则天讨之彰可不行欤？效忠宣力者，委之不二可也，其或怠事而苟禄，则废黜之典可不举欤？旬宣惠和者，进之崇阶可也，其或尸素而养望，则三载之考可不严欤？戮力矢心者，托之阃外可也，其或损威而失重，则三锡之命可不慎欤？又或间行不测之威，心慑奸宄之志，时申核实之令，以稽文饰之奸。某称贤能也，必审其贤能之实，而名浮于德者，在所不庸；某称课最也，必核其课最之详，而禄浮于功者，在所必黜；某也任某事，克胜其任，旌之可也，苟受直而怠事，则惩其瘝旷之愆；某也举某人，不负所举，赏之可也，苟阿好而徇私，则治其欺罔之罪。"[6]从朝廷到地方，由大臣以督监司，由监司以督守令，明确赏罚，振肃纪纲，痛革因循之弊，才可使天下洗涤心志。陈谨和诸大绶，都已意识到改变官场恶习的紧迫性。嘉靖三十八年（1559），明世宗以用人、理财之道为题策天下士子，状元丁士美认为：用人之道，在于"精其选，严其课，久其任"[7]。据《明状元图考》记载，嘉靖皇帝看到丁士美对策起首数句："帝王之致治也，必君臣交儆，而后可以底德业之成；必人臣自靖，而后可以尽代理之责"，深为赞同，并用朱笔圈点"君臣交儆""人臣自靖"八字，钦点为一甲第一

① 〔清〕张廷玉等：《明史》卷十六，北京，中华书局，1974，第 143 页。
② 〔清〕张廷玉等：《明史》卷二十一，北京，中华书局，1974，第 195 页。
③ 〔清〕张廷玉等：《明史》卷二百八十一，北京，中华书局，1974，第 4803 页。
④ 〔清〕张廷玉等：《明史》卷二十四，北京，中华书局，1974，第 224 页。
⑤ 邓洪波、龚抗云：《中国状元殿试卷大全》上册，上海，上海教育出版社，2006，第 1025 ~ 1027 页。
⑥ 邓洪波、龚抗云：《中国状元殿试卷大全》上册，上海，上海教育出版社，2006，第 1035 页。
⑦ 邓洪波、龚抗云：《中国状元殿试卷大全》上册，上海，上海教育出版社，2006，第 1044 页。

名①。由此看来，问者和答者都在寻找能使君臣一体的方略，他们急于解决困扰天下的吏治问题。

万历十年 (1582)，实际掌握朝政的首辅张居正去世，20 岁的万历皇帝开始亲政。因怠政而引起的朝臣攻击，尤其立储一事与朝臣的矛盾和争议给神宗带来极大压力，也开启了门户之祸。自万历十八年（1590）起，神宗索性不再临朝理政，凡皇帝谕旨，全靠内监传达。万历三十八年（1610）殿试，韩敬在对策中直言不讳地提及万历皇帝久不视朝、不见朝臣、不御经筵，以致权臣内侍为把持朝政，树党相攻，各立门户，是非峰起的事实，建言万历"复经筵日御之规"，"修禁庭昼接之例"，以定国是，以清言路，以息纷争②。在金殿对策中直触逆鳞，仅凭这一点就有其不可抹杀的价值。

崇祯元年（1628）殿试，面对内外交困、摇摇欲坠的天下，渴望有所作为的崇祯帝以求贤、任人、选将之道发策，刘若宰在对策中发挥制策所引明太祖的话，"任人之道，譬之用器，可任重者重任之，可任轻者轻任之"，认为这是千古求才之良法。至于选将，他强调要不拘一格。"筑淮阴之坛"，"屈南阳之膝"，即像刘邦用韩信、刘备访孔明一样，虚心以任人，实心以任事③。崇祯十年（1637），刘同升以饱学之士一举夺得状元桂冠。其时大明王朝已面临覆灭之险，故制策以"安攘大计"为题。刘同升指出，安攘之计全在于人才的任用，"有臣如抱真，任一人足矣"，"有臣如晏，任一人亦足矣"。常言道千军易得，一将难求。若能选贤任能，"简京营之冒诡，汰老弱之耗粮"，则有望挽回危难之局④。文章言辞慷慨，切中时弊。只可惜此时的大明江山正在崩溃之中，无论朝中君臣如何呕心沥血，都已挽救不了其危局了。

五、明代殿试策论与明代的军事问题

军事问题多集中在明初期和明后期，随着边防战事的变化而变化。明初为了打击北元残余势力，稳定边境，洪武、永乐、正统三朝都有关于边防的策问。时至明后期，东北女真的威胁成为大患，万历、崇祯两朝殿试常以此为题。

洪武二十四年（1391）殿试首次提出兵戎问题。洪武初年，蒙古政权

---

① 邓洪波、龚抗云：《中国状元殿试卷大全》上册，上海，上海教育出版社，2006，第 1039 页。
② 邓洪波、龚抗云：《中国状元殿试卷大全》下册，上海，上海教育出版社，2006，第 1240 页。
③ 邓洪波、龚抗云：《中国状元殿试卷大全》下册，上海，上海教育出版社，2006，第 1282 页。
④ 邓洪波、龚抗云：《中国状元殿试卷大全》下册，上海，上海教育出版社，2006，第 1307 页。

退出中原，实力受到极大削弱，但仍拥有丰富的军事资源，"引弓之士不下百万众也，归附之部落不下数千里也，资装铠仗尚赖而用也，驼马牛羊尚全而有也"①。洪武时期的北部边防，一方面是主动出击，另一方面是积极防御。建立卫所、屯田戍边是明朝防御战略的两个重要部分。边地驻军三分守城，七分耕种，所得谷物充作军粮，这项政策在明初实效显著，节省了大量的民力物力。

许（黄）观是明代第一位连中三元的士人。对于经济建设和军事战略的矛盾，他的解决方案是屯兵边境，耕守结合，对于来犯之敌，坚决回击，甚至要去则追之，坚决肃清，不留隐患②。这与朱元璋穷寇勿追的理念有所不同，但不失为一种策略。

永乐朝的八次殿试中，有两次涉及边防，分别是永乐四年（1406）和永乐二十二年（1424）。永乐二十二年甲辰科状元邢宽，其对策从军队起源说起，详述了周、汉、唐、宋、明历代的军制，并剖析其优劣。他对唐的军制评价极高：军士在一年四季中，三季务农，一季讲武，既不违农时，又不耽误训练。论及明代的兵制，邢宽说："至于兵政，则内有五军，外设诸卫，统兵有定制也。讲武有时，屯田有所，训兵有定法也。凶残之必取，天讨之必加也。此非汤、武仁义之师乎？是皆陛下行之有素，而得其效矣。"③他把明朝设置的五军都督府、卫所制、屯田制等兵制与汤、武仁义之师相提并论，虽有夸耀本朝的成分，但也确有事实依据。

明代前期，洪武朝关注的是北方民族兴衰对于国家安危的影响，永乐朝关注的是军制沿革与明代军制的优劣。正统年间，边防开始出现危机，因此殿试策问以巩固边防为题。景泰年间边防情势更为严峻。土木堡之变后，朱祁钰即皇帝位为代宗，遥尊英宗朱祁镇为太上皇。国难当头，他任命于谦为兵部尚书，并对朝政和军事进行了改革，有效防御了瓦剌军队的入侵。景泰二年（1451）、景泰五年（1454）殿试皆提到了军事与边防问题，就与其时的危急状况有关。

成化八年（1472）、弘治十五年（1502）、正德六年（1511）殿试均提到了边防问题。成化八年壬辰科殿试，以贡赋、风俗、异族、刑法为问。状元吴宽认为，应对夷狄的入侵，要"戍其地则用其地之民"，即"用边兵"。因"边兵安于水土，习于金革"，可免"调发之扰，而得制御之

---

① 〔清〕谷应泰：《明史纪事本末》卷一〇《故元遗兵》，北京，中华书局，1977，第149页。
② 陈鹏：《明代殿试时务策与边防对策研究》，黑龙江大学历史文化旅游学院，2009年度硕士学位论文，第22页。
③ 邓洪波、龚抗云：《中国状元殿试卷大全》上册，上海，上海教育出版社，2006，第606页。

道"①。他还具体说明了斥候与烽燧侦察和传送军事情报的功能。弘治十五年壬戌科殿试，以礼乐、教化、选课、征赋、用兵、用刑等时政发策。状元康海的答卷，时人评价甚高，内阁首辅李东阳称："条陈礼乐之兴废，发明教化之盛衰，以及选课之有方，征输之有法，驭兵之有制，用兵之有条，一一中款。末路归本君身，尤见忠爱卓识。"肯定其切中边防问题的症结②。

嘉靖朝一共举行了 15 次殿试，其中嘉靖二十三年（1544）和嘉靖四十一年（1562）都以边防为首务，而嘉靖二十三年的策问尤为引人注目。边防事宜之紧迫因一场突如其来的战争而凸显。蒙古俺答汗在嘉靖二十一年（1542）的入侵是天顺以来至嘉靖前期最大规模的军事行动，引起明廷的高度紧张。状元秦鸣雷则对夷狄之患保持了较为稳健的心态，在他看来，这个世界上有中国就有夷狄，正如阴阳之对立，不要一心想消灭他们。自古以来中原政权对夷狄是峻其防、服其心，而夷狄总是弱则称臣、强则干犯。所以，君王不要畏惧夷狄，而要考虑自己是否有强大的御敌武器；不要徒以御敌武器为凭，而要重视与夷狄和睦相处。国家内外兼顾，民富兵强，才能达到不战而屈人之兵的战略目的。③

嘉靖之前海防形势不及北部边境形势严峻。嘉靖中后期，倭寇的猖獗，引发了海防危机，引起了明廷对海防的高度重视。嘉靖四十一年（1562）殿试策问提到"戎狄时警，边圉弗靖，而南贼尤甚，历时越岁，尚未底宁"，"抑选任者未得其人，或多失职欤？将疆圉之臣，未能殚力制御玩寇者欤？"如何才能"上下协虑，政事具修，兵足而寇患以除，民安而邦本以固"④？就是针对这种情势而发的。状元徐（申）时行与榜眼王锡爵都提出从选拔人才、奖励军功以及将领用权三个方面来加强军队实力。关于将帅用权，徐（申）时行建议，务必保证良将用权不受中制牵制；王锡爵也提出专委任以求实效。明朝宦官监军，起自永乐以太监为监军，以心腹为耳目监听将帅言行，"宦官协镇"遂成定制⑤。到了明季，军营全任中官，统帅动辄受制。这种体制下，用将不专、兵将分离，外行干政、指挥不灵。策对中的建议的确是切中时弊的。

---

① 邓洪波、龚抗云：《中国状元殿试卷大全》上册，上海，上海教育出版社，2006，第 735 页。
② 邓洪波、龚抗云：《中国状元殿试卷大全》上册，上海，上海教育出版社，2006，第 837 页。
③ 邓洪波、龚抗云：《中国状元殿试卷大全》上册，上海，上海教育出版社，2006，第 997～999 页。
④ 邓洪波、龚抗云：《中国状元殿试卷大全》上册，上海，上海教育出版社，2006，第 1053～1054 页。
⑤ 李渡：《明代皇权政治研究》，北京，中国社会科学出版社，2004，第 156～165 页。

隆庆之后，国防重点由东南沿海向北方边境转移[1]。万历初年，内阁首辅张居正倡导并实施改革，社会经济有所发展，国力有所增强。虽有万历二十年至二十七年（1592—1599）的援朝抗倭战争，但终以胜利结束，山东、辽东的海防亦相应得到加强。从万历末年至崇祯初年，如何安边成为殿试策问最主要的内容，万历二十三年（1595）乙未科、万历四十四年（1616）丙辰科、天启二年（1622）壬戌科均关注边防形势，崇祯朝则每科均围绕边防困局发策，可见当时时势之危急。

万历二十三年（1595）殿试，策问提到"文具太盛，武备寝弛"[2]，所针对的是明中期以来的积弊：京师主力部队的春秋教阅演练是加强了，可虚报人数和白领军饷的现象仍未肃清；各个边防重镇的戍卫士兵，由当地人和外地调来的各种供应已相当繁多，可基层编制仍不充实；至于京师和外地的五军都督府及各个卫所，处处纲纪废弛。一旦有事，朝廷动辄无法委派将领，各处驻军也苦于无兵镇压。这些弊病，非大力加以整顿振作不可。是科状元朱之蕃以史为鉴，条分缕析，虽句句依托历史，但条条都对应着当务之急。

万历四十四年（1616）的殿试策问坦言明军存在兵士逃亡、训练不足、军需欠缺等各种弊端。其时明王朝正面临着来自东北边境的巨大威胁，这样的策问表现了强烈的危机感。万历朝东北防御的对手主要由三个部分组成：土蛮、朵颜三卫和女真。万历初期，明军与三部落之间的战争互有攻守，明军优势较大，胜多败少。万历中后期，女真族出现了一位杰出的领袖努尔哈赤，统一了女真各部，逐渐成为明朝最大的边患。

崇祯年间，内忧外患日趋剧烈，王朝岌岌可危。崇祯朝共举行六次殿试，每次殿试都围绕靖边发策，其中崇祯十年（1637）的时务策尤具代表性。练兵和粮饷是王朝面对的巨大困境，"无时不饬筹饷，而饷之窘匮愈甚，且耗蠹莫可诘矣；无时不饬练兵，而兵之单弱如故，且增募日踵请矣"[3]。越是加强筹饷、练兵，越是缺粮、少兵，可谓积弊难返。在这段策问里，崇祯对屯田、盐政二事的态度十分矛盾，一方面他认为恢复屯盐祖制十分必要，因二者与国家根本利益相关；另一方面他又感到屯田与盐政的效果需要长期的积累才能显现，如今国帑空虚，边事危急，这样的解决方式无异于以远水解近渴。崇祯以唐代的两位大臣为例，渴望朝廷得到这样的国家栋梁。面对忧心如焚、求贤若渴的崇祯，状元刘同升痛切地指

---

[1]　李庆新：《海洋史研究》第 2 辑，北京，社会科学文献出版社，2011，第 202 页。

[2]　邓洪波、龚抗云：《中国状元殿试卷大全》下册，上海，上海教育出版社，2006，第 1181 页。

[3]　邓洪波、龚抗云：《中国状元殿试卷大全》下册，上海，上海教育出版社，2006，1309 页。

出：屯田所需的基础已经不复存在，屯田自然难见成效了；明初输粮换盐之法也已经很难恢复。现在国家急需刘晏、李抱真这样的人才。刘晏知人善用，能选拔真正的人才来治理国家；李抱真忠君报国，在唐末乱世仍忠于朝廷。他认为具有这种品格的大臣才是崇祯朝所急需的人才，才能化解当下的危机①。刘同升的建言当然符合崇祯的初衷，崇祯也努力这样做，但他刚愎自用，果于杀戮，先是误杀袁崇焕，后又罢免孙承宗，他越是自以为英明地频繁折腾，局面就越是糟糕。在明末的危局中，对策的合理规划无从实施，种种弊政终无法消除。

第二节　明代八股文深受明代思想文化进程影响

关于明代八股文的分期，清儒李光地和方苞有不同意见，李光地说："明代时文，洪、永、宣、景、天为初，成、弘为盛，正、嘉为中，庆、历为晚，天启以后，不足录已。"②方苞则云："明人制义，体凡屡变。自洪、永至化、治，百余年中，皆恪遵传注，体会语气，谨守绳墨，尺寸不逾。至正、嘉作者，始能以古文为时文，融液经史，使题之义蕴，隐显曲畅，为明文之极盛。隆、万间兼讲机法，务为灵变。虽巧密有加，而气体苶然矣。至启、祯诸家，则穷思毕精，务为奇特，包络载籍，刻雕物情，凡胸中所欲言者，皆借题以发之。就其善者，可兴可观，光气自不可泯。"③李光地分明代时文为四期，洪武至天顺为初期，成化、弘治为盛期，正德、嘉靖为中期，隆庆、万历为晚期，而"天启以后不足录"。方苞则视洪武以迄弘治为一期，正德、嘉靖为一期，隆庆、万历为一期，天启、崇祯为一期。同为四期，但李氏摘出成化、弘治为盛期，正德、嘉靖为中期，而方氏则以正德、嘉靖为明文之极盛，成化、弘治归之于恪遵传注的阶段。且方氏将天启、崇祯也分作一期，与李氏视为蔑如大不相同。

本节对明代八股文发展进程的考察，特别关注它与明代思想文化之间的密切关联——明代的思想文化如何影响八股文写作、八股文怎样体现明代思想文化的走向。分期则参照方氏而稍有变化，大体划为三个阶段。从洪武至弘治年间的恪遵程朱传注，到正德、嘉靖年间的心学渗入八股，再到隆、万以降三教归一思潮对八股文的形塑，明代的八股文与明代的思想

---

① 〔清〕张廷玉等：《明史》卷二百十六，北京，中华书局，1974，第3808～3809页。
② 〔清〕李光地：《榕村语录　榕村续语录》，北京，中华书局，1995，第527页。
③ 〔清〕方苞编，王同舟、李澜校注：《钦定四书文校注》，武汉，武汉大学出版社，2009，第1页。

文化，两者之间的关联度之高，几乎可用息息相关来加以形容。

一、洪武至弘治年间谨守程朱传注

元代科举考试，《诗》主朱熹《诗集传》，《尚书》主蔡沈《书集传》，《周易》主程颐《易传》和朱熹《周易本义》。以上三经都可以兼用古注疏，《春秋》三传并用，再加入胡安国传，《礼记》则专主古注疏。洪武年间，科举考试虽以程朱理学为鹄的，但一部分古注疏已开始废弃不用。洪武十七年（1384）三月戊戌，明太祖下令礼部颁行《科举程式》：

> 乡试八月初九日第一场，试《四书》义三道，每道二百字以上，经义四道，每道三百字以上，未能者许各减一道。《四书》义主《朱子集注》，经义，《诗》主《朱子集传》，《易》主程朱《传》《义》，《书》主蔡氏《传》及古注疏，《春秋》主左氏、公羊、榖梁、胡氏、张洽《传》，《礼记》主古注疏。[①]

《诗》由朱熹《诗集传》与古注疏兼用改为专主朱熹《诗集传》，《周易》由程颐《易传》、朱熹《周易本义》和古注疏兼用改为专主程朱之《传》《义》，已经有选择性地废除了部分古注疏。

永乐十三年（1415）九月己酉，《五经大全》《四书大全》及《性理大全书》修成。明成祖编纂三部大全的目的在于如"胡广所云之'合众途于一轨，会万理于一原'、'俾人皆由于正路而学，不惑于他歧，家孔孟而户程朱'的学术统一及明成祖所云'使家不异政，国不殊俗，大回淳古之风，以绍先王之统，以成熙皞之治'之思想统一"[②]，达到这一目的的首选途径是充分发挥国家体制的作用，以功名利禄招致天下英才。永乐十五年（1417）夏四月丁巳，明成祖即下令颁《五经大全》《四书大全》《性理大全书》于两京六部、国子监及天下府、州、县学。"于是，程朱之学不仅是科举的考试标准，也是明王朝肯定的思想形态了。"[③]自永乐年间《五经大全》《四书大全》及《性理大全书》纂修告成并颁行天下，古注疏几乎废黜殆尽。

---

① 《明实录·明太祖实录》卷一百六十，台北，"中央研究院"历史语言研究所，1962，第2467页。

② 廖鸿裕：《明代科举研究》，台湾中国文化大学中国文学研究所，2008年度博士学位论文，第135页。

③ 陈来：《宋元明哲学史教程》，北京，生活·读书·新知三联书店，2010，第286页。

《大全》出而古注疏废，思想文化领域的这一重大转变，明人早已言及。何良俊《四友斋丛说》有云：

> 太祖时，士子经义皆用注疏，而参以程朱传注。成祖既修五经四书大全之后，遂悉去汉儒之说，而专以程朱传注为主。夫汉儒去圣人未远，学有专经，其传授岂无所据？况圣人之言广大渊微，岂后世之人单辞片语之所能尽。故不若但训诂其辞而由人体认，如佛家所谓悟入。盖体认之功深，则其得之于心也固，得之于心固，则其施之于用也必不苟。自程朱之说出，将圣人之言死死说定，学者但据此略加敷演，凑成八股，便取科第，而不知孔孟之书为何物矣。以此取士，而欲得天下之真才，其可得乎？呜呼！ ①

陆容《菽园杂记》亦云：

> 朱子注《易》，虽主尚占立说，而其理未尝与程《传》背驰。故《本义》于卦文中，或云说见程《传》，或云程《传》备矣。又曰：看其《易》，须与程《传》参看。故本朝诏告天下，《易》说兼主程、朱，而科举取士以之。予犹记幼年见《易》经义多兼程《传》讲贯，近年以来，场屋经义，专主朱说取人，主程《传》者皆被黜。学者靡然从风，程《传》遂至全无读者。尝欲买《周易传义》为行箧之用，遍杭城书肆求之，惟有朱子《本义》，兼程《传》者绝无矣。盖利之所在，人必趋之，市井之趋利，势固如此，学者之趋简便亦至此哉！ ②

不仅古注疏濒临废绝，程颐《易传》也遭废黜，场屋经义一以朱说为去取，朱学成为举业的绝对正宗。永乐以降在科举考试中一律采用《五经大全》《四书大全》及《性理大全书》，其直接后果是对经典的阐释高度一元化，其深远后果是窒息了思想文化领域的活跃局面。盖读书人仅用功于几部科举教材，是不可能具有宽广视野和思想活力的。从学术统一到思想统一，这正是永乐所向往的目标。

作为朝廷意识形态之风向标的八股文，这期间的最大特色即谨守程朱

---

① 〔明〕何良俊：《四友斋丛说》卷三《经三》，元明史料笔记丛刊，北京，中华书局，1959，第22页。
② 〔明〕陆容：《菽园杂记》卷十五，北京，中华书局，1985，第181页。

传注尤其是朱注。

八股文是明清两代科举考试的专用文体。明清两代的乡试、会试，最重要的测试内容，是要求士子依照严格的程式对儒家经典进行阐释。由此形成的考试专用文体，通称"制义"，此外还有制艺、经义、时文、时艺等名称。至于"八股文"，虽是从制义的结构与写法而来的一种俗称，却最为现代读者所熟悉。

作为文体，八股文兼具策、论等源于子部的作品和诗、赋等集部作品的某些属性。其体制主要有两方面的要求：代圣贤立言，体用排偶。"代圣贤立言"具有论的意味，既传统所说的"义理"，不过并非表达自己的思想，而是用圣贤的口气表达圣贤的思想。"体用排偶"则继承了诗、赋、骈文的修辞技巧，包括词句、辞藻、历史故事和典故的运用等，即传统所说的"词章"和"考据"。而形式上的要求更为细密，其篇章结构包括题头部分（破题、承题、起讲）和股对部分：股对部分为文章主体，正格由提比、中比、后比、束比等部分构成，每比分二股，共八股。提比后又有出题，中比、后比间有过接，束比后有大结。如此讲究章法和层次，既是为了考察逻辑推理能力，也是为了便于评分。启功说："八股文在反映思想上，吸取了'经义'的原则，即主要的是讲解经书中孔孟的道理。文章自然都要有次序、有条理、又有逻辑性，也就是有主题、有发挥。这就形成有破题、有起讲，到分条议论的分股。对偶、声调是古代文章的艺术手法，也是汉语文学技巧的一些重要组成部分，也逐渐纳入八股的做法中。又要了解应考人的政治头脑，就在文章最后安排一个'大结'，以起政策答案的作用。"[1]不过八股文体的定型并非一日之功，其形成的过程相当漫长。

明代前期，即洪武至天顺时期，经义之文尚未形成稳定的体式："天顺以前，经义之文不过敷演传注，或对或散，初无定式。"[2]这一时期的经义之文，在风格上大体以"简朴"为尚。用俞宪的话说，就是以"辞达为本"[3]。如黄子澄所作《天下有道则礼乐征伐自天子出》：

> 治道隆于一世，政柄统于一人。夫政之所在，治之所在也，礼

---

① 启功、张中行、金克木：《说八股》，北京，中华书局，2000，第36～37页。

② 〔清〕顾炎武著，黄汝成集释：《日知录集释》卷十六《试文格式》，长沙，岳麓书社，1994，第594页。

③ 〔明〕张朝瑞：《皇明贡举考》卷一引，四库全书存目丛书史部第269册，济南，齐鲁书社，1997，第458页。

乐征伐皆统于天子，非天下有道之世而何哉？昔圣人通论天下之势，首举其盛为言。若曰：天下大政，固非一端；天子至尊，实无二上。是故民安物阜，群黎乐四海之无虞；天开日明，万国仰一人之有庆。主圣而明，臣贤而良，朝臣有穆皇之美也；治隆于上，俗美于下，海宇皆熙皞之休也。非天下有道之时乎？当斯时也，语离明则一人所独居也，语乾纲则一人所独断也。若礼若乐，国之大柄，则以天子操之，而掌于宗伯；若征若伐，国之大权，则以天子主之，而掌于司马。一制度，一声容，议之者天子，不闻于以诸侯而变之也。一生杀，一予夺，制之者天子，不闻于以大夫而擅之也。皇灵丕振，而尧封之内，咸懔圣主之威严；王纲独握，而万甸之中，皆仰一王之制度。信乎！非天下有道之盛世，孰能若此哉！①

黄子澄（？—1402）为洪武十八年（1385）会元。他的这篇四书文，题目出自《论语·季氏》，首两句为："天下有道，则礼乐征伐自天子出；天下无道，则礼乐征伐自诸侯出。"破题二句，明破"有道"；承题承作者之意，不入圣贤口气；以"若曰"起讲，为八股文常用格式，起讲以后，体用排偶，入圣贤口气，围绕"有道之世"与"有道之时"正面发论。格调庄重典雅，语带台阁之气，作为八股文初创时期之作，规模已具。李调元誉之为"开国第一篇文字，足为万世楷式"②。梁章钜《制艺丛话》卷四：《书香堂笔记》云：录前明制义者，自洪武乙丑科分宜黄子澄元墨为第一篇文字，解大绅学士批云：'庄重典雅，台阁文字。'徐存庵曰：'时未立闱牍科条，行文尚涉颂体，而收纵之机，浩荡之气，已辟易群英，况此为文章之始，自应首录，以存制义之河源也。'按：首题为'天下有道，则礼乐征伐自天子出'。""按：各选本多以刘文成公基'敬事而信'题文为有明一代制义之祖，然是初体之尤者，其提一'机'字以为敬之原，衬一'势'字以为信之影，究未精的，故舍彼录此。"③

　　成化、弘治是明代八股文演变的重要时期。一方面，八股文的体制与格式在这一时期趋于成熟："经义之文，流俗谓之八股，盖始于成化以

---

① 〔清〕梁章钜著，陈水云、陈晓红校注：《梁章钜科举文献二种校注》，武汉，武汉大学出版社，2009，第59页。

② 〔清〕李调元：《制义科琐记》卷一《开国元墨》，丛书集成初编，北京，中华书局，1985，第15页。

③ 〔清〕梁章钜：《制艺丛话·试律丛话》，陈居渊校点，上海，上海书店出版社，2001，第51页。

后。"① 另一方面，这一时期的八股文风醇深典雅，被视为八股文"正体"。成化、弘治间的八股文作家以钱福、王鏊为代表，其中王鏊（1450—1524）被清初俞长城誉为"一代之俊英，斯文之宗主"②，所作八股文开创了一代文风。如其名篇《百姓足君孰与不足》：

> 民既富于下，君自富于上。盖君之富，藏于民者也；民既富矣，君岂有独贫之理哉？有若深言君民一体之意以告哀公。盖谓公之加赋，以用之不足也；欲足其用，盍先足其民乎？诚能百亩而彻，恒存节用爱人之心，什一而征，不为厉民自养之计，则民力所出，不困于征求，民财所有，不尽于聚敛。间阎之内，乃积乃仓，而所谓仰事俯育者，无忧矣；田野之间，如茨如梁，而所谓养生送死者，无憾矣。百姓既足，君何为而独贫乎？吾知藏诸间阎者，君皆得而有之，不必归之府库，而后为吾财也；蓄诸田野者，君皆得而用之，不必积之仓廪，而后为吾有也。取之无穷，何忧乎有求而不得？用之不竭，何患乎有事而无备？牺牲粢盛，足以为祭祀之供；玉帛筐筐，足以资朝聘之费。借曰不足，百姓自有以给之也，其孰与不足乎？饔飧牢醴，足以供宾客之需；车马器械，足以备征伐之用。借曰不足，百姓自有以应之也，又孰与不足乎？吁！彻法之立，本以为民，而国用之足，乃由于此。何必加赋以求富哉！③

文题出自《论语·颜渊》，破、承都用作者之意，"盖谓"以下入圣贤口气，围绕朱熹《集注》"有若深言君民一体之意"展开论述，分为起讲、出题、虚股、中股、后股、束股、大结等段落，体式完备，堪称八股文正体的典范之作。梁章钜《制艺丛话》卷四："李文贞公曰：或问王守溪时文笔气似不能高于明初人，应之曰：'唐初诗亦有高于工部者，然不如工部之集大成，以体不备也。'制义至守溪而体大备。某少时颇怪守溪文无甚拔出者，近乃知其体制朴实，书理纯密。以前人语句多对而不对，参差洒落，虽颇近古，终不如守溪裁对整齐，是制义正法。如唐初律诗，平仄不尽叶，终不如工部声律密细，为得律诗之正。""俞桐川曰：制义之有王

---

① 〔清〕顾炎武著，黄汝成集释：《日知录集释》卷十六《试文格式》，长沙，岳麓书社，1994，第594页。
② 〔清〕梁章钜：《制艺丛话·试律丛话》卷四，陈居渊校点，上海，上海书店出版社，2001，第56页。
③ 〔清〕方苞编，王同舟、李澜校注：《钦定四书文校注》，武汉，武汉大学出版社，2009，第25页。

守溪，犹史之有龙门、诗之有少陵、书法之有右军，更百世而莫并者也。前此风会未开，守溪无所不有；后此时流屡变，守溪无所不包，理至守溪而实，气至守溪而舒，神至守溪而完，法至守溪而备。盖千子、大力、维斗、吉士莫不奉为尸祝，而或讥其雕镂，疵其圆熟，则亦过高之论矣。运值天地之和，居得山川之秀。夹辅盛明，大有而不溺；遭逢疑贰，明夷而不伤。于理学为贤，于文章为圣，于经典为臣，于制义为祖，岂非一代之俊英、斯文之宗主欤？"①《制艺丛话》卷十二："凌义远《名文探微》云：制艺之盛，莫如成、弘，必以王文恪公为称首，其笔力高古，体兼众妙，既非谨守成法者所能步趋，亦非驰骋大家者所可超乘而上。"②《钦定四书文》化治文录王鏊四书文 12 篇，居成化、弘治年间之首。就整个明代的四书文而言，仅少于陈际泰（58 篇）、归有光（33 篇）、金声（30 篇）、唐顺之（21 篇）、黄淳耀（20 篇）、章世纯（14 篇），与胡友信入选篇目数量相等。其地位之显著由此可见。

嘉靖二十七年（1548），徐阶在《崇雅录序》中这样描述宣德至弘治年间的八股文风："宣德以前，场屋之文虽间失之朴略，而信经守传，要之不抵牾圣人。至成化、弘治间，则彬彬盛矣。"③清初方苞曾奉命编选《钦定四书文》，他对明初至弘治年间的八股文风气做了相近的概括："自洪、永以迄化、治，百余年中，皆恪遵传注，体会语气，谨守绳墨，尺寸不逾。"④徐阶和方苞的评议可以视为定论，而王鏊等人的八股文则为这一定论提供了具体例证。

有必要一提的一个重要事实是：即便明代心学大师王守仁的八股文，在弘治时期，也同样谨遵朱注。《钦定四书文》化治文录王守仁四书文三篇，其中一篇是《诗云鸢飞戾天（一节）》："《中庸》即《诗》而言一理充于两间，发费隐之意也。盖盈天地间皆物也，皆物则皆道也。即《诗》而观，其殆善言道者必以物欤？今夫天地间惟气而已矣，理御乎气，而气载乎理，固一机之不相离也。奈之何人但见物于物，而不能见道于物；见道于道，而不能见无物不在于道也。尝观之《诗》而得其妙矣。其曰'鸢飞

---

① 〔清〕梁章钜：《制艺丛话·试律丛话》，陈居渊校点，上海，上海书店出版社，2001，第 56 页。

② 〔清〕梁章钜：《制艺丛话·试律丛话》，陈居渊校点，上海，上海书店出版社，2001，第 231 页。

③ 〔明〕徐阶：《世经堂记》卷十二《崇雅录序》，四库全书存目丛书集部第 79 册，济南，齐鲁社，1997，第 587 页。

④ 〔清〕方苞编，王同舟、李澜校注：《钦定四书文校注·凡例》，武汉，武汉大学出版社，2009，第 1 页。

戾天，鱼跃于渊'，言乎鸢、鱼而意不止于鸢、鱼也；即乎天、渊而见不滞于天、渊也。为此诗者，其知道乎！盖万物显化醇之迹，吾道溢充周之机。感遇聚散，无非教也；成象效法，莫非命也。际乎上下，皆化育之流行；合乎流行，皆斯理之昭著。自有形而极乎其形，物何多也，含之而愈光者，流动充满，一太和保合而已矣；自有象而极乎其象，物何赜也，藏之而愈显者，弥漫布濩，一性命各正而已矣。物不止于鸢、鱼也，举而例之，而物物可知；上下不止于天、渊也，扩而观之，而在在可见。是盖有无间不可遗之物，则有无间不容息之气；有无间不容息之气，则有无间不可乘之理。其天机之察于上下者，固如此乎？"方苞评曰："清醇简脱，理境上乘。阳明制义，谨遵朱注如此。"[1]王守仁是弘治十二年(1499年)己未科进士。王守仁的心学思想"衍于正、嘉而盛于隆、万"[2]，而在弘治时期，王守仁异于程朱的心学体系尚未完成。而尤为重要的是，八股文是一种考试文体，任何可能导致落选的尝试都是不明智的。王守仁谨守朱注，表明程朱传注作为举业正宗的地位仍不可动摇。

二、正嘉以降心学逐渐渗入八股

正德、嘉靖时期，明代八股文由成熟走向鼎盛。尤其是嘉靖时期，明代公认的八股文四大家：王鏊、唐顺之、瞿景淳、薛应旂，嘉靖间占了三家。又有八大家之说，指吴县王鏊、武进唐顺之、常熟瞿景淳、武进薛应旂、昆山归有光、德清胡友信、归善杨起元、临川汤显祖，嘉靖间占了四家。

阳明心学也兴盛于正德、嘉靖年间。吕妙芬认为，王阳明对作为科举取士标准的程朱学存在既依赖又排拒的暧昧态度。"一方面，程朱学曾是王阳明最认真学习的课题，规范着王阳明学说的重要内涵与进程，程朱之作圣精神也是王阳明仰慕学习的榜样；另一方面，程朱学又被王阳明批评为违离圣人之教、不契入道之方，也是阳明学说主要欲予纠正的内容，而程朱官学主导的科举士习更是王阳明主要攻击与纠正的对象。"[3]正德十三年（1518）七月，《古本大学》录刻成书，这是王阳明"首次公开而正式地反对朱子的学说"，"象征一个对立于程朱官学之阳明学派的成立"[4]。王阳明

---

① 〔清〕方苞编，王同舟、李澜校注：《钦定四书文校注·钦定化治四书文》卷四，武汉，武汉大学出版社，2009，第42页。

② 〔清〕梁章钜：《制艺丛话·试律丛话》，陈居渊校点，上海，上海书店出版社，2001，第62页。

③ 吕妙芬：《阳明学士人社群——历史、思想与实践》，北京，新星出版社，2006，第33页。

④ 吕妙芬：《阳明学士人社群——历史、思想与实践》，北京，新星出版社，2006，第43页。

对官方认定的程朱之学不满进而公开予以反对，引发了朝廷上下的围剿：

> （嘉靖元年十月乙未）礼科给事中章侨言："三代以下论正学莫如朱熹，近有聪明才智足以号召天下者倡异学之说，而士之好高务名者靡然宗之。大率取陆九渊之简便，惮朱熹为支离，及为文辞务崇艰险。乞行天下痛为禁革。"时河南道御史梁世骥亦以为言。礼部覆议，以二臣之言深切时弊，有补风教。上曰："然。祖宗表章《六经》，颁降敕谕，正欲崇正学、迪正道、端士习、育真才，以成正大光明之业。百余年间，人材浑厚，文体纯雅。近年士习多诡异，文辞务艰险，所伤治化不浅。自今教人、取士一依程朱之言，不许妄为叛道不经之书，私自传刻，以误正学。"①

章侨所谓"聪明才智足以号召天下者"，指的就是王阳明。明世宗对此作出的谕令是："自今教人、取士一依程朱之言，不许妄为叛道不经之书，私自传刻，以误正学。"重申程朱的独尊地位，将阳明心学定性为"叛道不经"，严禁天下私自传刻其书。嘉靖八年（1529）二月，明世宗命吏部集会群臣论议王守仁功罪：

> （桂萼②言）守仁事不师古，言不称师，欲立异以为名，则非朱熹格物致知之论，知众论之不与，则著《朱熹晚年定论》之书，号召门徒，互相唱和。才美者乐其任意，或流于清谈；庸鄙者借其虚声，遂敢于放肆。传习转讹，悖谬日甚。……今宜免夺封爵，以彰国家之大信；申禁邪说，以正天下之人心。上曰："卿等议是。守仁放言自肆，诋毁先儒，号召门徒，声附虚和，用诈任情，坏人心术。近年士子传习邪说，皆其倡导。……所封伯爵，本当追夺，但系先朝信令，姑与终身。其殁后恤典，俱不准给。都察院仍榜谕天下，敢有踵袭邪说，果于非圣者，重治不饶。③

桂萼因疑忌王阳明，试图免夺其封爵，申禁其学说。明世宗虽未削去阳明

---

① 《明实录·明世宗实录》卷十九，台北，"中央研究院"历史语言研究所，1962，第568～569页。

② 《明世宗实录》未明言此处建言之人，据《明史·王守仁传》，知系桂萼所为。

③ 《明实录·明世宗实录》卷九十八，台北，"中央研究院"历史语言研究所，1962，第2299～2300页。

封爵，但不与恤典，且令都察院榜谕天下，不准传习阳明学说，如有敢犯，"重治不饶"。桂萼在大肆指斥王阳明之余，还不遗余力排挤阳明弟子。此种政治环境颇不利于阳明学派的成长。

阳明学既不能为官方容纳，当然也不能为举业所宗，所以，即使阳明弟子，也有人始终不以心学入八股，如"季彭山本师承阳明，著书数百万言，皆行于世。夫宗阳明者，其说不能无弊，而大旨归于心得，是以可传。然终不以入时文，时文必宗考亭，考亭正宗也，象山旁支也。彭山制义恪守传注，谨严法度，阳儒阴释之语，无能涉其笔端，与口谈考亭而文词浮诞者相去远矣"①。阳明弟子之所以不以心学入八股，其中一个重要原因是，他们参加科举考试的目的，乃是为了被录取，而以心学入八股的结果，必然是落选。他们信奉心学，而不以心学入八股，所显示的是现实权衡的明智，而不是哲学信念的抉择。在这种现实权衡的背后，我们看到，程朱作为举业正宗的地位仍极其稳固。

与此形成对照的是另一种情形：如果以心学应试也不妨碍录取的话，阳明弟子无疑更愿意采用老师的见解。这种情形在正德、嘉靖年间的乡试尤其是殿试中时有出现。"正德十一年，湖广乡试，有司以'格物致知'发策，先生（冀元亨）不从朱注，以所闻于阳明者为对，主司奇而录之。"②"嘉靖二年癸未廷试，策问阴诋守仁。欧阳德，王氏弟子也，与同年魏良弼、黄直，直发师训无所阿附，竟登第。与探花徐阶善，共讲王氏学焉。"③ 严讷为学"不主章句，要以意绎圣贤之旨，而其归率体会于身心实践。弱冠时，喜阳明先生家言，每读一篇，必置几上一叩首。（嘉靖二十年）辛丑对策卷，盛推先生能继濂、洛绝统。主司者大不悦，为标数十语抨击。幸卷既入录，得不摈及"④。阳明弟子以心学入策论，一方面是为了传扬师说，扩大心学的影响，另一方面也有与压制心学者抗争的意味。但他们大多选择在殿试时这样做，其实仍有现实的权衡。盖八股文评卷是匿名的，以心学入试，必然被刷且毫无社会影响；而殿试策的阅卷其实并非匿名，且读卷官中不乏偏袒心学者，以心学入试，不仅有可能被录取，即使被刷掉也可以造成广泛社会影响。这一事实表明，阳明心学已开始动摇

---

① 〔清〕梁章钜：《制艺丛话·试律丛话》，陈居渊校点，上海，上海书店出版社，2001，第62页。
② 〔清〕黄宗羲：《明儒学案》卷二十八，沈芝盈点校，北京，中华书局，1985，第635页。
③ 〔清〕李调元：《制义科琐记》卷二《王氏学》，丛书集成初编，北京，中华书局，1985，第61页。
④ 〔明〕赵用贤：《松石斋集》卷十五《光禄大夫太子太保吏部尚书武英殿大学士赠少保谥文靖严公行状》，四库禁毁书丛刊集部第41册，第222页。

程朱传注作为举业正宗的地位。阳明心学的弘扬，逐渐在国家体制内获得了一些支持。

正、嘉年间，阳明心学不仅影响了殿试策的写作，也影响到了八股文写作，一些八股文大家，如薛应旂、唐顺之、王慎中、许孚远等，其思想都或多或少留有阳明心学的烙印。如唐顺之，其学案就被黄宗羲置于《明儒学案》卷二十六《南中王门学案二》。南中王门学派一般指广布于"南方"（主要指今江苏、安徽两省）的阳明后学一派。代表人物有薛应旂、戚贤、朱得之等，主要学者有查铎、唐顺之、徐阶等，多宗奉王阳明"致良知"之学。

并非偶合，嘉靖时期八股文"以古文为时文"的风气，即始于唐顺之，而大成于归有光。所谓"以古文为时文"，即将古文所注重的深刻思想、阳刚之气（气格）和丰富多彩的章法句法（篇章技法）融入八股文，以克服其平庸、板滞、柔缓之弊。韩愈、柳宗元以来的古文，由内容方面看，其实也是代圣贤立言，但因较多融入了个人心得，所以较有新意，又因不拘于对偶的句式和固定的章法，所以较有气势、较为活泼。"以古文为时文"，注重的是内容的深刻和表达的多样化。这一风气与阳明心学的兴盛同步，确得力于共同的思想文化氛围。唐顺之八股文名作甚多，如《子莫执中执中为近之执中无权犹执一也》：

> 时人欲矫异端之偏，而不知其自陷于偏也。盖不偏之谓中，而用中者，权也。子莫欲矫杨墨之偏而不知权焉，则亦一偏而已矣。此孟子斥其弊以立吾道之准也。且夫吾道理一而分殊，而为我之与兼爱，固皆去道甚远者也；吾道以一而贯万，而执其为我与执其兼爱者，固皆执一而不通者也。于是有子莫者，知夫杨墨之弊而参之于杨墨之间，以求执乎其中焉。盖曰其孑孑然以绝物如杨子者，吾不忍为也，但不至于兼爱而已矣；其煦煦然以徇物如墨子者，吾不暇为也，但不至于为我而已矣。自其不为为我也，疑于逃杨而归仁；自其不为兼爱也，疑于逃墨而归义。子莫之于道似为近也，然不知随时从道之谓权，以权应物之谓中，而杨墨之间，非所以求中也。徒知夫绝物之不可，而不知称物以平施，则为我固不为也，而吾道之独善其身者，彼亦以为近于为我而莫之敢为矣；徒知夫徇物之不可，而不能因物以付物，则兼爱固不为也，而吾道之兼善天下者，彼亦以为近于兼爱而莫之肯为矣。虽曰将以逃杨也，然杨子有见于我，无见于人，而子莫有见于固，无见于通，要之，均为一曲

之学而已，知周万变者果如是乎？虽曰将以逃墨也，然墨子有见于人，无见于我，而子莫有见于迹，无见于化，要之，均为一隅之蔽而已，泛应不穷者果如是乎？夫为我一也，兼爱一也，故杨墨之为执一易知也；中非一也，中而无权则中亦一也，故子莫之为执一难知也。非孟子辞而辟之，则人鲜不以子莫为能通乎道者矣。①

《子莫执中执中为近之执中无权犹执一也》题出《孟子·尽心上》。破题二句，正面解析题中之义。承题五句，用作者之意，析孟子立言之旨。"且夫"以下为起讲，所论之意虽不出朱熹"子莫执为我、兼爱之中而无权"之论，然而辞气排荡，结构谨然，有韩愈、苏轼论辩文的遗风。《钦定四书文》正嘉文选录唐顺之文共21篇，在明代仅次于陈际泰、归有光、金声诸人。梁章钜《制艺丛话》卷五："林于川雨化曰：唐荆川顺之精于制义，有自为诗云：'文入妙来无过熟，书从疑处更须参。'此荆川自道其所得也。荆川有极巧之文，而其实不过是极熟。如'不揣其本而齐其末'两节，叠下两比喻，一反一正，文气流走不齐。荆川制作两扇时，使之齐中用两语递过，通篇读之，又只似流水不齐文法，此所谓巧从熟生也。文云：'且夫两物相形，而高下异焉，所以辨其高下者，未尝不兼本末而较之也，故寸木之于岑楼，其高下至易知也，今也不复揣其下之平，而但取其上之齐，是寸木固可使之高于岑楼矣。今论礼者，不究其本而必曰礼食亲迎而已；论食色者，不究其本而必曰饥死与不得妻而已，是食色固可使之重于礼矣。任人之说，似亦无足怪者。虽然，此特自其一偏而言之耳，而非所以道其常也。何者？两物相形轻重异焉，所以辨其轻重者，未尝不等其轻重而较之也，故金之与羽，其轻重至易知也。今以一钩金之寡，而较一舆羽之多，而谓足以概金羽之轻重也，岂理也哉？今论礼者，不量其多寡而必曰礼食亲迎而已；论食色者，不量其多寡而必曰饥死与不得妻而已，如是而谓足以较礼与食之轻重，又岂理也哉？任人之论，其不可也，明矣。'俞桐川谓此等作法，成、弘、正、嘉间多有之，隆庆以后则绝响矣。"②所谓"书从疑处更须参"，所谓"荆川自道其所得"，说的都是在内容方面"以古文为时文"必备的素养；所谓"文气流走不齐"，"通篇读之，又只似流水不齐文法"等等，说的都是在表达方面"以古文为时文"

---

① 〔清〕方苞编，王同舟、李澜校注：《钦定四书文校注》，武汉，武汉大学出版社，2009，第233页。

② 〔清〕梁章钜：《制艺丛话·试律丛话》，陈居渊校点，上海，上海书店出版社，2001，第64页。

所造成的特点。

薛应旂也是一位心学家。薛应旂（1498—约1570），字仲常，号方山，武进（今江苏常州）人。嘉靖十三年（1534）举人，次年考取进士。曾任南京吏部考功郎中、浙江提学副使等职。黄宗羲《明儒学案》将薛应旂列入"南中王门"，是阳明心学的一支。薛应旂为考功时，曾经罢黜江左王学的代表人物王畿，以致王门后学不许其称王门中人。薛应旂之所以罢黜王畿，大概是为了维护阳明心学的纯粹，以免江左王学在援佛入儒之路上走得太远。正如黄宗羲所言，"先生盖借龙溪以正学术也"①。

薛应旂任浙江提学副使时，教诲诸生，并不强调遵依朱注，有时甚至明指朱注为非。何焯说："辛亥，薛仲常自南考功督两浙学政，初考湖州，出'及其至也，虽圣人亦有所不知焉'，所奖者皆不依朱注'问礼''问官'解。考嘉兴，出'居敬而行简二节'，诸生凡用'仲弓未喻夫子可字之意'解者，厉声叱其浅陋，且以臆见辩驳数百言。夫乡之士大夫方趋'致良知'之新说，而使者又厌薄先儒，助之淈泥扬波，《桑柔》之五章，当时亦有为薛氏赋者乎！"②薛应旂提倡独立思考，反对盲从朱注，体现出阳明心学的显著影响。

薛应旂的"赐也女以予为多学而识（一章）"是一篇墨文，阐发了儒家"吾道一以贯之"的思想。李光地评曰："汉唐以下，学不知本，故所谓心学云者，往往为异氏所冒。知天下之大本而立之，则所以贯天下之道者此矣，文能见大意。"③在《论语》题的写作中，畅发其心学家的见解，并得到李光地的认同，可见其见解不仅新颖，而且确有理据。

唐顺之、薛应旂两例主要反映了嘉靖前中期的情形。至嘉靖后期，阳明学日益兴盛，阳明弟子或后学中不少人身居显位，如李春芳与徐阶。在他们声势浩大的崇奉、推扬之下，阳明学为官绅、士子所广泛接受，心学对八股文的渗透也就愈发普遍了。

三、隆万以降道释杂入制义

顾炎武《日知录》卷十八《破题用庄子》云：

> 《五经》无"真"字，始见于老、庄之书。《老子》曰：其中有

---

① 〔清〕黄宗羲：《明儒学案》卷二十五，沈芝盈点校，北京，中华书局，1985，第593页。
② 李国钧编：《清代前期教育论著选》（中册）《两浙训士条约》，北京，人民教育出版社，1990，第291页。
③ 田启霖：《八股文观止》，海口，海南出版社，1994，第414页。

精，其精甚真。《庄子·渔父篇》：孔子愀然曰："敢问何谓真？"客曰："真者，精诚之至也。"《大宗师篇》曰：而已反其真，而我犹为人猗？《列子》曰：精神离形，各归其真，故谓之鬼。鬼，归也，归其真宅。《汉书·杨王孙传》曰：死者，终生之化，而物之归者也。归者得至，化者得变，是物各反其真也。《说文》曰：真，仙人变形登天也。徐氏《系传》曰：真者，仙也，化也。从匕，匕即化也，反人为匕，从目，从匕，入其所乘也。以生为寄，以死为归，于是有真人、真君、真宰之名。秦始皇曰：吾慕真人。自谓真人，不称朕。魏太武改元太平真君，而唐玄宗诏以四子之书谓之真经，皆本乎此也。后世相传，乃遂与假为对。李斯上秦王书：夫击瓮叩缶，弹筝搏髀，而歌呼呜呜快耳目者，真秦之声也。韩信请为假王，高帝曰："大丈夫定诸侯，即为真王耳，何以假为！"又东垣曰真定。窦融上光武书曰：岂可背真旧之主，事奸伪之人。而与老、庄子言真，亦微异其指矣。宋讳玄，玄冥改为真冥，玄枵改为真枵，《崇文总目》谓《太玄经》为太真，则犹未离其本也。隆庆二年会试，为主考者厌《五经》而喜老、庄，黜旧闻而崇新学，首题《论语》"子曰由诲汝知之乎"一节，其程文破云：圣人教贤者以真知，在不昧其心而已。始明以《庄子》之言入之文字。自此五十年间，举业所用，无非释、老之书。①

《日知录》卷十八《举业》云：

　　东乡艾南英《皇明今文待序》曰：呜呼！制举业中，始为禅之说者，谁与原其始？盖由一二聪明才辩之徒，厌先儒敬义诚明穷理格物之说，乐简便而畏绳束。其端肇于宋南渡之季，而慈湖杨氏之书为最著。国初功令严密，匪程朱之言弗遵也。盖至摘取良知之说，而士稍异学矣。然予观其书，不过师友讲论，立教明宗而已，未尝以入制举业也。其徒龙溪（王畿）、绪山（钱德洪），阐明其师之说，而又过焉，亦未尝以入制举业也。龙溪之举业不传，阳明、绪山，班班可考矣。衡较其文，持详矜重，若未始肆然欲自异于朱氏之学者。然则今之为此者，谁为之始与？吾姑为隐其姓名，而又详乙注

①　〔清〕顾炎武著，黄汝成集释：《日知录集释》卷十八《破题用庄子》，长沙，岳麓书社，1994，第659~660页。

其文，使学者知，以宗门之糟粕为举业之俑者，自斯人始（万历丁丑科杨起元），呜呼！①

俞桐川亦云：

> 以禅入儒，自王龙溪诸公始也，以禅入制义，自杨贞复起元始也。贞复受业罗近溪，辑有《近溪会语》一书，故其文率多二氏之言，艾东乡每以为訾。乃文之从禅入者，其纰缪处固不堪入目，偶有妙悟精洁之篇，则亦非人所及，故归、胡以雄博深厚称大家，而贞复与相颉颃，其得力处固不可诬也。贞复尝入侍经筵，崇志勤学，几于醇儒。又以扶丧哀毁，感寒成疾，近于笃行，其可议者独在文耳。然披沙得金，凿石成璞，宝光自著于宇宙，乌得以一家之论掩之哉？②

从这些文献可以得出结论：以《庄子》之言入制义始于隆庆二年（1568），以禅宗之说入制义始于万历五年（1577）。杨起元开以禅宗之说入制义之先例。

杨起元（1547—1599），字贞复，别号复所，广东归善人。学于罗汝芳。万历五年（1577）进士。以禅入制义，在杨起元的作品中不止一例。如其"子曰君子不器"一文，题目出自《论语·为政》。朱熹集注曰："器者，各适其用，而不能相通。成德之士，体无不具，故用无不周，非特为一材一艺而已。"杨起元破题云："圣人论全德者，自不滞于用焉"。"全德"见于《庄子·德充符》。用"全德"一词，指代"成德之士，体无不具"，是用禅宗话头解读孔子。该文大结云："君子之学，为心不为体，故不器也。虽然，稷养，契教，夷札，夔乐，皆不必相能，而亦不囿于器，当于心原辨之矣。"心原，犹心性。佛家视心为万法之源，故有此称。再如其《诗》云鸢飞（二节）"一文中，有"徇生寂灭"之语，也是出自佛典③。在以上例证之外，梁章钜《制艺丛话》卷六也指出："'耕也馁在其中

---

① 〔清〕顾炎武著，黄汝成集释：《日知录集释》卷十八《破题用庄子》，长沙，岳麓书社，1994，第658页。

② 〔清〕梁章钜：《制艺丛话》卷五，见〔清〕梁章钜：《制艺丛话·试律丛话》，陈居渊校点，上海，上海书店出版社，2001，第72页。

③ 上述两篇八股文均选自俞长城编《可仪堂百二十名家制义》，见刘孝严主编：《中华百体文选》第10册《八股文》，北京，中国文史出版社，1998，第293、299页。

矣，学也禄在其中矣。'旧说但言学中有禄，故食不必谋，惟杨贞复起元文偏言学中有禄，故谋道者易兼谋食，虽似翻案，却是的解。文云：'所以养有道之士而为所学之验者，此禄也；所以杂谋道之心而为所学之累者，亦此禄也。盖既有得禄之理，益不可有得禄之心。一有得禄之心，则是学也，乃谋食之精者耳，是以君子而兼小人之利也，耻孰甚焉。'如此逼其下句，更为警切。其实非翻案，只就旧说斡进一层耳。"① 这种翻进一层的写法，也与禅宗倡导的思维方式有关。

缘何"代圣贤立言"的八股文中会出现释、道言语？这与阳明心学在明代的逐渐盛行有莫大关系。宋儒严辟二氏的立场，至明代心学盛行时，渐次松动②。就基本立场而言，王学对二氏仍保持警惕，不过，佛老在人生意义、心性工夫方面的深度发掘，又使得王学信奉者试图吸取二氏的优长以深化其理论。三教合一论由此成为言心学者共同的倾向。《四库全书总目》卷一百二十五《望崖录》提要云："是书内篇一卷皆谈佛理，自称以三教归一，与林兆恩、屠隆所见相同，盖明中叶以后士大夫之所见大抵如斯。"③《澹思子》提要云："是编乃其讲学之书，多浸淫于二氏，盖万历以后，士大夫操此论者十之九也。"④《知非录》提要云："盖心学盛行之时，无不讲三教归一者也。"⑤ 明中叶心学盛行以后，三教归一之论逐渐风靡天下。依照郑宗义的研究，心学之所以易于导向三教合一，是由其自身之理论特性所决定的。首先，心学首重之本心，具有"能""觉""明""寂""感""神""虚""空""无"等形式特性，此非儒学所独有，而为三教所公认；其次，儒者使本心在作用上把这些特性充分呈现的工夫，以及对于本心的内省，亦与二氏相通；最后，自我的探寻乃王学的首要旨趣，而佛、老亦同属于自我探寻的学问。由此，言心学者更倾向于察照三教之所同，甚至，他们也承认心学之所以能透悟至此高妙之

① 〔清〕梁章钜：《制艺丛话·试律丛话》，陈居渊校点，上海，上海书店出版社，2001，第86页。
② 郑宗义：《明末王学的三教合一论及其现代回响》，见吴根友主编：《多元范式下的明清思想研究》，北京，生活·读书·新知三联书店，2011，第186~188页。
③ 〔清〕永瑢等：《四库全书总目》卷一百二十五《杂家类存目二》，北京，中华书局，1965，第1074页。
④ 〔清〕永瑢等：《四库全书总目》卷一百二十五《杂家类存目二》，北京，中华书局，1965，第1074页。
⑤ 〔清〕永瑢等：《四库全书总目》卷一百二十五《杂家类存目二》，北京，中华书局，1965，第1124页。

境，与心学以二氏作为参照攻错紧密相关①。陈致也认为制义中用禅老之言，一个重要的因素即由于王学本身有合会三教的理论蕴涵，而阳明的门人弟子及其追随者较阳明更进一步，试图论证二氏本为道学，不应被排斥于正学之外，在观念上为二氏之学厕入科举做好了铺垫②。

正、嘉年间，随着阳明学的渗入八股，程朱理学的举业正宗地位既已受到冲击，隆庆二年（1568）与万历五年（1577）庄、禅之说相继进入制义，程朱理学的举业正宗地位日益不保。万历十五年（1587），礼部尚书兼翰林院学士沈鲤题奏言：

> 自臣等初习举业，见有用六经语者，其后以六经为滥套，而引用《左传》《国语》矣，又数年以《左》《国》为常谈，而引用《史记》《汉书》矣，《史》《汉》穷而用六子，六子穷而用百家，甚至取佛经道藏，摘其句法口语而用之。凿朴散淳，离经叛道，文章之流弊，至是极矣。③

万历二十二年（1594）八月癸丑，礼部上言：

> 今科取士，专以纯粹典雅、理明词顺为主，如有掇拾佛老不经之谈及怪句险字混入篇内者，定勿收录，俟朱墨卷解部，本部及科臣详阅，有违式者遵旨除名。④

万历二十九年（1601）六月，礼部奏云：

> 宋儒传注，我朝所颁，以正士习。乃近日每遇一题，各立主意，愈新愈怪，大可骇人。以后务照传注，止宗一说，其偏诐之甚，至于传注皆戾，叛道不经，本部查系房考某官，同主考官一并参治。又查

---

① 更为详尽的论述，可参阅郑宗义《明末王学的三教合一论及其现代回响》，见吴根友主编：《多元范式下的明清思想研究》，北京，生活·读书·新知三联书店，2011，第188～195页。

② 陈致：《晚明子学与制义考》，《诸子学刊》（第1辑），上海，上海古籍出版社，2007，第389页。

③〔明〕王世贞：《弇山堂别集》卷八十四《科试考四》，魏连科点校，北京，中华书局，1985，第1596页。

④〔明〕黄儒炳：《续南雍志》卷六《事纪》，台北，伟文图书出版社有限公司，1976年影印版，第390页。

二十八年题准，逐年文体日益险怪，至于悖朱注、用佛语、讽时事，尤离经畔道之最者。如科场解到试卷有犯各款者，部、科尽数摘出，题参斥革，仍将主考及本房分别降罚。屡旨严切，永宜遵守。①

万历三十年（1602），礼部尚书冯琦上言：

> 国家以经术取士，自《五经》《四书》《二十一史》《通鉴》《性理》诸书而外，不列于学官。而经书传注又以宋儒订者为准。此即古人罢黜百家、独尊孔氏之旨，自人文向盛，士习浸漓，始而厌薄平常，稍趋纤靡；纤靡不已，渐骛新奇；新奇不已，渐趋诡僻。始犹附诸子以立帜，今且尊二氏以操戈。背弃孔、孟，非毁程、朱，惟《南华》、西竺之语是宗是竞。以实为空，以空为实，以名教为桎梏，以纪纲为赘疣，以放言高论为神奇，以荡佚规矩、扫灭是非廉耻为广大。取佛书言心言性略相近者，窜入圣言；取圣经有空字无字者，强同于禅教。语道既为舛驳，论文又不成章。世道溃于狂澜，经学几为榛莽。②

明代前期严格以程朱传注取士，至此，佛经道藏、诸子百家之言泛滥于八股，虽朝廷一再申禁，也难以遏止。于慎行更言：

> 先年士风淳雅，学务本根，文义源流皆出经典，是以粹然统一，可示章程也。近年以来，厌常喜新，慕奇好异，《六经》之训目为陈言，刊落芟夷，惟恐不力。陈言既不可用，势必归极于清空，清空既不可常，势必求助于子史，子史又厌，则宕而之佛经，佛经又同，则旁而及小说，拾残掇剩，转相效尤，以至踵谬承讹，茫无考据，而文体日坏矣。原其厥始，则不务经学所致尔。③

连小说都已进入八股，八股的内容，确实离程朱传注越来越远了。

从以上情形可见，万历年间在八股文风演变史上是值得关注的一个时

---

①　〔明〕王圻：《续文献通考》卷四十五《选举考·举士三》，北京，现代出版社，1986，第679页。

②　〔清〕顾炎武著，黄汝成集释：《日知录集释》卷十八《科场禁约》，长沙，岳麓书社，1994，第660～661页。

③　〔明〕于慎行：《谷山笔麈》卷八《诗文》，北京，中华书局，1984，第86页。

段。梁章钜《制艺丛话》有多处涉及该话题，如卷十二："钱吉士曰：万历癸未以前，会元墨卷多平淡之篇。平淡而兼深古，惟成、弘以上有之。正、嘉以来，或兼雄浑，或兼敏妙，或兼圆熟，各自成家，亦各有宗派，然皆有平淡之风。癸未以后，或太露筋骨，或太用识见，一时得之，似诚足以起衰懦、破雷同，然于平淡两字相去已远矣。久而厌之，复求平淡，则又以低腐为平，浅薄为淡，而三等秀才之文，骎骎乎有会元之望矣。"①《制艺丛话》卷六："徐存庵曰：嘉靖以前，文以实胜；隆、万以后，文以虚胜；嘉靖文转处皆折，隆、万始圆，圆机，田、邓开之也，后渐趋于薄矣；嘉靖文妙处皆生，隆庆、万历始熟，熟调，汤、许开之也，后渐入于腐矣。"②《制艺丛话》卷五："（俞桐川）曰：盛集近王，中集近霸。王之道，正大和平，霸之道，幽深奇诡。隆、万中集也。然癸未以前，王之馀气，己丑以后，霸之司权。盖自太仓先生主试，力求峭刻之文，石簣因之，遂变风气。是故丙戌者王霸升降之会也。丙戌鲜有名家，独钱季梁士鳌精实简贵，有承先启后之功焉。"③万历年间的思想文化界，其特色是冲决束缚，八股文的写作亦然。

天启、崇祯时当明朝末期，朝政已成鱼烂之势，八股文则新变愈多。戴名世云：

> 迫于天启、崇祯之间，文风坏乱，虽有一二钜公竭力撑拄，而文妖叠出，波荡后生，卒不能禁止。④

《明史》亦云：

> 启、祯之间，文体益变，以出入经史百家氏为高，而恣轶者亦多矣。虽数申诡异险僻之禁，势重难返，卒不能从。⑤

---

① 〔清〕梁章钜：《制艺丛话·试律丛话》，陈居渊校点，上海，上海书店出版社，2001，第233页。
② 〔清〕梁章钜：《制艺丛话·试律丛话》，陈居渊校点，上海，上海书店出版社，2001，第233页。
③ 〔清〕梁章钜：《制艺丛话·试律丛话》，陈居渊校点，上海，上海书店出版社，2001，第233页。
④ 〔清〕戴名世撰，王树民编校：《戴名世集》卷四《庆历文读本序》，北京，中华书局，1986，第106页。
⑤ 〔清〕张廷玉等：《明史》卷六十九《选举志一》，北京，中华书局，1974，第1689页。

晚明八股文的新变，主要体现在以下四个方面：一，程朱理学失去一统地位，心学从总体上压倒程朱理学，老庄、禅宗等也错见于其间。二，体式结构和文章技法方面变体盛行。三，文题逐渐流于琐细。这一时期八股文题的显著变化，是截搭题的流行。所谓截搭题，是于经文中不当连而连，不当断而断，割截而成的八股文题。"这类出截搭题法是怎么来的呢？因为整段整章的题，前代人几乎都作过了，考生念过，遇到同题，可以抄用。考官很难记得那么多，辨别那么快。于是出这种缺头短尾、东拉西扯的题，可以杜绝考生抄袭的弊病。"① 四，生造之语渐多，文风奇诡、峭拔。

　　万历后期以至崇祯年间，面对八股文风的嬗变，虽然朝廷多次下诏厘正文体，但其变化趋势难以遏制。究其原因，郭正域认为是"士从好而不从令也"②。袁宏道也认为："举业之用，在乎得隽，不时则不隽，不穷新而极变则不时，是故虽三令五督，而文之趋不可止也，时为之也。"③ "时文"的称谓，从一个侧面反映了八股文写作与时代风尚之间的紧密联系。其中坊刻八股文集的盛行，对晚明八股文风影响甚巨，当时就有"一省一科之风气，定于主司；天下数科之风气，定于选本"④ 的说法。八股文随着思想文化的变迁而变迁，大局如此，仅仅对写作八股文的考生加以申斥是不管用的。

第三节　拓展和丰富儒家传统是明代八股文的重要价值

　　从思想文化角度考察明代八股文及其研究，我们的基本结论是：明代八股文对儒家经典常有体贴入微而又新意盎然的见解，构成了明代思想文化的一个重要层面。拓展和丰富儒家传统是明代八股文的重要价值，以往的研究对此熟视无睹，严重制约了其学术深度和广度。

一、明代八股文丰富了明代思想文化

　　明代八股文与明代思想文化的关系有两个方面，一方面是明代的思想

---

① 　启功：《说八股》，见启功、张中行、金克木：《说八股》，北京，中华书局，2000，第8页。
② 　〔明〕郭正域：《合并黄离草》卷十八《福建程录序》，四库禁毁书丛刊集部第14册，第59页。
③ 　〔明〕袁宏道著，钱伯城笺校：《袁宏道集笺校》卷十八《时文叙》，上海，上海古籍出版社，2008，第703页。
④ 　〔清〕吕留良：《吕晚村先生文集》卷五《东皋遗选今集论文三则》其一，续修四库全书集部第1411册，第160页。

文化影响了八股文的面貌，另一方面是明代的八股文反过来影响或丰富了明代思想文化。一般地说，我们所感知的儒家传统，往往是经过宋明理学改造过的，而理学之普及并在明代读者中重新获得新鲜感，很大程度上是借助了八股文这种新型文本的力量。在激活儒学传统、扩大儒学影响方面，八股文的作用不可忽视。或者说，激活和丰富儒学传统是明代八股文的重要价值，八股文是源远流长的儒学传统不可或缺的组成部分。

这一部分的宗旨是就明代八股文对儒家经典意味深长的阐发举两例加以说明，以期有助于深化八股文研究，并为中国思想史研究提供参考。一例是关于"唯女子与小人为难养也"的解读，另一例是关于管仲"仁人之功"的理解与评价。

1919 年以来，批判孔子几乎是思想文化领域的家常便饭，孔子的所有重要理念几乎无一幸免，受此刺激，新儒家或同情儒家的学者为维护孔子形象所展开的辩护因而也慷慨激昂、雄健有力。不过，在新儒家或同情儒家的学者为孔子所做的辩护中，"唯女子与小人为难养也"的情况较为特殊，其辩护往往流于被动开脱，显得不够理直气壮[1]。例如，杜维明先生认为，孔子的这句话不是性别论说而是政治论说，包括了男人与女人。亦即政治领导人对于没有受过教育的男女，在相处时要特别小心，不能太亲近，又不能太疏远，否则他们就会无礼或怨恨。怎样处理这种复杂关系，不被他们所蛊惑，又要他们帮助你维持行政运作，这是政治艺术。因此，孔子这句话不是歧视妇女的性别论说。[2] 陈戍国先生指出，先秦汉语中"女子"的"子"不是词尾，"女子"只能理解为女性儿子（女孩子），不能理解为广大妇女。孔子这样说，可能是跟自家女孩子及仆人（或门人）开玩笑，或者对他们表示不满。[3] 郭齐勇先生强调："退一步讲，即使孔子在这里是指的女人，那也只能解释为在男性中心主义的社会，对女人的歧视，是一种通病，是时代的印痕或时代的局限。在西方，耶稣（上帝）骂夏娃，亚里斯多德骂女人，尼采骂女人，非常严峻，其程度大大超过了中国的男性思想家。就是休谟、黑格尔，对女性的歧视也很厉害。儒学、儒家中有对女性不尊重的表现，是需要批评的，但我们要放在时代的背景上加

---

① "唯女子与小人为难养也"的完整表述见于《论语·阳货》："唯女子与小人为难养也，近之则不孙，远之则怨。"〔宋〕朱熹：《四书章句集注》，北京，中华书局，2011，第 170 页。

② 杜维明：《武汉大学访谈》，见郭齐勇等编：《杜维明文集》第五卷，武汉，武汉出版社，2002，第 695 页。

③ 陈戍国：《四书校注》，长沙，岳麓书社，2004，第 156～157 页。

以理解和检讨。"①

把"唯女子与小人为难养也"解读为歧视妇女是孔子这句名言遭到鄙薄的基本原因，而为孔子所做的辩护，要么旨在撇清这句话与"男尊女卑"观念的干系，要么着眼于特定时代的局限，各有其用心良苦之处，但也各有其不够切题之处。

要理解孔子的意图，必须回到历史的语境，准确把握孔子的说话对象。朱熹以为，孔子的说话对象是有"臣妾"的"君子"："此小人，亦为仆隶下人也。君子之于臣妾，庄以莅之，慈以蓄之，则无二者之患矣。"②先秦时代，君子通常指社会身份高贵的人，小人通常指社会身份低贱的人。但朱熹所说的"君子"，特指有"臣妾"的"君子"，即诸侯、卿、大夫等至少有家臣的"君子"，其实就是封邦建国时代大大小小的"人主"。朱熹的这一理解无疑是准确的。封邦建国时代所说的"齐家治国"，那个家，并非八口之家、五口之家或三口之家，而是有"臣"有"妾"的"家"，其家长既是"人主"，也是"君子"。换句话说，"唯女子与小人为难养也"的说话对象是"君子"中的"人主"，"女子与小人"不是泛指所有的女性和"小人"，而是特指"人主"身边的"臣妾"，亦即晚明方应祥所说的"幸人"——为"人主"所宠幸的身边人。

明万历四十四年（1616）丙辰科进士方应祥所作《论语》"唯女子与小人为难养也"一节题文是在朱熹集注的基础上进一步阐发孔子这句名言的一篇名文，见收于方苞所编《钦定四书文》隆万文卷三。全文如下：

> 御幸之难，鉴于意之倚也。盖不孙与怨，固近之、远之所自取耳，幸人之难养以此与？且君子所以持性命之正而导阴阳之和，必于左右密迩之地造其端。故燕处釐笑之必钦，非为女子小人加兢也。法之内、法之外，不相觭而絜众适之平；无溢情、亦无不及情，交相摄以维一人之体。安在若辈之独难于养哉，吾正以此见其养之难。何也？养之者，非欲教之不孙也，尝以养而得不孙，则近之心难制也，自有当逮之宠泽，不胜比而增嫟焉，彼不念德之逾涯，将谓君子唯予莫违也，凭我之权而还以我为市，吾实溃其防而召之侮矣；养之者，又非欲格之使怨也，尝以养而得怨，则远之心难持也，亦自有所当崇之体貌，不胜隔而綦戾焉，彼不谓命之不同，且恨君子

---

① 郭齐勇：《中国儒学之精神》，上海，复旦大学出版社，2009，第311页。
② 〔宋〕朱熹：《四书章句集注》，北京，中华书局，2011，第170页。

秉心之忍也，挟我之爱而反与我为仇，吾实开其衅以挑之构矣。此可徒以难养咎女子小人哉？彼亦思贞于行而廉于色，无若争妍取怜者之不以德升也；亦知发乎情止乎礼义，无若骤贤骤不肖者之以淫骋也。夫能中喜怒哀乐之节，而远近之节偕中矣；调不孙与怨之情，而天地万物之情俱调矣。"关雎"所以嗣徽于好逑，"麟趾"所以庶常于知恤，皆谨其难以善吾养者也。君子宜何处焉？①

方苞评曰："直从《大学》'修身齐家'及《周官》内宰至女史等职看出圣贤刑于之本、治内之要，方与夫子立言意旨有合。是湛深经术之文，义蕴深阔，匡、刘说经之遗，尽涤此题陈语。"②

　　方应祥紧扣"女子与小人"所指展开议论，对孔子的意图有精湛把握。《论语》收录了孔子的许多言论，这些言论所关涉的，通常不是日常情感，而是国家管理、社会秩序、人类理性等层面。具体到这句名言，孔子强调："人主"要管理好国、家，务必注意防范和驾驭身边的"女子与小人"。为什么要强调这一点呢？盖诸侯、卿、大夫或"人主"身边的"女子"，可以向"人主"吹枕头风，甚至可以窃取"人主"的部分权力或大部分权力，中国历史上的"外戚之祸"或"女祸"就是指这种情形。诸侯、卿、大夫或"人主"身边的"小人"，特指宦官或弥子瑕这类与人主关系亲密而身份卑贱的侍从。"小人"虽然身份卑贱，却出入于"人主"的日常生活，有进谗言的方便条件，甚至可以窃取"人主"的部分权力或大部分权力，中国历史上的宦官之祸就是指这种情形。孔子不只是一个教育家，更是一个政治理论家，也是一个在国、家管理方面有着丰富历史经验的人。他对"幸人"的危害极为重视，所以才异常郑重地指出："唯女子与小人为难养也。"他提出的是一个政治上的忠告。"御幸之难，鉴于意之倚也。盖不孙与怨，固近之、远之所自取耳，幸人之难养以此与？"方应祥这篇文章的破题，将孔子所说的"女子与小人"、朱熹所说的"臣妾"，更明确地定义为"幸人"，一语中的，尤为清晰地揭示了孔子的宗旨：一个"人主"，务必对"臣妾"乱政严加提防。

　　方应祥还酣畅淋漓地发挥了朱熹"庄以莅之，慈以蓄之"的意思："人主"之于"臣妾"，既要庄重，又要慈爱，以防激化矛盾，造成政治失

---

① 〔清〕方苞编，王同舟、李澜校注：《钦定四书文校注》，武汉，武汉大学出版社，2009，第293页。

② 〔清〕方苞编，王同舟、李澜校注：《钦定四书文校注》，武汉，武汉大学出版社，2009，第293页。

序。所谓"庄"，即"燕处豔笑之必钦"。做到这一点其实不容易，盖"君子"身边的"女子与小人"，因日常生活中有太多亲密接触，"君子"对他们亲昵有加乃是极易发生的事情。"女子与小人"则因"君子"的亲昵有加，往往会提出不合礼法的要求，在他们的感觉中，无论其要求多么不合理，"君子"都是不会拒绝的。许多盗用"人主"权力的事情，因而一再发生。这就是所谓"近之则不孙"了："彼不念德之逾涯，将谓君子唯予莫违也，凭我之权而还以我为市，吾实溃其防而召之侮矣"。所谓"慈"，即"无溢情、亦无不及情"，一方面"自有所当崇之体貌"，另一方面又不"格之使怨"。做到这一点其实也不容易，盖"君子"身边的"女子与小人"，因其心理期待较他人高出许多，如果慈爱不够到位，他们就会有一种被冷落甚至被抛弃之感，这种心理上的不平衡，离仇恨只有一步之遥。"彼不谓命之不同，且恨君子秉心之忍也，挟我之爱而反与我为仇，吾实开其衅以挑之构矣。"在"远""近"之间，"君子"必须把握好一个度。这个度，就是"庄以莅之，慈以蓄之"。而把握好这个度的前提，是对"幸人"心理状态和生活情态的体贴入微，"君子"之于"臣妾"，只有深入了解，才能处置适当。与"臣妾"打交道，万万不可轻率。

　　方应祥这篇八股文的深刻之处，不仅在于准确把握了孔子说话的对象和意图，也不仅在于对"近之则不孙，远之则怨"的状况说得透彻，而且在于他更深入一层，特别强调在和"女子与小人"打交道时，"君子"起主导作用，承担着更为重要的责任，"可徒以难养咎女子小人哉"？为什么这样说呢？是因为"臣妾"的为人处世，在很大程度上是受"君子"影响的。盖一部分"女子与小人"，也是愿意"贞于行而廉于色"，"发乎情止乎礼义"的，如果这些人得不到"君子"的慈爱，反倒是那些"争妍取怜者之不以德升"，"骤贤骤不肖者之以淫骋"，这些品行好的也不免为风气所移，久而久之，也就同流合污了。所以，对那些企图"不以德升"的"争妍取怜者"，对那些企图"以淫骋"的"骤贤骤不肖者"，"君子"必须严守矩矱，不让他们得逞。"夫能中喜怒哀乐之节，而远近之节偕中矣；调不孙与怨之情，而天地万物之情俱调矣。"只要"君子"把握好了"远""近"的分寸，即使有少量"女子与小人"试图用不正当手段争宠，但因无从得逞，也就少有人效法，久而久之，就形成了一种清正之风。换句话说，"臣妾"间风气如何，"君子"处置是否恰当始终是关键所在。方应祥提醒"君子"负起责任，而不要一味怪罪"女子与小人"，是他这篇八股文的一个亮点，也是其超越朱熹集注之处。方应祥对孔子的思路和语气，确有不同寻常的精到把握。

方应祥的这篇八股文，大体包含了上述内容。读懂了方应祥的意思，我们就可以理直气壮地说：孔子的"唯女子与小人为难养也"，不仅不是偏见，而且相当深刻，发人深省，至今仍是一个值得重视的命题。读懂了方应祥的意思，我们还可以顺便补充一句：对八股文的偏见应该纠正了，我们没有理由轻视这种文体，尤其不能轻视那些八股文杰作。

《论语·宪问》依次记载了子路和子贡对管仲之仁的质疑：

> 子路曰："桓公杀公子纠，召忽死之，管仲不死。"曰："未仁乎？"子曰："桓公九合诸侯，不以兵车，管仲之力也。如其仁！如其仁！"
>
> 子贡曰："管仲非仁者与？桓公杀公子纠，不能死，又相之。"子曰："管仲相桓公，霸诸侯，一匡天下，民到于今受其赐。微管仲，吾其被发左衽矣。岂若匹夫匹妇之为谅也，自经于沟渎而莫之知也。"[1]

子路和子贡之所以质疑管仲，是因为管仲曾经追随公子纠而又未能与公子纠同死。其事情原委是：公子纠与公子小白两兄弟争夺齐国君位，公子小白夺得先机，成为齐桓公，杀了公子纠。按照通常的道德理念，管仲应该与公子纠同死才对。可管仲不仅没死，反倒成了齐桓公的辅佐，因而子路、子贡认为管仲忍心害理，不得为仁。针对子路和子贡的质疑，孔子的回答是："桓公九合诸侯，不以兵车，管仲之力也。如其仁！如其仁！""管仲相桓公，霸诸侯，一匡天下，民到于今受其赐。微管仲，吾其被发左衽矣。"朱熹解释孔子这两句话说："如其仁，言谁如其仁者，又再言以深许之。盖管仲虽未得为仁人，而其利泽及人，则有仁之功矣。""尊周室，攘夷狄，皆所以正天下也。微，无也。衽，衣衿也。被发左衽，夷狄之俗也。"[2] 所谓"被发左衽"，就是被夷狄所征服，就是被迫放弃华夏文化即华夏生活方式。孔子强调：我们现在之所以能够免于被夷狄所征服，之所以能够保存自己的文化，就是因为有了管仲。孔子对管仲的认可包括两个层次：第一层是说，管仲虽然没有仁人之德，但是他有仁人之功，造福于当时，也造福于后世；第二层是说，管仲的仁人之功是如此伟大，与"匹夫匹妇""自经于沟渎而莫之知"的所谓仁人之德相比，高

---

① 〔宋〕朱熹：《四书章句集注》，北京，中华书局，2011，第170页。
② 〔宋〕朱熹：《四书章句集注》，北京，中华书局，2011，第144页。

下悬殊，不能相提并论。

弘治六年（1493）进士李梦阳作有《论语》"管仲相桓公"四句题文，《钦定四书文》化治文卷三收入。全文如下：

> 圣人称大夫佐霸之功，被天下而及后世也。甚矣，春秋不可无管仲也。匡一时，而后之人且利赖焉，得非仁者之功乎？此夫子所以录其功也。想其晓子贡之意，盖曰：死天下之事易，成天下之事难。子疑仲之相桓为未仁也，抑孰知管仲以其君霸，而其所成者大乎？彼管仲之于齐也，被鲍叔之荐，而膺仲父之宠，夫固桓公之相也。齐居东海之国，未尝主盟于中夏，桓公得其国而君之，亦未敢必其称雄于列辟也。惟得管仲以为之相，招携以礼，怀远以德，而人心景从，遂为诸侯之宗长焉。一举葵丘，而臣不敢奸君，当其时，知有共主而天下之大纲不至于陵夷者，仲匡之也；再盟召陵，而裔不敢谋夏，当其时，知有上国而天下之大防不至于颠越者，仲匡之也。然岂特终于仲之身而已哉？盖自其身没以来，勋名垂于奕世，于今尊奖之，而冠履之严，犹昭然耳目之公焉，其雄风之所贻者，诚未易斩矣；声施沿于列国，于今翊戴之，而兵车之强，犹赫然会盟之间焉，其馀威之所振者，诚未易熄矣。夫以仲之功，而人受其赐于不穷，迄今江汉之上，慨最盛之遗事，而颂管仲之功不衰。吾方幸齐桓得一相而天下定焉，后世赖焉，又安得以其相为疑也哉？信乎管仲虽无仁人之德，而实有仁人之功。赐也，何可以过訾之也？[①]

据顾颉刚研究，管仲之时，"诸夏占的地方实在太少"，"只是黄河中游、济水全部。黄河上游，则秦与戎也。长江流域则巴、蜀与楚、吴也。自秦岭以至太行、恒山，则戎与狄也。成周之西与南，则茅戎与陆浑戎也。淮水流域，则淮夷与徐、舒也。所谓诸夏集团者，大国为齐、晋，中等国为宋、鲁、郑，小国为陈、蔡、许耳。在如此局天蹐地之下，而能在政治上争取生存，在文化上争取主动，洵不易矣。此则管仲、狐偃辈之功也"。"综上所记者观之，诸夏集团自以晋与齐为主要国，鲁、郑、宋为次要国，其他则皆摇旗呐喊之'跑龙套'耳，或偶一出现之'扫边角'耳。以如此薄弱之组织，竟能北灭狄而南平楚，立秦、汉统一之基础，能谓非人定胜

---

① 〔清〕方苞编，王同舟、李澜校注：《钦定四书文校注》，武汉，武汉大学出版社，2009，第28～29页。

天乎哉！"①明乎春秋时代的政治格局，我们对管仲的功业就会更加敬佩。李梦阳这篇八股文，从"彼管仲之于齐也，被鲍叔之荐，而膺仲父之宠，夫固桓公之相也"，到"吾方幸齐桓得一相而天下定焉，后世赖焉，又安得以其相为疑也哉"，以孔子的口吻述说管仲的仁者之功，笔力健拔，确能展现管仲的风采。与《论语》原文和朱熹的注释相比，李梦阳这篇八股文的力度和气象，无疑更加壮丽恢宏。之所以有这种力度和气象，当然得益于其铺张扬厉的长句、挥洒自如的对偶和平仄协调的声韵。作为一代文坛领袖，李梦阳的这篇八股文确乎与其身份相称。

明清鼎革之际的顾炎武，曾发"天下兴亡，匹夫有责"之论，其原文是："有亡国，有亡天下。亡国与亡天下奚辨？曰：易姓改号，谓之亡国；仁义充塞，而至于率兽食人，人将相食，谓之亡天下。是故知保天下，然后知保其国。保国者，其君其臣肉食者谋之；保天下者，匹夫之贱与有责焉耳矣。"②顾炎武之所以要把王朝的存亡和民族的存亡区别开来，是因为王朝的存亡，只与这个王朝的君臣有关，是肉食者的责任；民族的存亡，与整个民族有关，所有的人都有责任。顾炎武所说的"国"，其实是指王朝；顾炎武所说的"天下"，其实是指民族。而民族的存亡，关键是民族文化的存亡，所谓"率兽食人"，是在华夷之辨的语境中，表达了对民族存亡的关切。管仲为保存和发展华夏文化做出了伟大贡献，得到孔子和李梦阳的赞许是理所当然的。

李梦阳特别突出了"死天下之事易，成天下之事难"的比较。如果管仲与公子纠同死，不过如"匹夫匹妇"之"自经于沟渎"，虽然也表现了高尚的品格，但做起来其实不难。而要实现"天下之大纲不至于陵夷"，"天下之大防不至于颠越"的伟大目标，"九合诸侯，不以兵车"，却不知要克服多少艰难险阻。与难易的悬殊相关，两者的价值也是不可同日而语的，"死天下之事"仅仅成就了个人名节，而"成天下之事"则保证了华夏民族的兴盛与繁荣。肯定"仁者之功"也可以比"仁者之德"更加重要，这一事实提示我们：儒学并非仅仅看重个人品德，一个人对国家和民族的贡献比谨守个人品德来得更加重要。懂得这一点，可以避免把儒学等同于道德训诫的诸多平庸的误解。儒学是我们民族的历史哲学，而不仅仅是伦理学。

明朝是汉族建立的大一统国家，阳刚之气在明代的发扬是汉族传统文

---

① 顾洪编：《顾颉刚学术文化随笔》，北京，中国青年出版社，1998，第74～75、77页。
② 〔清〕顾炎武著，黄汝成集释：《日知录集释》卷十三《正始》，长沙，岳麓书社，1994，第471页。

化复苏和兴盛的产物。这是明朝作为一个历史时代的重要特点。而李梦阳这篇八股文，不仅有助于我们理解管仲，也有助于我们理解明代社会精英的风貌。换句话说，李梦阳之所以深切地理解和认同管仲的仁人之功，与汉族文明的复兴是分不开的，与再创汉、唐盛世的憧憬是分不开的。他的这篇八股文，在对《论语》的解读中，也展现了他个人的胸襟和时代的气象。

清初学者何焯称："合天下聪明才辨之士治一事，得之则身显名立，不得则身晦名没，然而无一精者，未之闻也。穷毕世之力攻一艺，父兄勉其子弟，师摩切其徒，然而无一长者，亦未之闻也。至于阅三百有余岁，英雄豪杰树功名、钓禄位，举出其中，而谓是为卑卑不足道，果通论乎？自元以八比取士，明踵其事，以至于今，推而褒之者十九，薄而贬之者十一。至国初，毛子大可贬之尤深。然如明之王文成、于忠肃功业赫赫照人，虽三代大臣何以远过，而其进身皆不出八比，又可薄而贬之乎？尝取而譬之，《学》《庸》《语》《孟》犹日月之著明，朱子之注则测时之表也，名士之为时文，则又因表之时而细为之，画其刻、详其分者也。非天之有日月，则表无所施；非表之明时，则分刻亦无所施。故先正之文有足羽翼经传者，以此耳。"[①] 何焯这些话，有感而发，确有其意味深长之处。上面的举例分析即旨在表明：就明代的思想文化而言，八股文是其中不容忽略的一个部分；就源远流长的儒学传统而言，八股文也是其中不容忽略的一个部分。自然，明代八股文对《四书》《五经》的解读，大体是在朱熹等的解读基础上展开的，但明人采用了新的文本方式（八股文），阐发更为深入细致，这就让明代的儒学重新获得了由"陌生化"处理所带来的活力和魅力。有人举过一个例子，"遍体鳞伤"译成英语的时候（be covered with bruises like the scales of a fish——身上伤痕遍布犹如鱼鳞），便重新以其鲜明的具象的悲惨而令人震惊。明代的理学之所以充满活力，不仅因为熟读《四书》《五经》的人数远超以往朝代，而且因为他们对《四书》《五经》所包含的哲理做了富于新意的陌生化处理。明代的李贽等人，曾将明代八股文与汉赋、唐诗、宋词并列，视之为明人的殊胜之处。这当然不是盲目的自信，而是确有其依据：明代八股文不仅作为文章的一体，佳作如林，即使作为思想史研究的对象，其价值也不容小觑。可以说，要深入了解明代儒学，就不能不深入了解明代的八股文。

---

① 《制艺丛话》卷一引，见〔清〕梁章钜：《制艺丛话·试律丛话》，陈居渊校点，上海，上海书店出版社，2001，第21页。

这里要顺便提及"五四"新文化运动的领袖胡适，并有意多引他的言论。之所以关注他，是因为，世人眼中的胡适，只是一个文化激进主义者，以高倡"打倒孔家店"著称。人们很少注意到，胡适在表面上高呼"打倒孔家店"，但在内心里仍对孔子和儒家保留了足够的敬意，是儒家人生哲学的虔诚信奉者和实行者。唐德刚编译《胡适口述自传》，第二章有胡适的如下自白："有许多人认为我是反孔非儒的。在许多方面，我对那经过长期发展的儒教的批判是很严厉的。但是就全体来说，我在我的一切著述上，对孔子和早期的'仲尼之徒'如孟子，都是相当尊崇的。我对十二世纪'新儒学'（Neo-Confucianism）（'理学'）的开山宗师的朱熹，也是十分崇敬的。""在这场伟大的'新儒学'［理学］的运动里，对那［道德、知识；也就是《中庸》里面所说的'诚则明矣；明则诚矣'的］两股思潮，最好的表达，便是程颐所说的：'涵养须用敬，进学则在致知。'后世学者都认为'理学'的真谛，此一语足以道破。"同一章还有唐德刚的一段插话："'要提高你的道德标准，你一定要在"敬"字上下功夫；要学识上有长进，你一定要扩展你的知识到最大极限。'适之先生对这两句话最为服膺，他老人家不断向我传教的也是这两句。一次我替他照相，要他在录音机边作说话状，他说的便是这两句。所以胡适之先生骨子里实在是位理学家。他反对佛教、道教乃至基督教，都是从'理学'这条道理上出发的。他开口闭口什么实验主义的，在笔者看来，都是些表面账。吾人如用胡先生自己的学术分期来说，则胡适之便是他自己所说的'现代期'的最后一人。"[①]胡适是在少年时代接受儒家经典教育的，在经历了废止科举、"打倒孔家店"等种种变故后，儒家的人生哲学仍能贯彻其生命的始终，由此不难想见，在中国传统社会尤其是科举时代，儒家传统对中国社会具有何等崇高的意义。而在这个伟大的传统中，明代八股文是有其一席之地的。

二、1905 年以来明代八股文研究之得失

1905 年以来关于明代八股文的研究，可大体分为三个阶段：1905 年至 1949 年是该研究的初兴期[②]，研究成果较为分散，不成体系；1949 年至 1979 年是该研究的沉寂期，以否定性的价值评判为主；1979 年至今是该研

---

① 胡适：《胡适文集》第 1 册，欧阳哲生编，北京，北京大学出版社，1998，第 418、433 页。

② 1905 年以前，关于明代科举文化对明代文学的影响，已有学者发表了自己的观点，可以参考的书目有：顾炎武《日知录》、方苞《望溪集》、袁枚《随园诗话》、梁章钜《制艺丛话》等。

究的逐渐兴盛期，"同情之了解"逐渐成为主流，产生了一批有分量的学术成果。之所以以 1905 年为起点，是因为科举制度在这一年被正式废止。

　　1905 年之前，一场针对八股文的"革命"就已经兴起。1898 年，康有为上书光绪帝《请废八股以育人才折》，认为中国人才之所以凋敝，"皆八股累之"①。梁启超也在《公车上书请变通科举折》中主张："停止八股试帖，推行经济六科。"② 严复《救亡决论》③ 痛斥八股而大讲西学，指出八股文有害智慧、坏心术、滋游手三大危害。这场声势浩大的对八股文的批判，不仅直接导致延续了一千三百多年的科举制度在 1905 年被正式废止，也使得八股文在人们心中留下了"恶劣文风、愚民工具"等固有印象。这种情形，至 20 世纪 50 年代至 70 年代间愈演愈烈，提到八股文，人们几乎是条件反射般地视之为丑恶事物。作家刘绍棠曾说："在我的印象里，八股文是和缠足、辫子、鸦片烟枪归于一类的，想起来就令人恶心。但是，若问我八股文究竟何物，却不甚了然。"④ 不了解八股文而又对之深恶痛绝，这样一种状态，虽然极不正常却又是一种常态。

　　人民文学出版社 1959 年出版的《中国中古文学史·论文杂记》，除收入刘师培《中国中古文学史》外，还收入了他发表于《国粹学报》（1905年）各期的《论文杂记》。《论文杂记》从文体溯源的角度，得出了"八股文实乃曲剧之变体"的结论："明人袭宋、元八比之体，用以取士，律以曲剧，虽有有韵无韵之分，然实曲剧之变体也。如破题、小讲，犹曲剧之有引子也；提比、中比、后比，犹曲剧之有套数也；领题、出题、段落，犹曲剧之有宾白也；而描摹口角，以逼肖为能，尤与曲剧相符。乃习之既久，遂讹为代圣贤立言。……故曲剧者，又八比之先导也。"⑤ 1892 年，韩邦庆曾在《海上花列传·例言》中说："小说作法与制艺同。"⑥ 刘师培拿八股文跟曲剧类比，韩邦庆拿八股文跟小说类比，都注意到了八股文写作和小说、戏曲创作一样，要以设身处地地揣摩他人心理为前提，区别仅仅在于：八股文作者要揣摩的是圣贤，小说、戏曲作者要揣摩的是普通人，但在设身处地为他人代言方面，相互之间是高度一致。这种学理探讨是极有意义的。后来，晚刘师培、韩邦庆一辈的钱锺书也在《谈艺录》中谈到了八股文和杂剧之间的关系。第四节《诗乐离合　文体递变》附说四《八股

---

①　康有为：《康有为文选》，上海，上海远东出版社，1997，第 377 页。

②　梁启超：《饮冰室合集·文集》卷一，北京，中华书局，2008，第 21～24 页。

③　严复著，刘琅主编：《精读严复》，厦门，鹭江出版社，2007，第 264～275 页。

④　王凯符：《八股文概说》卷首刘绍棠序，北京，中华书局，2006，第 1 页。

⑤　刘师培：《中国中古文学史·论文杂记》，北京，人民文学出版社，1998，第 133 页。

⑥　韩邦庆：《海上花列传》，北京，人民文学出版社，1982，第 3 页。

文》说："八股文古称'代言'，盖揣摩古人口吻，设身处地，发为文章；以俳优之道，抉圣贤之心……窃谓欲揣摩孔孟情事，须从明清两代佳八股求之，真能栩栩欲活。""其善于体会，妙于想象，故与杂剧传奇相通。"[1]钱锺书的妙论，如与刘师培、韩邦庆的说法比照着看，颇有相得益彰的效果。

刘咸炘作于20世纪20年代的《四书文论》不满于制艺之学被人们所轻贱的情形，在他看来，八股文作为一种文体，与其他文体并没有高下之分。"制艺之足为知言论世之资，固同于策论，齐于诗词，其尤且足上拟诸子，远非律赋、四六之所能及，今反谓为不足与于立言之伦，岂为平乎？"[2]在《制艺法论钞》一文中，他进一步强调，与八股取士的科举制度相比，反倒是新式教育出现了问题："二十年来，学人言及制艺，辄望望然，若将掩鼻，然自变策论以来，不及一纪，而学者文心日粗，徒为大言，实多谬误，斯学者患其不清不确也。"[3]反弹琵琶，自有见地。鲁迅在《伪自由书·透底》中说："八股原是蠢笨的产物。……甚么代圣贤立言，甚么起承转合，文章气韵，都没有一定的标准，难以捉摸，因此，一股一股地定出来，算是合于功令的格式，用这格式来'衡文'，一眼就看得出多少轻重。……这样的八股，无论新旧，都应当扫荡。但是，这是为着要聪明，不是要更蠢笨些。"[4]表面看来，鲁迅是彻底否定了八股文，但最后一句提醒我们，鲁迅看到了一桩他不愿看到的事实：废止八股文之后的某些做法，并非使人更聪明，而是使人更愚蠢。鲁迅的言外之意与刘咸炘不无相通之处。

1930年，周作人在《论八股文》一文中大力倡导研究八股文。他的理由是，八股文与中国文学关系极为密切，不了解八股文，几乎不可能深入了解中国文学："八股是中国文学史上承先启后的一个大关键，假使想要研究或了解本国文学而不先明白八股文这东西，结果将一无所得，既不能通旧的传统之极致，亦遂不能知新的反动之起源。……八股文是中国文学——不，简直可以大胆一点说是中国文化的结晶，它不仅集合古今骈散的菁华，也包括从汉字特别性质演出的一切微妙的游艺。"[5]宋佩韦[6]同年

---

[1] 钱锺书：《谈艺录》（补订本），北京，中华书局，1984，第32页。
[2] 刘咸炘：《刘咸炘学术论集·文学讲义编》，桂林，广西师范大学出版社，2007，第70页。
[3] 刘咸炘：《刘咸炘学术论集·文学讲义编》，桂林，广西师范大学出版社，2007，第168～172页。
[4] 鲁迅：《鲁迅全集》卷五，北京，人民文学出版社，2005，第109页。
[5] 周作人：《看云集》，北京，十月文艺出版社，2011，第85～90页。
[6] 宋佩韦，本名宋云彬。

出版的《明文学史》用了一章的篇幅来讨论明代的八股文。八股文"和近世文学界结缘至深，近世文学界受它的影响至巨……其实八股文的影响岂但是古文，又岂但在文学一方面，简直可以大胆一点说，中国的文化也受它不小的影响"。① 其表述与周作人《论八股文》一文近相呼应，正所谓"英雄所见略同"。

初版于1934年的陈东原的《中国科举时代之教育》，是一本系统阐述科举制度的专著。第二章介绍明代八股文，有云："嘉靖间茅鹿门更选印一部《唐宋八大家文钞》，以八股之法诠释古文，于是八股之盛，已达登峰。后人每以明代八股，比之唐代之诗，明初比初唐，成弘正嘉比盛唐，隆万比中唐，启顺比晚唐，几已成定论。"② 虽以概括旧说为主，但着眼于八股文与古文之间的密切关联以及八股文在明代文学中的地位，亦自有其眼光。卢前的《八股文小史》原是1932年在暨南大学的讲稿，1937年上海商务印书馆列入国学小丛书印行。《八股文小史》对八股文的源流、结构、发展演变、著名作家和不同时期的特征分章节做了评述。"八股文有五百余年之历史，在文学史上自应占有相当之地位；治文学史者，固不能以一时之好恶而竟抹杀之也。"③ 卢前确认传奇和八股文是明人在文体上的两大创造，将明代的八股文与传奇剧相提并论，对八股文在文学史上的地位充分肯定。还有朱滋萃的《八股文研究》，1935年刊于《中法大学月刊》七卷一期，该文"除了对八股文的释名、内涵、八股的流变限制及弊害进行论述外，还就八股文与桐城派文人、八股与小说作家等进行了初步的探究"④。

1934年，瞿兑之《中国骈文概论》出版。该书第十七章题为《八股与骈文》："前比中比后比——八股的中心——就俨然是骈体的形式了。……明清两朝的制艺格式越来越拘束，词句越来越熟滥，到了后来，便形成了一种似骈非骈似散非散的文体。在一切公牍文字上，也都应用起来。……这就是所谓八股的流毒了。"⑤ 把八股文放在骈文的谱系中加以研究，有助于把握八股文形式上的某些特点；对八股文与骈文的区别，也可以在比较中做出较为清晰的说明。

初版于1937年的陈柱的《中国散文史》，在以八股取士的大背景下对

① 宋佩韦：《明文学史》，上海，商务印书馆，1930，第204页。
② 陈东原：《中国科举时代之教育》，上海，商务印书馆，1934，第31~32页。
③ 卢前：《明清戏曲史·八股文小史》，长沙，岳麓书社，2011，第87页。
④ 陈兴德：《二十世纪科举观之变迁》，武汉，华中师范大学出版社，2008，第218页。
⑤ 刘麟生主编，瞿兑之著：《中国文学八论·中国骈文概论》，北京，中国书店，1985，第55~56页。

明代散文流派进行研究，强调了八股文对明代散文的深远影响："明之文学……惟传奇、八股，为其所创造，而八股尤为普遍。……故明清两代，实可谓为以八股为文化之时代焉。此时代之古文，实受八股之影响不少；盖无人不浸渍于八股之中，自不能不受其陶化也。"[①] 我们常说归有光等人"以古文为时文，以时文为古文"，如果不能较为透彻地认识八股文，将无从对相关课题展开研究。

钱基博所编《中国文学史》，自1939年起，作为湖南蓝田国立师范学院教材在蓝田陆续印行。这部教材不仅单列《明八股文》一章作具体评述，还明确提倡把八股文作为一种文学体裁来考察："自科举废而八股成绝响，然亦文章得失之林也。"[②] 钱基博不随时风流转，其文学史著述因而也幸免于速朽。黎锦熙对八股文的评价更高："明初八股文渐盛，这却在文坛上放一异彩。本是说理的古体散文，乃能与骈体诗赋合流，能融入诗词的丽语，能袭来戏曲的神情，集众美，兼众长，实为最高希有的文体。"[③]

翦伯赞的论文《释〈儒林外史〉中提到的科举活动和官职名称》发表于1956年，可以代表20世纪50年代史学界的主流观点："八股文是依照一种规定了的格律和调子来写文章，因而就谈不到甚么思想内容，只是一种按谱填词的文字游戏而已。然而明清两代的统治阶级就利用这种八股文来愚弄当时的知识分子，而当时的知识分子为了功名富贵也就把模仿这种陈腔滥调当作自己的事业，这不能不说是中国文学发展中的一个反动。"[④] 直到1979年，王涵仍在《古代空话》一文中斩钉截铁地重复翦伯赞的说法："明清两代盛行的这类八股文，使无数儒生为之穷究终生，使文章变成了一具木乃伊，实在是害人不浅。"[⑤]

游国恩主编，1964年由人民文学出版社出版的《中国文学史》，在"明代文学"一编的"概说"中强调，明代"以八股取士"的科举制度"不仅加强了思想和文化的专制统治"，"在文学上也起了支持保守派的复古主义和助长形式主义的恶劣影响"。[⑥] 这部文学史是20世纪后期使用量最大的一部文学史，发行量超过200万册，其评判在很长一段时间被当作"定论"，在中国高等学校的文学教育领域发挥了深远而巨大的影响。

这一时期对《古文观止》的评介，也常常涉及对八股文的批判。如发

① 陈柱：《中国散文史》，上海，上海书店出版社，1984，第266页。
② 钱基博：《中国文学史》，北京，中华书局，1993，第929页。
③ 黎锦熙：《国语运动史纲》，上海，商务印书馆，1934，第82页。
④ 翦伯赞：《释〈儒林外史〉中提到的科举活动和官职名称》，《文艺学习》1956年第8期。
⑤ 王涵：《古代空话》，《新闻战线》1979年第3期。
⑥ 游国恩等：《中国文学史》第四册，北京，人民文学出版社，1964，第4页。

表于 1964 年的吴孟复的《〈古文观止〉批判》，真是挟带着火药味的猛烈攻击："《古文观止》是封建卫道者所编并经过大刽子手鉴定的书，是为了'八股文'而编的书，其中有很多封建毒素。""《古文观止》以'有裨时文'为编选标准，它的艺术标准也正是'八股文'的标准。……可是八股文够不上文学，八股文的标准也不配称为什么艺术标准。"① 同样由《古文观止》的评介而生发出对八股文之批判的，还有王汝弼的《〈古文观止〉评介》②、佚名的《古文观止》③ 等文。

王凯符的《八股文概说》成书于 20 世纪 80 年代中期，1991 年由中华书局出版。王凯符注意到："'以古文为时文，以时文为古文'，在明清时代是一种普遍现象。明清作家大都接受过八股文的熏染，其影响有消极的一面，但八股文写作的严格训练，为作家进行诗文写作打下了一定的基础，这也是事实。"④ 不过他仍强调，八股文对文学的影响主要是负面的，了解八股文，仅仅出于文化现象或文史知识的必要。其立论还带有上一个时期的阴影。

《北京师范大学学报》1991 年第三期发表了启功的《说八股》一文，张中行读后，写了《说八股补微》一文，发表在《读书》杂志 1992 年第一期上。中华书局此时正有意编一部关于八股文的书稿，便邀请金克木先生再写一篇，是为《八股新论》。三篇文章合在一起，以《说八股》⑤ 为书名，由中华书局刊行。启、张、金三位先生都是博学通才，国学功底深厚，他们对八股文的体验和感悟，尤其为晚辈学人所难以具备。他们一起"说八股"，对这种文体在文学与文化方面的存在意义、文化机制与形式内涵、来源、流变及体制格式等，都做了通达晓畅、深入浅出的说明。启功在《说八股》中强调，"八股"只是一种文章形式的名称，它本身并无善恶之可言，对八股的指责可以说是强加在这种文体身上的冤案。张中行《说八股补微》指出，仅从技巧层面看，国产的文体中没有超越八股文的。金克木的《八股新论》反驳了人们指责八股文的三条危害，他指出：写八股文的文人并没有能力决定国家的命运；八股文写得多少与诗文成就的高低也没有必然联系；即使僵死的八股文体在某些人笔下也能发挥一种心情。《说八股》一书在 20 世纪 90 年代问世，有助于引导读者正确看待

① 吴孟复：《〈古文观止〉批判》，《江淮学刊》1964 年第 6 期。
② 王汝弼：《〈古文观止〉评介》，《语文学习》1958 年第 4 期。
③ 佚名：《古文观止》，《安徽师范大学报（哲学社会科学版）》1978 年第 2 期。
④ 王凯符：《八股文概说》，北京，中华书局，2006，第 307 ~ 310 页。
⑤ 启功、张中行、金克木：《说八股》，北京，中华书局，2000。

文化遗产，改变一味地批判科举制度和八股文的非正常的文化生态。

1998 年，何怀宏著《选举社会及其终结：秦汉至晚清历史的一种社会学阐释》由生活·读书·新知三联书店出版。这是一部视野开阔、材料丰富、颇多新见的著述，尤其是第二编对八股文的研究，以科举考试试卷为中心，经由对历朝经义范文的分析，揭示了科举考试的形式、内容、性质、功能及社会影响，说明八股这一文体的形成是一个自然发生的过程，而并非某种强力所致，有助于纠正长期以来形成的偏颇。

黄强《八股文与明清文学论稿》①分类讨论了八股文与明清戏曲、小说、诗文的关系，得出了一些重要结论：拿戏曲、小说与八股类比，抬高了戏曲、小说的地位；批判八股文是明清小说的重要内容之一；"以古文为时文、以时文为古文"的主张深刻影响了明清散文理论。黄强还反驳了前人"八股文盛而诗衰"的说法。

也是在 2005 年出版的汪小洋、孔庆茂的《科举文体研究》，用了三章来论述明代八股文——这是全书所占比重最大的部分。该书指出，"代圣贤立言"是八股文和其他文体的最大区别之一；代言体是八股文和戏曲、小说等文学体裁共通的地方；"八股把文学格式化为广泛套用的公式，科举又把八股功利化为人们思维的习惯，八股文对文学影响的深广是任何文学样式所不及的"②。龚笃清 2006 年在湖南人民出版社出版了《明代八股文史探》。该书除引言《明代八股文述略》外，正文一共八章："明代八股文的文体""明代八股文的文题""从洪武到天顺：八股文的初创阶段""从成化到弘治：八股文的全面成熟时期""从正德到嘉靖：明代八股文的极盛时期""隆庆和万历：明代八股文的变革期""天启：明代八股文的衰颓时期""崇祯：明代八股文的救亡时期"。较为具体地介绍每一位八股文作家和代表作品是该书的特色。孔庆茂于 2008 年出版的《八股文史》③，则对八股文的历史源流和发展演变做了梳理，对唐宋派、东林派、江西派、娄东派等古文流派的八股文风格做了研究。田启霖出版于 1996 年的《八股文观止》④，收录历代八股文 484 篇，为认识和研究八股文提供了较为丰富的材料。

袁行霈主编的《中国文学史》，1999 年由高等教育出版社出版，至今已修订两次，印刷多次，是目前使用量最大的中国文学史教材。这部教材

---

① 黄强：《八股文与明清文学论稿》，上海，上海古籍出版社，2005。
② 汪小洋、孔庆茂：《科举文体研究》，天津，天津古籍出版社，2005，第 128 页。
③ 孔庆茂：《八股文史》，南京，凤凰出版社，2008。
④ 田启霖：《八股文观止》，海口，海南出版社，1996。

用一个小节介绍了八股文及其对文学创作的影响。编者认为：八股文的存在有其合理性，它的一些表现手法及理论也对明清两代其他文体的创作产生过影响。但总的来说，"它在内容上要求贯穿'代圣人立说'的宗旨，刻板地阐述所谓圣贤的僵化说教，形式上又有严格的限制，加上它以官方规范文体的面目而出现，严重束缚了作者的创作自由，给文学的发展带来更多的负面影响"①。在最近三十余年的高校教学中，统编教材因其特殊的性质和功能，特别重视立论的稳妥，适当与此前的主流话语衔接乃是题中应有之义。袁行霈主编的《中国文学史》，其编写方针的核心是"守正出新"，一方面注重稳妥，另一方面又认真吸收学术界的前沿成果，其处理方式是恰当的。其他几部稍晚出版的文学史也大体如此。如郭预衡出版于 2003 年的《中国文学史简编》认为，明代的科举考试"对一代文化、文学的影响极大"②。他不赞同黄宗羲"明代诗文没有出现大家的原因是因为士人专注于场屋之业"的观点。罗宗强、陈洪主编的《中国古代文学发展史》，南开大学出版社 2003 年初版，已重印数次。关于明代文学与科举之关系，其基本评价是："文人的思维方式不免为八股取士的樊笼所规范，而八股的体制显然不利于文人思想和情感的自由抒发，由此影响到诗文等传统文学样式的萎缩。"③

陈文新主编的《中国古代文学》④2010 年由北京大学出版社出版。该教材专设"明代八股文"一章，分前期、中期、后期三个时间段对八股文的确立、发展、成熟、新变做了较为详细的介绍，并对其行文风格、代表作家、创作理论等方面做了叙述。比较引人注目的是，该书还在导学部分设置了"明代八股文与科举文化""明代科举与文学关系研究"等课题，用以启发和引导学生的思考。2014 年，袁世硕、陈文新主持完成了教育部马克思主义理论研究与建设工程重点教材《中国古代文学史》的编写，其中涉及明代八股文的部分，大体沿用了陈文新主编《中国古代文学》的处理方式。《中国古代文学史》已由高等教育出版社出版。

陈平原的《中国散文小说史》原为《中华文化通志》的一个部分，2004 年由上海人民出版社出版单行本。谈到八股文与古文的关系，陈平原《中国散文小说史》用了一个词，叫"休戚相关"。他强调，其他文体虽然也跟八股文有关系，但都不如古文与之关系紧密，所以"谈论明清散

①　袁行霈：《中国文学史》第四卷，北京，高等教育出版社，2014，第 66 页。
②　郭预衡：《中国文学史简编》，上海，上海古籍出版社，2003，第 497 页。
③　罗宗强、陈洪：《中国古代文学发展史》，天津，南开大学出版社，2003。
④　陈文新：《中国古代文学》，北京，北京大学出版社，2010。

文，引进八股的阴影，便属题中之义"①。作者还认为，八股文与台阁体在内在精神上息息相通，都以努力取消自己的独立声音为基本特征。陈平原从内在精神上阐发八股文与古文、八股文与台阁体的联系，对于深入理解"以古文为时文，以时文为古文"，颇有启发。

龚笃清的《雅趣藏书——〈西厢记〉曲语题八股文》出版于 2008 年。该书从游戏八股文的视角探究八股文与明代戏曲之间的关系②。作者选取若干篇以《西厢记》曲语为题的八股文加以赏析，以反映八股文在明中后期淡化说理面孔、渐趋文学化的特征，也反映出用八股文评点戏曲文学的文学风尚③。

八股文与明清小说评点及小说传播的关联，也是该领域的热门话题。潘峰的博士学位论文《明代八股论评初探》④，其第六章重点分析了明代八股论评对小说评点、戏曲评点、诗歌评点和散文评点的影响。同样致力于这方面研究而又早于潘峰的，有宋莉华《明清小说评点的广告意识及其传播功能》⑤、张小钢《金圣叹的文学批评与科举》⑥、陈光《八股文与金圣叹的"作题论"》⑦ 等论文。

从上面的缕述可以看出，1905 年以来，明代八股文研究成果颇丰。但也存在不足，即主要从文学的立场考察八股文，较多关注八股文与明代文学的关联，而忽略了八股文与明代社会、与明代思想文化的相关之处。这当然有其合理性，因为八股文是一种文体，研究一种文体不能没有文学的视角。但是，也应该注意到，八股文首先是一种科举文体，在发挥其选拔人才的功能时，它还被赋予了建构国家意识形态的功能。八股取士制度，着重考查士人对儒家经典的掌握，而儒家经典的功能主要是提升传统士人的人文素养；为了写出"熔经液史"的八股文而进行的长期训练，属于典型的通识教育。在八股文研究所涉及的其他学科中，需要特别提出的是思想史、哲学史研究。加强"明代八股文与明代思想文化"的研究，不仅是为了弥补此前研究的不足，其实也是为了深刻把握八股文研究的要义。离开了对明代思想文化的考察，八股文研究的分量就会大打折扣。

---

① 陈平原：《中国散文小说史》，上海，上海人民出版社，2014，第 133 ~ 140 页。
② 事实上，前文中提到过的"历代科举文献整理与研究丛刊"之《游戏八股文集成》，也反映了游戏八股文与明代戏曲之间的关系。
③ 龚笃清：《雅趣藏书——〈西厢记〉曲语题八股文》，长沙，湖南人民出版社，2008。
④ 潘峰：《明代八股论评初探》，复旦大学，2003 年度博士学位论文。
⑤ 宋莉华：《明清小说评点的广告意识及其传播功能》，《北方论丛》2000 年第 2 期。
⑥ 张小钢：《金圣叹的文学批评与科举》，《清史研究》2002 年第 1 期。
⑦ 陈光：《八股文与金圣叹的"作题论"》，《重庆社会科学》2002 年第 3 期。

第五章　政治与文学视野下的明代科场案

明代科场案与政治的关联度之高为前代所少有，如明初"南北榜"案催生了南北定额分地取士的政策，体现了明朝统治者在中央集权制度下均衡各行政区域政治权利的考量；明中期数起"辅臣子弟科第案"强调了科举相对公平的原则，体现了君权对内阁"相权"的制约以及对各阶层利益的调控；明末"科场关节案"频发，掺杂着朝堂内部党争等复杂的政治因素。国家大政，由科场可见一斑。科场案在冲击政坛的同时，也改变了不少作家的文学生涯。唐寅成为"三笑"故事中的主角，王衡成为一个关注科场的戏曲作家，就是这方面的显著例证。从政治与文学的双重视角考察明代科场案，可以对明代科举文化生态的某一层面获得较为真切的印象。

第一节　科场案与明代政治

科场案并非始于明代，唐、宋时已有个案发生，不过唐、宋科场案往往是因为关节之弊，并没有酿成大案，所以责罚也比较轻。到了明代，才出现了一些科场大案，并且多与政治相关，如明初"南北榜"案、景泰七年（1456）顺天科场案、嘉靖二十三年（1544）翟銮子中式案、万历年间张居正三子中式案等。本节撮录个案，详其原委，以期揭示明代科场案与明代政治之间的联系。

一、洪武三十年"南北榜"与地域均衡

明代第一场影响较大的科场案发生在洪武三十年（1397），史称"南北榜"或"春夏榜"。该案的直接起因是南北取士不均。其始末大致如是：该年三月会试，翰林学士刘三吾、纪善白信蹈为考试官，所录取的宋琮等五十余人都是南方士子。此榜称春榜，也称南榜。该榜引发北方落第士子不平，明太祖也不满录取结果，令侍读张信、侍讲戴彝等12人再阅落卷，选录其中文理优长者。或曰考官刘三吾与白信蹈至阅卷所，嘱以陋

卷进呈。覆阅结果，坚称无一北卷可取。太祖大怒，尽废春榜，并以胡、蓝余党为名，流放刘三吾，先后诛杀考官白信蹈等阅卷儒臣及本榜状元陈䢐、探花刘士谔等，唯有侍读戴彝、本科榜眼尹昌隆侥幸得赦。该年六月，明太祖亲自于落卷中录取北士 61 人，擢山东韩克忠为状元，此榜为夏榜，也称北榜。

引发该案的深层原因广为人知，即明太祖借助科举取士来均衡地方利益，维护中央集权，用以安抚、笼络北部及边夷地区。实际上在该案发生之前，明太祖除了武力布防、分封诸子守边以外，已逐步采取文治教化的手段来增强对这些地区的控制。明太祖所采取的政策如下：一是给予边夷地区同等的乡试权。如洪武五年（1372）即令四川行省开始入明后的首次乡试，洪武二十年（1387）将云南布政司纳入乡试。乡试之地增至 14 处，给予这些行政区域与其他地区对等的"科举权"，使当地士子有了进入权力阶层的可能，有助于增强明朝政权向心力。二是洪武十三年（1380）定南北更调用人之制，其政治用意正如胡适先生所评述的："就是本省的人不能任本省的官吏，而必须派往其他省份服务。有时候江南的人，派到西北去，有时候西北的人派到东南来。这种公道的办法，大家没有理由反对抵制，所以政府不用靠兵力和其他工具来统治地方，这是考试制度影响的结果。"[1] 三是在边境广立学府，派遣学官。起初重点在北部，后泛及其他边地。据《明太祖实录》卷九八所载，洪武八年（1375），明太祖提出以教化来善俗、致治，"近北方丧乱之余，人鲜知学，欲求方闻之士，甚不易得。今太学诸生中，年长学优者，卿宜选取，俾往北方各郡分教。庶使人知务学，贤材可兴"[2]。该年起，明太祖命选国子生分教北方。洪武十七年（1384）下令在辽东立学校，认为边境立学甚为必要，可以教化边民及武臣子弟。洪武二十年（1387）以北方学校没有名师，命吏部迁南方学官有学行者教之。洪武二十八年（1395），明太祖先后诏令在各边远州县广泛设立儒学，正月在陕西行都指挥使司、四川盐井卫军民指挥使司设置儒学，二月在宁夏卫及其他四卫指挥使司设置儒学，并设教员、训导，六月下令在云南、四川边夷土官设立儒学，九月在四川贵、播等地设儒学。一年之间，明太祖为了加强边远地区的教化，举措频繁。而两年后的"春榜"中无一北士被录，大大悖逆了明太祖希冀以教化怀柔来控制北部、西南诸州的初衷，故"被黜者咸以不公为言"使得"上大怒"不过是"南北

---

[1] 胡适：《胡适文集》第 12 册，欧阳哲生编，北京，北京大学出版社，1998，第 506 页。

[2] 《明实录·明太祖实录》卷九十八，台北，"中央研究院"历史语言研究所，1962，第 1672～1673 页。

榜"案的导火索而已[1]。

该科取士是否存在不公私情、纳贿关节，并无实据。一是从"春榜"以前数科录取比例来看，北士中式数量原本就远远低于南方举子。洪武三年（1370）定的科场程式对乡试分区定额有规定，各省并直隶府州等处，通选五百名为率，各地配额不同。但会试按成绩录取，并未限定分区取士。乡试分区定额已考虑到地域的均衡问题，但首科会试结果即显现出较大的落差。洪武四年（1371）会试录取的 120 人中，浙江士子居首，为 31 人，占总数四分之一，次为江西、福建，各二十余名，山西、山东、河南、北平、广东、广西等均不到十名，湖广无一人中式。此后数科，南人占据大半。至宣德二年（1427），状元始有北人。故"春榜"发生并非偶然。二是落第考生鼓噪不公是常事，未必有所依凭。洪武五年（1372）明太祖就曾提出要惩罚谤毁考官的落第举子，语见《明太祖实录》卷七十一："上谓礼部臣曰：'近代以来，举人不中程式为有司所黜者，多不省己自修，以图再进，往往摭拾主司细故，谤毁以逞私忿，礼让廉耻之风不立。今后有此者罪之。'"[2] 明代科场案多有因私忿讪谤而起者，如代宗景泰七年（1456）顺天乡试考官刘俨被朝臣弹劾考试不精；英宗天顺元年（1457）会试考官遭落第士子作俚诗讪谤；宪宗成化十七年（1481）会试考官吴宽因录取乡人赵宽为会元引起议论；世宗嘉靖二十二年（1543）会试被南京河南道御史包节奏劾有弊。以上诸案虽经言官弹劾，但大多并无实据，考官也未因此获罪。反例也有，孝宗弘治十二年（1499）会试，户科给事中程敏政被劾鬻题，已称得上明代中期的科场大案，程敏政、唐寅等四人被鞫下狱，但并未查明实弊，均被释放。程敏政出狱后不久病故，仍被追赠礼部侍郎，比起洪武三十年"南北榜"的酷烈来说已远为缓和。

借乱党之名行诛杀之实，明太祖已多次使用，如洪武十三年（1380）左丞相胡惟庸以谋反被诛，韩国公李善长以大逆罪赐死，即以追附胡党为名，株连家属七十余人；蓝玉以谋反罪被诛，殃及族人，坐党夷灭者万余五人。诸多大案，已使明人对明初政治产生心理阴影，"南北榜"案亦在阴影之下。清末最后一位探花商衍鎏论及此案，道出了明太祖发动此案的政治动因：

> 明洪武三十年丁丑科会试，考官士子多加诛戮，则非关节，而

---

[1] 〔清〕李调元：《制义科琐记》卷一，丛书集成初编，北京，中华书局，1985，第 19 页。

[2] 《明实录·明太祖实录》卷七十一，台北，"中央研究院"历史语言研究所，1962，第 1316 页。

以太祖一时之怒为之……命刑部拷讯，以三吾、信蹈、司宪三人为蓝党（蓝即蓝玉），张信、王俊华、张谦、严叔载、董贯、黄章、周衡、王揖皆胡党（胡即胡惟庸），三吾以东宫讲官减等戍边，馀皆凌迟于市，陈䢵亦处死……故是科世称春夏榜，亦称南北榜。并无纳贿关节，而用刑如此之重者，则因太祖以北方人士服属于元较久，虑遗民犹有故元之思，颇欲假科名以笼络之。是科所取皆南士，已恶试官之偏。而三吾又言礼闱取士，向无南北之分，大江以南本多佳士，北士自不及南，试官安能枉格相从，亏拔擢人才之旨，覆阅诸臣亦仍不悟太祖之意，所以致有此祸也。自后礼闱取士，每斟酌于南北之间矣。①

不论该案当事人是否与胡、蓝二党有关，单就该案的处罚来说，也是明代科场案中最为酷烈的。

若单从人才选拔的角度来看，本来不应该有地域之分。若从政治维稳角度，又必须做到相对均衡。是唯才是举还是分地取士，早在北宋时期已产生争议。司马光认为京师士子较偏远地区者拥有优势："朝廷多差考官率皆两制三馆之人，其所好尚，即成风俗。在京举人追趋时好，易知体面，渊源渐染，文采自工。"②因此上《贡院乞逐路取人状》，提议分路取人，避免"京师作妄之人，独得取之"③。欧阳修则在《论逐路取人札子》中提出异议，强调科举考试"无情如造化，至公如权衡"④的公平原则，故应"不问东西南北之人，尽聚诸路贡士，混合为一，而惟材是择"⑤。明代"南北榜案"固然是朱元璋借题发挥的产物，但也体现了长期以来社会各阶层对地域公平问题的关注。

洪熙元年（1425）议分南北卷取士，南士六分、北士四分。分南北取士，除了笼络北人外，还有一个原因是兼顾南北士人的优长。《明仁宗实录》卷九载仁宗语曰："科举之士，须南北兼取。南人虽善文词，而北人厚重，比累科所选，北人仅得什一，非公天下之道。自今科场取士，以十分论，南士取六分，北士四分。尔等其定议各布政司名数以闻。"⑥因仁宗

---

① 商衍鎏：《清代科举考试述录》，北京，生活·读书·新知三联书店，1958，第290～291页。
② 〔宋〕司马光：《司马温公文集》卷五，北京，中华书局，1985，第114页。
③ 〔宋〕司马光：《司马温公文集》卷五，北京，中华书局，1985，第114页。
④ 〔宋〕欧阳修：《欧阳修全集》第4册，北京，中华书局，2001，第1716页。
⑤ 〔宋〕欧阳修：《欧阳修全集》第4册，北京，中华书局，2001，第1716页。
⑥ 《明实录·明仁宗实录》卷九，台北，"中央研究院"历史语言研究所，1962，第290页。

在洪熙元年五月驾崩，该政策未及落实，随后继位的宣宗议定会试分南、北、中三地定额取士。据查继佐《罪惟录》志卷十八《科举志》所载：

> 洪熙元年，宣宗即位。七月，定会试南北中三卷。先是，仁庙拟一科，每百人以六四判南北。是时三分之，姑以百名为率，南北各退五名为中卷，北卷则北直隶、山东、河南、山西、陕西；中卷则四川、广西、云南、贵州，及庐、凤二府，徐、滁、和三州；余皆属南卷。[①]

此后三卷定额微有调整，但大致如是。除分地录取外，考选官员也兼顾南北。

南北榜案后，多有人以此案为先例，或攻讦考官，或求请覆试，并因分地取士产生考生冒籍作弊的现象。从政治角度考量，"南北榜"案使得科举制成为中央政府用来控制、调节地方利益的政治手段，增强了明朝的向心力，维持了国家内部各行政区域之间的相对公平。若单纯从择优录取、人才选拔的角度来批判分地取士，而忽略了科举制的国家管理功能，就不免把问题简单化了。

二、贵胄不可以先寒畯：明中期辅臣子弟科第案

明太祖废除宰相制度后，皇权高度集中。永乐以后，内阁逐渐成为帝王的辅臣，权势日炽。因此，辅臣子弟中式与否，备受朝野关注。如果说，分地取士有地域均衡的政治考量，不得不如此，分阶层取士则违背了社会相对公平的原则，必将激化社会各阶层之间的矛盾，影响社会的稳定。

明代宗景泰七年（1456）顺天科场案，即与辅臣子弟相关。此案是洪武三十年"南北榜"案之后的又一大案。该案的直接起因是辅臣因子弟落榜而攻讦考官，求请覆试。此案始末大致如是：该年八月，太常寺少卿兼翰林院侍读刘俨、翰林院编修黄谏主考顺天乡试，大学士陈循之子陈瑛、王文之子王伦应顺天试不中，陈循与王文遂以细故攻讦主考官刘俨、黄谏，并指责二人去取不当，命题有乖，申请以洪武三十年"春榜"为例，覆审中式举子文卷与落榜陈瑛、王伦文卷的优劣，以治考官滥取之罪。覆审发现有优于二子者，有与二子持平者，也有不及二子而中式者。高谷力

---

① 〔清〕查继佐：《罪惟录》第 2 册，杭州，浙江古籍出版社，1986，第 824 页。

为刘俨、黄谏开脱，指斥循、文之私。代宗以刘俨虽考试不精，然查无私弊，并未降罪，只是特许陈、王二子参加次年会试。后六科给事中上言弹劾陈循、王文启滥进之风、坏科目之制，请严予惩处，代宗亦赦之。次年英宗复辟，革斥王伦等人，此案遂了。

　　该案涉案双方均未因此受到惩罚，其根本原因在于一方追求科举的绝对公平，另一方维护科举的相对公平。前者是理想而无法真正实现，若以特权加之，反而破坏了相对公平。

　　科举体制之下的相对公平，是指考官并无情弊，确实是在唯才是举的前提下，能够不问出身，纯以文字优劣擢拔人才。明代两京乡试、会试主考官一般都是资深翰林、科场魁首，是考官的最优人选。如洪武三十年"春榜"覆阅考官张信为洪武二十七年（1394）状元，景泰七年（1456）顺天乡试案主考官刘俨为明英宗正统七年（1442）状元。根据李调元《制义科琐记》卷一"钦赐举人"条记载，刘俨本科所取解元徐泰出身富族，因而被人质疑，"当道奏俨有私，召五经魁士亲试禁中，弥封以示阁臣，覆阅取次。拆封，一与原榜无异，仍赐泰为解元"①。可见刘俨确有主试之能。以翰林之才主持科场，目的是最大限度地保证择优录取，然而也往往有庸才登第或遗贤在野，这并不一定与私弊有关。《明英宗实录》卷二百六十九录考官刘俨、黄谏的自我辩白，可以为证：

　　　　臣等入院之初，会同监试等官焚香告天，誓说："若有孤负朝廷委任挟私作弊者，身遭刑戮，子孙灭绝。如此誓词，非特内外执事官吏人等之所共闻，而天地鬼神实所共鉴。设使臣等阳为正大之言，阴为诡诈之行，纵苟逭于国法，亦难逃于阴谴。第恐才识短浅，鉴别未精，或有遗材，若曰徇情作弊，实所不敢。"②

即便考官尽心尽责，却仍然避免不了例外发生。录取结果或多或少都会受到考官的好恶、考生的临场发挥、阅卷限时不能细读等诸多偶然性因素的影响。况且名额有限，只能保证大部分的录取结果是公正的，不能排除少量贤才落榜或不才中式的现象。面对这种情形，落榜考生通常有两种对策，一种是谤讪考官。英宗天顺元年（1457）会试，主考官薛文清、吕文

①　〔清〕李调元：《制义科琐记》卷一，丛书集成初编，北京，中华书局，1985，第40～41页。
②　《明实录·明英宗实录》卷二百六十九，台北，"中央研究院"历史语言研究所，1962，第5708～5709页。

懿，俱一时人望，因有大臣子侄登第，士子遂作谤诗，沈德符叹称："是年薛文清为主考，此何等人品学术，尚遭谤讪，下第举子之口，真可畏哉！"[①]另一种是以时运不济来自我安慰，以期待下科时来运转。如英宗天顺四年（1460），有落第举子因私忿而讪谤考官者获罪，李贤《天顺日录》中所发的议论，就代表了一种共识："若尔所作文字有疵不中，是尔学力未至，非命也。若尔文字可取而不中，乃命也。不知安命，可谓士乎！"[②]顺天乡试科场案的发生，因为落第考生陈瑛、王伦的父亲陈循、王文均为内阁大学士，所以采取了第三种方式，即直接上疏皇帝，指斥考官刘俨不分美恶，任意批取，致使二子当中而不中，由此提请覆试。从实际考察，已录取的举人中确有不及二子者。以此观之，陈循、王文的要求有合理之处，即纯以文字高下为衡量标准，之前的录取结果确实有失公平。然而，陈循、王文为子诉冤之举并未受到认可，反而大受非议，被认为是以特权破坏了科举的相对公平。六科给事中在弹劾陈循、王文时有一段话，格外值得注意：

> ……盖以贵胄不可以先寒畯也，视今之文卷已黜而欲与举人比者，其得失又何如也？况今岁顺天府应试者一千八百有奇，而中式者才一百三十五人，俨等既称可试未精，则其间遗漏者恐不特伦、瑛二人而已，倘一概援例求进，拒之则情偏，从之则弊起。是循等一举而启滥进之风，坏科目之制矣。比者上天垂戒，灾变迭至，四方多故，水旱相仍。未必不由循等所行乖懥之所致也。今其罪犯已彰，人心共怨。陛下若又待以宽恩，则循等之心愈无忌惮，伏望皇上奋乾纲之独断，彰天讨之至公，逮问循等如律，以为大臣将来之警。[③]

谏议拒绝录用陈瑛、王伦，在于照顾到另外一种公平，即在考官并无情弊的情况下，贵胄子弟与寒门士子应享有同等的"落第权"。否则以贵胄子弟的身份，可以通过父兄提请覆议，从而开启滥进之风，就是对寒门士子的不公平。英宗复辟后取消了王伦、陈瑛的会试资格，后王文被杀，陈循遭戍，虽然不是以此案获罪，但论者或以此为滥进之果报。明武宗正德十

---

① 〔明〕沈德符：《万历野获编》，元明史料笔记丛刊，北京，中华书局，1959，第375页。
② 〔明〕李贤：《天顺日录》（《丛书集成初编·〈龙兴慈记〉及其他二种》），北京，中华书局，1985，第58页。
③ 《明实录·明英宗实录》卷二百七十，台北，"中央研究院"历史语言研究所，1962，第5719～5720页。

年（1515）七月，给事中范洵上书言事，第二件就是两京显官子弟需"避嫌疑"，"则高门不得妨寒畯之阶，公道不至为私意所蔽矣"①，此条被诏可执行。嘉靖十三年（1534）乡试，吏部尚书兼兵部尚书汪铉因子不中式，亦指摘场弊，提出以南北榜案为参照，诛杀考官。考官廖道南则以景泰七年顺天科场案为先例，引陈、王及刘俨故事对答，得以脱身。次年汪铉以他事被弹劾罢官，重蹈陈、王覆辙。

景泰七年顺天科场案是辅臣子弟落第案。明代中晚期，则出现了两起影响较大的辅臣子弟中式案。

其一为嘉靖二十三年（1544）大学士翟銮二子连捷中式案。銮二子连中乡试，又连中会试，刑科给事中王交、王尧弹劾考官朋私通贿，大坏制科。嘉靖帝的态度十分明确，他严令察院、礼部彻底调查，并勒令将涉案的翟銮父子等七人黜落为民，考官江汝璧等俱下镇抚司逮问，不得回护。处理结果是将会试主考官江汝璧、乡试主考官秦明夏、浦应麒杖责六十，革职闲住；监察御史王珩、沈越降一级调外任；高节及张岳充军，彭谦为民，王一中等仍留供职。

其二为万历前期张居正三子中式案。此案的特殊性在于：万历皇帝参与其中，他以科举功名来回馈张居正的辅弼之功，先后擢拔其子张嗣修、张懋修为万历五年（1577）榜眼、万历八年（1580）状元，另一子张敬修亦得中式。然而张居正死后次年，万历皇帝即开始清算张居正，恰有南京刑科给事中疏论张居正私其三子登第事，万历遂不听覆试之请，褫夺诸子功名。

这几起辅臣子弟科第案的处理结果，大致尊重了科场相对公平的原则。然而，如果认为辅臣子弟中式必有私情，则不免失之公允。出于维护科场相对公平的原则，无论贵贱，都不该成为拔擢或黜落的理由。万历十六年（1588）顺天乡试科场案就体现了这一考量。

该科主考为黄洪宪，辅臣王锡爵子王衡、申时行婿李鸿中式，王衡高登榜首。礼部郎中高桂上疏称李鸿等八人有关节之嫌，附带提到解元王衡素号多才，夺魁未必有弊，但因是辅臣之子，难免惹人嫌猜，"自故相之子先后并进，而一时大臣之子遂无有见信于天下者"②。因此提请令王衡与其他涉疑士子一体覆试，以证清白。

---

① 《明实录·明武宗实录》卷一百二十七，台北，"中央研究院"历史语言研究所，1962，第2548页。
② 《明实录·明神宗实录》卷二〇七卷，台北，"中央研究院"历史语言研究所，1962，第3875页。

高桂疏上后，引起辅臣王锡爵及考官的强烈反弹。他们提出取士既然以程文为去留，就不应强调出身富贵与否，而应关注取士的过程是否存在私弊。主考官黄洪宪辩称："谓辅臣王锡爵之子衡不宜居首。夫王衡自幼负奇，天下莫不闻。惟时春秋房考行人邹德泳首取，主考右庶子盛讷先评之，同考官、提调、监试官诸臣共阅，靡不同声称宜第一者。臣因与众定之，将避其势而遂摒其文耶？其一谓势高者录婿，盖谓李鸿也。李鸿乃《书》一房，行人沈璟所取，臣焉能预知为辅臣之婿而戒同考官不取乎？"[1] 辅臣王锡爵言辞更为激烈："堂堂清朝明主临之于上，而谓在廷无一可信之辅臣，辅臣无一向上之子弟，臣则已矣，臣男亦已矣，独奈何轻朝廷、辱天下之士如此哉！臣窃羞之，窃痛之。古称世臣社稷之卫，即今我朝二百年来大臣子弟彬彬取高科膴仕，当世不以为嫌，何独至臣等必欲尽锢其读书应举之途，流言蜚语，使天下谓老成决贱于少年，委巷决公于朝论，此岂太平景象也？臣窃忧之，窃危之。"[2]

高桂的弹劾过分关注考生身份，在强调科场公平的同时有矫枉过正之嫌。但黄洪宪、王锡爵的反应过激，除了就事论事以外，还与该案背后的政治纠葛相关。此案距离清算张居正不过五年时间。显然，王锡爵等人清楚地意识到万历对张居正独揽朝政的反感，所以王锡爵上疏力陈清白，着意与张居正对比：

> 国柄处居正之地，百官之命尽悬掌握而后可以顺指考官，无不如意也。乃臣碌碌赘员，权势不能及居正万分之一，而臣男中式名次反在居正诸子之前，不知考官媚臣至此，将何以望臣，又将以何德臣哉？臣虽不才，素服先臣清白之训，所生一儿祇今二十九岁，日夜提耳教之，顾诚冀少立身名，粗传弓冶，而不图更以臣官为累也。世语幽幽，何至此极？[3]

王锡爵提到的"世语幽幽"，体现了言官与辅臣的紧张关系。张居正时期，不但阁权压制君权，而且也钳制言官之口。待王锡爵、申时行等为辅臣后，特以张居正为鉴，言路大开，却又深受其苦。故此案的发生，已不

---

[1] 《明实录·明神宗实录》卷二〇八，台北，"中央研究院"历史语言研究所，1962，第3898～3899页。

[2] 〔明〕王锡爵：《王文肃公全集》之《王文肃公奏草》卷三，四库全书存目丛书集部第135册，济南，齐鲁书社，1997，第53页。

[3] 〔明〕王锡爵：《王文肃公全集》之《王文肃公奏草》卷三，四库全书存目丛书集部第135册，济南，齐鲁书社，1997，第53页。

单纯出于对科场公平的维护。《定陵注略》评曰："第王衡春秋名家，实堪冠冕畿士，而不免求诔者，则相公累之也。"① 直指此案因攻讦王锡爵而起。鉴于万历对张居正子弟登科案及上科顺天乡试冒籍案处分过酷，辅臣王锡爵、考官黄洪宪等不能不严阵以待。而万历对于此科的态度，则与以上两案不同。不仅因为此案查无私弊，而且因为王锡爵具奏申辨后，主动提请覆试，以自证清白。而覆试结果是："所劾举人，仍以衡第一，且无一人黜者。"②《明史》称，衡"少有文名，为举首才，自称因被论，遂不复会试。至二十九年，锡爵罢相已久，始举会试第二人，廷试亦第二，授编修"③。足见王衡实有才名，而遭遇无稽之谤，直至其父罢官，才再登高第，一洗前辱。该案的主考官黄洪宪、同考官沈璟也因此案牵连而仕途受阻。

鉴于辅臣子弟中式有瓜田李下之嫌，导致考官多有避嫌远祸之虑。至乙未会试，李鸿再度因辅臣之婿的身份险遭黜落。《定陵注略》卷一《科场夤缘》记录了这样一段有趣的文字：

> 乙未会试，南昌张位为总裁官，拆号填榜，李鸿中式。本房某请于南昌曰："愿易他卷。"南昌问故，某云徐吴县相公女夫，理应避嫌。南昌曰："信如君言，不但相公子弟不当读书，并相公女夫亦不当读书矣，岂有此理！"监试御史某从旁冷笑，南昌曰："君何笑？"御史曰："相公女夫，岂有中理？"南昌大怒曰："若相公女夫不应中式，则不应入场，罪在监试官，既已入场，则内帘所凭者，文而已矣，怎知是李鸿不是李鸿？"御史曰："请借文事一看。"看毕曰："文字也中不得。"南昌曰："衡文，内帘职也。与外帘无与。"随取鸿卷与各房同考官，请看此卷中得中不得，各房俱云文字优通，中得。南昌曰："若有议论，学生一人承当，不以相累。"李遂得填榜，使非南昌者，李被斥必矣。④

该事亦见于《明史·选举志》。若非张位不避嫌疑，李鸿恐怕就此落第。

---

① 〔明〕文秉：《定陵注略》，《中国野史集成续编》第19册，成都，巴蜀书社，1976，第628页。
② 〔清〕张廷玉等：《明史》卷七十《选举志二》，北京，中华书局，1974，第1703页。
③ 〔清〕张廷玉等：《明史》卷二百一十八《王锡爵传》，北京，中华书局，1974，第5754～5755页。
④ 〔明〕文秉：《定陵注略》，《中国野史集成续编》第19册，成都，巴蜀书社，1976，第628页。

无独有偶，明思宗崇祯四年（1631）辛未科状元陈于泰是首辅周延儒的表弟。据《枣林杂俎·圣集》称，周延儒在拆卷之前并不知晓，及唱名得知后，"不觉汗出浃背"。以该书撰者谈迁的观点，周、陈二人虽为亲戚，但两家颇有夙怨，并不交好，于泰得魁"实非有私也"。尽管如此，周延儒仍为此惴惴不安，辩白称："事有不辨而自明，有辨之而后明，今吾弟首胪，虽辨之，谁为明我者。"① 王夫之《读通鉴论》卷二十六关注到此类科场案的影响，称："公卿贪势位，昵子孙，私姻亚，莫此著明，而其犯群怒也以烈。故张居正之子首胪传，王锡爵之子冠省试，摇群心，起议论，国以不靖，祸亦剧矣。"②

为了笼络大臣，明代对于出身勋贵之家的"官二代"给予了一种科名以外的补偿方式——荫庇政策。这种政策始自建文元年（1399），后成定例。明宪宗成化五年（1469），曾限令恩荫的资格。明武宗正德十一年（1516）、十二年间多有恩荫，大学士杨士奇有功累朝，荫及其曾孙。荫庇政策体现出对高官显宦的恩遇，使其心理稍有平衡，从而也使科举取士面向所有士子的公平原则得到较好执行。

以上诸多辅臣子弟科第案可与洪武三十年"南北榜"科场案相对照，"南北榜"案虽然照顾了地域的均衡，却是通过极端的政治手段达成的，是专制皇权干预的结果。辅臣子弟科第案则彰显了特权与公平的矛盾，但是此类科场案的发起，未必尽出于对科场公平的维护，不排除言官借此攻讦元老以博声名，或皇权藉此笼络或弹压阁权的政治用心。这些案例表明：从治理国家的角度考量，取士之道的相对公平，对于维持国家的稳定，协调社会各阶层的矛盾，调动庶民入世的积极性等，具有重要意义。

三、党同伐异：明末科场关节案

明代中晚期，士风躁竞。大臣与言官相矫相讦，清流与阉党势不两立。科场亦沾染时风。彼时的科场案虽然仍以维护公平为借口，但为仇隙而折腾科场的事时有发生。科场沦为政治斗争的战场，晚明的政治格局也受到科场的影响。

明代党争始于嘉靖、隆庆年间，称显于万历朝国本之争。万历十三年（1585）顺天乡试冒籍案本无关大体，但是此案发生在国本之争的前一年，万历因偏宠郑妃而影响朝政于此已见端倪。故此略志一笔。

---

① 〔清〕谈迁：《枣林杂俎》，北京，中华书局，2006，第185页。
② 〔清〕王夫之：《读通鉴论》，北京，中华书局，1975，第2069页。

该案缘起于有浙人冒通州籍入试，八人考取，其中一人史记纯为翰林院编修史珂之子。冒籍得中者引发落榜的本籍生员张元吉等不满。或称此案并非仅由冒籍而起，实与郑妃相关。《弇山堂别集》云："是举，上虽有意严察科场弊习，然京师颇传其潜出于宫闱。"①《万历野获编》亦称："说者谓张元吉以赀冠京师，与郑贵妃家至戚，又贵妃弟入闱不得荐，故以此修隙。"②

该案处分结果是涉案八名考生削籍为民，其中馆于考官张一桂家的冯诗、章维宁被枷示众。考官张一桂经查委无隐情，但仍被降职，提学御史董裕谪外，编修史珂任子史记纯冒籍而被革职闲住。疏言"冒籍之当宽，采访之当慎"的御史蔡时鼎被切责调用③。因乡谊而使冯、章二子免于冻馁的府尹沈继山亦遭牵连，降俸外调。《万历野获编》称"一时当事者，未免迎合内旨，处分遂尔过酷"④，否则不至如此：

> 夫外省冒籍诚宜禁，若辇毂之下，则四海一家。且祖制，土著百名之外，中三十五名，其三十名胄监，而五名则流寓，及各衙门书算杂流。旧录历历可考，何冒之足云。况前一科会试，鼎甲一人，庶常二人，皆浙人也。何以置不问，而独严于乡试，株连波累至此耶？⑤

联系时政，众人将此事归因于郑氏潜言之故，不无因由。该案发生后的次年二月，郑氏便诞下皇三子朱常洵，随即引发万历朝持续十数年的"国本之争"。万历以怠政消极抵抗，导致言官与辅臣各立门户，一直持续到明末。故《廿二史劄记》有"论者谓明之亡不亡于崇祯，而亡于万历"⑥之说，《罪惟录》列传对郑妃亦有"胎党祸""党祸几于夺运"⑦的评价。

此后科场案多与党争相涉，三年后的王衡顺天乡试案、万历二十五年（1597）焦竑被劾取士文体险诞案，万历三十八年（1610）会试宣党汤宾尹越房录取韩敬案，熹宗朝宦官魏忠贤等干涉科场事，论者皆称与政治倾轧或朋党相争有关。最能表现党争、科场案与政治三者密切相关的案例，

---

① 〔明〕王世贞：《弇山堂别集》，北京，中华书局，1985，第1594页。
② 〔明〕沈德符：《万历野获编》，元明史料笔记丛刊，北京，中华书局，1959，第418页。
③ 〔明〕王世贞：《弇山堂别集》，魏连科点校，北京，中华书局，1985，第1594页。
④ 〔明〕沈德符：《万历野获编》，元明史料笔记丛刊，北京，中华书局，1959，第418页。
⑤ 〔明〕沈德符：《万历野获编》，元明史料笔记丛刊，北京，中华书局，1959，第418页。
⑥ 〔清〕赵翼著，王树民校证：《廿二史劄记校证》，北京，中华书局，1984，第797页。
⑦ 〔清〕查继佐：《罪惟录》第2册，杭州，浙江古籍出版社，1986，第1143页。

当属晚明温体仁借科场攻击政敌等案。

崇祯元年（1628），诏令会推阁臣，有心入阁的温体仁与周延儒翻出钱谦益浙闱关节案，以朋党之说攻讦有望入选的东林党魁钱谦益，正中崇祯心病。该案原本发生在天启元年（1621），并早有定论。考生田千秋误信人言，首场文用俚俗诗"一朝平步上青天"分置七义结尾，有涉关节。榜发后，为人告发。主考钱谦益并未涉案，但以失察罚俸三月。温体仁上疏后，多有为钱谦益辩护、指摘温体仁者，反坐实了温体仁论称谦益有党的罪名，导致钱谦益被罢归乡里，崇祯之朝不复起用。温体仁与周延儒成功入阁，崇祯对朝臣结党越发警惕，以致用人不信，国是日非。三年后会试，温体仁故技重施，再度借科场案为由，指使御史袁鲸上疏参劾该科会元有舞弊情事，试图与本科主考——成为首辅的周延儒夺权。幸运的是，崇祯认为会元吴伟业的制义"昌宏博大，足式诡靡"[1]，争议遂歇。

晚明科场案的内幕，正如直臣黄道周上疏所言："自辛未春月而后，盛言科场，实非为陛下之科场，不过为仇隙而翻科场，使诸素无仇隙者，无端而陷科场之内，至于科场之源流清浊，屈折难易，实无一言及之。"[2]

钱谦益案对朝政的影响更为显著。《明季北略》"门户大略"条论及此案，称崇祯清算魏阉后，本欲励精图治，而东林党人急功名、好议论、积习不改，引发崇祯对朋党的反感；此案发生，改变了崇祯朝原本趋于利好的走向，"及枚卜事起，而钱谦益与周延儒才名相轧，谦益必欲抑延儒使不得上。温体仁乘其隙，疏纠谦益科场旧事，上为震怒，面加诘问。吏垣章允儒愤争甚力，上逮而黜之，谦益亦黜归，党祸再起。而诸臣仍泄泄，不思图实绩以回上意，惟疏攻温、周无虚日。攻愈力而上愈疑，虏人蓟镇，逼都城，上视诸臣无一足恃者"[3]。引文已有将明亡归因于党争及科场案之意。早在万历十六年（1588）顺天乡试科场案时，参与覆试的考官于慎行即已敏锐地提出："唐时牛、李之党起于对策，成于覆试……由是宗闵、德裕各分朋党，更相倾轧，垂四十年，其机括所发，惟借科场一事以倾之耳。古今事体，大略不远如此。"[4] 王夫之在评价科场案时，则更明确地表达了场案启朋党之祸、朋党致国亡的观点：

---

① 〔清〕梁章钜：《制艺丛话》卷十二，见〔清〕梁章钜：《制艺丛话·试律丛话》，陈居渊校点，上海，上海书店出版社，2001，第 241～242 页。
② 〔清〕计六奇：《明季北略》，北京，中华书局，1984，第 128 页。
③ 〔清〕计六奇：《明季北略》，北京，中华书局，1984，第 691 页。
④ 〔明〕于慎行：《谷山笔麈》，北京，中华书局，1984，第 95 页。

贡举者，议论之丛也，小人欲排异己，求可攻之瑕而不得，则必于此焉摘之，以激天下之公怒，而胁人主必不能容。李德裕修其父之夙怨，元稹佐之，以击李宗闵、杨汝士，长庆元年进士榜发，而攻讦以逞，于是朋党争衡，国是大乱，迄于唐亡而后已。近者温体仁之逐钱谦益，夺其枚卜，廷讼日争，边疆不恤，以底于沦胥，盖一辙也。①

王夫之将牛李两党借科场发难、兴起党争而致"国是大乱"的现象，与晚明的温体仁借科场逐钱谦益案相比照，得出古今一辙的结论，代表了许多人的观点。

综上所述，可以说：从政治层面来看，科举追求的是相对公平的原则，无论是分地取士还是不问出身，都体现了这样的一种共识，即科举是擢拔人才的一种方式，更是维护国家安定的政治手段。当科场案不再以维护公平为目的，而成为政治打压、朋党争竞的借口，政治格局就会受到冲击。科举的这种政治功能决定了科场案与政治之间的密切关系。本节的宗旨就是对这种关系做出较为清晰的梳理。余者如钻营贿买、怀挟冒籍等弊端虽不胜枚举，但因无关大体，兹不赘述。

第二节　明代科场案与明代作家的文学生涯
——以唐寅、王衡为例

明代科场案对明代文学的影响有迹可循，在诗歌与戏曲领域表现得尤为明显。就共性而言，明代科场案当事人大多被动地沦为政治斗争的牺牲品，失去进入台阁郎署、争锋主流文坛的机会，被迫在山林市井中另辟蹊径，客观上丰富了明代中晚期的文坛风貌。就个性而言，科场案当事人的文学生涯因科场遭际、个人气质与时代风尚不同而各异，每一个个案都有其不可取代的标本意义。本节将唐寅、王衡等个案置于明代文学发展的背景下，藉以说明科场案与明代文学之间具体而微的联系。

一、科场案与唐寅的文学生涯

科场案对部分当事人的文学生涯产生显著影响，当始于弘治年间。明朝开国之初，虽然馆阁文学尚存一线生机，但整个文坛基本处于蛰伏状

---

① 〔清〕王夫之：《读通鉴论》，北京，中华书局，1975，第 2068～2069 页。

态。尽管洪武三十年（1397）南北榜案给当事人造成了重大的打击，如主考官刘三吾以八十余岁高龄被流放遣戍，考官张信等多人被凌迟于市，状元陈䢿亦被处死，南榜尽废，但是对应着"万马齐喑"的时代背景，该案并未对当时文坛产生明显影响。永乐以后百余年间政治相对平稳，文网渐弛，科举制度更趋成熟。天顺二年（1458），李贤奏定纂修专选进士，由是形成了"非进士不入翰林，非翰林不入内阁，南、北礼部尚书、侍郎及吏部右侍郎，非翰林不任"①的成例。台阁体作家主导文坛，开始具有明确的谱系与宗主意识。弘治十二年（1499）科场案就发生于"空同出而异军特起，台阁坛坫，移于郎署"②的过渡时期。作为科场案当事人的唐寅，其文学生涯所受到的冲击，不亚于其政治生涯。在科举制度的大背景下，进士身份所象征的不仅是政治上的清贵，也意味着是否具备参与或构建主流文坛风尚的资格与话语权。科场案成为当事人社会身份的分水岭，与科场案背后的政治因素及文学内部的发展理路等因素交织在一起，共同影响了当事人的文学生涯。

弘治十二年（1499）会试主考官李东阳是茶陵派的盟主，尽管他在诗歌方面注重诗体的不同风格与抒情性，但文章风格仍与台阁体一脉相承。后起之秀李梦阳于弘治七年（1494）中了进士，边贡、王九思于弘治九年（1496）中了进士，但是还要等到弘治十五年（1502）何景明、王廷相、康海及弘治十八年（1505）徐祯卿释褐后，标举"文必秦汉，诗必盛唐"的前七子才算羽翼丰满③，成为茶陵派的劲敌。试图在文坛一试身手的各路进士文人开始有了在茶陵派与前七子之间做出取舍的焦虑，在这之前，台阁文风风靡天下，这种焦虑还不大可能产生。钱谦益在《列朝诗集小传》"李少师东阳"条中虽认同李东阳"以金钟玉衡之质，振朱弦清庙之音，含咀宫商，吐纳和雅"的庙堂之音，贬斥李梦阳"一旦崛起，侈谈复古，攻窜窃剿贼之学"的文学主张，但同时注意到李梦阳等人"群起附和，以击排长沙为能事"的文坛风尚已经形成④。纪昀等在《四库全书总目》中评价李梦阳《空同集》与何景明《大复集》时则肯定前七子对台阁体的突破，称"明自洪武以来，运当开国，多昌明博大之音。成化以后，安享太平，多台阁雍容之作。愈久愈弊，陈陈相因，遂至啴缓冗沓，千篇一律。

---

① 〔清〕张廷玉等：《明史》卷七十《选举志二》，北京，中华书局，1974，第1702页。
② 〔清〕陈田：《明诗纪事》，上海，上海古籍出版社，1993，第1135页。
③ 〔清〕张廷玉等：《明史》卷二百八十六《文苑传二》，北京，中华书局，1974，第7348页。
④ 〔清〕钱谦益：《列朝诗集小传》，上海，上海古籍出版社，1983，第245～246页。

梦阳振起痿痹，使天下复知有古书，不可谓之无功"①。"正、嘉之间，景明与李梦阳俱倡为复古之学，天下翕然从之，文体一变。"②在李梦阳等高标复古、强调站队的文坛背景下，时人很难不做出或此或彼的选择。与该科当事人唐寅并称"吴中四才子"的徐祯卿在释褐后就受到了李、何二人的影响，最终跻身前七子的行列。如果没有科场案的发生，唐寅在茶陵派与李梦阳之间做出怎样的选择，都已不得而知。但可以断言的是，他的文学生涯必然是另外一种局面。

弘治十二年（1499）科场案，唐寅的罪名是夤缘求进，所受的惩罚是黜充吏役。其前后原委，并不复杂。

唐寅（1470—1523），字伯虎，又字子畏，号六如居士、桃花庵主、逃禅仙吏等，吴县吴趋里人。弘治十一年（1498）南闱乡试，唐寅在人才渊薮的江南脱颖而出，高中解元。旁郡富而尚贤的举人徐经仰慕唐寅的名声，两人相约同赴会试。到京师后，唐寅与徐经先后拜会故旧新交，其中就有后来出任主考的李东阳与程敏政。此前，唐寅的乡试座主梁储曾向程敏政推荐过唐寅。唐寅为座主梁储饯行，还请程敏政写了诗序。在诗序中程敏政对唐寅颇为称许："公前此受命主秋试于南畿，号得士，其第一人曰姑苏唐寅，合同榜赋诗以赠公，属予序。予与公同事，相得其文学之昌、才识之卓、操履之懿，盖畏友也。于其行固将有言，以致区区，而况重之唐请哉！"③乞文唱和，原是惯例，纳币问学，也是常情。但是发生在会试之前，就足以引发猜嫌，加之二人过于招摇，"至京，六如文誉藉甚，公卿造请者阗咽街巷。徐有戏子数人，随从六如日驰骋于都市中，是时都人属目者已众矣"④。等到敏政发策，以刘静修《退斋记》为问，士人多茫然不知，而徐经与唐寅"举答无遗"，加上二人得意忘形，"矜夸雀跃"⑤，致使物议沸腾，谓敏政卖题受贿。

唐寅、徐经投刺权门，成为夤缘求进的罪证。徐、唐二人拜会主司，固然行事不检，但也不无因缘。徐经的祖父徐颐与李东阳曾是故交，徐经请李东阳为其祖撰写过墓志铭。唐寅乞文程敏政，是因为乡试座师梁储的引荐。但是会试在天子脚下，向来备受关注，榜下士子之口又锋利可畏，程敏政、唐寅、徐经等涉案人正是在这种刻劲太过的横议中被拘下狱的。

---

① 〔清〕永瑢等：《四库全书总目》，北京，中华书局，1965，第1497页。
② 〔清〕永瑢等：《四库全书总目》，北京，中华书局，1965，第1499页。
③ 〔明〕程敏政：《篁墩文集》卷三十五《赠太子洗马兼翰林侍讲梁公使安南诗序》，影印文渊阁四库全书第1252册，第622页。
④ 〔明〕何良俊：《四友斋丛说》，元明史料笔记丛刊，北京，中华书局，1959，第133页。
⑤ 〔清〕夏燮：《明通鉴》，沈仲九标点，北京，中华书局，1959，1474页。

此案内幕众说纷纭，或谓傅瀚欲夺敏政之位而使华昶劾之，或谓敏政无意泄露试题使徐经预知，或谓徐经贿敏政家童买得试题。对于唐寅，舆论几乎是一边倒地表示同情，认为他是受到徐经株累牵连。此案处置结果，据《明孝宗实录》所载，敏政因被劾"临财苟得，不避嫌疑，有玷文衡，遍招物议"而被勒令致仕，唐寅、徐经被劾以"夤缘求进之罪"而黜充吏役，奏事者华昶以言事不察而调职南京①。

从南闱第一人到海内不齿之士，唐寅背负了涉嫌舞弊的污名，放逐的身份使他从此脱离了"台阁坛坫，移于郎署"这一历史进程，实际上被排除在主流的文学圈外。其文学生涯将沿着怎样的轨道展开？这是我们关注的焦点所在。

唐寅在《与文徵明书》中倾诉了他在科场案前后遭际的巨大反差：

> 寅白：徵明君卿。窃尝闻之，累吁可以当泣，痛言可以譬哀。故姜氏叹于室，而坚城为之隳堞；荆轲议于朝，而壮士为之徵剑。良以情之所感，木石动容；而事之所激，生有不顾也。昔每论此，废书而叹；不意今者，事集于仆，哀哉！哀哉！此亦命矣！俯首自分，死丧无日；括囊泣血，群于鸟兽。……犹幸藉朋友之资，乡曲之誉，公卿吹嘘，援枯就生，起骨加肉。猥以微名，冒东南多士之上。方斯时也，荐绅交游，举手相庆。将谓仆滥文笔之纵横，执谈论之户辙。岐舌而赞，并口而称；墙高基下，遂为祸的。侧目在旁，而仆不知；从容晏笑，已在虎口。庭无繁桑，贝锦百匹；谗舌万丈，飞章交加；至乎天子震赫，名捕诏狱。身贯三木，卒吏如虎；举头抢地，涕泗横集。而后昆山焚如，玉石皆毁；下流难处，恶恶所归。绩丝成网罗，狼众乃食人，马氂切白玉，三言变慈母。海内遂以寅为不齿之士，仍拳张胆，若赴仇敌；知与不知，毕指而唾，辱亦甚矣！整冠李下，掇墨甑中，仆虽聋盲，亦知罪也。当衡者哀怜其穷，点检旧章，责为部邮；将使积劳补过，循资干禄。而蘧除戚施，俯仰异态，士也可杀，不能再辱。②

① 《明实录·明孝宗实录》卷一百五十一，台北，"中央研究院"历史语言研究所，1962，第2660页。

② 〔明〕唐寅：《唐伯虎先生全集》，台北，台湾学生书局，1979，第39～43页。

王世贞曾称唐寅此书与《桃花庵歌》"见者靡不酸鼻也①"。郎瑛亦深为唐寅惋惜："予尝见其与文徵明一书，其情悲惨，其文炫然，使得位成名，当数为吴人第一，惜身不检而遂致沦落。其私印有'江南第一风流才子'，又有'龙虎榜中名第一，烟花队里醉千场'，又曰'普救寺婚姻案主'者，观此可知矣。"②郎瑛"惜身不检"正是唐寅深自懊悔的，也是唐寅罹祸的原因之一。在《与文徵明书》中，唐寅除了述及自己"惨毒万状"的经历，"僮奴据案，夫妻反目"的困境，感谢文徵明的援助与宽慰外，还表达了自己准备效仿拘囚的墨翟、失足的孙子、腐戮的司马迁、流放的贾谊等人发愤著书的志向，期待盖棺之后能以文辞洗刷科场案的耻辱。正如钱谦益所说，唐寅"每自恨放废，无所建立，譬诸梧枝旅霜，苟延奚为，复感激曰：'丈夫虽不成名，要当慷慨，何乃效楚囚！'家无儋石，宾尝满座，文才风流，照曜江表"③。文学创作成了唐寅科场案后的自我救赎。

政治生涯的结束直接改变了唐寅的文学生涯。在后世的种种传说中，唐寅似乎生来就是"三笑"故事中的人物。他放浪不羁，无心仕进，俯瞰当时文坛的各路豪杰，只有怜悯和不屑。明末遗民黄周星写过一篇香艳逼人的《补张灵、崔莹合传》，开场第一段就这样写道："余少时阅唐解元《六如集》，有云：六如尝与祝枝山、张梦晋大雪中效乞儿唱《莲花》，得钱沽酒，痛饮野寺中，曰：'此乐惜不令太白见之！'心窃异焉。"④看来，后人心目中这样一个唐寅，也与他的刻意自我塑造有关。理解这一现象，有必要记住两句话："旷达是牢骚"，"长歌以当哭"。一个才具不凡的人，一个曾对自己的仕途有着高远期许的人，当他意识到所有的理想都已烟消云散，一定会选择极其反常的生活方式，以调侃世俗来显示自己的不俗，以不屑功名来消解功名不可复得的悲伤。所以，翻读唐寅的集子，很容易发现，早年的唐寅，也和大多数读书人一样热心仕进，有志于建功立业。他在《夜读》一诗中直言对功名的热衷："夜来欹枕细思量，独卧残灯漏转长。深虑鬓毛随世白，不知腰带几时黄？人言死后还三跳，我要生前做一场。名不显时心不朽，再挑灯火看文章。"⑤乡试之前，唐寅曾拜谒以"直道"著称的明代名臣陈祚之祠，对陈祚"封章曾把逆鳞批，三逐虽

① 〔明〕王世贞：《艺苑卮言》，见丁福保辑：《历代诗话续编》，北京，中华书局，1983，第 1044 页。

② 〔明〕郎瑛：《七修类稿》，安越点校，上海，上海书店出版社，2001，第 421 页。

③ 〔清〕钱谦益：《列朝诗集小传》，上海，上海古籍出版社，1983，第 297 页。

④ 〔清〕张潮：《虞初新志》，上海，上海古籍出版社，2012，第 155 页。

⑤ 〔明〕唐寅：《唐伯虎先生全集》，台北，台湾学生书局，1979，第 448 页。

危志不迷"的忠耿十分倾慕①。考取解元后，唐寅一度意气风发，在谢主司时表达了"壮心未肯逐樵渔""红绫敢望明年饼"的热切心态②。入京后，唐寅也明确地表达了自己有志功名的意愿："有志功名之士，扼腕攘袂之秋也。若肆目五山，总辔辽野；横披六合，纵驰八极；抚事悼情，慷慨然诺；壮气云蒸，烈志风合；戮长猊，令赤海；断修蛇，使丹岳；功成身遂，身毙名立；斯亦人生之一快，而寅之素期也。"③以李贽"棘围三日之言，即为其人终身定论"④的观点来看，制义能够反映人的价值取向。《钦定四书文》收录唐寅"禹恶旨酒"一文，有"坚炼遒净、一语不溢，题之义蕴毕涵"⑤的判语。梁章钜《制艺丛话》卷四引余桐川之语，称："余读子畏制义，方严正洁，近于老师宿儒，盖玩世不恭非子畏之本心也。风流放达所以待流俗，方严正洁所以待圣贤，圣贤少而流俗多，则子畏隐矣。"⑥以此观之，唐寅并非一味佻达，佻达实乃不得已而为之，即所谓"不为无益之事，何以遣有涯之生"⑦。

科场案后，唐寅的文风发生了显著改变。何良俊《四友斋丛说》称："六如才情富丽，今吴中有刻行小集，其诗文皆咄咄逼古人。一至失身后，遂放荡无羁。可惜可惜。"⑧钱谦益注意到唐寅诗风的发展变化："伯虎诗少喜秾丽，学初唐，长好刘、白，多凄怨之词，晚益自放，不计工拙，兴寄烂熳，时复斐然。"⑨怨音与及时行乐看似矛盾地结合在唐寅一人身上，表现了他内心积郁而外在佯狂的矛盾心态。在科场案之前，唐寅与徐祯卿诗风相类。徐祯卿在释褐后受到李、何影响，改变了"文匠齐梁，诗沿晚季"⑩的风格，进士身份是徐祯卿进入主流诗坛并跻身前七子的重要前提之

---

① 〔明〕唐寅：《唐伯虎先生全集》之《谒故福建金宪永锡陈公祠》，台北，台湾学生书局，1979，第451页。
② 〔明〕唐寅：《唐伯虎先生全集》之《领解后谢主司》，台北，台湾学生书局，1979，第437～438页。
③ 〔明〕唐寅：《唐伯虎先生全集》之《上吴天官书》，台北，台湾学生书局，1979，第37页。
④ 〔明〕李贽：《焚书 续焚书》，长沙，岳麓书社，1990，第116页。
⑤ 〔清〕方苞编，王同舟、李澜校注：《钦定四书文校注》，武汉，武汉大学出版社，2009，第72页。
⑥ 〔清〕梁章钜：《制艺丛话·试律丛话》，陈居渊校点，上海，上海书店出版社，2001，第60页。
⑦ 〔清〕项鸿祚：《复堂词录叙》，见唐圭璋编：《词话丛编》，北京，中华书局，1986，第3987页。
⑧ 〔明〕何良俊：《四友斋丛说》，元明史料笔记丛刊，北京，中华书局，1959，第133页。
⑨ 〔清〕钱谦益：《列朝诗集小传》，上海，上海古籍出版社，1983，第297～298页。
⑩ 〔明〕王世贞：《艺苑卮言》，见丁福保辑：《历代诗话续编》，北京，中华书局，1983，第1045页。

一。客观说来，唐寅曾具备比徐祯卿更优越的融入主流诗坛的机会。他顶着南闱新科解元、吴中名士的风光赢得了朝中名流如礼部尚书文渊阁大学士李东阳、詹事府少詹事程敏政、吏部尚书倪岳、吏部侍郎吴宽、王鏊等人的期许，倘使他能够考中进士，无论是像徐祯卿一样追踪李梦阳，还是如李东阳的门生杨慎一样致力于维护茶陵派的权威，其文风都不会是我们现在看到的这个面貌。茶陵派和前七子诗文，尽管风貌迥异，但都是主流文坛的组成部分；而唐寅的风格，则是故意远离主流文坛，其宗旨是，越是不为主流所认可，就越能显示其超世拔俗。

科场案后，唐寅的诗文多有慨叹之词，那种机锋侧出的人生感悟给人一种百无聊赖之感。被贬为县吏耻而不就的唐寅，为自己起了一个"逃禅仙吏"的号，并在《桃花庵歌》等诗中做出一种超脱的姿态："半醉半醒日复日，花开花落年复年。但愿老死花酒间，不愿鞠躬车马前。……别人笑我太风骚，我笑别人看不穿。不见五陵豪杰墓，无花无酒锄作田。"[1]《叹世》（其五）中竟将孔子等人的功业也视做梦幻一场，称"当年孔圣今何在，昔日萧曹书已休"，放言"遇饮酒时须饮酒"，但是结句仍道出了他表面旷达而内心苦闷的情绪，"青山偏会笼人愁"[2]。这种姿态令人想起宣称"才子佳人，自是白衣卿相"，"忍把浮名，换了浅斟低唱"的柳永。柳永也曾因行事不检而被宋仁宗黜落，尽管他以"奉旨填词柳三变"来自嘲，但花前月下并非柳永本意，否则他不会为了再度参加科举考试而特意改名。大抵被动走向市井山林的文人，尽管疏狂放荡，但仍然难以忘情于科场遭际，无法真的做到恬淡超逸，孤愤之语不经意间就会溢于言表。时隔多年，唐寅梦到参加科举考试时，情绪仍受影响："二十年馀别帝乡，夜来忽梦下科场。鸡虫得失心尤悸，笔砚飘零业已荒。自分已无三品料，若为空惹一番忙。钟声敲破邯郸景，依稀残灯照半床。"[3]唐寅以书画为生也并非他的本意，是他被黜为吏后为了维护生计而被迫做出的选择。他曾在诗中写道："领解皇都第一名，猖披归卧旧茅蘅。立锥莫笑无余地，万里江山笔下生。"[4]诗中固然有自食其力的自得，但也表达了他昔为解元今为画匠的自嘲。这种选择其实并不容易。他也写到了靠书画为生的艰辛，

---

[1] 〔明〕唐寅：《唐伯虎先生全集》，台北，台湾学生书局，1979，第 106 ~ 107 页。

[2] 〔明〕唐寅：《唐伯虎先生全集》，台北，台湾学生书局，1979，第 152 页。

[3] 〔明〕唐寅：《唐伯虎先生全集》之《梦》，台北，台湾学生书局，1979，第 444 页。

[4] 〔明〕唐寅：《唐伯虎先生全集》之《阴雨淡句，厨烟不继，涤砚吮笔，萧条若僧，因题绝句八首奉寄孙思和》其五，台北，台湾学生书局，1979，第 172 页。

"湖上水田人不要，谁来买我画中山"①？唐寅晚年生活更为困窘，诗中多有如"十朝风雨苦昏迷，八口妻孥并告饥。信是老天真戏我，无人来买扇头诗"，"肯嫌斗粟囊钱少，也济先生一日穷"之类的凄苦之词。②他的临终诗更充满了"绕树三匝，无枝可依"的悲凉感："生在阳间有散场，死归地府也何妨？阳间地府俱相似，只当漂流在异乡③"。这是科场案的后续影响。

以此观之，科场案使唐寅失去了与茶陵派、前七子接轨的机会，失去了成为主流诗人的可能，他成为一个边缘作家。当然，这未尝没有好的一面。桃花庵是后期唐寅情感寄托的桃花源，也是他在生存方式与创作模式上标新立异的理想国。唐寅从此摆脱了身份意识的桎梏，他无需肩负沉重的使命感与责任感，可以自写胸次，信笔挥洒，以致王世贞有"唐伯虎如乞儿唱《莲花落》"④之哂。但其诗作的独树一帜是不可否认的。有此一路风格，亦足见中国文学的丰富性。

二、科场案与王衡的文学生涯

嘉靖至万历初年，政坛因"大礼议""张居正夺情"及"国本之争"激化了皇帝与群臣、辅臣与言官的矛盾，朝中朋党渐起，士气日趋躁竞。当时文坛，诗文、戏曲大家林立，主要活动在嘉靖时期的后七子、唐宋派代表人物王世贞、茅坤等仍相当活跃，而公安派袁宗道虽于万历十四年（1586）会试抢元，但此时三袁中声誉最高的袁宏道（万历二十年进士）尚未登科，距离三袁提出"独抒性灵，不拘格套"⑤的理论主张尚有时日。戏曲方面，文人撰曲自娱或交际的风尚已经形成，沈璟、汤显祖的吴江派与临川派之争不久即将拉开序幕。

万历十六年（1588）顺天乡试科场案即发生在这一政治与文学复杂交汇的特殊时期，其主要当事人是王衡。

王衡（1562—1609），字辰玉，号缑山，江苏太仓人，大学士王锡爵

---

① 〔明〕唐寅：《唐伯虎先生全集》之《漫兴》十首，台北，台湾学生书局，1979，第92～96页。

② 〔明〕唐寅：《唐伯虎先生全集》之《阴雨浃旬，厨烟不继，涤砚吮笔，萧条若僧，因题绝句八首奉寄孙思和》其一、其二，台北，台湾学生书局，1979，第172页。

③ 〔明〕唐寅：《唐伯虎先生全集》之《伯虎绝笔》，台北，台湾学生书局，1979，第160页。

④ 〔明〕王世贞：《艺苑厄言》，见丁福保辑：《历代诗话续编》，北京，中华书局，1983，第1034页。

⑤ 〔明〕袁宏道撰，钱伯城笺校：《袁宏道集笺校》《锦帆集》之二《叙小修诗》，上海，上海古籍出版社，1981，187页。

子。万历十六年（1588）举顺天府乡试第一，万历二十九年（1601）会试第二，廷试第二，授翰林院编修，长假还乡，先父一年病卒。著有《缑山先生集》《归田词》《纪游稿》《春秋纂注》，及杂剧《郁轮袍》《真傀儡》《没奈何》等。

万历十六年戊子，王衡以太学生入北闱，夺得解元。与王衡同榜的还有首辅申时行的女婿李鸿。辅臣子弟登科，在明代本不鲜见。正德六年（1511）状元杨慎是大学士杨廷和之子，不仅气节过人，也以"博学饶著述"被推为明人之首①。但自从万历年间首辅张居正子弟先后登科后，科场公平受到质疑，坊间遂多有不平之论。及王衡赴北闱乡试，王锡爵引嫌回避，并未出任考官。即便如此，礼部主客司郎中高桂仍然认为该科有营私舞弊之嫌，称李鸿等八人是"迹涉可疑及文理纰缪者"②，并且将王衡扯入案中："自故相之子先后并进，一时大臣之子遂无有见信于天下者。今辅臣王锡爵子素号多才，岂不能致身青云之上？而人之疑信且半，亦乞将榜首王衡与茅一桂等一同覆试，庶大臣之心迹益明矣。"③

当时距清算张居正不过数年，大臣余悸未消。加之上科顺天乡试冒籍案处置严酷，前车之鉴未远。高桂弹劾引发考官黄洪宪与辅臣王锡爵的强烈反弹，黄洪宪为了证明考选无私甚至立下重誓："如臣有毫发之私，岂直当褫臣官，愿就鼎镬，以为徇私之戒。"④王锡爵则上疏怒称："臣本出山无用之器，不合误膺国爵，臣男自是乳下未雕之璞，不合误投臣胎，而臣之先臣又不合教臣男读书应举，以致今日无端受辱至此！"⑤王锡爵等之所以如此气激不已，固然有政治因素的考量，还在于王衡夺魁被舆论广泛认为实至名归。即便言官高桂，也承认王衡素有文才。娄坚称王衡："秋试程文极为主司所赏，擢为第一，众皆叹服。"⑥沈德符亦称："犹忆戊子春，娄上王辰玉、松江董元宰入都，名噪一时。士人皆以前茅让之，无一

① 〔明〕王世贞：《艺苑卮言》，见丁福保辑：《历代诗话续编》，北京，中华书局，1983，第1053页。
② 《明实录·明神宗实录》卷二〇七，台北，"中央研究院"历史语言研究所，1962，第3875页。
③ 《明实录·明神宗实录》卷二〇七，台北，"中央研究院"历史语言研究所，1962，第3875页。
④ 《明实录·明神宗实录》卷二〇八，台北，"中央研究院"历史语言研究所，1962，第3891页。
⑤ 〔明〕王锡爵：《王文肃公全集》之《王文肃公奏草》卷三，四库全书存目丛书第135册，济南，齐鲁书社，1997，第53页。
⑥ 〔明〕娄坚：《学古绪言》卷四《缑山子传》，影印文渊阁四库全书第1295册，第50页。

异词者。"① 并认为："科场覆试一法，在唐宋已有之。要之非盛世待士体也。……然以王辰玉，何等才，而亦列其中。所以乃翁有死不受辱之疏也。"② 显示了对王氏父子的同情。

王锡爵等具奏申辩后，主动提请令王衡参与覆试，结果仍以王衡第一。尽管此案暂告一段落，但对该科当事人皆造成了深远的影响。主考官黄洪宪、同考沈璟先后辞官。王锡爵辞官后被召还。王衡虽允会试，但负气不与，此后屈抑十余年，至万历二十九年（1601）锡爵已罢官家居，王衡始以会试第二、殿试第二高登魁榜，一洗当年之辱。事久论定，考官黄洪宪子承昊方为父抱屈请恤。自王衡之后，辅臣之子登第的一个都没有了。

王衡的文学生涯因万历十六年科场案而大为改变，他不仅成了一名杂剧作家，而且在其剧作中集中关注科举问题。

王衡最重要的剧作《郁轮袍》③ 作于万历十八年（1590），即王衡弃会试不赴的次年。该剧共七折，讲少有俊才的王维拒绝岐王的延揽，却被王推冒名顶替骗得了荐书，开考后监试官赵履温因荐书而欲举王推为状元，多亏主考官宋璟主持公道，拔擢了没有荐书却有才华的王维。失算的王推又用荐书污蔑王维依附权势，关节舞弊。宋璟令人剥去王维状元袍带。最后真相大白，宋璟请王维重着状元衣冠，王维却心灰意冷，决意弃官归隐。

剧中的王维有较多自喻的意味。王衡与王维均出自太原王氏，都才名早著。负气不与会试的王衡，借剧中王维的形象来昭示他的清白："我羞杀那世间人呵！挃相知，先通些文字；揭榜前，先认下主司。"王维对岐王的延揽有这样的回应："自古道：不义而富且贵，于我如浮云。王维今年三十岁也！若我肯将机就机，当初岐王累十次请我，我索应承他了。贞女守节半世，到在中途嫁人么？"（第一折）及王维被诬陷因干谒才夺得状元时，他慨叹："身入闹蜂衙，文章救不得。脚踏鲍鱼肆，心事信不及。曲直，牛斗还如蚁。"（第六折）表现了对万历十六年无端被谤的愤懑。裴迪激王维"你忍得这气也，只是舍不得的一口糖食儿"，王维对自己求取功名的原因做了解答："兄弟，你好小觑俺。""便是这鸡口儿争些好看，这鸡肋儿有甚肥甘？只为我和尚每下山缘，秀才每家常饭。逐队随班，怎敢图闲。"（第四折）王衡称赶考是"秀才每家常饭"，是就奉儒守官的立

---

① 〔明〕沈德符：《万历野获编》，元明史料笔记丛刊，北京，中华书局，1959，第 421 页。
② 〔明〕沈德符：《万历野获编》，元明史料笔记丛刊，北京，中华书局，1959，第 409 页。
③ 本书所引《郁轮袍》据明沈泰编《盛明杂剧》，济南，山东画报出版社，2004，第 162 ～ 179 页。他处不另出注。

场而言，并非为了功名利禄。儒家不否定隐士。《论语·微子》载孔子对古代著名的几位隐士有这样的评价："子曰：'不降其志，不辱其身，伯夷、叔齐与！'谓：'柳下惠、少连，降志辱身矣。言中伦，行中虑，其斯而已矣。'谓：'虞仲、夷逸，隐居放言。身中清，废中权。我则异于是，无可无不可'"①隐而不失其志，正是抡元被谤之后的王衡所追求的，这是他保持尊严和傲岸个性的选择，"则今日闲口舌，逗起长安泪。恶面皮，猜破当场谜。算来呵！衣冠作祟。你着尖挫挫舌为锋，明当当功作罪，亮堂堂冰化水！""我怎肯团块被空瞒，挑灯随影弄，捏土供儿戏？"（第六折）从《郁轮袍》的确可以见出王衡傲岸的个性，正如沈泰所评："辰玉满腔愤懑，借摩诘作题目，故能言一己所畅言，畅世人所未畅。阅此则登科录正不必作千佛明经，焚香顶礼矣！韩持国覆瓿已久，何必以彼易此？"（正目眉批）

科举考试的弊端历来为人所诟病，王衡深有体会。在他前后，涉及科举弊端的文学作品，多以揭发考官昏聩、科场舞弊为主，借以抒发内心不平。如《龙膏记》第十九出《棘试》丑扮的考官上场就自称："昏花眼睛，糊涂方寸。不公不明，钱财性命。由他皓首有穷经，是孤寒总不关情……文章不论好歹，去取全凭货财，若问试官肚里，昏天黑地乱猜。"②《郁轮袍》中也塑造了一个依权附势、模糊真赝的考官赵履温，嘲讽了王推等人钻营科场的丑态。但是该剧并未局限在对操作层面的批判上，而是在感慨个人科场遭际、抒发不平之鸣之外，还关注到科举考试资格限人这一现象。

科举和荐举这两种抡才方式，各有利弊。科举一切以程文为去取具有相对公平性，但是会造成一些真才名儒困于场屋。荐举能够知人论世，但有人为因素的参与也存在任人唯亲或荐举不当的弊端。理想的抡才制度应该是二途并用。明初尚有先例，但并未贯彻始终："洎科举复设，两途并用，亦未尝畸重轻。建文、永乐间，荐举起家犹有内授翰林、外授藩司者。而杨士奇以处士，陈济以布衣，遽命为《太祖实录》总裁官，其不拘资格又如此。自后科举日重，荐举日轻，能文之士率由场屋进以为荣；有司虽数奉求贤之诏，而人才既衰，第应故事而已。"③随着科举体制的日趋严密，资格限人不仅体现在科举正途与荐举异途的区别上，即便同是正途，进士、举人、监贡生员在仕进方面的差别也很大："初，太祖尝御奉

---

① 〔宋〕朱熹：《四书章句集注》，北京，中华书局，2011，第172～173页。
② 〔明〕杨珽：《龙膏记》第十九出《棘试》，见《四库家藏·六十种曲》，济南，山东画报出版社，2004，第402页。
③ 〔清〕张廷玉等：《明史》卷七十一《选举志三》，北京，中华书局，1974，第1713页。

天门选官，且谕毋拘资格。选人有即授侍郎者，而监、司最多，进士、监生及荐举者，参错互用。给事、御史，亦初授升迁各半。永、宣以后，渐循资格，而台省尚多初授。至弘、正后，资格始拘，举、贡虽与进士并称正途，而轩轾低昂，不啻霄壤。"①英宗朝不由进士出身就不能入翰林院，就很难进入权力中枢。这使那些有能力、有志于修齐治平的人才不得不汲汲于科举考试。王衡曾经谈到自己为了从科举正途出身，不得不文风三迁，因此少年壮气几被消磨。不拘资格的用人标准，更多的成为文学想象中的情节模式，以此弥补现实中资格限人的缺憾。《郁轮袍》中就贡院屈杀多少英雄发出感慨，又借文殊大士之口道出王衡的理想："如今世人重的是科目。科目以外，便不似人一般看承。我要二位，数百年后，再化身做一个不由科目、不立文字，干出名宰相事业的。与世上有气的男子，立个法门，势利的小人，放条宽路。"（第七折）陈继儒是王衡的知音，他曾替王衡感到遗憾："分辰玉之才，自可荫映数辈，而不幸生于相门，为门地所掩，又为数十年功名所缚。若朝廷超格用人，如唐宋故事，决能吐去鸡肋，何遽不为李赞皇、韩持国。又使圭窦荜门，布衣终老，非下帷读《易》，则闭户著书，其制作度不止是，而志意不遂，命也奈何？"②这一段话可视作《郁轮袍》的正解。

与一朝沦落、万念俱灰的唐寅不同，即便在科场案后，王衡也没有彻底放弃用世之心，但是在明代中后期，想要从恩荫或杂流成为宰辅，几乎是不可能的。王衡虽有报国之志和经世之才，只能选择正途出身。《杂兴》组诗是在他不惑之年尚未考取进士之时所作，从"我岂好穷哉"等诗句可以见出，自我放逐并非王衡的本意，但是科场案令他感慨"谤誉殊孟浪，一身萃娀妍。高天而深渊，相去一何悬"，因此陷入"人生三万六，不得一日乐。过去日苦多，未来杳难模"的痛苦情绪中③。

这种消极的情绪在他的杂剧《没奈何》中体现得更为明显，剧中有"须弥山载不起的愁，恒河沙流不尽的泪"的述怀④，并以万事皆空的说法颠覆了儒家的三不朽，青史留名、诗文不朽都已意义不再。该剧还道出了辅臣所承受的各种压力，以及党争之下言官哓哓的恼人：

① 〔清〕张廷玉等：《明史》卷七十一《选举志三》，北京，中华书局，1974，第1717页。
② 〔明〕陈继儒：《太史辰玉集叙》，见〔明〕王衡：《缑山先生集》，四库全书存目丛书第178册，济南，齐鲁书社，1997，第556页。
③ 〔明〕王衡：《缑山先生集》，四库全书存目丛书第179册，济南，齐鲁书社，1997，第670页。
④ 〔明〕王衡：《没奈何》（全剧插入陈与郊《袁氏义犬》第一出），据《四库家藏·盛明杂剧》，济南，山东画报出版社，2004，第71页。

我见如今的九卿，舌头牵绊，便是扒不动的大虫；阁老肚里酸咸，正是说不出的哑子。顶尖上惊惊怕怕，不知捱了多少风霜！老人家急急巴巴，不知熬过几多寒暑？普天下的利害，偏我做当头阵的枪刀；千万口的是非，偏我做个大教场的躲子。日日提起心做、合着眼想，有甚好处。这的是看得饱，却原来坐着危。软麻绳缚住南阳臂，狠喽啰揭起平津被，却又早一封书定下周公罪！如今东山老要脱紫罗襕，还胜似冀州驹要解盐车辔。①

沈德符评价该剧称："近日王辰玉之《哭倒长安街》，则指建言诸公是也。"②

杂剧《真傀儡》是王衡为其父王锡爵写的献寿之作。剧中以宋代宰相杜衍九十高寿穿便服、入市井看民间傀儡戏，朝廷下诏复征他入朝的情节来比附王锡爵罢相闲居、年逾古稀的身份，表达了王衡祝福父亲高寿并再得君主恩遇的良好祝愿。有感于其父身为辅臣的辛苦，王衡借此剧又道出了对其父的理解与体贴："我想那做宰相的，坐在是非窝里，多少做得说不得的事，不知经几番磨练过来。除非是醉眠三万六千场，才做得二十四考头厅相！"③这四句上有眉批谓："非经历一过，不能道只字。"④此剧可与王衡《上父书》相参看，文称："窃观古今以来，未有人而无所寄其情者，惟太上忘情能为泯绝无寄，然无寄之寄亦寄也。惟父亲自归田以来，毫无所寄。窃谓今日非另换一副肺肠，另开一篇局面，易忧以乐不可……昔范忠文致仕，无贵贱，概以野服相见，概不报谢，而史册以美谈；今一日见一人，则一日不乐，一处见一人，则一处不安，视之如毒猛，不可向迩也。亦过矣。"⑤可见，王衡不仅是王锡爵的孝子，也堪称他的"诤友"。

科场蹭蹬，曾使王衡几度拒绝参加会试。他的祖母在临终前，因为他的遭遇而抱憾不已，"顾见孙衡在前，第连呼秀才者三，盖伤其未遇也。自外一无所言，侧身微笑而暝"⑥。王衡的母亲也不能忘怀于此，病重之时，

---

① 〔明〕王衡：《没奈何》，见《四库家藏·盛明杂剧》，济南，山东画报出版社，2004，第 73 页。
② 〔明〕沈德符：《万历野获编》，元明史料笔记丛刊，北京，中华书局，1959，第 644 页。
③ 〔明〕王衡：《真傀儡》，见《四库家藏·盛明杂剧》，济南，山东画报出版社，2004，第 254 页。
④ 〔明〕王衡：《真傀儡》，见《四库家藏·盛明杂剧》，济南，山东画报出版社，2004，第 257 页。
⑤ 〔明〕王衡：《缑山先生集》第二十七卷《上父书》，四库全书存目丛书第 179 册，济南，齐鲁书社，1997，第 244 ~ 245 页。
⑥ 〔明〕王锡爵：《王文肃公文草》卷十一《诰封一品太夫人先母吴氏行状》，四库全书存目丛书第 136 册，济南，齐鲁书社，1997，第 418 页。

还强迫想要侍疾床前的王衡去赴考："其冬，当计偕，不欲行。母纳登科录于袖，强遣之，心瞿瞿如也。"[1] 万历二十年（1592）会试，王衡未终场而退出。万历二十六年（1598），赴试未中。直到万历二十九年（1601），王衡终以第二名赐进士及第。

王衡由解元登榜眼，与其父锡爵由会元而榜眼并为科场盛事。但是对于王锡爵、王衡父子来说，这一父子榜眼的荣光来得太迟，早已被王衡的晚遇所冲淡。时人论及此事，也颇为王衡惋惜，据《万历野获编》载：

> 王辰玉发解时，名噪海内，后以口语，两度不入试，或不竟试而出。至辛丑登第，则逾不惑矣。房师温太史语之曰："余读兄戊子乡卷时，甫能文耳，不谓今日结衣钵之缘。"王为悯然掩袂。[2]

常人晚遇，多贺以大器晚成。而王衡28岁发解，到41岁才释褐，时隔13年之久，则不免令人恻然。这是因为，他才情过人，已为举世所瞩目，世人对他的期望值太高了。王衡在登科后旋即告假还家，以践行他当年的豪言："凭我的才名，怕道功名不到手？只是我看得功名轻哩！"（《郁轮袍》第一折）如此夸张地"显摆"自己的清傲，其实是为了一吐郁闷之气，背景是他在万历十六年顺天乡试科场案中的那场不堪回首的遭遇。

万历十六年科场案不仅为王衡创作《郁轮袍》提供了直接的素材，也为接下来案头场上的汤沈之争提供了可能。该科同考官沈璟因是王锡爵的门生而受到牵连。在本案发生后，沈璟迫于舆论压力告归乡里，随即被正式免职，此后家居30年，与当时著名曲家往还，切磋戏曲理论并付诸实践，得以成为吴江派盟主。科场案固然没有对沈璟本人直接造成冲击，却是他离开政坛转向曲苑的重要缘由。

综上所述，明代科场案致使大多数当事人改变了原有的人生轨迹，从而改变了当时的文坛风貌和格局。尽管科场案冲击最大的自是科场案当事人，对整个明代文学的历史进程影响不免有限，但其意义仍值得关注。将事关唐寅、王衡等的明代科场案还原到历史与文学的大背景下，藉以阐释科场案与明代文学的联系，宗旨在于，从一个侧面展示明代的科举文化生态。

---

[1] 〔明〕王衡：《缑山先生集》第十四卷《诰封一品夫人先母朱氏行实》，四库全书存目丛书第179册，济南，齐鲁书社，1997，第80页。

[2] 〔明〕沈德符：《万历野获编》，元明史料笔记丛刊，北京，中华书局，1959，第425页。

结　语

明代自太祖朱元璋洪武元年（1368）灭元建国，至思宗朱由检崇祯十七年（1644）在煤山自缢，前后共历16帝、277年。明代文学承宋元而来又自具特点。从横向看，小说、戏曲等文类蓬勃发展，成就卓越；而诗文领域则以复古思潮为主脉，流派之间和流派内部往复论争，极大地促进了文学理论的繁荣，并对创作产生了显著影响；以诗、文为主体的雅文学和以小说、戏曲为主体的俗文学，两者之间相互影响，相互渗透。从纵向看，明代文学可以大体分为三个阶段：洪武至天顺年间，台阁文风绵延相续，并在总体上主导了文坛习尚；成化至嘉靖年间，前后七子崛起导致"台阁坛坫移于郎署"，文坛格局和文体布局大为改变；隆庆至崇祯年间，在汹涌澎湃的"主情"思潮和反主情思潮中，晚明文学呈现出其特有的风貌。明代文学特点的形成，既有文学自身发展的内部原因，又与明代特殊的政治、经济状况和文化生态有关。

就政治环境而言，皇权对士大夫阶层的压制在明代达到了罕见的程度。宋代"偃武修文"，士大夫阶层得到空前的礼遇。从消极方面说，宋代不诛大臣，对大臣的优容"超越古今"；从积极方面说，宋代明确承认士大夫与皇权是并立的政治主体，"共治天下"，"共商国是"，士大夫阶层的政治地位得到体制的保障。而在明代，自开国之日起，就针对士大夫阶层设立了种种凌辱的手段和诛戮的方法。明朝大臣被诛戮是件司空见惯的事情，贬谪和挨廷杖更是史不绝书。废除历时一千余年的丞相制度和历时七百多年的三省（中书、门下、尚书）制度是制度设计上的一件大事，它表明一点：只有皇权才是政治主体，士阶层不过是服务于皇权的政治工具而已。永乐、宣德间又致力于削弱诸王权力、建立内阁制度，进一步巩固、发展了皇权。作为极端皇权的附属品，"奸臣"专权和宦官干政是明代政治生活中反复出现的严重事态。在这种政治环境中，有两类文学作品在明代前期相继兴盛：一类是直接服务于皇权的台阁体，一类是有意疏远皇权的山林诗，而明代中后期以文学创作尤其是戏曲来反映党争或重大政治事件的特色也与这种政治环境直接相关。

就经济环境而言，明代初年，朱元璋采取了"重农抑商"的政策，对商业活动严加控制，目的是改变城市市民的奢靡生活方式。对戏曲演出也严加管理，凡与教化无关的戏曲演出均在禁止之列。在这种背景下，北杂剧以朱权、朱有燉为代表作家，所作多为宫廷化、贵族化的节义剧、庆贺剧和神仙道化剧。小说领域的情形也不乐观，仅有瞿佑《剪灯新话》、李昌祺《剪灯余话》等几种文言小说，而其作者得到的主要是负面评价，李昌祺就因为作了《剪灯余话》而不能入乡贤祠。《三国志演义》《水浒传》仅限于在民间流传，无缘刊刻行世。这是洪武、永乐、宣德、正统年间的状况。天顺、成化年间，两京和江浙地区出现了城市经济初步繁荣的局面，广州、武汉、芜湖等都市也是重要的商品集散地，市民数量迅速增长。小说、戏曲的创作、刊印、演出在这种背景下逐渐增加。

就文化环境而言，儒家学者或深受儒学熏陶的文化人对商人或商业做正面评价，这是产生于明代中叶的一个重要事实。西汉以降，直到宋代，儒家对商业或商人的态度以鄙视居多。宋明理学史上第一位公开肯定"商"的价值的是王阳明。1525年他为商人方麟作墓表（《节庵方公墓表》），其中有这样一句："古者四民异业而同道，其尽心焉，一也。"王阳明将士农工商并提，认为商亦可志于"道"，这可谓一个划时代的提法。与王阳明时代相近，陆树声、李梦阳、唐顺之、王世贞、徐渭、李维桢等人所作的墓志铭、行状、传记中，都记叙了为数可观的"儒商"。而同一时期的文学家和思想家，出身于商人家庭者占了很高的比例。李梦阳、李贽的父祖辈都曾经商。江浙地区的文化人，如唐寅、王宠、袁袠、黄省曾、何良俊、陈束、汪道昆、屠隆、张凤翼、沈明臣、顾宪成、高濂等，都出身于商家。凌濛初、毛晋、陆云龙等热心于小说、戏曲，还曾兼营出版业。大批读书人进入商人行列，不只提高了商人的社会地位，也把儒家的价值理念带进了商人群体，商人的素质总体上得到了提高。儒商在思想文化领域的影响与日俱增，一个新的文化生产和消费群体在明中叶以后迅速形成，深刻影响了明代文学的发展。

由上述的举例分析可以看出，明代文学风貌的形成，其原因是多元的，仅仅从一个角度加以说明，不免会犯下盲人摸象的错误。本书在结语中强调这一事实，旨在表明，本书关于明代文学与科举文化生态的研究，乃是为了探讨科举文化生态在形塑明代文学风貌方面不可取代的作用，但科举文化生态并不是明代文学风貌之所以如此的唯一因素。这个想法，期待读者诸君予以留意。

参 考 文 献

A

《艾千子先生全稿》,〔明〕艾南英著,四库禁毁书丛刊,影印本,北京,北京出版社,2000

B

《八股文概说》,王凯符著,北京,中华书局,2006

《八股文史》,孔庆茂著,南京,凤凰出版社,2008

《八股文小史》,卢前著,上海,商务印书馆,1937

《八股文总论八种》,张思齐整理,武汉,武汉大学出版社,2009

《八十九种明代传记综合引得》,田继综编著,北京,燕京大学,1935

《白华楼藏稿》,〔明〕茅坤著,四库全书存目丛书,影印本,济南,齐鲁书社,1997

《白苏斋类集》,〔明〕袁宗道著,明代论著丛刊,影印本,台北,伟文图书出版社有限公司,1976

《白雪楼诗集》,〔明〕李攀龙著,四库全书存目丛书,影印本,济南,齐鲁书社,1997

《白榆集》,〔明〕屠隆著,四库全书存目丛书,影印本,济南,齐鲁书社,1997

《被开拓的诗世界》,程千帆、莫砺锋、张宏生著,上海,上海古籍出版社,1990

《北宋馆阁翰苑与诗坛研究》,陈元锋著,北京,中华书局,2005

《本朝分省人物考》,〔明〕过庭训著,明代传记丛刊,台北,明文书局,1991

《辟雍纪事》,〔明〕卢上铭、冯士骅撰,续修四库全书,影印本,上海,上海古籍出版社,1996

《补刊震川先生集》,〔明〕归有光著,续修四库全书,影印本,上海,

上海古籍出版社，1996

《补注李沧溟先生文选》，〔明〕李攀龙著，四库全书存目丛书，影印本，济南，齐鲁书社，1997

C

《沧溟集》，〔明〕李攀龙著，影印文渊阁四库全书本

《沧溟先生集》，〔明〕李攀龙著，包敬第标校，上海，上海古籍出版社，1992

《藏书》，〔明〕李贽著，北京，中华书局，1959

《曹大理集　石仓文稿》，〔明〕曹学佺著，续修四库全书，影印本，上海，上海古籍出版社，1996

《柴墟文集》，〔明〕储巏著，四库全书存目丛书，影印本，济南，齐鲁书社，1997

《镡墟堂摘稿》，〔明〕雷礼著，续修四库全书，影印本，上海，上海古籍出版社，1996

《长谷集》，〔明〕徐献忠著，四库全书存目丛书，影印本，济南，齐鲁书社，1997

《陈白沙集》，〔明〕陈献章著，影印文渊阁四库全书本

《陈后冈诗集》，〔明〕陈束著，四库全书存目丛书，影印本，济南，齐鲁书社，1997

《陈眉公集》，〔明〕陈继儒著，续修四库全书，影印本，上海，上海古籍出版社，1996

《陈氏荷华山房诗稿》，〔明〕陈邦瞻著，续修四库全书，影印本，上海，上海古籍出版社，1996

《陈献章集》，〔明〕陈献章著，孙通海点校，北京，中华书局，1987

《诚意伯文集》，〔明〕刘基著，影印文渊阁四库全书本

《程文恭公遗稿》，〔明〕程文德著，四库全书存目丛书，影印本，济南，齐鲁书社，1997

《初明诗歌研究》，李圣华著，北京，中华书局，2012

《初潭集》，〔明〕李贽著，北京，中华书局，1974

《吹沙集》，萧萐父著，成都，巴蜀书社，1991

《吹沙二集》，萧萐父著，成都，巴蜀书社，1999

《春明梦余录》，〔明〕孙承泽著，影印文渊阁四库全书本

《词林典故》，〔明〕张位、于慎行著，四库全书存目丛书，影印本，

济南，齐鲁书社，1996

《此观堂集》，〔明〕罗万藻著，四库全书存目丛书，影印本，济南，齐鲁书社，1997

《赐闲堂集》，〔明〕申时行著，四库全书存目丛书，影印本，济南，齐鲁书社，1997

《赐余堂集》，〔明〕吴中行著，四库全书存目丛书，影印本，济南，齐鲁书社，1997

《赐余堂集附年谱》，〔明〕钱士升著，四库禁毁书丛刊，影印本，北京，北京出版社，2000

《崔氏洹词》，〔明〕崔铣著，四库全书存目丛书，影印本，济南，齐鲁书社，1997

D

《大复集》，〔明〕何景明著，影印文渊阁四库全书本

《大泌山房集》，〔明〕李维桢著，四库全书存目丛书，影印本，济南，齐鲁书社，1997

《大明会典》，〔明〕申时行等纂修，续修四库全书，影印本，上海，上海古籍出版社，1995

《大事纪》，〔明〕沈国元著，四库禁毁书丛刊补编，影印本，北京，北京出版社，2000

《戴震文集》，〔清〕戴震著，赵玉新点校，北京，中华书局，1980

《澹园集》，〔明〕焦竑著，李剑雄点校，北京，中华书局，1999

《德国思想家论中国》，〔德〕夏瑞春编，陈爱政等译，南京，江苏人民出版社，1995

《迪功集》，〔明〕徐祯卿著，影印文渊阁四库全书本

《殿阁词林记》，〔明〕黄佐、廖道南著，影印文渊阁四库全书本

《调象庵稿》，〔明〕邹迪光著，四库全书存目丛书，影印本，济南，齐鲁书社，1997

《东里文集》，〔明〕杨士奇著，刘伯涵、朱海点校，北京，中华书局，1998

《东林列传》，〔清〕陈鼎著，明代传记丛刊，台北，明文书局，1991

《东林始末》，〔明〕蒋平阶著，四库全书存目丛书，影印本，济南，齐鲁书社，1996

《洞麓堂集》，〔明〕尹台著，影印文渊阁四库全书本

《读书后》,〔明〕王世贞著,影印文渊阁四库全书本

《端简郑公文集》,〔明〕郑晓著,四库全书存目丛书,影印本,济南,齐鲁书社,1997

E

《二十世纪科举研究论文选编》,刘海峰编,武汉,武汉大学出版社,2009

《二十世纪文学评论》,〔美〕戴维·洛奇编,葛林等译,上海,上海译文出版社,1987

《二酉园文集》,〔明〕陈文烛著,四库全书存目丛书,影印本,济南,齐鲁书社,1997

F

《方苞集》,〔清〕方苞著,上海,上海古籍出版社,1983

《方山薛先生全集》,〔明〕薛应旂著,续修四库全书,影印本,上海,上海古籍出版社,1996

《焚书　续焚书》,〔明〕李贽著,北京,中华书局,1974

《丰对楼诗选》,〔明〕沈明臣著,四库全书存目丛书,影印本,济南,齐鲁书社,1997

《奉使朝鲜稿》,〔明〕朱之蕃著,四库全书存目丛书,影印本,济南,齐鲁书社,1997

《奉使集》,〔明〕唐顺之著,四库全书存目丛书,影印本,济南,齐鲁书社,1997

《甫田集》,〔明〕文徵明著,影印文渊阁四库全书本

G

《高漫士木天清气集》,〔明〕高棅著,四库全书存目丛书,影印本,济南,齐鲁书社,1997

《高青丘集》,〔明〕高启著,〔清〕金檀辑注,徐澄宇、沈北宗校点,上海,上海古籍出版社,1985

《高子遗书》,〔明〕高攀龙著,影印文渊阁四库全书本

《革除遗事节本》,〔明〕黄佐著,丛书集成初编,北京,中华书局,1991

《耿天台先生文集》,〔明〕耿定向著,四库全书存目丛书,影印本,

济南，齐鲁书社，1997

《耿中丞杨太史批点近溪罗子全集》，〔明〕罗汝芳著，四库全书存目丛书，影印本，济南，齐鲁书社，1997

《宫崎市定论文选集》，〔日〕宫崎市定著，北京，商务印书馆，1963

《龚自珍全集》，〔清〕龚自珍著，上海，上海人民出版社，1975

《贡举志五种》，鲁小俊、江俊伟校注，武汉，武汉大学出版社，2009

《缑山先生集》，〔明〕王衡著，四库全书存目丛书，影印本，济南，齐鲁书社，1997

《姑苏名贤小记》，〔明〕文震孟著，四库全书存目丛书，影印本，济南，齐鲁书社，1997

《姑苏志》，〔明〕王鏊著，影印文渊阁四库全书本

《古代选举及科举制度概述》，许树安著，天津，天津人民出版社，1985

《古代宗教与伦理，儒家思想的根源》，陈来著，北京，生活·读书·新知三联书店，1996

《古廉文集》，〔明〕李时勉著，影印文渊阁四库全书本

《古穰集》，〔明〕李贤著，影印文渊阁四库全书本

《谷城山馆诗集》，〔明〕于慎行著，影印文渊阁四库全书本

《谷城山馆文集》，〔明〕于慎行著，四库全书存目丛书，影印本，济南，齐鲁书社，1997

《谷山笔麈》，〔明〕于慎行著，吕景琳点校，元明史料笔记丛刊，北京，中华书局，1984

《顾华玉集》，〔明〕顾璘著，影印文渊阁四库全书本

《顾亭林学记》，张舜徽著，武汉，湖北人民出版社，1957

《顾文康公文草、诗草、续稿》，〔明〕顾鼎臣著，四库全书存目丛书，影印本，济南，齐鲁书社，1997

《顾文康公续稿》，〔明〕顾鼎臣著，四库禁毁书丛刊，影印本，北京，北京出版社，2000

《关洛纪游稿》，〔明〕王世懋著，四库全书存目丛书，影印本，济南，齐鲁书社，1997

《馆阁漫录》，〔明〕张元忭著，四库全书存目丛书，影印本，济南，齐鲁书社，1996

《管锥编》，钱锺书著，北京，中华书局，1979

《归先生文集》，〔明〕归有光著，四库全书存目丛书，影印本，济南，

齐鲁书社，1997

《圭峰集》，〔明〕罗玘著，影印文渊阁四库全书本

《郭齐勇自选集》，郭齐勇著，桂林，广西师范大学出版社，1999

《国朝典汇》，〔明〕徐学聚著，四库全书存目丛书，影印本，济南，齐鲁书社，1996

《国朝列卿记》，〔明〕雷礼著，明代传记丛刊，台北，明文书局，1991

《国朝献征录》，〔明〕焦竑著，明代传记丛刊，台北，明文书局，1991

《国家、科举与社会——以明代为中心的考察》，钱茂伟著，北京，北京图书馆出版社，2004

《"国立中央图书馆"善本序跋集录》，台北，"中央图书馆"，1994

《国史大纲》，钱穆著，北京，商务印书馆，2010

《国史经籍志》，〔明〕焦竑辑，长沙，商务印书馆，1939

《国史经籍志补》，宋定国、谢星缠编著，北京，商务印书馆，1959

《国学概论》，章太炎讲演，曹聚仁整理，上海，上海古籍出版社，1997

《国雅品》，〔明〕顾起纶著，《历代诗话续编》本，北京，中华书局，1983

H

《海浮山堂稿》，〔明〕冯惟敏著，续修四库全书，影印本，上海，上海古籍出版社，1996

《韩五泉诗》，〔明〕韩邦靖著，四库全书存目丛书，影印本，济南，齐鲁书社，1997

《翰海》，〔明〕沈佳胤辑，四库禁毁书丛刊，影印本，北京，北京出版社，2000

《翰林记》，〔明〕黄佐著，丛书集成初编，北京，中华书局，1985

《翰林学士耐轩王先生天游杂稿》，〔明〕王达著，四库全书存目丛书，影印本，济南，齐鲁书社，1997

《翰林掌故五种》，余来明、潘金英校点，武汉，武汉大学出版社，2009

《翰林志》，〔唐〕李肇著，台北，台湾商务印书馆，1983

《翰学三书》，傅璇琮、施纯德编，沈阳，辽宁教育出版社，2003

《何翰林集》，〔明〕何良俊著，四库全书存目丛书，影印本，济南，齐鲁书社，1997

《何心隐集》，〔明〕何心隐著，容肇祖整理，北京，中华书局，1960

《衡藩重刻胥台先生集》，〔明〕袁衮著，四库全书存目丛书，影印本，济南，齐鲁书社，1997

《衡庐精舍藏稿》，〔明〕胡直著，影印文渊阁四库全书本

《鸿宝应本》，〔明〕倪元璐著，四库禁毁书丛刊补编，影印本，北京，北京出版社，2005

《胡文敬集》，〔明〕胡居仁著，影印文渊阁四库全书本

《胡文穆公文集》，〔明〕胡广著，四库全书存目丛书，影印本，济南，齐鲁书社，1997

《花当阁丛谈》，〔明〕徐复祚著，续修四库全书，影印本，上海，上海古籍出版社，1995

《怀麓堂集》，〔明〕李东阳著，影印文渊阁四库全书本

《怀星堂集》，〔明〕祝允明著，影印文渊阁四库全书本

《槐野先生存笥稿》，〔明〕王维桢著，续修四库全书，影印本，上海，上海古籍出版社，1996

《洹词》，〔明〕崔铣著，影印文渊阁四库全书本

《皇明宝训》，〔明〕吕本等辑，四库全书存目丛书，影印本，济南，齐鲁书社，1996

《皇明表程文选》，〔明〕陈仁锡辑，四库禁毁书丛刊补编，影印本，北京，北京出版社，2005

《皇明策程文选》，〔明〕陈仁锡辑，四库禁毁书丛刊补编，影印本，北京，北京出版社，2005

《皇明词林人物考》，〔明〕王兆云著，明代传记丛刊，台北，明文书局，1991

《皇明大事记》，〔明〕朱国桢辑，四库禁毁书丛刊，影印本，北京，北京出版社，2000

《皇明大训记》，〔明〕朱国祯著，四库禁毁书丛刊补编，影印本，北京，北京出版社，2005

《皇明大政纪》，〔明〕雷礼等辑，续修四库全书，影印本，上海，上海古籍出版社，1995

《皇明典要》，〔明〕陈建著，四库禁毁书丛刊，影印本，北京，北京出版社，2000

《皇明法传录》,〔明〕高汝栻辑, 四库禁毁书丛刊补编, 影印本, 北京, 北京出版社, 2005

《皇明贡举考》,〔明〕张朝瑞著, 续修四库全书, 影印本, 上海, 上海古籍出版社, 1995

《皇明馆课》,〔明〕陈经邦辑, 四库禁毁书丛刊补编, 影印本, 北京, 北京出版社, 2005

《皇明纪略》,〔明〕皇甫录著, 丛书集成初编, 北京, 中华书局, 1985

《皇明纪要》,〔明〕陈建著, 四库禁毁书丛刊补编, 影印本, 北京, 北京出版社, 2005

《皇明嘉隆两朝闻见纪》,〔明〕沈越著, 四库全书存目丛书, 影印本, 济南, 齐鲁书社, 1996

《皇明嘉隆疏抄》,〔明〕张卤辑, 四库全书存目丛书, 影印本, 济南, 齐鲁书社, 1996

《皇明经济文录》,〔明〕万表辑, 四库禁毁书丛刊, 影印本, 北京, 北京出版社, 2000

《皇明经世实用编》,〔明〕冯应京辑, 四库全书存目丛书, 影印本, 济南, 齐鲁书社, 1996

《皇明历科状元录》,〔明〕陈鎏著, 北京, 书目文献出版社, 1996

《皇明两朝疏抄》,〔明〕顾尔行辑, 四库全书存目丛书, 影印本, 济南, 齐鲁书社, 1996

《皇明留台奏议》,〔明〕朱吾弼辑, 四库全书存目丛书, 影印本, 济南, 齐鲁书社, 1996

《皇明论程文选》,〔明〕陈仁锡辑, 四库禁毁书丛刊补编, 影印本, 北京, 北京出版社, 2005

《皇明名臣经济录》,〔明〕陈九德辑, 四库禁毁书丛刊, 影印本, 北京, 北京出版社, 2000

《皇明名臣琬琰录》,〔明〕徐纮著, 明代传记丛刊, 台北, 明文书局, 1991

《皇明人物考》,〔明〕焦竑编次,〔明〕翁正春校, 明代传记丛刊, 台北, 明文书局, 1991

《皇明三元考》,〔明〕张弘道、张凝道著, 四库全书存目丛书, 影印本, 济南, 齐鲁书社, 1996

《皇明诗选》,〔明〕陈子龙等编选, 影印明崇祯刊本, 上海, 华东师

范大学出版社，1991

《皇明十六朝广汇纪》，〔明〕陈建辑，四库禁毁书丛刊，影印本，北京，北京出版社，2000

《皇明史窃》，〔明〕尹守衡著，续修四库全书，影印本，上海，上海古籍出版社，1995

《皇明史惺堂先生遗稿·附史惺堂先生年谱》，〔明〕史桂芳撰，四库全书存目丛书，影印本，济南，齐鲁书社，1997

《皇明世说新语》，〔明〕李绍文著，续修四库全书，影印本，上海，上海古籍出版社，1995

《皇明疏钞》，〔明〕孙旬编，刘兆佑主编，中国史学丛书三编，台北，台湾学生书局，1986

《皇明疏议辑略》，〔明〕张瀚辑，四库全书存目丛书，影印本，济南，齐鲁书社，1996

《皇明通纪集要》，〔明〕陈建辑，四库禁毁书丛刊，影印本，北京，北京出版社，2000

《皇明续纪》，〔明〕卜大有著，四库禁毁书丛刊补编，影印本，北京，北京出版社，2005

《皇明泳化类编》，〔明〕邓球辑，四库禁毁书丛刊补编，影印本，北京，北京出版社，2005

《皇明诏令》，〔明〕不著辑者，四库全书存目丛书，影印本，济南，齐鲁书社，1996

《皇明诏制》，〔明〕不著辑者，四库全书存目丛书，影印本，济南，齐鲁书社，1996

《皇明奏议备选》，〔明〕秦骏生辑，四库禁毁书丛刊，影印本，北京，北京出版社，2000

《皇明祖训》，〔明〕朱元璋著，四库全书存目丛书，影印本，济南，齐鲁书社，1996

《皇权与绅权》，费孝通著，北京，生活·读书·新知三联书店，2013

《篁墩文集》，〔明〕程敏政著，影印文渊阁四库全书本

《喙鸣文集》，〔明〕沈一贯著，续修四库全书，影印本，上海，上海古籍出版社，1996

J

《畿辅人物志》，〔明〕孙承泽辑，四库全书存目丛书，影印本，济南，

齐鲁书社，1996

《畿辅通志》，〔清〕李卫等修纂，影印文渊阁四库全书本

《几社壬申合稿》，〔明〕杜骐征等辑，四库禁毁书丛刊，影印本，北京，北京出版社，2000

《几亭全书》，〔明〕陈龙正著，四库禁毁书丛刊，影印本，北京，北京出版社，2000

《纪晓岚文集》，〔清〕纪昀著，孙致中等校点，石家庄，河北教育出版社，1995

《家藏集》，〔明〕吴宽著，影印文渊阁四库全书本

《嘉靖前期诗坛研究（1522—1550）》，余来明著，武汉，武汉大学出版社，2009

《嘉靖以来内阁首辅传》，〔明〕王世贞著，北京，中华书局，1991

《嘉业堂藏书志》，缪荃孙等著，吴格整理点校，上海，复旦大学出版社，1997

《迦陵论词丛稿》，叶嘉莹著，上海，上海古籍出版社，1980

《謇斋琐缀录》，〔明〕尹直著，丛书集成初编，北京，中华书局，1991

《见闻录》，〔明〕陈继儒著，四库全书存目丛书，影印本，济南，齐鲁书社，1995

《见闻杂记》，〔明〕李乐著，瓜蒂庵明清掌故丛刊，上海，上海古籍出版社，1986

《剑桥中国明代史》，〔美〕牟复礼著，〔英〕崔瑞德编，张书生、黄沫、杨品泉等译，北京，中国社会科学出版社，1992

《江西诗派研究》，莫砺锋著，济南，齐鲁书社，1986

《江盈科集》，〔明〕江盈科著，黄仁生辑校，长沙，岳麓书社，1997

《薑斋诗话笺注》，〔明〕王夫之著，戴鸿森笺注，北京，人民文学出版社，1981

《焦氏笔乘》，〔明〕焦竑著，李剑雄点校，上海，上海古籍出版社，1986

《戒庵老人漫笔》，〔明〕李诩著，黄连生点校，元明史料笔记丛刊，北京，中华书局，1982

《今言》，〔明〕郑晓著，李致忠点校，元明史料笔记丛刊，北京，中华书局，1984

《金榜题名　清代科举述要》，于景祥著，沈阳，辽海出版社，1997

《金文靖集》,〔明〕金幼孜著,影印文渊阁四库全书本

《金舆山房稿》,〔明〕殷士儋著,四库全书存目丛书,影印本,济南,齐鲁书社,1997

《金正希先生文集辑略》,〔明〕金声著,四库禁毁书丛刊,影印本,北京,北京出版社,2000

《泾东小稿》,〔明〕叶盛著,续修四库全书,影印本,上海,上海古籍出版社,1996

《泾皋藏稿》,〔明〕顾宪成著,影印文渊阁四库全书本

《泾野先生文集》,〔明〕吕柟著,四库全书存目丛书,影印本,济南,齐鲁书社,1997

《荆川集》,〔明〕唐顺之著,影印文渊阁四库全书本

《敬轩文集》,〔明〕薛瑄著,影印文渊阁四库全书本

《静志居诗话》,〔明〕朱彝尊著,姚祖恩编,黄君坦校点,北京,人民文学出版社,1990

《旧京词林志》,〔明〕周应宾著,四库全书存目丛书,影印本,济南,齐鲁书社,1996

《旧文四篇》,钱锺书著,上海,上海古籍出版社,1979

《浚谷先生集》,〔明〕赵时春著,四库全书存目丛书,影印本,济南,齐鲁书社,1997

K

《康对山先生集》,〔明〕康海著,续修四库全书,影印本,上海,上海古籍出版社,1996

《康海年谱》,韩结根著,上海,复旦大学出版社,1999

《康海研究》,金宁芬著,武汉,崇文书局,2004

《康斋集》,〔明〕吴与弼著,影印文渊阁四库全书本

《考功集》,〔明〕薛蕙著,影印文渊阁四库全书本

《珂雪斋集》,〔明〕袁中道著,钱伯城点校,上海,上海古籍出版社,1989

《珂雪斋近集》,〔明〕袁中道著,续修四库全书,影印本,上海,上海古籍出版社,1996

《珂雪斋前集》,〔明〕袁中道著,续修四库全书,影印本,上海,上海古籍出版社,1996

《科场风云》,李铁著,北京,中国青年出版社,1991

《科场条贯》，〔明〕陆深著，续修四库全书，影印本，上海，上海古籍出版社，1995

《科举考试的教育视角》，刘海峰著，武汉，湖北教育出版社，1996

《科举史话》，王道成著，北京，中华书局，1980

《科举文体研究》，汪小洋、孔庆茂著，天津，天津古籍出版社，2005

《科举学导论》，刘海峰著，武汉，华中师范大学出版社，2005

《科举制的终结与科举学的兴起》，刘海峰主编，武汉，华中师范大学出版社，2006

《科举制度与中国文化》，金诤著，上海，上海人民出版社，1990

《科举制与"科举学"》，刘海峰著，贵州，贵州教育出版社，2004

《空同先生集》，〔明〕李梦阳著，明代论著丛刊，台北，伟文图书出版社有限公司，1976

《快雪堂集》，〔明〕冯梦祯著，四库全书存目丛书，影印本，济南，齐鲁书社，1997

《昆山人物传》，〔明〕张大复著，四库全书存目丛书，影印本，济南，齐鲁书社，1996

L

《礼部志稿》，〔明〕俞汝楫等编著，影印文渊阁四库全书本

《李东阳集》，〔明〕李东阳著，周寅宾点校，长沙，岳麓书社，1984

《李开先集》，〔明〕李开先著，路工辑校，北京，中华书局，1959

《李攀龙文学研究》，许建昆著，台北，文史哲出版社，1987

《李贽评传》，张建业著，福州，福建人民出版社，1992

《李贽与晚明文学思潮》，左东岭著，天津，天津人民出版社，1997

《理学背景下的元代文论与诗文》，查洪德著，北京，中华书局，2005

《理学文化与文学思潮》，韩经太著，北京，中华书局，1997

《历代科举文献整理与研究丛刊》，陈文新主编，武汉，武汉大学出版社，2009

《历代名人年谱》，吴荣光编，上海，商务印书馆，1933

《历代人物年里碑传综表》，姜亮夫著，北京，中华书局，1959

《历代诗话》，〔清〕何文焕辑，北京，中华书局，1981

《历代诗话续编》，〔清〕丁福保辑，北京，中华书局，1983

《历科廷试状元策、总考》，〔明〕焦竑、〔清〕胡任兴辑，四库禁毁书丛刊，影印本，北京，北京出版社，2000

《历代文武状元》，王刚、彦平主编，北京，中国文联出版社，2000

《历代制举史料汇编》，李舜臣、欧阳江琳编著，武汉，武汉大学出版社，2009

《列朝诗集小传》，〔清〕钱谦益著，上海，上海古籍出版社，1983

《林大钦集》，〔明〕林大钦著，黄挺校注，广州，广东人民出版社，1995

《刘伯温年谱》，王馨一著，上海，商务印书馆，1939

《刘大櫆集》，〔清〕刘大櫆著，吴孟复标点，上海，上海古籍出版社，1990

《刘文烈公全集》，〔明〕刘理顺著，影印本，北京，北京出版社，1999

《梁启超全集》，梁启超著，北京，北京出版社，1999

《龙溪王先生全集》，〔明〕王畿著，四库全书存目丛书，影印本，济南，齐鲁书社，1997

《陆王心学研究》，刘宗贤著，济南，山东人民出版社，1997

《陆王学述———系精神哲学》，徐梵澄著，上海，远东出版社，1994

《陆子余集》，〔明〕陆粲著，影印文渊阁四库全书本

《菉竹堂稿》，〔明〕叶盛著，四库全书存目丛书，影印本，济南，齐鲁书社，1997

《麓堂诗话》，〔明〕李东阳著，《历代诗话续编》本，北京，中华书局，1983

《纶扉奏草》，〔明〕叶向高著，四库禁毁书丛刊，影印本，北京，北京出版社，2000

《论对》，〔明〕张孚敬著，四库全书存目丛书，影印本，济南，齐鲁书社，1996

M

《马东田漫稿》，〔明〕马中锡著，四库全书存目丛书，影印本，济南，齐鲁书社，1997

《茅坤集》，〔明〕茅坤著，张大芝、张梦新点校，杭州，浙江古籍出版社，1993

《茅坤研究》，张梦新著，北京，中华书局，2001

《茅鹿门先生文集》，〔明〕茅坤著，续修四库全书，影印本，上海，上海古籍出版社，1996

《梅花草堂集》，〔明〕张大复著，续修四库全书，影印本，上海，上海古籍出版社，1996

《美学》，〔德〕黑格尔著，朱光潜译，北京，商务印书馆，1979

《渼陂集》，〔明〕王九思著，四库全书存目丛书，影印本，济南，齐鲁书社，1997

《蠛蠓集》，〔明〕卢柟著，影印文渊阁四库全书本

《闽书》，〔明〕何乔远著，厦门大学古籍整理研究所、历史系古籍整理研究室《闽书》校点组校点，福州，福建人民出版社，1995

《名山藏》，〔明〕何乔远辑，四库禁毁书丛刊，影印本，北京，北京出版社，2000

《明别集版本志》，崔建英辑订，北京，中华书局，2006

《明朝在中国史上的地位》，陈支平著，天津，天津古籍出版社，2011

《明朝小史》，〔明〕吕毖辑，四库禁毁书丛刊，影印本，北京，北京出版社，2000

《明臣奏议》，〔清〕乾隆敕选，丛书集成初编，北京，中华书局，1985

《明词汇刊》，赵尊岳辑，上海，上海古籍出版社，1992

《明词综》，〔清〕王昶辑，王兆鹏校点，沈阳，辽宁教育出版社，1997

《明词史》，张仲谋著，北京，人民文学出版社，2002

《明初大儒方孝孺研究》，姬秀珠著，台北，文史哲出版社，1991

《明大政纂要》，〔明〕谭希思著，四库全书存目丛书，影印本，济南，齐鲁书社，1996

《明代八股文编年史》，陈文新、王同舟著，台北，花木兰文化出版社，2011

《明代八股文史探》，龚笃清著，长沙，湖南人民出版社，2006

《明代传奇全目》，傅惜华著，北京，作家出版社，1959

《明代的变迁》，赵轶峰著，上海，上海三联书店，2008

《明代福建进士研究》，多洛肯著，上海，上海辞书出版社，2004

《明代复古派唐诗论研究》，陈国球著，北京，北京大学出版社，2007

《明代宫廷典制史》，赵中男著，北京，紫禁城出版社，2010

《明代国家机构研究》，王天有著，北京，北京大学出版社，1992

《明代国家礼制与社会生活》，赵克生著，北京，中华书局，2012

《明代国家权力机构及运行机制》，方志远著，北京，科学出版社，

2008

《明代国子监教育与科举之研究》，丁榕萍著，花莲，台湾华光书局，1975

《明代洪武至正德年间的翰林院与文学》，郑礼炬著，北京，中国社会科学出版社，2011

《明代科举史事编年考证》，郭培贵著，北京，科学出版社，2008

《明代科举与文学编年》，陈文新、何坤翁、赵伯陶主撰，武汉，武汉大学出版社，2009

《明代科举制度考论》，王凯旋著，沈阳，沈阳出版社，2005

《明代科举制度研究》，黄明光著，桂林，广西师范大学出版社，2000

《明代蒙古史论集》，〔日〕和田清著，潘世宪译，北京，商务印书馆，1984

《明代内阁制度史》，王其榘著，北京，中华书局，1989

《明代儒学生员与地方社会》，陈宝良著，北京，中国社会科学出版社，2005

《明代诗学》，陈文新著，长沙，湖南人民出版社，2000

《明代诗学的逻辑进程与主要理论问题》，陈文新著，武汉，武汉大学出版社，2007

《明代诗文的演变》，陈书录著，南京，江苏教育出版社，1996

《明代诗文创作与理论批评的演变》，陈书录著，南京，凤凰出版社，2013

《明代诗文研究史》，陈正宏著，上海，上海文化出版社，2000

《明代思想史》，容肇祖著，上海，开明书店，1941

《明代学校与科举制度研究》，赵子富著，北京，北京燕山出版社，1995

《明代唐诗接受史》，查清华著，上海，上海古籍出版社，2006

《明代唐诗学》，孙青春著，上海，上海古籍出版社，2006

《明代万历间文学思想转变研究》，饶龙隼著，重庆，西南师范大学出版社，1995

《明代文化史》，商传著，上海，东方出版中心，2007

《明代文学》，钱基博著，上海，商务印书馆，1934

《明代文学复古运动研究》，廖可斌著，上海，上海古籍出版社，1994

《明代文学批评研究》，简锦松著，台北，台湾学生书局，1989

《明代文学史》，徐朔方、孙秋克著，杭州，浙江大学出版社，2006

《明代文学思想史》，罗宗强著，北京，中华书局，2013

《明代文学思想研究》，左东岭著，北京，商务印书馆，2013

《明代杂剧全目》，傅惜华著，北京，作家出版社，1958

《明代浙江进士研究》，多洛肯著，上海，上海古籍出版社，2004

《明代政治史》，张显清著，桂林，广西师范大学出版社，2003

《明代政治制度研究》，关文发、颜广文著，北京，中国社会科学出版社，1995

《明代知识界讲学活动系年，1522—1602》，吴震著，上海，学林出版社，2003

《明代职官年表》，张德信著，合肥，黄山书社，2009

《明代中期文学演进与城市形态》，郑利华著，上海，复旦大学出版社，1995

《明代中晚期讲学运动 1522—1626》，陈时龙著，上海，复旦大学出版社，2005

《明代中央文官制度与文学》，叶晔著，杭州，浙江大学出版社，2011

《明代状元奇谈·明代状元谱》，周腊生著，北京，紫禁城出版社，2004

《明代状元史料汇编》，郭皓政、甘宏伟编，武汉，武汉大学出版社，2009

《明代状元与文学》，郭皓政著，济南，齐鲁书社，2010

《明鼎甲徵信录》，〔清〕阎湘蕙著，明代传记丛刊，台北，明文书局，1991

《明会典》，〔明〕徐溥撰、李东阳重修，影印文渊阁四库全书本

《明会典》（万历朝重修本），〔明〕申时行等修，北京，中华书局，1989

《明会要》，〔清〕龙文彬著，续修四库全书，影印本，上海，上海古籍出版社，1995

《明纪编年》，〔明〕钟惺著，四库禁毁书丛刊，影印本，北京，北京出版社，2000

《明纪编遗》，〔清〕叶珍著，四库禁毁书丛刊，影印本，北京，北京出版社，2000

《明纪全载》，〔清〕朱璘著，四库禁毁书丛刊补编，影印本，北京，北京出版社，2005

《明鉴易知录》，〔明〕朱国标钞，〔清〕吴乘权等辑，四库禁毁书丛刊

补编，影印本，北京，北京出版社，2005

《明经世文编》，〔明〕陈子龙等编，影印本，北京，中华书局，1962

《明名臣言行录》，〔清〕徐开任著，明代传记丛刊，台北，明文书局，1991

《明末清初诗论研究》，孙立著，广州，广东教育出版社，1999

《明末清初文人结社研究》，何宗美著，天津，南开大学出版社，2003

《明清贵州七百进士》，庞思纯著，贵州，贵州人民出版社，2005

《明清江苏文人年表》，张慧剑著，上海，上海古籍出版社，1986

《明清进士题名碑录索引》，朱保炯、谢沛霖著，上海，上海古籍出版社，1980

《明清历科进士题名碑录》，台北，台湾华文书局，1969

《明清人物与著述》，何冠彪著，香港，香港教育图书公司，1996

《明清儒学家著述年表》，麦仲贵著，台北，台湾学生书局，1977

《明清散曲作家汇考》，庄一拂著，杭州，浙江古籍出版社，1992

《明清散文流派论》，熊礼汇著，武汉，武汉大学出版社，2003

《明清社会经济史论文集》，傅衣凌著，北京，商务印书馆，2010

《明清时代史的基本问题》，〔日〕森正夫等著，周绍泉等译，北京，商务印书馆，2013

《明清史论著集刊》，孟森著，北京，中华书局，1959

《明清文化史散论》，冯天瑜著，武昌，华中工学院出版社，1984

《明清文学史》（明代卷），吴志达著，武汉，武汉大学出版社，1992

《明清文学史》（清代卷），唐富龄著，武汉，武汉大学出版社，1992

《明清文学随想录》，郭英德著，北京，商务印书馆，1992

《明清戏曲家考略》，邓长风著，上海，上海古籍出版社，1994

《明清小品，个性天趣的显现》，赵伯陶著，桂林，广西师范大学出版社，1999

《明清政治制度》，陶希圣、沈任元著，台北，台湾商务印书馆，1983

《明清之际党社运动考》，谢国桢著，北京，中华书局，1982

《明清之际的思想与言说》，赵园著，上海，复旦大学出版社，2010

《明清之际苏州作家群研究》，李玫著，北京，中国社会科学出版社，2000

《明人传记资料索引》，台北"中央图书馆"编，北京，中华书局，1987

《明儒学案》，〔清〕黄宗羲著，沈芝盈点校，北京，中华书局，1985

《明儒言行录》，〔清〕沈佳著，明代传记丛刊，台北，明文书局，1991

《明三元太傅商文毅公年谱》，〔明〕商振伦著，四库全书存目丛书，影印本，济南，齐鲁书社，1996

《明诗别裁集》，〔清〕沈德潜、周准编，上海，上海古籍出版社，1979

《明诗纪事》，〔清〕陈田辑，上海，上海古籍出版社，1993

《明诗评》，〔明〕王世贞著，明代传记丛刊，台北，明文书局，1991

《明诗评选》，〔清〕王夫之著，陈新点校，北京，文化艺术出版社，1997

《明诗综》，〔清〕朱彝尊编，北京，中华书局，2007

《明实录》，台北，"中央研究院"历史语言研究所，1967

《明实录研究》，谢贵安著，武汉，湖北人民出版社，2003

《明史》，〔清〕张廷玉等著，北京，中华书局，1974

《明史稿》，〔清〕王鸿绪著，雍正间王氏敬慎堂自刻本

《明史纪事本末（附补遗、补编）》，〔清〕谷应泰撰，上海，上海古籍出版社，1994

《明史纪事本末》，〔清〕谷应泰著，北京，中华书局，1977

《明史讲义》，孟森著，上海，上海古籍出版社，2002

《明史考证》，黄云眉著，北京，中华书局，1986

《明史略》，〔清〕程嗣章著，四库禁毁书丛刊补编，影印本，北京，北京出版社，2005

《明史窃》，〔明〕尹守衡著，四库禁毁书丛刊，影印本，北京，北京出版社，2000

《明史选举志考论》，郭培贵著，北京，中华书局，2006

《明史艺文志·补编·附编》，北京，商务印书馆，1959

《明书》，〔清〕查继佐著，倪志云、刘天路点校，济南，齐鲁书社，2000

《明书》，〔清〕傅维麟著，丛书集成初编，北京，中华书局，1985

《明太保费文宪公文集选要》，〔明〕费宏著，四库全书存目丛书，影印本，济南，齐鲁书社，1997

《明通鉴》，〔清〕夏燮编，沈仲九标点，北京，中华书局，1959

《明文案》，〔清〕黄宗羲辑，四库禁毁书丛刊补编，影印本，北京，北京出版社，2005

《明文得》，〔清〕孙维祺辑，四库禁毁书丛刊，影印本，北京，北京出版社，2000

《明文海》，〔清〕黄宗羲编，北京，中华书局，1987

《明文英华》，〔清〕顾有孝辑，四库禁毁书丛刊，影印本，北京，北京出版社，2000

《明永乐甲申会魁礼部左侍郎会稽质庵章公诗文集》，〔明〕章敞著，四库全书存目丛书，影印本，济南，齐鲁书社，1997

《明永乐至嘉靖初诗文观研究》，黄卓越著，北京，北京师范大学出版社，2001

《明语林》，〔清〕吴肃公著，四库全书存目丛书，影印本，济南，齐鲁书社，1995

《鸣盛集》，〔明〕林鸿著，影印文渊阁四库全书本

《慕蓼王先生樗全集》，〔明〕王畿著，四库全书存目丛书，影印本，济南，齐鲁书社，1997

N

《内北国而外中国，蒙元史研究》，萧启庆著，北京，中华书局，2007

《内阁藏书目录》，〔明〕孙能传、张萱著，影印文渊阁四库全书本

《内阁行实》，〔明〕雷礼著，明代传记丛刊，台北，明文书局，1991

《内阁奏题稿》，〔明〕赵志皋著，四库全书存目丛书，影印本，济南，齐鲁书社，1996

《内台集》，〔明〕王廷相著，四库全书存目丛书，影印本，济南，齐鲁书社，1997

《念庵罗先生集》，〔明〕罗洪先著，四库全书存目丛书，影印本，济南，齐鲁书社，1997

《念庵文集》，〔明〕罗洪先著，影印文渊阁四库全书本

O

《欧阳南野先生文集》，〔明〕欧阳德著，四库全书存目丛书，影印本，济南，齐鲁书社，1997

《耦耕堂集》，〔明〕程嘉燧著，续修四库全书，影印本，上海，上海古籍出版社，1996

P

《彭文宪公集》，〔明〕彭时著，四库全书存目丛书，影印本，济南，齐鲁书社，1997

Q

《七录斋诗文合集》，〔明〕张溥著，影印本，台北，伟文图书出版社有限公司，1997

《七修类稿》，〔明〕郎瑛著，安越点校，北京，文化艺术出版社，1998

《栖真馆集》，〔明〕屠隆著，续修四库全书，影印本，上海，上海古籍出版社，1996

《期斋吕先生集》，〔明〕吕本著，四库全书存目丛书，影印本，济南，齐鲁书社，1997

《千顷堂书目》，〔清〕黄虞稷著，瞿凤起、潘景郑整理，上海，上海古籍出版社，2001

《千顷斋初集》，〔明〕黄居中著，续修四库全书，影印本，上海，上海古籍出版社，1996

《钤山堂集》，〔明〕严嵩著，四库全书存目丛书，影印本，济南，齐鲁书社，1997

《钦定四书文校注》，〔清〕方苞编，王同舟、李澜校注，武汉，武汉大学出版社，2009

《钱穆与中国文化》，余英时著，上海，远东出版社，1994

《钱太史鹤滩稿》，〔明〕钱福著，四库全书存目丛书，影印本，济南，齐鲁书社，1997

《清代科举考试述录》，商衍鎏著，北京，生活·读书·新知三联书店，1958

《清权堂集》，〔明〕沈德符著，续修四库全书，影印本，上海，上海古籍出版社，1996

《丘濬评传》，李焯然著，南京，南京大学出版社，2005

《全明词》，饶宗颐初纂，张璋总纂，北京，中华书局，2004

《全明诗话》，周维德辑校，济南，齐鲁书社，2005

《全明文》，钱伯城等主编，上海，上海古籍出版社，1992~1994

R

《人论》，〔德〕恩斯特·卡西尔著，甘阳译，上海，上海译文出版社，1985

《人瑞翁诗集》，〔明〕林春泽著，四库全书存目丛书，影印本，济南，齐鲁书社，1997

《日本学者论中国哲学史》，辛冠洁、衷尔钜、马振铎等编，北京，中华书局，1986

《荣进集》，〔明〕吴伯宗著，影印文渊阁四库全书本

《容春堂集》，〔明〕邵宝著，影印文渊阁四库全书本

《容台集》，〔明〕董其昌著，四库禁毁书丛刊，影印本，北京，北京出版社，2000

《儒教与道教》，〔德〕马克斯·韦伯著，洪天富译，南京，江苏人民出版社，1995

《儒释道与晚明文学思潮》，周群著，上海，上海书店出版社，2000

S

《三朝要典》，〔明〕顾秉谦等著，四库禁毁书丛刊，影印本，北京，北京出版社，2000

《山带阁集》，〔明〕朱曰藩著，四库全书存目丛书，影印本，济南，齐鲁书社，1997

《山东历代状元》，马文卿著，济南，黄河出版社，1999

《山西历代进士题名录》，王欣欣著，太原，山西教育出版社，2005

《山西通志》，〔清〕罗石麟等修纂，影印文渊阁四库全书本

《商文毅公集》，〔明〕商辂著，四库全书存目丛书，影印本，济南，齐鲁书社，1997

《商文毅公遗行集》，〔明〕商汝颐辑，四库全书存目丛书，影印本，济南，齐鲁书社，1996

《少湖先生文集》，〔明〕徐阶著，四库全书存目丛书，影印本，济南，齐鲁书社，1997

《少室山房笔丛》，〔明〕胡应麟著，历代笔记丛刊，上海，上海书店出版社，2001

《少室山房集》，〔明〕胡应麟著，影印文渊阁四库全书本

《少室山人集》，〔明〕杨本仁著，续修四库全书，影印本，上海，上海古籍出版社，1996

《沈周年谱》，陈正宏编著，上海，复旦大学出版社，1993

《升庵诗话》，〔明〕杨慎著，《历代诗话续编》本，北京，中华书局，1983

《升庵全集》，〔明〕杨慎著，万有文库，上海，商务印书馆，1937

《升庵先生年谱》，李调元校，丛书集成初编，北京，中华书局，1991

《省愆集》，〔明〕黄淮著，影印文渊阁四库全书本

《省中稿》，〔明〕许谷著，四库全书存目丛书，影印本，济南，齐鲁书社，1997

《诗镜总论》，〔明〕陆时雍著，《历代诗话续编》本，北京，中华书局，1983

《诗薮》，〔明〕胡应麟著，北京，中华书局，1958

《诗慰》，〔清〕陈允衡辑，四库禁毁书丛刊，影印本，北京，北京出版社，2000

《诗言志辨》，朱自清著，上海，华东师范大学出版社，1996

《诗与真·诗与真二集》，梁宗岱著，北京，外国文学出版社，1984

《诗源辩体》，〔明〕许学夷著，杜维沫校点，北京，人民文学出版社，1987

《十四朝文学要略》，刘永济著，北京，中华书局，2007

《史纲评要》，〔明〕李贽评纂，北京，中华书局，1974

《世经堂集》，〔明〕徐阶著，四库全书存目丛书，影印本，济南，齐鲁书社，1997

《世说新语补》，〔明〕何良俊著，四库全书存目丛书，影印本，济南，齐鲁书社，1995

《士与中国文化》，余英时著，上海，上海人民出版社，1987

《书院与科举关系研究》，李兵著，武汉，华中师范大学出版社，2005

《菽园杂记》，〔明〕陆容著，佚之点校，元明史料笔记丛刊，北京，中华书局，1985

《双槐岁钞》，〔明〕黄瑜著，魏连科点校，元明史料笔记丛刊，北京，中华书局，1999

《说八股》，启功、张中行、金克木著，北京，中华书局，2000

《说诗晬语》，〔清〕沈德潜著，《清诗话》本，上海，上海古籍出版社，1978

《四库全书总目》，〔清〕永瑢等著，北京，中华书局，1965

《四库全书总目提要辨证》，余嘉锡著，北京，中华书局，1980

《四溟诗话》，〔明〕谢榛著，《历代诗话续编》本，北京，中华书局，1983

《四友斋丛说》，〔明〕何良俊著，元明史料笔记丛刊，北京，中华书局，1959

《四书大全校注》，〔明〕胡广、杨荣、金幼孜等纂修，周群、王玉琴校注，武汉，武汉大学出版社，2009

《宋代科举与文学考论》，祝尚书著，郑州，大象出版社，2006

《宋代文学思想史》，张毅著，北京，中华书局，1995

《宋濂全集》，〔明〕宋濂著，罗月霞校，杭州，浙江古籍出版社，1999

《宋明理学史》，侯外庐、邱汉生、张岂之著，北京，人民出版社，1987

《宋元明诗概说》，〔日〕吉川幸次郎著，李庆、骆玉明等译，上海，复旦大学出版社，2012

《苏州状元》，李嘉球著，上海，上海社会科学院出版社，1993

T

《台省疏稿》，〔明〕张瀚著，四库全书存目丛书，影印本，济南，齐鲁书社，1996

《太保费文宪公摘稿》，〔明〕费宏著，续修四库全书，影印本，上海，上海古籍出版社，1996

《太师张文忠公集》，〔明〕张孚敬著，四库全书存目丛书，影印本，济南，齐鲁书社，1997

《泰泉集》，〔明〕黄佐著，影印文渊阁四库全书本

《谈艺录》，〔明〕徐祯卿著，《历代诗话》本，北京，中华书局，1981

《谈艺录》（补订本），钱锺书著，北京，中华书局，1984

《谭元春集》，〔明〕谭元春著，陈杏珍标校，上海，上海古籍出版社，1998

《坦斋刘先生文集》，〔明〕刘三吾著，四库全书存目丛书，影印本，济南，齐鲁书社，1997

《汤显祖集》，〔明〕汤显祖著，徐朔方笺校，北京，中华书局，1962

《汤显祖年谱》，徐朔方编著，上海，上海古籍出版社，1980

《汤显祖研究资料汇编》，毛效同编，上海，上海古籍出版社，1986

《唐伯虎全集》，〔明〕唐寅著，周道振、张月尊辑校，杭州，中国美

术学院出版社，2002

《唐代进士行卷与文学》，程千帆著，上海，上海古籍出版社，1980

《唐代科举与文学》，傅璇琮著，西安，陕西人民出版社，1986

《唐代试策考论》，陈飞著，北京，中华书局，2002

《唐代状元研究》，许友根著，长春，吉林人民出版社，2005

《唐诗的魅力》，〔美〕高友工、〔美〕梅祖麟著，李世耀译，武菲校，上海，上海古籍出版社，1989

《唐诗归》，〔明〕钟惺、谭元春编，清光绪刻本

《唐诗综论》，林庚著，北京，人民文学出版社，1987

《唐音癸签》，〔明〕胡震亨著，上海，上海古籍出版社，1981

《天一阁集》，〔明〕范钦著，续修四库全书，影印本，上海，上海古籍出版社，1996

《天一阁藏明代科举录选刊·登科录》，宁波市天一阁博物馆整理，影印本，宁波，宁波出版社，2007

《天佣子集》，〔明〕艾南英著，旧学山房藏本，道光丙申（1836）重刻本

《陶庵梦忆》，〔明〕张岱著，南京，江苏古籍出版社，2000

W

《玩芳堂摘稿》，〔明〕王慎中著，四库全书存目丛书，影印本，济南，齐鲁书社，1997

《晚明士风与文学》，夏咸淳著，北京，中国社会科学出版社，1994

《晚明思想史论》，嵇文甫著，北京，东方出版社，1996

《晚明文学思潮研究》，吴承学、李光摩著，武汉，湖北教育出版社，2002

《晚香堂集》，〔明〕陈继儒著，四库禁毁书丛刊，影印本，北京，北京出版社，2000

《万历疏钞》，〔明〕吴亮辑，四库禁毁书丛刊，影印本，北京，北京出版社，2000

《万历野获编》，〔明〕沈德符著，元明史料笔记丛刊，北京，中华书局，1959

《王船山学术论丛》，嵇文甫著，北京，生活·读书·新知三联书店，1962

《王船山、杨升庵先生年谱五种》，北京，北京图书馆出版社，1997

《王奉常集》，〔明〕王世懋著，四库全书存目丛书，影印本，济南，齐鲁书社，1997

《王氏家藏集》，〔明〕王廷相著，影印本，台北，伟文图书出版社有限公司，1976

《王侍御类稿》，〔明〕王圻著，四库全书存目丛书，影印本，济南，齐鲁书社，1997

《王学与中晚明士人心态》，左东岭著，北京，人民文学出版社，2000

《王阳明全集》，〔明〕王守仁著，吴光等编校，上海，上海古籍出版社，1992

《王忠文公集》，〔明〕王祎著，影印文渊阁四库全书本

《魏晋南北朝文学史》，胡国瑞著，上海，上海文艺出版社，1980

《渭厓文集》，〔明〕霍韬著，四库全书存目丛书，影印本，济南，齐鲁书社，1997

《文敏集》，〔明〕杨荣著，影印文渊阁四库全书本

《文人结社与明代文学的演进》，何宗美著，北京，人民出版社，2011

《文史通义校注》，〔清〕章学诚著，叶瑛校注，北京，中华书局，1994

《文太青先生文集》，〔明〕文翔凤著，四库全书存目丛书，影印本，济南，齐鲁书社，1997

《文宪集》，〔明〕宋濂著，影印文渊阁四库全书本

《文襄公奏议》，〔明〕桂萼著，四库全书存目丛书，影印本，济南，齐鲁书社，1996

《文毅集》，〔明〕解缙著，影印文渊阁四库全书本

《文渊阁书目》，〔明〕杨士奇著，影印文渊阁四库全书本

《文章辨体序说》，〔明〕吴讷著，于北山校点，北京，人民文学出版社，1962

《文体明辨序说》，〔明〕徐师曾著，罗根泽校点，北京，人民文学出版社，1962

《闻一多全集》，闻一多著，北京，生活·读书·新知三联书店，1982

《文徵明集》，〔明〕文徵明著，周道振辑校，上海，上海古籍出版社，1987

《文忠集》，〔明〕范景文著，影印文渊阁四库全书本

《吴晗文集》，吴晗著，北京，北京出版社，1988

《吴歈小草》，〔明〕娄坚著，四库禁毁书丛刊，影印本，北京，北京

出版社，2000

《五杂俎》，〔明〕谢肇淛著，四库禁毁书丛刊，影印本，北京，北京出版社，2000

《武功集》，〔明〕徐有贞著，影印文渊阁四库全书本

X

《西方美学史》，朱光潜著，北京，人民文学出版社，1963～1964

《西方文论选》，伍蠡甫、蒋孔阳编，上海，上海译文出版社，1979

《西方哲学史》，〔英〕罗素著，上卷何兆武、李约瑟译，下卷马元德译，北京，商务印书馆，1963、1976

《西台漫纪》，〔明〕蒋以化著，四库全书存目丛书，影印本，济南，齐鲁书社，1995

《西园闻见录》，〔明〕张萱著，明代传记丛刊，台北，明文书局，1991

《西原先生遗书》，〔明〕薛蕙著，四库全书存目丛书，影印本，济南，齐鲁书社，1997

《奚囊蠹余》，〔明〕张瀚著，四库全书存目丛书，影印本，济南，齐鲁书社，1997

《惜抱轩诗文集》，〔清〕姚鼐著，刘季高标校，上海，上海古籍出版社，1992

《稀见中国地方志汇刊》，中国科学院图书馆选编，北京，中国书店，1992

《溪田文集》，〔明〕马理著，四库全书存目丛书，影印本，济南，齐鲁书社，1997

《熙朝名臣实录》，〔明〕焦竑辑，四库全书存目丛书，影印本，济南，齐鲁书社，1996

《夏桂洲先生文集》，〔明〕夏言著，四库全书存目丛书，影印本，济南，齐鲁书社，1997

《夏完淳集笺校》，〔明〕夏完淳著，白坚笺校，上海，上海古籍出版社，1991

《献征录》，〔明〕焦竑著，上海，上海书店，1987

《小辨斋偶存》，〔明〕顾允成著，影印文渊阁四库全书本

《小仓山房诗文集》，〔清〕袁枚著，周本淳标校，上海，上海古籍出版社，1988

《小草斋集》，〔明〕谢肇淛著，续修四库全书，影印本，上海，上海古籍出版社，1996

《小草斋续集》，〔明〕谢肇淛著，续修四库全书，影印本，上海，上海古籍出版社，1996

《孝义传家——浦江郑氏家族研究》，毛策著，杭州，浙江大学出版社，2009

《歇庵集》，〔明〕陶望龄著，续修四库全书，影印本，上海，上海古籍出版社，1996

《新刻张太岳先生诗文集》，〔明〕张居正著，四库全书存目丛书，影印本，济南，齐鲁书社，1997

《徐朔方集》，徐朔方著，杭州，浙江古籍出版社，1993

《徐渭集》，〔明〕徐渭著，北京，中华书局，1983

《续补明纪编年》，王汝南著，台北，台湾银行经济研究室，1961

《续藏书》，〔明〕李贽著，北京，中华书局，1974

《续刻杨复所先生家藏文集》，〔明〕杨起元著，四库全书存目丛书，影印本，济南，齐鲁书社，1997

《续文献通考》，〔清〕王圻著，影印本，北京，现代出版社，1986

《续修四库全书总目提要》，中国科学院图书馆整理，北京，中华书局，1993

《学术与政治之间》，徐复观著，上海，华东师范大学出版社，2009

《选举社会及其终结》，何怀宏著，北京，生活·读书·新知三联书店，1998

《逊志斋集》，〔明〕方孝孺著，影印文渊阁四库全书本

Y

《雅宜山人集》，〔明〕王宠著，四库全书存目丛书，影印本，济南，齐鲁书社，1997

《严文靖公集》，〔明〕严讷著，四库全书存目丛书，影印本，济南，齐鲁书社，1997

《俨山集》，〔明〕陆深著，影印文渊阁四库全书本

《弇山堂别集》，〔明〕王世贞著，魏连科点校，北京，中华书局，1985

《弇州山人稿》，〔明〕王世贞著，四库禁毁书丛刊，影印本，北京，北京出版社，2000

《弇州四部稿》,〔明〕王世贞著，影印文渊阁四库全书本

《弇州续稿》,〔明〕王世贞著，影印文渊阁四库全书本

《阳明先生要书》,〔明〕王守仁著，四库全书存目丛书，影印本，济南，齐鲁书社，1997

《杨慎诗学研究》,雷磊著，北京，中国社会科学出版社，2006

《杨慎学谱》,王文才著，上海，上海古籍出版社，1988

《杨维桢与元末明初文学思想》,黄仁生著，上海，东方出版中心，2005

《杨文定公诗集》,〔明〕杨溥著，续修四库全书，影印本，上海，上海古籍出版社，1996

《杨襄毅公本兵疏议》,〔明〕杨博著，四库全书存目丛书，影印本，济南，齐鲁书社，1996

《杨一清集》,〔明〕杨一清著，唐景绅、谢玉杰点校，北京，中华书局，2001

《杨忠愍集》,〔明〕杨继盛著，影印文渊阁四库全书本

《叶文庄公奏疏》,〔明〕叶盛著，四库全书存目丛书，影印本，济南，齐鲁书社，1996

《一峰文集》,〔明〕罗伦著，影印文渊阁四库全书本

《一阳来复》,杜维明著，陈引驰编，上海，上海文艺出版社，1997

《颐庵文选》,〔明〕胡俨著，影印文渊阁四库全书本

《艺圃撷馀》,〔明〕王世懋著，《历代诗话》本，北京，中华书局，1981

《艺苑卮言》,〔明〕王世贞著，《历代诗话续编》本，北京，中华书局，1983

《隐秀轩集》,〔明〕钟惺著，李先耕、崔重庆标校，上海，上海古籍出版社，1992

《涌幢小品》,〔明〕朱国桢著，明清笔记丛刊，北京，中华书局，1959

《由拳集》,〔明〕屠隆著，四库全书存目丛书，影印本，济南，齐鲁书社，1997

《游戏八股文集成》,黄强、王颖辑校，武汉，武汉大学出版社，2009

《游艺塾文规》正续编,〔明〕袁黄撰，黄强、徐姗姗校订，武汉，武汉大学出版社，2009

《玉堂丛语》,〔明〕焦竑著，顾思点校，北京，中华书局，1981

《元白诗笺证稿》，陈寅恪著，北京，生活·读书·新知三联书店，2001

《元代文学史》，邓绍基著，北京，人民文学出版社，1991

《元代至明初婺州作家群研究》，徐永明著，北京，中国社会科学出版社，2005

《元明之际士大夫政治生态研究》，展龙著，北京，人民出版社，2013

《袁宏道集笺校》，〔明〕袁宏道著，钱伯城笺校，上海，上海古籍出版社，1981

《袁文荣公诗略》，〔明〕袁炜著，四库全书存目丛书，影印本，济南，齐鲁书社，1997

《袁宗道集笺校》，〔明〕袁宏道著，孟祥荣笺校，武汉，湖北人民出版社，2003

《岳归堂合集》，〔明〕谭元春著，四库全书存目丛书，影印本，济南，齐鲁书社，1997

《运甓漫稿》，〔明〕李昌祺著，影印文渊阁四库全书本

Z

《湛甘泉先生文集》，〔明〕湛若水著，四库全书存目丛书，影印本，济南，齐鲁书社，1997

《张岱诗文集》，〔明〕张岱著，夏咸淳校点，上海，上海古籍出版社，1991

《张岱研究》，胡益民著，合肥，安徽教育出版社，2004

《张龙湖先生文集》，〔明〕张治著，四库全书存目丛书，影印本，济南，齐鲁书社，1997

《张溥年谱》，蒋逸雪著，济南，齐鲁书社，1982

《章大力先生全稿》，〔明〕章世纯著，四库禁毁书丛刊，影印本，北京，北京出版社，2000

《照隅室古典文学论集》，郭绍虞著，上海，上海古籍出版社，1983

《赵浚谷诗集》，〔明〕赵时春著，四库全书存目丛书，影印本，济南，齐鲁书社，1997

《赵文肃公文集》，〔明〕赵贞吉著，四库全书存目丛书，影印本，济南，齐鲁书社，1997

《赵忠毅公诗文集》，〔明〕赵南星著，四库禁毁书丛刊，影印本，北京，北京出版社，2000

《震川先生集》,〔明〕归有光著,周本淳校点,上海,上海古籍出版社,1981

《震泽集》,〔明〕王鏊著,四库明人文集丛刊,影印本,上海,上海古籍出版社,1991

《震泽纪闻》,〔明〕王鏊著,续修四库全书,影印本,上海,上海古籍出版社,1996

《整庵存稿》,〔明〕罗钦顺著,影印文渊阁四库全书本

《制艺丛话·试律丛话》,〔清〕梁章钜著,陈居渊校点,上海,上海书店出版社,2001

《制义科琐记》,〔清〕李调元著,丛书集成初编,北京,中华书局,1985

《治世余闻》,〔明〕陈洪谟著,盛冬铃点校,元明笔记史料丛刊,北京,中华书局,1985

《中丞集》,〔明〕练子宁著,影印文渊阁四库全书本

《中古文学史论》,王瑶著,北京,北京大学出版社,1986

《中国的科名》,齐如山著,沈阳,辽宁教育出版社,2005

《中国古代科举百态》,熊庆年著,上海,东方出版中心,1997

《中国古代文体概论》,褚斌杰著,北京,北京大学出版社,1990

《中国古代文学》,陈文新主编,北京,北京大学出版社,2010

《中国古代文学通论》(明代卷),傅璇琮、蒋寅总主编,郭英德本卷主编,沈阳,辽宁人民出版社,2005

《中国古代思想史论》,李泽厚著,北京,人民出版社,1986

《中国古代职官科举研究》,龚延明著,北京,中华书局,2005

《中国近代思想史论》,李泽厚著,北京,人民出版社,1979

《中国考试发展史》,刘海峰著,武汉,华中师范大学出版社,2002

《中国考试史文献集成》,杨学为总主编,北京,高等教育出版社,2003

《中国考试思想史》,田建荣著,北京,商务印书馆,2004

《中国考试制度史》,邓嗣禹纂著,影印本,上海,上海书店出版社,1996

《中国考试制度史》,沈兼士著,台北,台湾商务印书馆,1969

《中国考试制度研究》,邓定人著,上海,民智书局,1929

《中国科举考试制度》,张希清著,北京,新华出版社,1993

《中国科举时代之教育》,陈东原著,上海,商务印书馆,1934

《中国科举史》，刘海峰、李兵著，上海，东方出版中心，2004

《中国科举史话》，林白、朱梅苏著，南昌，江西人民出版社，2002

《中国科举制度史》，李新达著，台北，文津出版社，1995

《中国科举制度研究》，王炳照、徐勇著，石家庄，河北人民出版社，2002

《中国历代榜眼》，王鸿鹏等著，北京，解放军出版社，2004

《中国历代名人年谱总目》，王德毅著，台北，华世出版社，1979

《中国历代名状元传》，祖慧著，杭州，杭州出版社，2004

《中国历代年谱总录》，杨殿珣编，北京，书目文献出版社，1980

《中国历代探花》，王鸿鹏等著，北京，解放军出版社，2004

《中国历代文状元》，王鸿鹏等著，北京，解放军出版社，2004

《中国历代武状元》，王鸿鹏等著，北京，解放军出版社，2002

《中国历代选官制度》，陈茂同著，上海，华东师范大学出版社，1994

《中国历代状元录》，康学伟等著，沈阳，沈阳出版社，1993

《中国历代状元诗》（明朝卷），王鸿鹏选注，北京，昆仑出版社，2006

《中国历代奏议大典》，丁守和等主编，哈尔滨，哈尔滨出版社，1994

《中国历史大事编年》（第四卷），邓珂、张静芬编著，北京，北京出版社，1987

《中国历史人物生卒年表》，吴海林、李延沛编，哈尔滨，黑龙江人民出版社，1981

《中国明代教育史》，尹选波著，北京，人民出版社，1994

《中国年谱辞典》，黄秀文主编，上海，百家出版社，1997

《中国散文史》，郭预衡著，上海，上海古籍出版社，2000

《中国善本书提要》，王重民著，上海，上海古籍出版社，1983

《中国善本书提要补编》，王重民著，北京，书目文献出版社，1991

《中国社会史》，〔法〕谢和耐著，耿升译，南京，江苏人民出版社，1995

《中国诗歌通史·明代卷》，左东岭著，北京，人民文学出版社，2012

《中国诗学》，〔美〕叶维廉著，北京，生活·读书·新知三联书店，1992

《中国诗学批评史》，陈良运著，南昌，江西人民出版社，1995

《中国通俗小说总目》，孙楷第著，北京，人民文学出版社，1982

《中国文学编年史》，陈文新主编，长沙，湖南人民出版社，2006

《中国文学发展史》，刘大杰著，上海，上海古籍出版社，1982

《中国文学复古风气探究》，简恩定著，台北，文史哲出版社，1992

《中国文学家大辞典》，谭正璧编，上海，上海书店，1981

《中国文学简史》，林庚著，北京，北京大学出版社，1995

《中国文学理论史》，蔡钟翔、黄保真、成复旺著，北京，北京出版社，1987

《中国文学论集》，朱东润著，北京，中华书局，1983

《中国文学流派意识的发生和发展》，陈文新著，武汉，武汉大学出版社，2003

《中国文学批评》，方孝岳著，《中国文学八论》本，北京，中国书店，1985

《中国文学批评史》（上、中），复旦大学中文系古典文学教研组编，上海，上海古籍出版社，1979、1981

《中国文学批评史》，罗根泽著，上海，上海古籍出版社，1984

《中国文学批评史》（下），王运熙、顾易生主编，上海，上海古籍出版社，1985

《中国文学批评史大纲》，朱东润著，上海，上海古籍出版社，1983

《中国文学批评通史》（明代卷），袁震宇、刘明今著，上海，上海古籍出版社，1996

《中国文学史》，游国恩等主编，北京，人民文学出版社，1964

《中国文学史》，袁行霈主编，北京，高等教育出版社，1999

《中国文学史大事年表》，吴文治著，合肥，黄山书社，1993

《中国艺术精神》，徐复观著，沈阳，春风文艺出版社，1987

《中国哲学史》，郭齐勇编著，北京，高等教育出版社，2006

《中国之美文及其历史》，梁启超著，北京，东方出版社，1996

《中国中古文学史讲义》，刘师培著，上海，上海古籍出版社，2000

《中国状元辞典》，王金中著，香港，香港新世纪出版社，1992

《中国状元大典》，毛佩琦著，昆明，云南人民出版社，1999

《中国状元殿试大全》，邓洪波、龚抗云编，上海，上海教育出版社，2006

《中国状元谱》，莫雁诗、黄明著，广州，广州出版社，1993

《中国状元全传》，车吉心主编，济南，山东美术出版社，1993

《中华教育历程》，安树芬、彭诗琅主编，北京，光明日报出版社，1997

《中外历史年表》，翦伯赞主编，北京，中华书局，1961

《忠肃集》，〔明〕于谦著，影印文渊阁四库全书本

《朱自清古典文学论文集》，朱自清著，上海，上海古籍出版社，1981

《状元史话》，宋元强著，北京，中国大百科全书出版社，2000

《状元史话》，萧源锦著，重庆，重庆出版社，2004

《状元图考》，〔明〕顾祖训原编，〔明〕吴承恩增补，〔清〕陈枚续补，明代传记丛刊，台北，明文书局，1991

《状元传》，曹济平主编，郑州，河南人民出版社，1992

《宗伯集》，〔明〕冯琦著，四库禁毁书丛刊，影印本，北京，北京出版社，2000

《宗子相集》，〔明〕宗臣著，影印文渊阁四库全书本

《邹公存真集》，〔明〕邹元标著，四库禁毁书丛刊补编，影印本，北京，北京出版社，2005

《罪惟录》，〔清〕查继佐著，杭州，浙江古籍出版社，1986

《遵岩集》，〔明〕王慎中著，影印文渊阁四库全书本

索　引

人　名　索　引

参见"朱子"

朱熊 65

朱彝尊 24, 56

朱由检 222; 参见"崇祯"

朱有燉 223

朱元璋 34, 60, 70, 72, 74, 100, 105, 106, 109, 110, 111, 143, 151, 155, 198, 222, 223; 参见"太祖"

朱之蕃 127, 128, 142, 157

朱子 20, 160, 165, 185; 参见"朱熹"

诸大绶 126, 141, 153

庄昶 44, 45

庄际昌 126, 142

庄奇显 142

庄子 55, 171, 172

子贡 182, 183

子路 182

宗臣 81, 83, 84, 85, 89, 92, 95

邹缉 62

邹守益 28, 49, 141

左东岭 82, 93

术语索引（含书名索引）

A

案头剧 4

B

八股文 1, 2, 5, 9, 14, 28, 81, 83, 98, 100, 101, 102, 103, 104, 131, 132, 138, 158, 160, 161, 162, 163, 164, 165, 167, 168, 170, 172, 173, 175, 176, 177, 178, 181, 182, 184, 185, 186, 187, 188, 189, 190, 191, 192, 193, 194

八股文概说 1, 187, 191

八股文观止 170, 192

八股文史 192

八股文四大家 165

八股文小史 189

八股文与明清文学论稿 2, 192

八股文总论八种 2

白苏斋类集 31, 32, 52

榜眼 4, 31, 71, 86, 105, 111, 144, 148, 151, 152, 156, 196, 202, 221

宝剑记 3

碑传 30, 43, 98, 125, 126, 129, 130, 131

北轩集 63

本朝分省人物考 61

编修 7, 8, 14, 27, 28, 38, 43, 50, 53, 62, 67, 86, 87, 88, 105, 106, 149, 199, 204, 206, 216

编纂 7, 13, 14, 32, 117, 159

变雅 24

别集 4, 8, 19, 26, 27, 30, 33, 34, 36, 37, 38, 39, 42, 44, 47, 48, 49, 50, 51, 52, 55, 57, 98, 103, 108, 110, 121, 125, 126, 127, 128, 129, 130, 131, 132, 133, 134, 136, 137

布衣 7, 84, 90, 94, 95, 96, 97, 124, 218, 219

C

苍霞草 123, 124

策论 5, 9, 98, 100, 102, 103, 129, 132, 138, 139, 143, 144, 150, 152, 153, 154, 167, 188

策问 39, 99, 132, 138, 139, 140, 141, 142, 143, 144, 145, 146, 147, 148, 149, 150, 151, 154, 155, 156, 157, 167

茶陵派 26, 49, 50, 51, 72, 76, 77, 80, 90,

后　记

　　《明代文学与科举文化生态》一书的总体架构、章节目录由我拟定，在成稿过程中，所有章节我都至少修改了三遍，以期能够较好地体现最初的构想。做这些事情，对于主撰来说，都是题中应有之义。如果全书在学术上有可以商榷之处，自当由我承担责任。

　　本书承载了许多美好的记忆。门下郭皓政、周勇等人鼎力相助，不辞辛苦，让我感到温暖和舒畅。兹就执笔情况加以说明，不是为了给"文责自负"预留伏笔，而是为了记下一段不可多得的经历：

　　郭皓政　　执笔第二章第二节，与陈文新共同撰写第三章；

　　周　勇　　执笔第一章第二、三两节；

　　白金杰　　执笔第五章，编制索引和统一书稿体例；

　　彭　娟　　执笔第四章第一节；

　　江俊伟　　与陈文新共同撰写第一章第一节；

　　李　华　　与陈文新共同撰写第二章第三节；

　　方　宪　　与陈文新共同撰写第二章第一节；

　　朱燕玲　　与陈文新共同撰写第四章第二节；

　　付一冰　　与陈文新共同撰写第四章第三节。

　　上述各部分之外的其他内容，均由陈文新执笔。

　　这里我要特别向孙璐君致谢。没有她的热情催促，我不会想到用这个题目申报国家社科基金后期资助项目，本书的完成也就不知要延宕多少时日了。有时候，遇到一个让你抓紧做事的朋友，真是一种难得的缘分。

陈文新

2015 年 9 月 1 日于武汉大学